소설의 정원

김 남 석

지식과교양

| 서문 |

산책자의 마음으로

오랫동안 소설(평론과 연구뿐만 아니라 독서까지도)을 잊고 살았다. 그 이유의 절반 정도는 대학에서 나누어 놓은 전공 때문이었을 것이고, 나머지 절반 정도는 게을렀기 때문일 것이다. 문득 생각이 나서 고개를 돌려 보니, 그 시간이 제법 지나고 있었다. 신춘문예에 응모하기 위하여 무작정 윤대녕 론을 쓰던 시점으로 하면, 정확히 20년이 흘렀다. 그때처럼 갑자기 내가 생각하는 소설에 대해 정리해야 하겠다는 생각을 하고 이 무모한 작업을 시작했다. 무언가를 남에게 보이겠다는 의도보다는 내가 해야 할 일 중 가르치는 일에 더욱 효과적으로 다가가기 위해서라고 자위하면서 말이다. 하지만 더 의미 있는 것은, 그 과정에서 은근히 잊고 있었던 세계를 다시 들여다보는 계기를 맞이했다는 점일 것이다. 소설을 읽지도 소설 평론을 쓰지도 않던 시간을 돌아보며, 문학이 결국 이렇게 외면되는구나 하는 반성도 했다. 잘하지는 못한다고 할지라도, 균형을 찾을 수 있는 전공자가 되어야 한다는 다짐만 한 번 더 한다.

　이 책은 소설이라는 세계의 정원으로 들어가려는 나의 발걸음 같은 것인지도 모른다. 그래서 다시금 그 안쪽 세계가 다시 경이롭고 또 아름답다는 생각도 하게 된다.

　　　　　　2019년 3월 가급적 가볍게 산책하는 마음으로
　　　　　　저자 쓰다

1부
문학의 역할

01장 문학의 소임
문학과 억압

1. 문학은 무엇을 할 수 있는가.

　김현의 집필한 『한국 문학의 위상』의 2장 제목은 '문학은 무엇을 할 수 있는가'이다. 제목만큼이나 이 질문은 낯설지 않다. 문학에 관심을 가져본 사람이라면 누구나 한 번쯤 던져보았음직한 자문이며, 문학의 위기와 결부되어 숱한 형태로 변주되어 현실 속에서 떠도는 화두이다. 그러나 질문이 낯익다고 해서, 답변도 낯익은 것은 아니다.

　김현은 일단 "문학은 써먹을 수가 없다"고 전제하고 논의를 시작한다. 일단 문학의 현실적 쓰임새를 부인한다. 물론 여기서의 쓸모란 세상에서 살아가는 데에 필요한 일차적 효용가치를 가리킨다. 이러한 태도는 일련의 문학 옹호론자들과는 적지 않게 다르다. 아리스토텔레스부터 이어지는 문학 옹호론자들은, 문학이 지닌 가치를 과장해서 부풀리거나 일방적으로 펀드는 경우가 많았다. 그런데 김현은 현실적인 시야를 확보하면서, 편협한 문학옹호론이 빠질 수 있는 함정에서 벗어난다.

문학의 가치와 역할에 대한 김현의 견해를 옮겨보면 다음과 같다.

ⅰ) 확실히 문학은 이제 권력에의 지름길이 아니며, 그런 의미에서 문학은 써먹는 것이 아니다. 그러나 역설적이게도 문학은 그 써먹지 못한다는 것을 써먹고 있다. 문학을 함으로써 우리는 서유럽의 한 위대한 지성이 탄식했듯 배고픈 사람 하나 구하지 못하며, 물론 출세하지도, 큰 돈을 벌지도 못한다. ⅱ) 그러나 그것은 바로 그러한 점 때문에 인간을 억압하지 않는다. 인간에게 유용한 것은 대체로 그것이 유용하다는 것 때문에 인간을 억압한다. 유용한 것이 결핍되었을 때의 답답함을 생각하기 바란다. 억압된 욕망은 그것이 강력하게 억압되면 억압될수록 더욱 강하게 부정적으로 작용한다. 그러나 문학은 유용한 것이 아니기 때문에 인간을 억압하지 않는다. 억압하지 않는 문학은 억압하는 모든 것이 인간에게 부정적으로 작용하는 것을 보여준다. ⅲ) 인간은 문학을 통하여 억압하는 것과 억압당하는 것의 정체를 파악하고, 그 부정적 힘을 인지한다. 그 부정적 힘의 인식은 인간으로 하여금 세계를 개조하지 않으면 안 된다는 당위성을 느끼게 한다.(50~51면, 로마자 : 인용자)

문학은 의식주를 해결해주지도 못하고, 세상에서의 출세나 치부를 담보하지도 못한다. 생각을 조금 확장시키면, 문학은 오히려 이러한 활동을 저해하는 측면이 많음을 알 수 있다. 문학을 담당하는 계층은 일종의 잉여계층이다. 이들은 사회에 보탬이 되는 생산활동과는 직접적 연관성이 없으며 오히려 일방적으로 소비하는 계층에 가깝다. 그렇다면 ⅰ)에서 피력된 김현의 의견대로, 문학은 쓸모없다. 적어도 현실적으로는 그러하다.

그러나 ⅱ)에 들어서면, 이러한 쓸모없음 내에 쓸모 있음이 숨어있다는 논리와 만나게 된다. 유용한 것들은 그 유용성으로 인해 어떠한 한계나 문제점을 산출하게 된다. 김현은 이러한 한계나 문제점을 '억압' 혹은 '억압된 욕망'이라고 지칭한다.[1] 여기서의 억압은 프로이트의 정신 분석학에서 말하는 심리적 기제인 '억압' 보다는 그 의미가 넓다. 유용한 것들은 많은 사람들이 요구하게 되어있고, 많은 사람들이 요구하는 것들은 부족하거나 쉽게 얻지 못함으로 이를 욕망하는 사람들에게 결핍을 가져올 수 있다는 식으로 이해된다. 즉, 유용한 것에 대한 욕망은 일정부분 폐기되거나 억눌러져야 한다. 그런데 문학은 예외이다. 문학은 근본적으로 쓸모가 없기 때문에, 문학에 대한 욕망이 제한을 받거나 그 결핍으로 인해 괴로움을 당하지 않아도 된다.

ⅲ)은 여기서 한 걸음 더 나아가면서, 문학의 속성을 정의한다. 자유를 제약받지 않는 문학은, 자유를 제약받는 다른 여타의 것들에 대해 폭넓게 생각하게 만든다. 이것은 '억압당하지 않는 문학'의 속성이 '억압당하는 것'의 속성과 자연스럽게 대조되고, 그 이유(억압하는 '힘')를 찾아내도록 유도하기 때문이다. 문학은 그 힘을 부정적으로 간주

---

1) 『한국 문학의 위상』에서 '억압'이라는 용어는 다양한 함의를 지닌다. 현실적인 제약이나 구속을 의미하는 것 같기도 하고, 욕망이 억눌려진 상태를 의미하는 것 같기도 하며, 유용한 것들의 결핍에서 야기되는 심리적 답답함을 의미하는 것 같기도 하다. 그리고 자유를 제약하는 상태를 의미하는 것 같기도 하다. 이 책의 8장을 참고하면 일단, 억압은 자유의 반대말이다. 그리고 억압은 사회와 문명을 유지하는 근원적인 힘이기도 하다. 내가 아는 한도 내에서 '억압'을 이와 가장 유사한 방식으로 사용한 사람은 마르쿠제이다. 마르쿠제는 『에로스와 문명』(김인환 역, 나남, 1989, 24면)의 서론에서 자신의 저작 속에서 '"억압"과 "억압하는"은 의식적이건 무의식적인건, 외적이건 내적이건 제지와 억제의 과정을 가리키는 비전문적인 방식으로 사용된다'고 밝혀놓고 인류문명과 욕망에 두루 쓰이는 용어로 폭넓게 사용한다. 김현은 '억압'을 마르쿠제와 동일한 뜻으로 사용했다고 이해했다.

하며, 이를 폭로하여 제거하는 것을 소임으로 삼는다. 김현이 부연한 '세계를 개조하지 않으면 안 된다는 당위성'은 바로 이러한 문학의 사명을 뜻한다.

정리하면, 김현은 세 단계로 문학 옹호론을 전개한다. 첫째, 문학은 현실적인 쓸모가 거의 없다. 둘째, 그러나 이러한 무용성이 유용한 것들로 인해 파생된 문제에 대해 천착하게 만든다. 셋째, 그 결과 문학은 인간을 반성시키고 그 대안을 생각하게 만든다. 잘못된 세상과 현실을 개선하도록 유도한다는 것이다. 이러한 논리를 따라가면, 문학은 잘못된 것을 직접 고치지는 못하지만, 고치도록 만드는 데에 도움을 줄 수는 있다는 결론에 이를 수 있다. 그렇다면 문학이 필요한 것은 바로 인간의 비판정신과 현실 개조의지를 제고시키는 것에 있다고 하겠다.

2. '어떻게 쓰느냐'와 '무엇을 쓰느냐'

김현은 문학에 대한 생각의 차이로 '어떻게 쓰느냐를 중요시'하는 입장과 '무엇을 쓰느냐를 중요시'하는 입장으로 나누어진다고 말한다. 전자는 '문학을 위한 문학을 주장하는 부류'로, 후자는 '인간을 위한 문학을 주장하는 부류'로 거칠게 정리된다. 전자는 아무래도 문학의 자율적인 형식을 존중하고 문학 자체의 것을 우선적으로 지키려는 입장일 것이고, 후자는 상대적으로 문학이 말하고자 하는 바에 중점을 두는 입장일 것이다. 그러니 전자는 문학의 미학적 혹은 형식적 체계에 대해, 후자는 문학의 사회학적 혹은 현실적 발언에 대해 더욱 주안점을 두게 된다.

김현은 이러한 거친 도식이 자신의 것이 아니며, 자신은 이러한 도식의 극단으로 치우치는 것을 경계한다고 말한다. 그의 말로 바꾸면 '문학은 문학만을 위한 문학도 아니고 인간만을 위한 문학도 아니다'. 사실 이러한 식의 도식과 그 도식에 대한 배격은 다분히 70년대적 상황을 염두에 둔 듯하다. 문학의 자족성/주체자, 미학/주제, 형식/내용의 어느 일방 치우쳐서는 곤란하다고 말하고, 한쪽으로 치우치는 당시 문학적 풍조를 부정하려는 의도를 깔고 있는 것 같다.[2]

그렇다면 김현은 어떠한 차별적인 문학관을 제시하는가. 그는 문학을 바라보는 관점을, '존재론적 차원'과 '의미론적 차원'으로 나눈다. 문학은 존재론적인 차원에서 '무지와의 싸움'을 뜻하고, 의미론적 차원에서는 '인간의 꿈이 갖고 있는 불가능성과의 싸움'을 가리킨다고 주장한다. '무지와의 싸움'은 문학이 존재한다는 사실 하나만으로도 문학을 이해 못하는 사람이 있음을, 일상인의 무뎌진 의식 속에 반성 없이 사는 삶이 진실된 삶이 아니라 거짓된 삶이라는 사실을, 더 나아가서는 글을 읽을 수 없는 사람이 존재할 수 있음을, 부끄럽게 인식시키는 것을 의미한다. '불가능성과의 싸움'은 인간의 몽상이 실제 삶이 얼마나 억압된 것인가를 극명하게 보여줄 수 있다는 사실을, 그리고 아무리 불가능한 것이라 하더라도 꿈이 있을 때 인간은 자신에 대해서 거리를 취할 수 있음을, 인식키는 것을 뜻한다. 문학은 이러한 몽상의 소산이며, 몽상이 가져온 거리로 인해 반성의 여지가 생긴다.

---

2) 이러한 추측은 상당히 조심스럽다. 정확한 근거에 뒷받침을 받기보다는 내가 이해하지 못하는 이 책 속의 여러 부분을 해명하려는 시도에서 도출된 것이다. 가령 느닷없이 문학의 형식과 내용에 대한 기존의 견해를 반박한다거나 이를 참여·순수 논쟁에 이어 붙인다거나 하는 태도는, 문학이 현실 응전력을 획득해야 한다는 일각의 문학론을 염두에 두었을 때 나올 수 있는 것이 아닌가 한다.

결론적으로 문학은 문학이 존재한다는 자체로 부끄러움을 인지시킬 수 있고 그 안에 담긴 불가능한 꿈을 통해 삶의 실체를 드러낼 수 있다. 즉, 인간의 자기기만을 고발할 수 있다.

3. 문학과 고통

3장의 제목은 '문학은 무엇에 대하여 고통하는가'이다. 2장과는 달리, 이 제목은 그 자체로 모호하다. 문학이 겪어야 하는 고통이, 문학 바깥에서 발생한 문제를 가리킬 수도 있고 소재적 차원의 텍스트에 반영된 문제를 가리킬 수도 있다. 일단 김현은 문학을 둘러싼 현실의 변화에서 고통의 형상을 찾는다. 20세기에 접어들면서 소비 사회가 전개되고, 인공적으로 만들어지는 욕망이 인간을 현혹시키기 시작했다. 이 욕망은, 새로운 물건으로 끊임없이 사람들의 구매 욕구를 자극하고 구매 욕구가 인간의 자유 의지인 것처럼 믿게 만든다(프롬에 따르면 인간은 상품이 아닌 상표에 의존하고 사용가치가 아닌 교환가치를 중시한다). 그러한 측면에서 이 욕망은 가짜 욕망이다. 이 가짜 욕망은 비단 소비 생활에서만 국한된 것은 아니다. 문학이 점차 상품화되면서, 가장 비억압적이어야 할 문학마저 변질된다. 김현의 방식으로 말하면, 소비사회는 '문학'마저 소외시킨다.

정신분석학적인 측면에서 보면, 문학은 억압을 승화시켜 부정적인 욕망을 다르게 발산시키는 역할을 해야 한다. 그러기 위해서는 문학과 사회는 일정한 거리를 가지고 있어야 하는데, 문학이 그 거리를 잃자 문학의 비판력은 힘을 잃게 된다. 사회에 대해 날카로운 비판을 가

하는 작품까지도 상품화된다. 부르조아지의 모순을 광기로 고발한 고
호도, 부르주아적 문명에 날카로운 조롱을 행사한 초현실주의 작품
도 본래의 목적을 잃고 통속적인 사회 속으로 흡수된다. 이를 가리켜
김현은 '고호가 고호에게서 소외되고 초현주의자들이 초현실주의에
서 소외된'다고 말한다. 이것이 현대 예술의 고통스러운 현실이고, 좁
히면 문학의 당면 문제인 것이다. 현대 문학은 인간과 현실에 가해지
는 모순과 부조리(억압)를 드러내어 그것을 비판하고 해체해야 한다
는-억압을 최소한도로 줄여야 한다는-당위성에 오히려 억압당하는
셈이다. 사회와 현실의 모순과 부조리를 고발한 자가, 그 사회와 현실
에 인정받기를 바라는 희한한 풍조도 같은 맥락에서 이해된다. 그러
면 문학은 어떻게 대처해야 하는가.

> 문학은 억압하지 않는다. 그러나 그것은 억압에 대해서 생각하게 만
> 든다. 어떻게 해서? 문학은 저항한다는 구호에 의해서, 명백한 고발에
> 의해서 억압에 대해 생각하게 만드는 것이 아니다. 그것은 인간을 억압
> 하는 기존 질서의 그것이 만들어내는 우상 숭배적, 물신적 사고를 파괴
> 함으로써 억압에 대해 생각하게 만든다. 우상 숭배는 억압의 정체를 보
> 지 않아도 되게끔 인간을 가짜로 위로시킨다. (중략) 힘 있는 문학은 그
> 우상을 파괴하여 그것의 허구성을 드러낸다. 다시 말하거니와 우상을
> 파괴해야 한다는 높은 소리에 의해서가 아니라, 억압하지 않는 것이 있
> 다는 것을 보여줌으로써, 아도르노의 표현을 빌면 파괴 그 자체가 됨으
> 로써, 문학은 우상을 파괴한다.(57면)

가짜 욕망을 양산하고 억압을 드러냄으로써 인정받는 역설이 탄생
하며 결과적으로 모든 것을 획일화시키는 소비사회의 집단적 풍조에

서, 문학은 저항의 몫을 담당해야 한다. 그리고 그 저항마저 획일화되지 않도록 노력해야 한다. 저항은 바로 우상 숭배적, 물신적 사고를 거부하는 것이며, 그 모순을 드러내어 고발하는 것이다. 문학은 우상 파괴의 징후가 됨으로써 우리에게 고통을 선사한다. 그러나 그 고통은 인간이 행복하게 살지 않으면 안 된다는 것을 보여주려 한다는 점에서, 궁극적으로 행복을 겨냥하고 있다.

4. 문학을 하는 이유

'우리는 왜 여기서 문학을 하는가'라는 질문으로『한국 문학의 위상』은 끝맺음을 한다. 이 질문에 대한 김현의 답변은 '억압 없는 사회'를 위해서인 듯 하다. 김현은 현대 철학의 가장 중요한 논의가 '억압 없는 사회를 이룩할 수 있는가'라고 말하며, 두 가지 물음의 상관성을 제기한다. 김현은 억압 없는 사회란, 인간이 자유롭고 노동 자체가 유희가 되는 그런 행복한 사회라고 말한다. 그런데 이러한 사회를 만들기 위해서 제도와 도덕과 각종 기구와 최소한의 금기마저 없애는 것에는 회의적이다. 이런 것들이 사라진다면, 남는 것은 '디오니소스교의 광란'에 불과할지도 모른다는 우려를 조심스럽게 표명한다.[3] 다시 말해서 최소한의 억압마저 사라지면 진정한 자유는 도래하지 않을 것이라고 보는 것이다.

---

3) 허버트 마르쿠제에 따르면, '억압 없는 문명이 불가능하다는 생각은 프로이트 이론의 초석'이다(H.마르쿠제, 김인환 역,『에로스와 문명』, 나남, 1989, 31면).

 더구나 억압이 없어지는 것은 근본적으로 불가능해 보인다. 억압이 완전히 사라진 사회를 가정해도, 그 사회에는 획일화라는 또 다른 억압이 여전히 존재하기 때문이다. 그렇다면 어떻게 해야 억압 없는 사회에 근접할 수 있을까.

 그 문제는 충격 문학론과 맥락이 닿는다. 억압 없는 사회를 행하기 위해서는 억압을 가능한 한 의식화 · 객관화해야 하는데, 그 억압에 길든 의식은 그것을 억압이라고 보지 않으려고 하는 경향이 있다. 상상력 자체가 보수화하여 사태 보존적인 것이 돼버리는 것이다. 그 굳은 상상력을 일깨우기 위해서는 그것에 충격을 주지 않으면 안 된다. 충격을 받은 의식은 깨어나고, 자신을 마비시킨 억압의 정체를 드러내게 된다. 문제는 그 충격이 곧 제도화해버리는 데에 있다. 제도화된 충격은 그것이 오히려 인간 의식을 억압하는 역기능을 하게 된다.(187~188면)

 억압 없는 사회를 만들기 위한 대안은 많은 사람들이 가능한 한 억압을 인식하도록 돕는 것이다. 억압에 길들여진 사람들은, 밖으로 표현된 억압의 실상을 인정하려고 하지 않는 경향이 농후하다. 상상력마저 고착되는 것이다. 김현은 이러한 굳은 의식과 상상력을 자극할 소임이 문학에 있다고 암시한다. 굳은 의식과 상상력에 충격을 주어 깨어나게 하고, 시간이 흘러 충격이 제도화되면 다시 충격으로 기능할 수 있는 무언가를 문학이 제공해야 한다고 말한다. 문학은 그 자체로 충격이 되어야 하는 것이다. 하여, 문학은 깨어있는 의식을 촉발시키고 유지하는 반성적 사유가 된다.

5. 문학 옹호론과 문학 위기론

문학 옹호론은 거의 필연적으로 문학 위기론과 결부된다. 문학이 위기가 아닌 적이 없듯이, 문학이 옹호 받지 않는 시기가 없었다. 그러니 문학이 왜 이렇게 숱한 위기론에 시달리는가를 먼저 생각해 볼 필요가 있다. 김현은 그것을 문학의 현실적 무용성에서 찾는다. 그리고 문학의 가치와 가능성을 조심스럽게 찾아간다. 여러 번 반복되었지만, 문학이 현실적 쓸모가 없다는 전제는 김현의 문학관이 출발하는 자리이다. 문학이 현실에서 적극적인 쓸모를 가졌다면, 그 만큼 문학은 여러 가지로 제약(억압)되었을 것이고, 인간과 삶에 반성을 가져오기는 그만큼 힘들었을 것이니, 김현의 문학옹호론은 나름대로 설득력을 갖춘다고 할 수 있다. 소비사회의 획일화 성향에 저항하고 가짜 행복을 약속하는 우상을 파괴하고 삶을 억압하는 요소를 드러내어 솎아내는 역할을 해야 한다는 것에 대체적으로 수긍한다.

그러나 이러한 역할을 문학만이 할 수 있을까. 나는 그렇지 않다고 생각한다. 그렇다면 다시 '문학만'이 할 수 있는 것을 찾아야 할까. 나는 그럴 필요가 없다고 생각한다. 문학만이 할 수 있는 것은 따로 있을지도 모른다(나의 독서범위 내에는 아직 없었으며, 그렇다고 여겨지던 책은 대부분 실망스럽고 편협한 결론만을 확인하게 해줄 따름이었다). 그러나 그것은 그리 중요하지 않다고 생각한다.

나는 이제, 우리가 문학이 할 수 있는 것들은 대부분 다른 것도 할 수 있다는 사실을 인정해야 한다고 생각한다. 바꾸어 말하면 문학만이 특별하게 할 수 있는 것은 그다지 많지 않거나 거의 없다는 사실을 인정해야 한다. 지금까지는 '문학만이 할 수 있는 것이 없다'면 문학은 열등하거나 반드시 존재할 필요가 없다는 쪽으로 생각해왔다. 영화도 할 수 있고 인터넷도 할 수 있고 위인전이나 신문이나 편지도 할 수 있다면 문학은 굳이 필요하지 않다고 생각했다. 그래서 문학은 위기가 왔고, 그러므로 문학의 독자적 역할을 찾는 것에 집중해야 한다고 생각해온 것 같다.

나는 이 생각에 반대한다. 문학이 할 수 있는 것은 너무 적어 소박할 지경이고, 별로 특별하지도 않다. 그렇다고 문학이 불필요한 것은 아니다. 문학의 독자적인 역할을 찾아야 하는 것도 아니다. 영화가 나왔을 때 연극은 긴장했고, 텔레비전이 나왔을 때 영화 역시 긴장했다. 그러나 지금은 연극과 영화와 텔레비전이 공존하며 조만간 컴퓨터 게임과 휴대전화와 인터넷도 그 공존 속으로 들어올 것이다. 연극의 영역을 그 이후의 것들이 나누어 가졌을지는 모르지만, 모두 다 가져가지는 않았다.

문학의 경우도 마찬가지이다. 문학도 그 이후에 나타나는 적들로부터 많은 영토를 빼앗겼다. 사회를 지도하는 목소리를 잃었을 수도 있고, 인생의 지고한 가치를 묻는 철학적 물음을 잃었을 수도 있고, 삶의 단조로움을 깨우는 오락적 기능을 잃었을 수도 있다. 수많은 독자들을 잃었을 수도 있고, 예술사의 중요한 자리를 잃었을 수도 있다. 그렇다고 문제가 되겠는가. 어차피 문학은 문학을 좋아하는 소수의 인류에게 필요하고 그들에게 봉사하며 결국 그들에 의해 이어질 것이다. 아주 먼 훗날의 상황이야 장담할 수 없겠지만, 적어도 당분간은 그들의 힘으로 존속할 것이다. 영원한 것만이 필요한 것은 아니며, 숫자나 세력이 약하다고 해서 비참한 것은 아니다.

나는 문학의 운명을 생각할 때, 무당을 연상하곤 한다. 무당은 고대 사회에서 절대적 위치를 점유한 흔적이 있다. 가령 신라의 초창기는 무당(종교적 제례자)으로 보이는 인물들에 의해 다스려진 흔적이 있고, 원시사회의 지도자는 종교적 주재자를 겸비하는 경우가 많았다. 그런데 무당의 사회적 지위는 가면 갈수록 추락하여, 결국에는 가장 최하층으로 전락하고 말았다. 현대사회에서는 무당의 존재를 기억하는 이마저 소실되고 있는 실정이다. 이제 무당은 학자들의 고유한 전유물이거나 일부 메니아의 유희적 대상이거나 기구한 사연을 품은 자들의 대화상대로 남아있다. 그렇다고 무당이 무가치한 것인가. 무당을 찾는 수효가 적다고 곧 사라질 것인가. 아니다. 무당은 비록 소수일지라도 자신을 찾을 수밖에 없는 사람들에 의해 변함없이 유지될 확률이 높다. 문제는 몇 명이냐, 얼마나 영향력을 갖는 것이냐가 아니다. 그것이 없으면 안되는 사람들이 문제이다. 설령 무당을 찾는 모든 사람이 사라져도, 어쩔 수 없이 무당이 되어야만 하는 입무자(入巫者)에 의해 끝없이 존속될 것이다. 문학의 언어로 바꾸면, 모든 독자들이 사라져도 글을 쓸 수밖에 없는 사람은 존재할 것이다. 무병의 고통이 그 어떤 고통을 능가한다고 알려졌듯이, 문학에 대한 열망도 그리 만만한 것이 아닐 것이다.

김현은 문학의 쓸모없음을 통해 어느 정도 쓸모를 발견하는 혜안을 발휘했지만, 그 쓸모를 너무 확대해서 그 혜안을 삭감시키는 오류를 또한 범하기도 했다. 이 오류는 문학의 어떠한 역할과 기능을 강변하려는 많은 사람들이 다 같이 빠져드는 오류이다. 문학은 현실적으로 쓸모없고, 그 쓸모없음으로 인해 일정한 유용성을 확보할 수도 있지만, 그 유용성이라는 것은 어디까지나 극도로 개인적이고 사변적이며 제한적일 수 있음을 인정해야 한다. 그 이상을 무리하게 강조하면 문학에게 너무 많은 짐을 지우는 것이다. 이제는 그 짐을 벗길 때가 되지 않았나 싶다.

02장 **문학의 저항**
우상과 저항

1. 문학의 저항

　문학은 기본적으로 자유분방하다. 제도와 쓸모에 얽매이지 않을 수 있고, 권력이나 억압에 대해서도 자유로울 수 있다. 김현의 말대로 현실적으로 거의 쓸모가 없기 때문에, 현실의 쓸모를 억압하는 상황에 대해 생각할 힘을 간직할 수 있기 때문이다. 문학을 통해 현실의 직접적인 쓸모를 해결하거나 제도에 영합하거나 권력을 쟁취하거나 무분별한 억압을 기본적으로 묵인하려는 태도만 고수하지 않는다면, 문학을 하는 사람들은 그 어떤 외부적 강제에 대해서도 저항할 수 있다.

　실제로 문학은 저항의 메시지를 담을 수 있을 때 비로소 현실에서 쓸모도 발생하고 인간의 제도와도 상생할 수 있었다. 물론 무분별한 억압을 해체하여 기본적인 억압을 받아들이는 데에도 일조할 수 있었으며, 무엇보다 그 어떤 권력에도 굴복하지 않는 힘을 생성하는 성과를 거두기도 했다.

  그러한 문학의 역사는 한국 근대문학의 역사에도 일정 부분 확인된
다. 성적 과잉 억압에 대해 저항한 역사가 있고, 독재 권력과 군사 정
부에 반항한 역사가 있으며, 자체 진영 내에서도 문학의 진정성을 두
고 공박을 주고받은 역사가 있다. 논쟁과 필화로 정리될 수 있는 이러
한 문학의 역사는 문학이 기본적으로 어떠한 입장에 있어야 하는지를
보여주는 선례가 될 수 있다.

  그 요체는 간단하다. 문학은 그 어떤 우상도 섬기지 않는다. 그래서
수백 년이 이어온 남성 우월주의에 대해 그 반대편에 설 수도 있고, 그
러한 저항적 태도로 인기를 얻으려는 자들의 심리를 역으로 공격하는
자들의 편에 설 수도 있다. 총과 칼로 타인의 권리와 민중의 삶을 빼앗
아간 자들에 비난과 야유의 화살을 날릴 수도 있고, 갇히고 탄압받아
도 계속해서 저항을 이루어나가는 이들의 곁에 남을 수도 있었다.

  그런가 하면 민감하게 변모하는 세상 속에서 더 나은 저항성을 위
해 기존의 것을 과감하게 포기할 수도 있었다. 익숙한 것인 곧 모델이
되는 세상을 상정한다면, 이미 모델이 된 모든 것을 우상으로 여기고
파괴하는 논리가 내장된 셈이다. 그러한 측면에서 문학은 그 어떤 우
상도 섬겨서는 안 된다. 우상은 모델이 되고, 법이 되고, 거부할 수 없
는 정당성이 되어, 결국에는 문학이 가고자 하는 길을 가로막을 것이
다. 심지어는 문학이 그 자체로 옳고 그 어떤 역할을 할 수 있다는 자
부심도 우상이 되는 순간 버려야 한다. 그러한 측면에서 문학은 우상
이 없는 곳에서만 비로소 문학일 수 있다.

2. 대중의 충격 〈자유부인〉과 그 여파 : 춤바람 난 여성

2.1. 〈자유부인〉 관련 논쟁과 파격적 화두

1956년 한국 영화계는 한 편의 센세이션 한 영화를 만나게 된다. 『서울신문』에 연재되었던 동명의 소설(정비석 원작)을 각색하여 문예영화로 제작한 〈자유부인〉이 그 영화이다. 신문 연재소설로 인기리에 게재된 만큼 이미 많은 대중들이 이 작품의 줄거리와 개요를 알고 있었지만, 영화로 제작되자 더 큰 관심과 조명을 받기에 이르렀다. 〈자유부인〉은 제작비의 38배에 이르는 상영 수익을 낸 것으로 알려져 있다.[1]

영화 〈자유부인〉은 소설 연재 시점부터 사회적인 관심을 받았다. 교수의 아내가 젊은이와 '춤바람'이 나면서 가정의 평온과 질서에 위협을 가한다는 서사는 당시 사회 풍조로서는 좀처럼 수용하기 어려운 내용이었다. 이를 기화로 원작 소설가인 정비석과 소설 내용을 비판하는 황산덕 교수 간의 논쟁이 벌어지기도 했다.

당시 논쟁은 다음 같은 글을 통해 현재 시점에 재조명될 정도로 문화사적 충격을 간직한 경우였다. 이 논쟁은 그 자체로 당시 한국 사회를 보여주는 지표로 기능하였다.

> 〈자유부인〉은 연재 중이던 당시 『서울신문』의 판매부수를 좌지우지
> 할 정도로 엄청난 인기를 끌고 단행본도 수십 만 권이 팔렸는데, 기실
> 좋은 의미의 인기라기보다는 시끌벅적한 논란 스캔들 등을 수반하면

---

1) 이영일, 『한국영화전사』, 소도, 2004, 249면.

서 베스트셀러가 되었다. 알다시피 논란은 고매한 대학교수(국어국문학과의 국어학 전공 교수!)의 부인이 바람이 나서 급기야 집을 나가고, 교수도 젊은 여성 타이피스트의 종아리 같은 데에 관심을 갖는다는 줄거리에 심히 불쾌감을 느낀 서울대 법대 교수 황산덕의 공격으로부터 시작된다.(『대학신문』 1954년 3월 1일) 1956년에 처음 영화로 만들어졌을 때도, 늘 점잖고 고뇌가 많았던 문교부가 키스 및 포옹 장면(정사가 아니다) 약 100피트 정도를 잘라내는 바람에, 표현의 자유 논쟁을 야기하고 대중의 관심을 더 크게 만들었다. 이런 견지에서 〈자유부인〉은 진정한(?) 의미의 현대적인 베스트셀러다. 책이나 영화가 대규모로 흥행하기 위해서는 텍스트 그 자체나 작가의 의도와는 무관한 이슈화(오해, 논란, 법정 공방 등)가 수반된다. 그것은 거의 필연적인 것이며, 논란과 잡음은 때로 출판사나 영화자본에 의해 일부러 조직되기도 한다. 유명인이나 정치인들도 의도적으로 거기 개입한다.

〈자유부인〉은 단지 여성의 욕망을 남성의 시선으로 과장하여 '시전'하는 포르노의 기본 골조만을 가진 것은 아니다. 오히려 그런 점은 약하다. 주인공 오선영은 남자들의 유혹에 이끌리고 집을 나갔으면서도 소설 속에서 끝내 '외간 남자'와 섹스하지 못한다. 영화에도 베드신은 없다. '결정적인 순간'에 꼭 뭐가 나타나 방해한다. 남자였던 작가나 당대의 '상식'은 그녀의 '자유'를 심히 제약했던 것이다. 사실 작가는 당시의 '된장녀'로 지목된 오선영과 그 친구들을 꾸짖기 일쑤다. 오늘날의 관점에서 보면 여성 '혐오발화'에 비교될 수 있는 것도 많다. 더구나 결말에서 작가는 오선영을 '민족-남편' 앞에 무릎 꿇린다. 이승만이 주창한 맞춤법 간소화 반대 학술 세미나에 나타난 남편이 얼마나 훌륭한 민족주의 학자인가를 깨닫고 참회한다는 황당한 귀결이다.[2]

---

2) 천정환, 「바람난 교수 아내 '자유부인'이 4·19혁명을 불렀다?」, 『한겨레』, 2015년

이러한 소설 〈자유부인〉이 영화로 제작되면서, 원작의 교조적 목소리는 상당 부분 희석되면서 오히려 자유로운 부인의 애정담이 되었다. 그리고 그 안에서 카메라는 여성과 육체 그리고 은연중에 연결되는 성적 담론을 교묘하게 포착해나가기 시작했다.

2.2. 〈자유부인〉의 서사와 영상의 의미
: 귀가를 종용하는 사회적 시선

당시 캐스팅을 살펴보면, 박암이 장교수 역을 맡았고, 김정림이 대학교수의 아내 오영선 역을 맡았다. 이밖에 최윤주 역할에 노경희, 백선생 역할에 주선태, 한태석 역할에 김동원, 이월선 역할에 고향미, 그리고 타이피스트 박은미 역할에 양미희가 출연하였다.[3] 박은미(미스박)는 장교수를 유혹하는 역할이었고, 오영선과 달리 세련된 도시 처녀의 옷차림과 행동으로 자신의 감정을 드러내는 인물이었다.

영화의 내용을 요약하면 다음과 같다.[4] 〈자유부인〉의 오프닝 시퀀스는 복잡한 서울의 풍경에서 시작한다. 어둑한 거리를 배경으로 바쁘게 움직이는 차량과 인파의 물결이 화면을 어지럽게 수놓으면, 의외로 한적하고 조용한 집에 카메라가 멈춘다. 그곳에서 굳게 닫힌 대문으로 상징되는 한 채의 집이 위치하고 카메라는 이 집을 공간적 배경으로 포착한다. 이 집은 가부장제 아래에서 자신의 거처와 삶을 닫

6월 11일.
3) 한국영화데이터베이스, http://www.kmdb.or.kr/vod/
4) 해당 영화는 한국영화데이터베이스(http://www.kmdb.or.kr/vod/)에서 관람할 수 있다.

아야 했던 여성의 위치와 상황을 대변하고 있다.

번잡한 서울 내에 자리 잡은 고요한
가정의 모습(작품의 공간적 배경)

그리고 이러한 화면의 이동은 〈자유부인〉이 처하는 공간적 배경을
보여주는 의도를 담고 있다. 서울은 나름대로 대도시의 풍모를 갖추
어 가고 있다. 익명의 도시인들이 살아가고 있고, 복잡해지는 가로 풍
경만큼 욕망의 풍속도 역시 혼잡해지고 있다. 그런데 이러한 도시와
욕망의 속세에서 벗어난 것처럼 보이는 한 채의 가옥이 있다.

첫 화면에 포착된 이 집은 아담하고 정갈해 보인다. 집은 다리를 통
해 대문과 거리가 연결되어 있고, 그 기점에 한 그루의 나무와 아담한
등이 자리 잡고 있다. 겉으로만 보면, 어느 것 하나 불편할 것 없는 중
류 이상 가정의 평온한 풍경이다. 하지만 이 풍경 안에는 도시와 욕망
의 복잡한 상관관계가 내재되어 있다.

유한부인들의 모임(동창회)

이웃집 남자의 유혹(신체 접촉)

대학교수의 부인 오선영은 자신에게 별다른 관심이 없는 남편에게
복수라도 하려는 듯 문 밖 출입을 늘려간다. 외출할 때 이웃집 남자의
유혹을 받기도 하고, 유한부인들의 모임에 가기도 하면서, 그녀의 외
출은 점차 외도로 나아간다. 처음에는 '바깥어른(남편)'의 의지에 맞
지 않는다고 자리를 비키려고도 했지만, 나중에는 남편의 뜻은 아랑
곳하지 않고 자신의 내적 욕망에 충실하게 행동하는 여자로 바뀐다.

특히 오선영이 자신의 욕망을 파악하는 과정은, 그녀의 사회 진출
과 관련이 깊다. 그녀는 완고한 남편에게 어렵게 허락을 받고, 양품점
직원으로 일하기 시작한다. 양품점에서 그녀의 품위 있는 행동은 뭇
남자들의 호감을 사고, 이러한 사회 진출을 기화로 이미 사회에서 활
동하는 여성(그중에는 상류층 여성)들과의 접촉(만남)도 증가한다.
점차 오선영은 한 남자의 그늘에 묶여 있는 여인이 아니라, 당당한 사
회의 일원이자 커리어 우먼으로서의 자립심을 쟁취하게 된다. 이는
남성과의 교제 범위와 수준을 확장하는 요인으로 작용한다.

오선영의 동창 중에는 남편의 '불필요함'을 강조하고, 여성으로서의
'즐기는 삶'을 살아야 한다고 주장하는 여인도 등장한다. 이 여인의 등
장은 상당히 파격적인 제안을 불러온다. 춤조차 추지 못하는 여인으
로 남는 것은 매우 어리석은 일이라는 논리가 그것이다. 또한 여자도
당당한 사회인으로 살기 위해서 돈을 벌어야 한다는 논리 역시 그러
한 제안에 해당한다. 즉 여인이라고 해서 남편에게 일방적으로 종속
되기보다는 사회에 진출하여 일하고 재력을 길러 자신의 인생을 즐기
며 살아야 한다는 생각을 품게 된다.

이러한 생각의 변화는 오선영의 삶을 변화시킨다. 특히 자신에게
관심을 피력하는 이웃집 남자를 찾아가 소위 말하는 춤을 배우는 대

목은 이러한 변화를 위험한 일로 각인시킨다. 적어도 이 영화의 관점
은 오선영의 이러한 변화를 긍정적으로 바라보고 있지 않다.

이웃집 남자에게 춤을 배우는 오선영　　　　댄스홀에서 춤추는 여인(들)과
　　　　　　　　　　　　　　　　　　　　경탄의 시선으로 훔쳐보는 오선영

　양품점을 방문하여 여성의 물건을 사는 구매자는, 현대 여성이 화
장품의 노예가 되고 있다고 비판한다. 그러면서 이러한 화장품을 구
매하고 자신을 예쁘게 치장해야 하는 현대 여성의 운명이 '매춘부의
성향'을 닮아가고 있다고 악담을 퍼 붓는다. 이러한 남성 고객의 생각
은 이 영화에서 기본적으로 타파되어야 할 완고한 남성 위주의 사고
를 뜻하지만, 다른 한편으로는 여성의 지나친 사회생활이 타락으로
이어지는 현상을 경계하는 이중적 의미를 지니고 있다. 그러니까 이
작품은 여성의 사회적 진출을 경계하고 그 의미를 제한하려는 숨은
뜻을 함축하고 있는 셈이다.

　오선영은 이러한 남성 위주의 주장에 일침을 가하고, 이러한 남성
위주의 사고가 야만적 문화 의식의 산물이라고 역으로 비판한다. 다
시 말해서 오선영은 남성 중심 사회에 대한 여성의 저항을 드러내는
인물로 기능하고 있고, 결과적으로는 페미니즘적 시각을 체현하는 여
성의 상징으로 설정되고 있다.

하지만 현실의 상황에서 오선영은 '오마담'으로 지칭되며, 주변 남자들의 관심의 대상으로 전락한다. 양품점 주인은 불필요하게 상점을 들락거리면서 오선영 주위를 맴돌고, 무역회사를 경영하는 다른 고객들과의 교류도 더욱 빈번해진다. 이러한 삶의 변화들은 결국 오선영을 평범한 가정주부가 아닌 모던 걸로 변모시킨다. 정해진 수순처럼 오선영은 댄스홀로 진출하고, 그곳에서 삶의 다른 매력을 경험한다.

위의 우측 화면은 오선영이 댄스홀에 갔을 때, 춤추는 여성을 바라보고 있는 장면이다. 여성은 뭇 남성들과 여성들의 시선을 즐기면서 춤을 추고 있는데, 옷차림이나 신체 움직임이 파격적이기까지 하다. 이에 비해 고전적인 옷차림(한복)을 하고 있는 오선영은 한 귀퉁이에서 놀란 눈으로 이 댄서를 훔쳐보고 있어, 사뭇 흥미로운 대조를 보인다. '댄스홀의 허함'을 받은 여인의 감춰진 내적 욕망이 꿈틀거리는 형상이다.

오선영의 변화는 옷차림에서 시작하여, 애인을 두는 사고방식, 사업적 수완 등에서 확인된다. 오선영은 일단 한복을 벗고 양장을 입었으며, 거침없이 화장을 하고, 남자들과 거리낌 없이 대화와 거래를 한다. 애인이 되는 조건으로 양품점 사장을 댄스파티의 파트너로 데리고 나가고, 그를 기다리다가 우연히 만난 남편에게도 죄책감 없이 달라진 자신을 드러낸다.

아래의 화면은 남편과 함께 가정으로 돌아왔지만 남편을 물론이고 집안이나 아이마저 돌보지 않고 자신의 치장에 열중한 오선영의 거울 장면이다. 거울에 비친 오선영은 도시적 이미지고 가득 차 있지만, 어느새 그 안에 있어야 할 기품이 사라진지 오래이다. 영화는 오선영의 변화를 기품의 상실과 허영의 발산으로 드러내고 있다.

특기할 사항은 이러한 거울 장면은 〈미몽〉에서도 나타나고 있다는 점이다. 〈미몽〉에서 애순은 남편과의 다투면서 자신의 사회 진출과 정체성을 표출하는데, 그때 거울은 상대를 비추거나 상대를 흐릿하게 만드는 구실을 했다. 반면 〈자유부인〉에서 거울은 아내 오선영의 변신을 더욱 분명하고 차갑게 보여주는 구실을 한다. 어느새 오선영은 이제 누군가의 아내나 어머니가 아니라, 도시 여성 '오마담'으로 변모해 있었다. 거울에 비친 뒷모습처럼, 그리고 자신만을 향하는 앞모습처럼, 그녀의 시선은 자신만을 향하고 있다.

현대 도시 여성으로 변모한 오마담   육체 관계를 갈구하는 오마담

이러한 오마담의 변신은 이웃집 남자와의 깊은 관계로 이어진다. 남편에 대한 불만과, 욕구 불만으로 가득 찬 오마담은 이웃집 남자의 방을 방문하는데, 그때 두 사람은 육체적 성교의 직전까지 돌입한다. 이러한 관계를 아이(아들)이 저지한다는 점에서, 우측 화면은 도덕적 책임을 면하지 못하는 오마담의 모습을 담고 있다.

한편, 대학교수 장교수 역시 접근하는 미스 박에게 점차 마음을 빼앗기기 시작한다. 하지만 그들의 만남은 장교수의 도덕적 순결성을 보장하는 형태로 이어지고, 설령 두 사람의 만남이 도덕적 기율에 어긋나는 행위라고 해도 그 책임을 온전히 여인인 미스 박이 지도록 유도하고 있다.

미스 박과 데이트를 즐기는 장교수(유혹)   연애를 하면서도 가정을 걱정하는 장교수

  더구나 장교수는 미스 박에게 연애에 대한 유혹을 남기면서도, 그 이유를 허물어진 가정으로 돌리고 있다. 아내에게 직장 생활을 허락한 관용적인 남자이지만, 그 결과 가정 일에 소홀한 아내를 지켜보아야 하는 불쌍한 남자가 된 것이다. 남자로서 도의와 아량을 베풀었지만, 이에 대한 대가는 참혹하다는 전언을 남기고 있다.

  이러한 창작 의도를 파헤치면 그 밑에 여성의 사회 진출이 가져오는 역효과와 아내의 해방이 초래하는 악영향을 고발하고 있는 셈이다. '자신이 하면 로맨스이고 남이 하면 불륜'이라는 속설대로, 남자는 아내 아닌 여성의 유혹에 관대할 수 있고, 아내는 남편 아닌 남성과의 교류를 용서할 수 없다는 뿌리 깊은 남성우월주의나 가부장적 사고까지 읽어낼 수 있다.

  특히 미스 박과 거리를 걷다가 아내 오선영을 만나는 장면은 두 사람의 외도가 서로에게 인지되고, 그 심각성이 표출되는 지점에 해당한다. 하지만 이 장면에서 남편의 외도는 크게 부각되거나 비난 받지 않고 있지만, 반대로 아내의 행실은 적지 않은 문제적 상황과 결부된다. 더구나 아내 오선영은 남편과의 조우 이후에 이웃집 남자를 찾아

가 육체적 관계 직전까지 돌입하는 타락을 경험하지만, 남편 장교수
는 자신이 가르쳤던 타이피스트들에게 감상의 인사를 받으며 교육자
로서 본문을 인정받고 있다.

　아내는 타락의 길로 접어들고, 남편은 사회적으로 인정되는 영역
내에 머물도록 설정된 것이다. 이러한 이분법적 설정은 남자의 도덕
성을 침해하지 않는 범위에서 영화적 상황을 정리하는 결과에서도 나
타난다. 우연한 만남 이후, 장교수와 미스 박은 자신들의 감정을 정리
하고 순수한 사이로 남게 된다. 육체적 관계가 동반되지 않았다는 점
에서 이들의 관계는 면죄부를 받기에 충분한 것처럼 묘사된다. 더구
나 두 사람은 순수한 상태에서 헤어지고, 서로의 행복을 빌어주는 미
덕을 보인다. 서로 사랑했지만 상대를 위해 헤어진다는 전언을 남기
고 있다.

미스 박과 헤어지는 장교수

남자들에게 버림받은 오선영이 바라보는 시든 꽃

　하지만 아내의 상황은 다르다. 앞에서 설명한 것처럼, 오마담은 이
제 남편과의 관계에 종속되지 않는 선을 넘어, 적극적으로 다른 남자
를 탐하거나 새로운 관계를 맺으려는 욕구로 넘쳐나는 단계로 들어선
다. 영화는 이러한 오선영의 변화를 타락으로 몰아가고 있으며, 그 부
정적인 결과를 부각하는 데에 집중하고 있다.

그러한 타락을 증명하는 방식은 남자들의 배신으로 나타난다. 이웃집 남자는 선영을 농락하고 그 믿음을 저버린다. 선영을 사랑한다는 말은 결국 그녀를 이용하고 자신의 욕심을 채우기 위한 거짓말이었다. 댄스파티에 함께 가기로 했던 사장은 선영을 만나러 와 신의를 지키는 듯 했지만, 댄스파티가 아닌 밀회로 선영을 유도하였고, 선영의 육체를 점령하려는 욕심을 품었다가, 뒤쫓아 온 아내에게 들키자 난처한 상황 자체를 외면하고 만다. 어떠한 책임도 지지 않았고 남자답게 문제를 해결하려는 의지를 보이지 않았다. 은근히 사장을 믿었던 선영은 자신이 어리석었다는 사실을 인정하지 않을 수 없게 된다. 그역시 선영에게 바랐던 것은 선영의 육체였고 성애의 쾌락이었다.

결국 남자들에게 버림받고 홀로 남은 선영의 신세는 시든 꽃과 다르지 않다. 무역회사 사장을 빙자한 사기꾼에게 결국에는 돈과 정조와 명예마저 잃고 자살을 선택해야 했던 동창처럼, 선영 역시 속세의 타락과 화려한 댄스파티와 남자들의 유혹 속에서 자신의 진정한 삶을 잃어버린 채 가치 없는 여자로 전락했음을 깨닫게 된다. 남자들은 그녀들을 가정에서 해방시켜 준다는 핑계로, 그녀의 육체를 이용하려고 했다는 사실을 인정해야 했던 것이다. 영화는 홀로 남은 선영의 처지와 깨달음을 다방 한 구석에서 시들고 있는 한 송이 꽃의 클로즈-업으로 암시했다(위의 우측 화면).

이 영화는 여성의 사회 진출 즉 완고한 구습으로부터의 해방을, 성적 타락으로 연결했다는 점에서 진정한 페미니즘 서사는 아니다. 오히려 가부장적 사회의 왜곡된 남성중심 가치관을 대입한 반-페미니즘 서사에 가깝다. 여성의 해방을 타락으로 매도했다는 점에서 가치관의 혼란이나 맹신을 비판하도록 유도하는 측면도 다분하다.

하지만 폐습에 가까운 사고에도 불구하고, 이러한 서사는 여성의 삶에 대한 문제의식 혹은 사회적 관계 속에서 올바른 사회 진출의 의미를 묻는다는 의의를 확보하고 있다. 뿐만 아니라 작품 전체에 반영된 교조적 남성 시각의 왜곡에 대해 물을 수 있는 여지도 지니고 있어, 거꾸로 1950년대 한국 사회가 처해 있는 압제적 성향에 대해 반성할 수 있는 단서를 제공하는 의의도 무시할 수 없다.

2.3. 자유부인의 귀가 : 처벌자로서의 남성과 유배지로서의 가정

이 서사의 결말은 수모를 겪고 가정의 소중함을 깨달은 자유부인의 귀가이다.

참회의 눈을 맞으며 집으로 향하는 자유부인   집으로 돌아와 남편에게 용서를 비는 여인

사장의 부인에게 뺨을 맞고 불륜녀로 낙인찍힌 오선영은 어두운 길을 걸어 자신의 거처로 돌아가고자 한다. 그때 자신과 똑같은 처지에서 죽음을 택한 동창을 향하여 앰뷸런스가 돌진하고, 불안한 사이렌 소리는 오선영의 내면에 후회와 자책을 심어준다.

자유부인은 집으로 돌아와 남편에게 용서를 빌지만, 남편은 그러한 아내를 용서하지 않는다. 집 밖으로 쫓겨난 아내를 구하는 이는 '아들'

이다. 엄마의 기척을 들은 아들은 엄마를 용서해 달라고 아버지에게 부탁하고, 결국 아들의 힘을 빌려서야 아내는 닫힌 문을 열 수 있는 실마리를 얻는다.

현대의 여성들에게 이러한 아내의 선택은 이해되지 않을 가능성이 높다. 아내는 남편에게 죄를 빌어야 했고, 남편의 처분을 달게 받아야 했다. 유일한 구원 가능성은 남편이 아내를 용서하는 것인데, 이 역시 용서가 이루어지지 않더라도 어쩔 수 없다는 체념이 담겨 있다.

과연 아내의 행동과 선택이 잘못된 것이었는지를 떠나, 이렇게 일방적으로 정해진 관계에 대해 현대의 여성들은 거의 대부분 수긍하지 않으려 할 것이다. 더욱 수긍하기 어려운 사실은 아내의 외출과 사회 진출 그리고 정념의 발산을 타락과 외도로 몰고 가는 영화적 시선이다. 이러한 시선은 그 자체로 균형 잡힌 것이 아니라고 할 때, 1950년대라는 한국 사회 혹은 그 이전부터 누적된 봉건적 사상의 여파라고 비판되어 마땅할 것이다.

자유부인의 귀가는 남성들에 의해 의도된 강요된 귀가였을 가능성이 높다. 가정주부였던 오선영이 춤바람을 일으켜 오마담이 되고, 스스로 직업을 얻어 커리어우먼으로 성장하고 남편이 아닌 남성들을 육체적/정념적 대상으로 생각할 정도로 독립하였다면 이것은 여성의 성적/정신적/사회적 해산으로 볼 수 있다. 하지만 이러한 여성들(오마담과 그녀의 동창)이 댄스파티와 사기꾼으로 대변되는 세상과 사회에 농락당하고, 곧 귀가하여 자신의 자리를 아내와 어머니로 정위하는 선택에서 그녀들의 진정한 귀가를 찾기는 어렵다. 어쩌면 집을 나가 춤바람이 난 여성들에게, 사회적 지위를 잃고 주인의 권위를 상실한 지배자들이 경고를 보내기 위해 획책한 인위적 결말에 가깝다고 해야 한다.

더욱 중요한 것은 이러한 인위적 획책이 아직은 통용되는 사회였다는 점이다. 〈자유부인〉의 서사는 1956년 한국 영화 대중들을 강타한 센세이션이 될 수 있었으며, 동시에 1950년대까지 우리 사회가 얼마나 낙후된 가치관에 사로잡혀 있었는가를 보여주는 충실한 바로미터 역시 될 수 있었다. 그리고 그 중심에 문학과 예술이 어떠한 방식으로든 시대와 사회에 대해 저항적인 전언을 담아야 한다는 기본 원리가 작동하고 있었다. 이것은 기본적으로 문학이 지닌 저항의 논리이기도 하다.

3. 필화와 논쟁

문학의 저항적 성향은 '필화'나 '논쟁'으로 나타나기도 한다. 그 양상은 다양한데, 군사독재 정부의 강압적인 조치에 의해 발생하는 필화의 성격을 띠기도 하고, 문학 진영 내의 논리적 대결 양상으로 나타나기도 한다. 여기서는 1960년대 남정현의 〈분지〉 필화 사건, 1970년대 김지하의 〈오적〉 필화 사건, 그리고 1990년대 진영 논리가 무너진 이후에 등장한 신세대 문학을 둘러싼 갈등을 소개하고자 한다. 각각 소설, 시, 비평으로 요약되는 문학 제 분야에서의 충돌이라고 할 수 있으며, 궁극적으로는 그 어떤 권력에도 저항하고자 하는 문학의 자체 성향을 보여주는 역사적 사례라고 하겠다.

3.1. 남정현의 〈분지〉 사건

남정현이 정식으로 구속된 시기는 1965년 7월 7일이다. 하지만 정식으로 구속되기 2개월쯤 전에 이미 당국에 연행된 상태였다. 그는 5월 초순부터 을지로 5가에 있는 '충일기업사' 라는 은밀한 장소에서 조사를 받아왔던 셈이다. 그 이유는 그해 3월 『현대문학』에 발표된 〈분지〉가 드러내고 있다는 반미 · 용공성(反美 · 容共性) 때문이다. 당국은 이 소설이 북한의 『통일전선』에 전재되었음을 근거로, 남정현의 창작 작업이 반국가 단체를 이롭게 하는 행위에 해당한다고 주장한다. 중앙정보부가 남정현을 구속한 죄목도 반공법 위반이다. 정확히 말해서, 남정현에게 적용된 법 조목은 반공법 제 4조 제 1항이다. 거기에는 '반국가단체나 그 구성원 또는 국외의 공산계열의 활동을 찬양 고무 또는 동조하거나 기타의 방법으로 반국가단체를 이롭게 하는 행위를 한 자는 7년 이하의 징역 및 자격정지에 처한다'고 규정되어 있다.[5]

이는 당시의 문학계와 사상계의 인사들에게 커다란 반향을 불러온다. 3명의 변호사가 선임되고, 안수길이 특별변호사로 임용된다. 증인으로 이어령이 나서고, 신문 사설을 중심으로 한 전폭적인 지원 논평이 쓰여 진다. 이는 문학이 사회적 · 정치적 검열의 벽과 부딪친 사건임으로, 재판의 결과가 향후 문학의 창조적 영역을 규정할 척도로 작용할 가능성이 높았기 때문이다. 따라서 이 사건은 남정현 개인의 신상 문제를 떠나, 창작과 검열이라는 사회적인 문제로 확산되며, 세간

---

5) 한승헌, 「남정현의 필화, '분지'사건」, 『남정현대표작품선』, 한겨레, 1987, 376면.

의 주목을 받게 된다. 재판은 1년이 지난 1966년에 본격적으로 시작된다. 한마디로 이 재판은, 표현의 자유를 지켜내고 저항성을 문학의 본질적인 측면으로 이해하려는 입장과, 강압적 정치 질서를 확립하려는 정권 사이의 논쟁 장에 비유할 수 있다. 당국은 전향자와 검거된 간첩들을 증인으로 채택해 남정현 문학이 드러내는 반미적 성향이, 북한의 정치 선전과 유사하다는 점을 강조한다. 이에 대항하여, 변호인 측은 그들의 증언이 공정성과 신빙성을 획득한 것이 아님을 짚어내고, 그들의 증언 사이에서 북한과 남한의 차이로 제시된 자유의 개념을 역으로 이용해 검열의 부당성을 변론한다. 또한 이어령은 알레고리와 메타포의 세계를 현실 측량의 잣대로 이해하는 몽매함을 비판하고, 문학 안에 내재한 상징을 표면적으로 읽어내어서는 곤란하다는 자신의 입장을 피력한다. 이러한 두 입장간의 충돌은 결국 재판에서 남정현의 유죄가 인정됨으로써, 높은 현실의 벽을 실감하는 것으로 마감되지만, 한편으로는 검열이라는 비인간적인 제도를 무기로 독재 정치의 길을 닦고 있는 당국의 위선을 공개하는 결과를 낳기도 한다.

여기서 검사 측의 공소 이유와 변호인단 측의 옹호 논리를 자세하게 살펴볼 필요가 있다.

이 사건의 담당 검사인 김태현이 공소장에서 밝힌 남정현의 혐의는 다음과 같다.

〔…전략…〕 남한의 현실을 왜곡·허위선전하며 빈민 대중에게 계급 및 반정부의식을 부식 조장하고 북괴의 6.25 남침을 은폐하고 군복무를 모독하여 방공의식을 해이하는 동시 반미감정을 조성, 격화시켜 반미사상을 고취하여 한미 유대를 이간함을 표현하는 등을 주요 내용으

로 하는 단편소설 '糞地'라는 제목의 작품을 창작하여 1965년 2월 20일
경 「현대문학」사에서 동사기자 김수명에게 창작 원고를 수교하여 월간
잡지 3월호 「현대문학」지에 게재 공포케 하여 북괴의 대남 적화전략의
상투적 활동에 동조한 것이다.[6]

특별 변호사로 임명된 안수길은, 남정현의 〈분지〉를 주제적인 측
면 · 기술적인 측면 · 문장상의 측면 · 저항문학의 속성으로 나누어
구체적인 예와 함께 반박에 나선다. 특히 검찰 측이 주장하는 '북괴가
주장하는 반미사상에 동조했다'는 문제의 발언에 대해 오히려 '민족
의 자주정신을 강조한 것'이라고 맞선다. 〈분지〉에는 틀림없이 미군
의 비행을 그린 대목이 나타나고 있지만, 이는 민족의 주체성을 강조
하기 위한 구성상의 대조법으로 이해하는 것이 마땅하다고 주장한다.
그리고 미국인은 이민족을 대표하는 존재로서 등장한 것이므로, 소설
이 다른 시점으로 쓰여 졌다면 타 이민족이 등장할 가능성이 높다고
부연한다.[7]

이것은 증인으로 출두한 이어령의 답변과 일맥상통한다. 이어령은
이 소설은 우화적인 수법으로 쓴 것이므로 그 자체만으로는 친미도
반미도 아니라고 단언한다. 북한 공산집단의 주장에 동조한 것이 아
니냐는 검찰 측의 심문에 대해 '달을 가리키는데 보라는 달은 보지 않
고 손가락만 보는 격'이라고 일침을 가한다. 즉, 남정현이 가리키는 달
은 주체적인 한국문화인데, 검찰 측은 손가락만 보고 반미와 용공의

---

6) 김태현 공소장, 「북괴의 적화전략에 동조말라」, 『남정현대표작품선』, 한겨레, 1987.
7) 안수길 변론, 「문단의 하늘을 푸르게 하라」, 『남정현대표작품선』, 한겨레, 1987.

해석을 내리고 있다는 숨은 의미를 날카로운 어조로 전달한다.[8]

특별 변호인인 이항녕은 남정현의 〈분지〉는 당사자인 미국에서도 주목하는 작품이며, 이러한 작품에 대해 검열의 철퇴를 가할 경우 세계적으로 국가의 위신을 손상 당할 위험이 있다고 우회적인 변론을 내세운다. 즉, 민주 국가의 기본정신인 국민의 자유를 보장하지 않는 반공법의 위험성을 넌지시 비판한다. 고의와 위법성이 드러나지 않는 작품에 대해 모호하기 이를 데 없는 반공법을 적용하여, 그 저촉 여부를 심판한다면 앞으로 창의적인 작품 활동을 제약할 우려가 농후하다는 견해로 끝맺는다.[9]

이 사건의 담당 변호사인 한승헌은 노련한 변론요지를 구축하며, 공소 내용을 세부적으로 반박한다. 그는 일단 이와 같은 필화 사건은, 다행스러운 일인 동시에 유감스러운 일이라고 선언한다. 다행스럽다고 함은 어차피 한 번쯤 문제가 되어 예술 창작의 자유가 해당하는 범위를 검증하는 작업이 필요하기 때문이며, 유감스럽다 함은 예술 활동에 대한 탄압과 간섭이 기도되는 듯한 인상을 남기기 때문이라고 말한다. 따라서 재판의 긍정적인 결과만이, 법과 문학과 자유의 올바른 관계를 정립할 수 있다는 전제를 내세운다. 이어서 문학작품의 규범적 평가에 대한 논리적 시각을 제시한다. '부분만을 읽고 평가'하는 검찰 측의 태도나, '예단(豫斷)에 따라 재단(裁斷)'하거나 '전혀 이해되지 않기 때문에 부화뇌동'하는 검찰 측 증인의 증언을 부당한 것으로 간주하고, '작자의 의도와 작품의 의미를 이해'한고 '전체를 읽고

---

8) 한승헌, 「남정현의 필화, '분지'사건」, 『남정현대표작품선』, 한겨레, 1987, 383~385면.

9) 이항녕 변론, 「언론의 자유를 과시한 것」, 『남정현대표작품선』, 한겨레, 1987.

판독'하는 시각이 필요함을 역설한다. 그리고 구체적인 실례로 〈분지〉
를 분석하고, 작품에 나타난 반공성과 민족주체성을 근거로 검찰 측
의 주장을 반박한다. 모호한 반공법 적용에 따르는 위험성을 경계하
고 남정현의 주변 자료를 통해 사안 판단에 고려해야 할 사항을 제기
한다. 마지막으로 한 작가의 저항 정신(慎志)을 오독하는 행위는 사법
당국의 탄압(焚紙)을 가시화하는 행위에 지나지 않는다는 충고를 곁
들인다.[10]

　이 밖에도 많은 논평과 지원 사설이 이 사건을 겨냥하여 쓰여 지지
만, 결과는 예상한 대로 유죄판결이다. 항소도 타당하지 못한 이유로
기각된다. 대법원 상고도 그 결과가 이미 예측될 정도로 사법부의 입
장은 완고하다. 이는 처음부터 시대적 상황과 연관된 당국의 정치적
저의를 어느 정도 확인시킨다. 재판부가 발표한 판결문은 적지 않은
모순이 내재하고 있어, 이러한 심증을 더욱 유력하게 한다. 판결문에
는 "이 작품은 우리 민족주체성의 확립이라는 피고인의 염원을 소설
로써 표현한 것이라고 인정할 수 있으므로 피고인이 위 작품을 집필
함에 있어서 반국가단체의 활동에 호응 가세할 적극적인 의사 또는
목적이 있었다고 볼 수 없다"는 구절이 들어 있다. 하지만 이 글을 읽
는 독자들에게 "반미적 반정부적 감동을 일으키고 심지어는 계급의식
을 고취할 요소가 다분하"기 때문에 유죄라는 것이다.

　남정현의 필화 사건은 문학과 당대 현실과의 밀접한 상관성을 여지
없이 보여주는 사례이다. 정국의 안정을 이유로 질서를 부르짖는 검
열의 논리는, 비판의 한도를 제어함으로써, 궁극적으로는 자신들의 힘

---

10) 한승헌, 「慎志를 곡해한 焚紙의 위험」, 『남정현대표작품선』, 한겨레, 1987.

을 대내외에 천명하는 역할을 맡는다. 문학이 지켜야 할 저항의 마지
노선을 가시적으로 설정함으로써, 창조의 자유에 대한 제한적 허용
의 입장을 분명히 한 셈이다. 여기에는 언제나 정치와 현실 논리를 우
선시하려는 지난 시대의 뼈아픈 실책이 고스란히 담겨있다는 점에서,
분명 현재의 전범으로 의의를 부여할 만하다. 정치는 근본적으로 보
수적인 성향을 지향하고, 문학은 이에 대한 저항의식을 창조력의 동
인을 내포하기 마련이다. 이 두 가지 성향이 검열과 이를 둘러싼 재
판을 통해, 첨예하게 분출되면서 서로의 영역을 확인하게 된다. 각자
의 영역을 지키기 위한 두 세력 간의 마찰에는 옳고 그름을 가늠하는
그 시대의 발언들이 스며든다. 이 스며드는 자리에서, 현실에서 문학
이 과연 어떤 존재일 수 있는 지를 확인할 수 있다는 점에서, 남정현의
〈분지〉사건은, 나름대로 문학이 나아가야 할 바를 비추는 하나의 지
표로 기능할 수 있다.

3.2. 김지하의 〈오적〉 필화

김지하는 1970년 5월 『사상계』에 담시(譚詩) 〈오적〉을 발표한다.
당시는 압제와 저항의 세월로 정의된다. 3선개헌 반대파동의 정신적
상처가 미처 아물기 전이며, 이듬해로 다가온 양대 선거를 맞는 시점
으로, 독재와 대항하는 세력 간에 첨예한 마찰이 고조되던 시기였기
때문이다. 3선개헌으로 장기 집권의 걸림돌을 제거한 박정희 정권은
비판세력에 대한 탄압과 금제에 치중한다. 특히 저항적 메시지를 전
달하는 언론에 대한 감시의 눈길은 삼엄해진다. 이런 시점에서 장준
하가 주재하는 종합잡지 『사상계』는 김지하의 저항적 풍자시 〈오적〉

을 실은 것이 화근이 되어 권력의 희생물로 선택된다. 분단 이후 오랫동안 지성인의 양식을 대변해 온 공로도 무시된 채, 존폐의 위기에까지 몰린다. 원래 김지하의 〈오적〉이 『사상계』에 발표되었을 때만하더라도 시판을 하지 않는다는 조건으로, 원만하게 마무리가 되었었다. 그런데 이 시가 신민당 기관지 『민주전선』 6월 1일자에 실리면서, 문제가 불거지기 시작한다. 6월 2일 새벽 1시 50분쯤 중앙정보부와 종로경찰서 요원들에 의해 『민주전선』 10만부가 압수되고, 김지하를 비롯하여 『사상계』의 대표 부완혁, 편집장 김승균, 『민주전선』 출판국장 김용성이 구속된다. 게다가 『사상계』는 판매금지를 당한다. 당시 〈오적〉이 '북괴의 선전활동에 동조'했다는 이유로 반공법에 연루되었기 때문이다.

김지하는 법정에서 〈오적〉을 쓰게 된 동기를 다음과 같이 밝힌다.

동빙고동에 일부 몰지각한 부정 축재자들이 고급저택을 지어 놓고 호화생활을 한다는 보도를 보고 현지를 답사, 착상하게 됐으며 계급의식을 고취시키거나 계급간의 알력을 조장하기 위하여 쓴 것은 결코 아니다.[11]

또한 김지하는 1970년 8월 18일 서울지법 대법정에서 열린 제 3회 공판에서도 "다섯 가지 도적 – 재벌, 국회의원, 고급공무원, 장성, 장차관 – 을 옥편을 찾아야 겨우 알 수 있는 어려운 한자로 표기한 것은 교묘히 법을 피해 저지르는 부정부패가 보통 사람의 눈으로 투시할 수

---

11) 『한국문학필화작품집』, 황토, 1989, 7면에서 재인용.

없을 정도이기 때문에 보통사람들이 잘 알아볼 수 없는 어려운 한자로 썼으며, 다섯 가지 도적을 짐승 이름을 뜻하는 한자로 표기한 것은 범죄행위 자체를 추상적으로 지칭하기 위한 것이며 어떤 계층이나 사람을 지적한 것은 아니었다"[12) 고 진술하며 반공법 위반 혐의를 강력하게 부인한다.

하지만 그의 이러한 부인이 저항 정신의 퇴조를 의미하는 것은 아니다. 박정희 정권이 1964년 '6.3 사태'를 빌미로 서울 지역에 비상계엄령을 선포하고 한일회담 반대운동을 진압할 당시에, 이미 4개월 간 감옥생활을 경험한 그는 또 한 번의 체포를 두려워하지 않았다고 해야 할 것이다. 이러한 그의 기본적인 태도는 〈오적〉의 서두에 개략적으로 나타나 있다.

> 시를 쓰되 좀스럽게 쓰지 말고 뚝 이렇게 쓰랏다
> 내 어쩌다 붓끝이 험한 죄로 칠전에 끌려가
> 볼기를 맞은지도 하도 오래라 삭신이 근질근질
> 방정맞은 조동아리 손목댕이 오몰오몰 수물수물
> 뭐든 자꾸 쓰고 싶어 견딜 수가 없으니, 에라 모르것다
> 볼기가 확확 불이 나게 맞을 때는 맞더라도
> 내 별별 이상한 도둑이야길 하나 쓰것다.
> —〈오적〉의 서두

'칠전에 끌려가 / 볼기를 맞은' 것은 그의 과거 행적이 평탄치 않았음을 단적으로 보여준다. 그래도 사회 현실에 대한 날카로운 비판의

---

12) 『한국문학필화작품집』, 황토, 1989, 7~8면에서 재인용.

식은 그에게 '뭐든 자꾸 쓰고 싶어 견딜 수 없'게 한다. '볼기를 확확 불이 나게 맞을 때는 맞더라도' 말이다. 처벌을 두려워하지 않는 그의 태도는 당시의 민중들에게 보편적인 공감대를 형성한다. 이 사건이 계기가 되어, 그의 풍자시 〈오적〉은 국내외에 널리 알려진다. 정식으로 등단한 지[13] 1년밖에 안 되는 김지하가 세계적으로 알려지는 결정적인 계기가 된다. 이는 그의 이름이 지배층을 향한 불만과 비판과 야유의 대명사가 되는 결정적인 신호탄이 된다. 김지하에 대한 박정희 정권의 미움이 깊어지는 원인을 제공하기도 한다.

이 사건은 김지하가 수감된 지 3개월 후 폐결핵 증세가 악화되어 병보석으로 석방됨으로써, 떠들석하던 시작과는 대조적으로 흐지부지 끝나고 만다. 김지하가 1967년에도 폐결핵의 악화로 서울시립 서대문병원에 입원한 경력을 가지고 있었다는 점을 감안한다면, 어쩌면 자연스러운 결과일지도 모른다. 다른 관련자들도 판사 직권으로 풀려나와 필화 사건의 의미가 퇴색하는 듯했다. 하지만 이 사건은 당시 민중들의 마음에 풍자라는 새로운 저항의 개념을 선보인 파격적인 실례를 남긴다. 젊은 청년의 사심 없는 비판의 시선은 폭압적인 정치 질서에 숨죽이고 있던 민중들에게 새로운 희망으로 제시된다.

한편 『사상계』는 야당의원의 자금 지원이 밝혀지자, 9월 26일 문공부에 의해 잡지 등록이 말소된다. 혐의는 〈신문통신 등의 등록에 관한 법률〉 위반이었다. 그후 『사상계』는 1972년 4월 대법원의 등록취소 청구소송 확정판결에서 승소판결을 받았지만, 운영상의 어려움이 심

---

13) 1969년 11월에 김현의 소개로 시인 조태일이 주재하는 잡지 『시인(詩人)』지에 「서울길」외 4편의 시를 발표함으로써 문단에 공식 등단한다.

했고 정치적인 타격을 받은 후였기 때문에 복간에 성공하지 못한다.[14]

김재홍[15]은 김지하의 담시 〈오적〉이 "1970년대 벽두에 폭발적으로 발표된 단형서사시"라고 정의한다. 이 "폭발적"이라는 표현은 문학 내적인 측면과 문학 외적인 측면에서 고찰될 수 있다. 가난한 서민의 분신 격으로 꾀수를 내세워 당대의 부패한 권력층을 비판하려는 의도는, 서슬 푸른 당시의 억압적 상황에 대한 격렬한 항변으로 간주된다. 이는 작가 의식의 측면에서, 당시의 잘못된 시대상을 바로 잡으려는 굳은 의지가 강하게 반영된 비판적 전언에 해당한다. 그래서 민중의 항의 섞인 반항의 포즈를 한편으로 형상화하면서, 다른 한편으로 유도하는 긍정적 인식의 전환을 가져온다. 형식적인 측면에서도 괄목할 만한 성과를 이룩한다. 전통의 판소리 사설을 응용한 새로운 시적 형식의 창조는, 풍자를 가하는 주체를 외부에 위치시킴으로써 서사적 자아의 객관성을 발현시킨다. 이는 현실에 대한 응전의 방식으로서의 시적 전략을 독특하게 일구어내는 효과를 거둔다. 문학 외적인 측면에서 볼 때, 이러한 창조적 형상화의 작업이 검열의 소용돌이를 일으키면서, 강압적 권력에 의해 통제되는 현실을 새롭게 인지하도록 하는 부수적 결과까지 초래한다. 따라서 김지하의 〈오적〉은 문학이 나아가야 할 하나의 지표를 제시하는 작업이었던 동시에, 문학이 저항해야 할 외부적 실체를 분명하게 인식시키는 담론 상의 충격이었음에

---

14) 김지하 〈오적〉, 〈비어〉 사건의 개요는, 홍정선이 정리한 문학적 연대기 「어둠의 산맥을 넘어 횃불을 들고」(『작가세계』(1989년 가을호), 세계사)와 미야다의 「김지하 약전」(『김지하-그의 문학과 사상』, 세계, 1985) 그리고 「〈오적〉〈비어〉 필화사건에 대하여」(『한국문학필화작품집』, 황토, 1989)를 참고했다.

15) 김재홍, 「반역의 정신과 인간해방의 사상」, 『작가세계』(1989년 가을호), 세계사, 111면.

틀림없다.

이후 김지하는 다시 풍자시 〈비어(蜚語)〉를 1972년 『창조』 4월호에 게재한다. 그 결과로 4월 12일 서울 시내 하숙집에서 중앙정보부 요원에 의해 연행된다. 오적사건으로 인해 기소중인 신분으로, 동일한 형태의 비판적 풍자시를 발표함으로써, 당국의 탄압을 집중적으로 받게 된 것이다. 당국은 『창조』 4월호를 압수하는 한편, 5월 31일에 김지하를 반공법 위반 혐의로 입건한다. 이 또한 7월 15일 병원 연금상태에서 비공식적으로 석방됨으로써 일단락되지만, 표현의 자유를 성취하기 위한 열망과 압제에 대한 반항 정신을 앞세운 그의 저항 노력은 당대의 일그러진 현실을 비추는 상징적 거울로 자리매겨진다. 「비어」는 〈오적〉의 연장선상에서, 김지하를 70년대 저항 문학의 대변인으로 각인시키는 중요한 매개체가 된 작품이다.

90년대에도 몇 건의 필화사건이 있었다는 점에서, 검열과 이를 둘러싼 공방전은 낯선 것이 아니다. 따라서 김지하 〈오적〉 사건의 궤적을 추적하는 작업은 현재의 전범을 마련하는 역할을 할 것이다. 하지만 90년대의 대표적 검열 사례인 마광수와 장정일 사건을 감안했을 때, 이 전범의 역할은, 90년대적 상황에 긍정적 동의로 작용하기보다는 반성의 쓴웃음을 유발하는 쪽에 가깝다고 해야 할 것이다. 이 두 사건이 그 나름대로 문학적 본질에 대한 질문으로 유효한 것임에 틀림없다고 해도, 당대적 삶에 대한 진솔한 고민에서 출발한 진정한 자문의 결과물이 아닌 것도 분명하다. 세간의 웃음거리와 가십거리로는 크게 회자되었지만, 문학이 나아가야 할 바에 대한 통찰력을 선사했다고는 볼 수 없기 때문이다. 이는 문학의 본질적 속성 중에 하나인 저항성을 상실했다는 사실을 일깨워주는 사건으로, 우리에게 더욱 유효하다. 그러므로 〈오적〉 사건으로 비추어 본 90년대의 검열 사건은, 대 사회적인 작가의 발언이 부재하는 현실의 서글픈 명패에 지나지 않는 다. 표현의 자유는 분명 중요하고, 원론적으로 논했을 때 누구도 부인 할 수 없는 진리인 것은 부인할 도리가 없다. 하지만 무엇을 위한 표 현의 자유이고 어떠한 방식으로 제기되어야 할 표현의 자유냐는 질문 에, 우리는 그다지 자신만만하게 대답할 수 없다. 이러한 궁색한 답변 앞에서, 문학의 자율성을 침해하지 않는 한도 내에서 현실과 사회와 개인의 삶을 일깨우고 검토하는 정심한 시각으로 선회할 필요가 있다 는, 반성적 교훈만을 되뇌일 뿐이다. 그래서 그런지 검열의 정당성과 표현의 자유 사이에서 일어났던 과거의 공방전이, 현재 문학적 상황 에 대한 씁쓸한, 그래서 어쩌면 너무도 당연한 문제 제기만을 계속 상 기시키고 있는지도 모른다.

3.3. 신세대 문학 논쟁

90년대 초엽에 접어들면서, 80년대와 구별되는 문학적 관점을 피력 하는 일군의 비평가와 작가들이 주목할 만한 두 번의 좌담을 개최한 다. 첫 번째 좌담은 『오늘의 시』6호(현암사, 1991년)에서 개최한 '세 대론의 지평'이다. 이 좌담의 참석자는 김주연·황지우·박철화·이 광호 이다. 두 번째 좌담은 무크지 『비평의 시대』1집(문학과 지성사, 1991)에서 주도한 '새로운 세대의 문학적 지평'이다. 이 좌담의 참석 자는 위의 이광호, 박철화 이외에, 편집위원 권성우, 소설가 박상우, 시인 유하가 포함된다.

'세대론의 지평'의 성격은, 이광호의 좌담 발제문에서 상징적으로

대변된다. 이는 서준섭[16]에 의해 일목요연하게 정리되어 있다. 논의
상의 편의를 위해 옮겨 보면 다음과 같다.

ⅰ) 세대론은 "상황이 존재를 규정한다", 문학사는 "인정받기 위한
투쟁의 역사이다" 라는 명제의 산물이다.

ⅱ) 근대시사는 식민지 세대, 전후 세대, 60년대(4.19)세대, 70년대
세대, 80년대 세대, 80년대 후반의 신세대의 교체의 과정이다. 6월 항
쟁과 7.8월 노동자 대투쟁의 연속성과 이질성 사이에서 태어난 80년대
후반의 신세대의 문제틀은 체제와 구조의 선택이 아니라, 실현되지 않
는 삶의 가능성을 읽어내는 일, 일상과 욕망의 생태학에 대한 탐구이
다. 그 점에서 그것은 "주체 정립을 위한 정신적 지향성"을 문제로 설정
한 4.19세대, 산업화와 사회 구조 변화에 따른 "소외론적 시각"의 70년
대 세대, "체제의 억압적 구조를 근원적으로 해체하며 현실의 합법화
원칙과 싸우는 실천적 관심"의 80년대 세대와 구분된다.

ⅲ) 김영현 · 하일지 · 포스트모더니즘 논쟁은 부분적으로 세대 논
쟁의 의미를 포함하고 있다. 세대간의 논쟁이 격렬하고 새로운 세대의
'인정 투쟁'이 강화되는 시기는, 문학사적 전환기이며, 새로운 미학의
징후가 드러나는 시기, 문학사의 한자리를 차지하려는 신세대의 욕망
과 문학적 기득권을 유지하려는 구세대의 욕망이 부딪치는 시기이다.

ⅳ) '약속 없는 세대'(장정일)로 표현되는 신세대의 시 쓰기는 깊이

---

16) 서준섭, 「문학의 세대적 변별성과 비평의 과제」, 『문학과 사회』(1992년 여름), 문
   학과 지성사, 660~661면.

에의 탐구보다는 분산의 운동을 갖는 시 쓰기며, 그 수평화 · 분산화의
공간에 장정일 · 유하 · 허수경 · 황인숙 · 정화진 · 박용하 등의 시 쓰
기가 있다.

위의 요약에는, 신세대 문학을 바라보는 두 가지 시각이 교묘하게
공존하고 있다. 하나는 신세대 문학의 등장을 당위적 필연의 입장에
서 이해하려는 시각이고, 다른 하나는 그 배후에 감추어진 문단 진입
을 둘러싼 권력 투쟁을 읽어내려는 시각이다. 이러한 두 가지 시각은,
반론으로 제기되는 김철 · 김태현의 비판적 입장과, 구모룡 · 서준섭
의 중도적 입장에, 각각 중심적 맥락을 형성한다. 즉, 전자의 반론에는
신세대 문학에 대한 문단 진입을 경계하는 목소리가 가득 담겨 있고,
후자의 반론에는 당위적 필연에서 파생된 성과를 인정하는 옹호의 발
언을 인정하는 기미가 함축된다.

이어서 발간된 무크지 『비평의 시대』 1집에는, 발제문을 확장시킨
이광호의 평문 「맥락과 징후」가 신세대 문학 옹호론의 좌장 격으로 실
리고, 소위 신세대 문학의 대표적 기수들이 참여하는 좌담 「새로운 세
대의 문학적 지평」이 게재된다. 이 좌담은 「세대론의 지평」에서 거론
되었던 신세대 문학의 당위성이 이구동성으로 변호되면서도, 한편으
로는 새로운 '인정 투쟁'의 장으로 변모될 가능성이 있는 신세대 문학
론에 대한 경계의 목소리가 곁들여지는 양상을 보인다. 특히 결론에
위치한 이광호의 발언은 주목할 만하다.

　　　이광호　　저도 결론삼아 한마디 해야 할 것 같은데, 저는 우리 세대
　　　　　　　의 인식 구조에 대해 반성적인 시각에서 말해보고 싶습니

다. 사실, 이 좌담이 가능하게 된 이 동인지의 기획에는 단
절을 강조함으로써 다른 세대와의 변별성을 강조하고 자
기 세계를 갖고 싶다는 욕망, 저 빛나는 80년대의 작업들
을 과거라는 시간의 그늘 속으로 밀어넣고 싶다는 욕망이
스며들어 있습니다. 타자에게서 자신의 존재적 입지를 인
정받으려는 이러한 '인정 투쟁'의 욕망은 너무나 인간적인
것입니다. 문제는 이런 욕망이 자신의 신념 체계를 합리화
하는 이데올로기의 차원으로 변질되지 않기 위해서는 반
성적인 사유가 중요하다는 것입니다. 그러니까 단절의 강
조와 징후적 국면의 현실화라는 욕망의 운동에는 80년대
적 상황의 근본적 개선이라는 환상과 도취가 깔려 있지는
않은가 하는 반성 말입니다. [17]

김철의 비판[18]은 이러한 신세대 문학 옹호의 입장을, "문학을 세속
적 명리의 한 수단으로 삼고자 하는 은밀한 욕망"으로 규정하고, "문
학을 무차별한 '욕망'들의 발산이나 천박한 '인정투쟁'의 차원으로 인
식하는 이른바 '신세대' 작가들의 무책임하고 가소로운 말장난"으로
치부하면서 시작된다. 그는 신세대 소설에 이른바 총체성 · 객관성 ·
역사성이라는, 3가지 요소가 부재한다고 말한다. 즉, 사건들은 유기적
연관성에 의존하기보다는 무의미한 파편들로 나열될 뿐이어서 세부
와 전체의 관계가 전혀 고려되지 않고, 주관적 경험을 지나치게 신봉
하여 소설이 사물과 세계에 대한 인식을 복잡한 매개의 경로를 통해

---

17) 좌담, 「새로운 세대의 문학적 지평」, 『비평의 시대』1집, 문학과 지성사, 1991, 177면.
18) 김철, 「신세대 소설의 3반(反)과 3무(無)」, 『실천문학』(1993년 여름), 실천문학사.

전달한다는 기본적 사실을 잊고 있으며, 현재를 과거와의 인과 관계로 이해하는 '현재의 전사(前史)로서의 과거'를 형상화하는데 실패했다고 말한다. 이는 민족문학의 대표적인 소설 미학적 기준이, 신세대 소설에 결여 내지는 부재하고 있다는 결론으로 압축되며, 결국 그럼에도 불구하고 자신들의 작품 세계를 주장하는 것은 '무위한 놀음에 지나지 않는다'는 단언을 가능케 한다.

　　김태현의 비판[19]은 당시의 문학적 위기를 조장하는 다섯 가지 범주를 설정하면서 시작된다. 이 다섯 가지 범주는 영상매체와 컴퓨터, 표절과 외설, 신세대 문학론이다. 이중에서 신세대 문학론은, 개념 설정에서부터 집중적인 공격의 대상이 된다. 그의 논점은, ⅰ) 신세대 문학론은 어느 시대에서나 존재할 수 있고 실제로 존재했던 문학사적 경향이고, ⅱ) 그 개념이 자의적이며, ⅲ) 그럼에도 불구하고 그 개념을 확정하고 옹호하려는 이유는 "신세대 문학론이 신세대 몇몇 문학과 그 주체에 대한 폭넓은 관심과 뜨거운 애정을 촉구하는 일종의 시위성 논의요 문단의 중심부로 빨리 진입하려는 이들의 조바심과 정치적 방략을 담은 논의"이기 때문이라고 요약할 수 있다. 이러한 관점은, 앞서 열린 두 번의 좌담에서 노출된 신세대 비평가들의 '문학사의 한 자리를 차지하려는 욕망' 혹은 '너무나 인간적인' 인정 투쟁에 대한 발언을 근거로 제시한다. 그리고 '세대적 단절론'을 구세대 문학에 대한 잘못된 혹은 나태한 이해의 몸짓으로, '문제틀의 변환'을 문학적 흐름을 제대로 인지하는 못하는 편협한 시각의 소산으로 결론짓는다. 이것이 신세대 문학을 문학사의 도도한 흐름 속에서 분리시키고, 왜곡된 문

19) 김태현, 「문학의 위기란 무엇인가」, 『실천문학』 (1993년 여름), 실천문학사.

학의 위기를 창출하는 근본 원인 중에 하나라고 역설한다.

　반면에 구모룡[20]의 비판은 앞에서도 언급했지만, 신세대 문학의 당위성을 어느 정도 인정하는 면모를 보인다. 그는 새로운 연대가 시작되었음을 지적하고, 그 세부적 변화로 민족문학 진영의 구조 변화를 언급하고 포스트모던의 징후들을 거론하며 새로운 세대가 등장했음을 인정한다. 그는 새로운 세대의 등장을 민족문학론을 둘러싼 기존 논의의 외곽에, '새로운 비평의 계보학'을 성립하려는 움직임으로 이해한다.

　　새로운 세대의 비평가들은 그들대로의 변별성의 원칙을 앞세우면서도, 자기 세대의 문학적 자리 찾기에 골몰하고 있다. 그리고 그 구체적인 형태가 『비평의 시대』라는 무크지로 나타났다. 〈인식론의 단절〉과 〈문학적 문제틀〉의 변환을 전제한 이들의 논리는 다소 성급한 자기정의의 일면이 엿보이는 점이 없는 것은 아니지만, 그러나 열정과 통찰력이 있는 새로운 집단의 태동으로 보아야 될 것이다.[21]

　구모룡의 지적은 나름대로의 균형 잡힌 관점 위에서 출발한다. 구모룡은 이어지는 논의에서도 『비평의 시대』를 주도하는 이광호의 평론 「맥락과 징후」를 꼼꼼히 분석하며, '일상적 생태학'이 내장하는 핵심적 문제 제기가 정확하다는 데에 동의를 표하기도 한다. 그러나 이러한 동의의 이면에는 90년대 문학의 문제 제기가, 80년대 문학이 결

---

20) 구모룡, 「새로운 연대의 문학과 새로움의 징후들」, 『문학정신』(1991년 11월). 열음사.
21) 구모룡, 「새로운 연대의 문학과 새로움의 징후들」, 『문학정신』(1991년 11월). 열음사, 47면.

여하고 있는 문제에 대한 80년대적 보완으로서만 의미가 있다는 전제
가 깔려 있다. 즉, 신세대 문학의 입지점이 결국은 80년대적인 문학의
소산이라는, 그래서 90년대의 신세대 문학이 주창하는 변별점이 불확
실하다는 우려의 전언이 배후에 도사리고 있는 셈이다.

　서준섭[22]의 평가는 앞에 인용한 이광호의 발제문을 정밀하게 뜯어
읽으면서 제기된다. 이 뜯어 읽기의 전제 사항으로, 신세대 문학론의
시발이 우리 사회의 대중 문화에 나타나는 가속화 현상과 무관하지
않다는 견해를 내비친다. 신세대 비평가들이 세대교체의 주기를 앞당
기려 하고 있다는 점은 분명하며, 이는 문화사회학적인 측면에서 나
타나는 주기 단축의 욕망과 밀접하게 연관된다는 것이다. 그리고 이
러한 세대교체의 현상을 부정할 수 없는 현실로 인정해야 한다고 말
한다. 이는 결론치고는 막연한 점이 없지 않으나, 비교적 자세한 실례
분석을 통해 어느 정도 타당성을 획득한다. 결론으로 제시하는 바는,
신세대 문학의 선언적 변별성과 문제들이 전시대의 오류를 밟지 않도
록 비평적 대화를 앞세워야 한다는 주장으로 압축할 수 있다. 그가 말
하는 비평적 대화란, 현재의 환경을 대립이 아닌 토론의 장으로 활용
하고, 이러한 논의들이 생산적이 될 수 있도록 노력하는 자세를 요청
하는 작업이다.

　이 밖에 단편적인 비판으로, 「문학공간:1992년 여름」[23]이 가한 신
경질적인 반응이 있다. 이 글은 구체적인 증거를 제시하기보다는 막
연한 직관을 근거로 당시의 새로운 경향을 보이는 소설을 매도한다.

22) 서준섭, 「문학의 세대적 변별성과 비평의 과제」, 『문학과 사회』(1992년 여름), 문
　　학과 지성사.
23) 「문학공간:1992년 여름」, 『문학과 사회』(1992년 여름), 문학과 지성사.

그리고 그러한 이유를 '천박한 문학 상업주의'의 탓으로 돌린다.

이러한 비판에 일괄적으로 대응한 것은 이광호이다.[24] 이광호는 지금까지 비판적 문제 제기에서 집중적인 표적이 되어 왔다. 그의 평문 「맥락과 징후」는 신세대 문학 옹호론을 대표하는 글로, 그가 참석한 두 번의 좌담은 비판의 근거로 수시로 거론되었다. 사실 그때까지만 해도 이광호의 입장은 신세대 문학 옹호자들 가운데에서 가장 중립적인 위치에 있었다. 그러나 상황은 이광호에게 신세대 문학에 대한 옹호의 글을 요구했고, 그 답변으로 쓰여 진 글이 상기의 평문이다. 그는 신세대 문학에 가해진 비판적 언질을 '마녀 화형'에 비유하고, 이를 '담론의 폭력성'을 대변하는 대표적인 사례로 규정한다. 그리고 신세대 문학을 '정치적 방략'이나 '우리 문학 안팎의 혼란'으로 정의하는 민족문학의 입장(구체적으로는 김태현의 윗글)에 대해, 신세대 문학의 개념은 외부에서 강제된 것이며, 천박함 · 가벼움 · 깊이 없음 · 무분별함 · 몰가치성 · 상업성 등의 세부적인 편견을 통해 위기감을 형성하여, 자신들 내부에서 찾아야 할 적을 새로운 표적으로 대체하고자 하는 가해자 측의 음모라고 응수한다. 이것의 궁극적인 목적은 더욱 강력한 이데올로기적인 힘을 얻고자 하는 것이라고 못 박는다.

『문학과 사회』측이 가한 비판에는, 신세대 소설이 일정 부분 그러한 면모를 보이는 것은 부인할 수 없는 사실이라고 인정하면서도, 정작 '천박한 상업주의'에 밀착한 일부 기성작가들 대신에, 대다수가 공식적인 글쓰기를 막 시작하는 신진작가들에 이러한 멍에를 씌우는 것에 대한 강한 불만을 표시한다.

---

24) 이광호, 「'신세대'문학이란 무엇인가」, 『상상』(1993년 창간호), 살림.

또한 구모룡의 지적을 반박하며, 80년대적인 문학과의 연결성 보다는 구체적 실천이 중요하며, 한국 비평계가 안고 있는 문제를 고스란히 자신들에게 떠넘겼다고 주장한다. 서준섭의 경우에는, "새로운 문학적 징후를 포착해내고 그것을 논리화하는 작업을 우리 세대의 몫으로 받아들이는 것"과 "세대교체를 요구하는 작업"은 동일하지 않다고 반론한다.[25]

결국 신세대 문학 논쟁은 앞에서 제기한 두 가지 관점을 서로 다른 각도에서 이해하려는 입장 사이의 충돌에서 불거진 문제로 이해해도 무방하다. 그들은 90년대 문학을 바라보는 외형화 된 입지점을 확보하고, 자신들의 시각과 그 속에 담긴 욕망을 풀어 놓고 있다. 문제는 이러한 논쟁이 시간이 지나면서 자연스럽게(?) 아니 어리둥절할 정도로 슬며시 사라졌다는 것이다. 그리고 그 이후에 신세대 문학에 대한 당위성 내지는 편협함을 거론하는 관점은 자취를 감추고, 당연한 듯 문단으로 진입한 이들에 대한 피상적인 관찰 혹은 다분히 미시적인 분석만 행해졌다는 것이다. 이러한 작업이 분명 정당한 과정은 아닐 것이다. 자연스러운 진입이라고 해서, 누구의 승리요 누구의 계산 착오라고 말할 수도 없을 것이다. 이것은 아직도 당시에 제기되었던 문제들이 해결되고 있지 않은 작금의 현실로 충분히 증명된다. 따라서 이 논쟁은 소극적인, 그것도 성과를 거두지 못한, 소모적인 논쟁으로 결론지어도 무리가 없을 듯하다.

---

25) 이광호, 「'신세대'문학이란 무엇인가」, 『상상』(1993년 창간호), 살림, 160면.

4. 문학과 저항

저항한다는 것은 살아 있다는 말과 다르지 않다. 나와 너의 생각이
같지 않고, 나의 시선과 그들의 시선이 동일한 곳을 향할 수 없기 때문
에, 기본적으로 나와 너, 그리고 그들은 모두 다를 수밖에 없다. 문학
은 이 다름을 인정한다. 그들의 권리를 같게 만들고 너에게 나의 입장
을 모두 동등하게 반영할 수 있는 하나의 공동체를 만들어야 한다는
것은 기본적으로는 문명과 인간 세상을 구성하는 논리이기는 하지만,
그렇다고 해서 이러한 논리가 개인의 자율성과 독립성마저 침해할 수
는 없기 때문이다. 사실 독재자들의 논리도 문명과 사회 구성의 원리
와 기본적으로는 다르지 않다. 어쩌면 그 정도나 수준에서 차이를 보
일 따름이다.

그렇다면 문학의 역할은 기본적으로 자명하다. 문명과 사회의 기본
구동 원리를 인정하면서도, 그 정도나 수준에서 과잉되는 부분을 관
찰하고 그 과잉이 전체를 침해하지 못하도록, 더 솔직하게 말하면 문
학을 하는 당사자들의 삶부터 억압하지 못하도록 조치를 취하는 것에
있다고 하겠다. 문학은 그러한 측면에서는 억압의 수위를 조절하는
수위표에 해당하며, 제방의 물들이 흐르지 못하도록 막는 과잉된 체
제를 무너뜨리는 폭발의 역할도 수행할 수 있어야 한다.

문학은 그 어떤 우상도 신봉하지 않기에 어떤 억압으로부터도 자유
로울 수 있다. 자유롭기 때문에 저항할 수 있고 이러한 저항감이 문학
이 세상에 존재하여야 하는 이유를 만든다. 더구나 문학은 그 자체로 인
간 세상의 직접적인 쓸모를 마련할 수 없다. 공장을 돌릴 수도 없고,
쌀을 키울 수도 없다. 도로를 만들지도 못하고 건물을 짓지도 못한다.

그 자체로 법도 아니고, 관습도 아니고, 심지어는 에티켓도 될 수 없다.

하지만 문학은 그 어떤 법에도 의문을 던질 수 있고, 아무리 오래된 관습에도 구애받지 않으며, 새로운 시대의 에티켓을 창조할 수 있다. 의문을 던져 공산품 제작 과정과 쌀의 생산 조건과 건설의 진정성에 대해 질문을 던질 수도 있다. 질문을 던져 의혹을 환기하고 그 의혹이 적절하게 작동하여 더 나은 세상을 만드는 데에 일조할 수 있다. 그리고 그러한 세상을 만드는 일에서 인간은 영혼의 해방과 인간으로서의 소임을 이해할 수 있다.

문학은 결국 영혼의 질문이다. 그 어떤 것도 무조건 믿지 않음으로써, 세상의 빈틈과 왜곡을 간과하지 않고, 인간의 기본적인 의혹을 펼쳐냄으로써, 인간이 인간으로서 살아야 하는 이유를 설명해준다. 그래서 문학은 저항할 수 있고, 생각할 수 있고, 인간으로서 자신을 다듬어나갈 수 있는 기회를 만들어낸다. 결국 그것이 문학의 존재 이유이다.

03장 **문학과 권력**
그대의 세상

1. 페미니즘과 여권 신장의 발돋움

일상적으로 '페미니즘(feminism)'이라고 하면, 실축된 여성(들)의 권리를 신장하여 남녀가 동등한 권리를 형성하는 사회 건설을 지향하는 사람들의 생각을 통칭하는 용어이다. 이 용어는 『표준국어대사전』에 이미 등재될 정도로 이미 '우리 말'화가 진행된 경우이다. 사전에서 설명하는 말뜻도 별반 다르지 않는데, "성별로 인해 발생하는 정치 · 경제 · 사회 문화적 차별을 없애야 한다는 견해"로 풀이되었고, 흔히 '남녀동권주의 · 여권 확장론'과 유사한 용어라고 설명되었다. 그만큼 페미니즘이라는 용어가 이미 우리 곁에서 흔하게 사용되고 있으며, 유사한 용어인 '여성주의'로 대체할 수 없는 심층적인 의미 분화가 이루어졌다는 뜻이기도 하다.

이 용어가 약자로서의 여성을 핵심 대상으로 삼다 보니, 이러한 생각이나 단어를 주도하는 인물들로 흔히 여성들이 거론되곤 한다. 페미니즘의 확산 과정에서 문제의식을 지닌 여성들이 이러한 생각을 생산, 주도, 유포하는 주체로 나서는 경우가 많았고, 문단에서도 주로 여성 소설가나 여성 시인들이 이러한 생각을 더 폭넓게 공유하려는 성향이 짙게 나타났다. 이 역시 인간이 살아가는 세상과 사회에서 여성들이 약자로 인식되는 경우가 많았다는 징표일 것이다.

이러한 여권 신장으로서의 페미니즘은, 한국 내에서는 1990년대에 들어서면서 본격적으로 문단과 평단에서 부각되기 시작했으며 일정한 공감대를 형성해 나가기 시작했던 것으로 보인다.[1] 당시 시점에서 양귀자의 소설 〈나는 소망한다 내게 금지된 것을〉이나 공지영의 〈무소의 뿔처럼 혼자서 가라〉 류의 베스트셀러는 대중들의 관심을 끌면서, 단어조차 생경했던 페미니즘이라는 단어를 알려주는 계기로 작용했다. 비록 이러한 문학 작품이 지향하는 바가 궁극적으로는 페미니즘과 거리를 둔 것이라고 할 수밖에 없지만, 시대적 정황을 감안하면 전문가나 지식인 등이 아닌 이들이 이러한 운동 혹은 작품이 존재한다는(혹은 존재할 수 있다는) 생각을 심어주었다는 점에서 1990년대는 주목되는 시기가 아닐 수 없다.

그 후 여성 시인들은 변화하기 시작한 시대적 기류를 한편으로는 이끌고, 다른 한편으로는 그 시류에 동조하면서 이러한 운동을 확산시키는 것에 일조했다. 특히 대담한(?) 여성 시인들을 중심으로 감히

---

1) 이러한 시대 분류가 문학가(창자자)로서의 여성 작가나 여성의 삶을 다룬 작품이 1990년대에'만' 존재했다는 뜻은 아니다. 여성 소설가의 시작으로 꼽히는 김명순, 나혜석 등은 이미 일제 강점기(근대기 초입)에 활동한 문인들이었고, 한국 최초의 여성주의 영화로 꼽히는 〈미몽〉도 1936년(10월)에 개봉한 바 있다. 여기서는 이러한 시작으로서의 여성주의의 발현이 아니라, 사회적 공감대로서의 문학(문화)적 유포로서의 시대를 말하고자 하여 1990년대를 본격적인 시기로 상론한 것이다.

(?) 말할 수 없었던 것을 말하고, 과거에는 주장하기 곤란했던 것을 주장하기 시작했다. 금기시 되었던 단어와 표현 그리고 발언과 수사가 풀려나면서, 이 운동은 하나의 조류처럼 문단을 넘어 사회의 일각으로 밀려들어왔다. 그 과정에서 몸에 대한 관심은 점차 페미니즘이라는 이름으로 미화되기도 했고, 사람의 성기를 말하고 섹스를 언급하고 관능미를 드러내는 것이 점차 추(醜)나 악(惡)이 아니라 권리나 미덕이 되는 세상도 다가왔다. 아직도 여성의 권리와 사회적 지위는 나아진 것이 없다는 의견도 일부에 횡행하지만, 적어도 이러한 단어와 용어 심지어는 개념과 주장을 비교적 자유롭게 개진할 수 있다는 점에서 과거와 같다고는 할 수 없다.

시간을 다소 뛰어넘어 보자. 정체되어 있고 미진해 보였던 페미니즘이 최근 다시 주목받게 된다. 남성에 의한 여성 박해를 연상시키는 몇 사건이 이슈화되더니, 급기야 2018년 벽두에는 미투(Me too) 운동이 타오르면서 세상은 다시 페미니즘 혹은 그 여파에 직면하는 듯 했다. 1년이 지나고 있는 현재 시점에서 그 성과는 상대적으로 미약해보이고, 어떤 이슈들은 아직 시작도 못했지만, 이러한 미투 운동은 기본적으로 여성의 사회적 권리가 아직도 미약하고 개선(변모)해야 할 것이 여전히 많다는 사실을 각인시키는 기능은 수행했다. 아직 여성의 사회적 권리는 충분한 수준에 오르지 못했고, 앞으로도 페미니즘 운동이 의미 있는 운동으로 지속되어야 한다는 발언에 힘이 실릴 것 같다. 우리 사회에서 여성의 문제는 아직 미해결 숙제였던 것이다.

2. 〈델마와 루이스〉로 바라보는 2010년대 여성들의 세상

요즘 학생들에게 90년대 영화 〈델마와 루이스(Thelma & Louise)〉를 수업하면서 한 가지 신기한 공통점을 확인할 수 있었다. 그들(주로 '그녀들'이지만)은 수업 서두에 〈델마와 루이스〉에 대한 개략적인 설명만 듣고는(특히 90년대 영화라는 말을 듣고는) '옛날 것을 왜 보아야 하느냐'는 실망감을 굳이 감추려 하지 않다가도, 막상 이 영화를 실제로 감상하면 그 내용에 빨려 들어가 90년대에 이러한 영화를 만들 수 있었다는 사실에 새삼 놀라워하는 반응으로 급변하고 만다. 리들리 스콧(Ridley Scott)의 적지 않은 걸작 중에서도 빼어놓을 수 없는 문제작이라는 세간의 상찬이 무색하지 않은 순간이라고 하겠다.

여기에 한 가지 사실이 추가되면, 이 영화의 의미와 가치는 이 시대에도 여전히 유효하다는 생각을 더할 수 있게 된다. 그것은 학생들이 이 작품에 공감하는 이유이다. 많은 여학생들이 90년대를 기억하지도 못하고 있고, 이 영화가 개봉된 90년대 초엽에는 아직 태어나지도 않은 경우가 대부분인데, 그(녀)들은 이 영화의 설정(문제의식)을 단번에 이해하기 때문이다. 그(녀)들이 쓴 과제물을 보면, 이 영화의 배경이 미국이고 이제는 청춘스타가 아닌 여인들이 주연을 맡았지만, 그(녀)들에게 그곳은 '한국'이나 다름없었고 심지어 한물 간 듯한 스타들의 모습조차 '지금(2018년)-이곳(한국)'의 자신(들)과 크게 어긋나지 않는다는 주장이 담겨 있곤 했다. 그(녀)들과 20년 격차를 가진 세대에게도 이러한 공감대는 놀라울 수밖에 없는데, 그 중에는 적지 않은 남학생들도 포함되어 있곤 하다.

이러한 요즘 젊은이들을 매료시키는 요소가 빼어난 문제의식만은 아닐 것이다. 이미 90년대 영화적 감수성을 '폐물 취급'하는 요즘 젊은 이들에게도 이 영화의 상징은 남다른 관극 욕구를 불러일으킨다. 가장 핵심적인 이미지는 마치 날아가듯 세상 바깥으로 질주하는 여성들의 저항(도전)이겠지만, 그녀들이 질주하는 세상 속에 널려 있는 기득권자로서의 남성 이미지 또한 좀처럼 거부할 수 없는 무게감을 지닌 채 묘사되어 있다. 세상의 짝이 되어야 할 상대가 더할 나위 없이 거칠고 무례하다면 그것만큼 고역스러운 일도 없을 것이다. 90년대 〈델마와 루이스〉 내 여성들은 고역스러운 남성들이 득실거리는 길 위에 서 있었던 셈이다.

〈델마와 루이스〉에 대한 이야기를 더 하자면, 학생들은 델마가 변모하는 과정에서 통쾌함을 느끼고, 루이스와 함께 절벽에서 뛰어내리는 (어떠한 측면에서 보면 차를 타고 그녀들을 제외한 세상으로 돌진하는) 장면에서 비애감을 느낀다고 대답하기도 했다. 2010년대 그(녀)들은 왜 90년대 그(녀)들이 하늘색 자동차를 끌고 '그랜드 캐넌'으로 추락하면서까지 자신들의 세상을 건너려 했는지 이해한다고 대답하기도 했는데, 그만큼 그녀(델마와 루이스)들의 현실은 90년대에도 2010년대에도 변함이 없다는 뜻일 게다.

3. 페미니즘의 확장과 약자의 의미

하지만 냉정하게 학생들의 말을 걸러볼 필요도 있다. 그(녀)들의 말에는 다소간 어폐도 있어 보이기도 한다. 영화의 감동이 아무리 대단하고 시간이 흘러 90년대의 미국적 상황에 현재의 한국이 근접한 상황이었다고 해도, '그때의 여성'과 '지금의 여성'의 사회적 위치와 상황이 동일하다고는 할 수 없다. 그때나 지금이나 억압받는 여성이 동일하게 존재하지만, 보편적인 수준에서 볼 때 두 시대가 동일한 억압을 가하고 있다고는 보기 어렵다.

그럼에도 왜 학생들은 그러한 인상을 이야기할까. 물론 억압받는 여성의 입장에 놓인 학생들의 경험이 작동했을 것이다. 아무래도 그 시절(여기서는 90년대)보다 여성의 어려움에 대한 감수성과 공감대도 사회적으로 넓게 용인되기 때문에, 직간접적인 공부와 정보 수집으로 두 시대의 간극을 메울 수도 있었을 것이다. 그러고도 또 다른 이유가 남을 수 있다면, 페미니즘에 대한 이해가 달라졌다는 점에서 찾을 수 있지 않을까 싶다.

범박한 뜻에서 페미니즘은 여성들의 권리 신장을 의미하지만, 90년대와 지금의 시대에서 이 단어는 의미하는 바는 상당히 달라졌다. 이전의 페미니즘이 약자로서의 여성을 옹호하는 주장이었다면, 이제 그 약자의 반열에 여성이 아닌 여러 층위를 거론해야 하는 개념으로 바뀌고 있다. 이에 해당하는 약자의 정체는 다양한 주변 학문에서 도입되고 있다. 전통적인 측면에서 경제적 약자로서의 빈자가 그러하다. 굳이 맑스를 거론하지 않는다고 해도, 인간사의 시작 이전부터 빈자의 출현은 당연한 것으로 예고되었고 그에 따라 그들의 권리는 제약되었다. 최근까지도 이러한 빈자의 범주에 그녀들이 더욱 강하게 포섭되는 경향을 보인다는 점에서, 빈자는 여성과 무관하지 않았다.

의학적으로는 지체부자유자나 정신이상자도 이러한 약자의 반열에 포함될 것이고, 식민지배층에 종속된 피지배자, 경제 강국에 납치되듯 이주한 해외이주자나 이주노동자, 인간의 권리 앞에 자신의 권리를 잃고 핍박당하는 동물들과 식물들, 생태계의 부당한 처사 앞에 신음하는 자연 등이 또한 포함될 것이다. 페미니즘이 강자 대 약자의 구도 하에서 여성의 인권과 정체성을 거론했듯, 이제 확대된 페미니즘은 과거의 남성(힘과 우월성을 지닌 서구 문명의 대표자로서 백인)으로 대표되는 세상의 속된 권력에 대한 총체적 대응으로 나아갈 필요를 절감하고 있다.

이러한 약자들이 어느 날 세상에서 갑자기 태어난 것은 아니었다. 이러한 약자로서의 그(녀)들은 세상에 이미 오래 전부터 세상에 존재했다. 거의 여성들이 약자로 세상에 존재하는 시점과 그 우위를 다투기 어려울 만큼 오래 전이었다고 해도 과언이 아닐 것이다. 하지만 그러한 대상들에 대한 관심은 오래된 것은 아니었다. 과거의 페미니즘이 그러했듯, 새로운 세상에서 존재해야 할 페미니즘은 이 오래된 그(녀)들에 대해서도 생각해야 할 때가 되었다.

새로운 시대의 페미니즘은 약자를 여성으로만, 그래서 그 대항 계층을 남성으로만 생각해서는 이러한 문제를 총체적으로 다룰 수 없다. 여성의 권리만 신장하다고 해서 불균형과 모순이 사라지지 않기 때문이다. 이러한 인식에 도달할 때, 우리는 약자의 개념을 다시 보게 된다. 약자라는 개념은 누군가가 강자가 되면서, 그것도 특정한 종류의 인간이 강자의 자리에 오르면서, 상대적으로 잉태된 개념이다. 한때 서구 민족은 아프리카나 아시아의 민족을 동물 다루듯 다루었다. 그들의 영역을 자의적으로 침범하고도 그것을 '지리상의 발견'으로 미화했고, 상대를 사냥하듯 잡아와서 노예로 부리면서도 그들의 삶을 옹호하고 신장시켰다고 호도했다. 아니 그렇게 굳게 믿어야 했다. 적어도 그들 강자들의 시대에는 약자에 대한 동정이나 약자를 보호해야 한다는 넓은 의미의 균형감은 통용되지 않았다.

　이러한 역사적 선례는 수도 없이 들 수 있으므로 더 들지는 않기로 하자. 이러한 사례들에서 우리가 잊지 말아야 할 점은 문학이 이러한 강자들의 횡포를 고발하는 데에 앞장섰다는 사실이다. 페미니즘 문학도 이러한 문학의 역할 가운데에서 특수한 영역이 불거진 경우라고 하겠다. 그러니 이제는 좁은 의미의 페미니즘을 앞세워 우리 앞에 놓인 수많은 약자들을 도외시하고 특수한 약자만을 고집할 수 있는 시기는 지났다고 해야 한다. 어쩌면 원래부터 페미니즘은 기울어진 세상의 모습을 보다 근본적으로 바로잡아야 할 필요성을 역설하고 있었는지도 모른다. 남성과 여성의 문제는 그 근본적인 것 중 하나였기 때문에 두드러졌을 따름이다.

　다시 〈델마와 루이스〉의 이야기로 돌아가자. 학생들이 이 영화에 깊은 공감을 느끼는 것은 이 영화가 지닌 내적 특질 때문이기도 하고, 그래서 자신들이 이 땅의 여성으로 살면서 느낀 특수한 체험 덕분이기도 하겠지만, 이러한 여성의 문제를 사회에 만연한 약자의 시선으로 보편화 시키는 데에 보다 능동적인 입장을 취할 수 있었기 때문은 아니었을까. 여성으로만 사는 것이 문제가 아니라, 취직과 스펙과 학력과 월급의 차이를 열등감으로 받아들여야 하는 자신에 대한 총체적인 문제의식 때문은 아니었을까.

　우리의 주변은 많이 바뀌었다. 대학 캠퍼스에 외국어와 외국 복장은 더 이상 이례적인 일이 아니다. 피부가 검은 노동자들은 낮은 임금에 의해 한국의 내부 식민지인으로 전락한 상태이고, 농촌이라는 상대적 약자의 세계 내에도 더 약한 누군가는 외국인 신부가 되거나 며느리가 되어가고 있다. 피부색이 같고 동일한 언어를 쓰는 이들일지

라도, 우리와 다른 체제의 이탈자로(탈북인)로, 혹은 부족한 한국 사
회의 인력을 메우면서도 상대적으로 폄하되는 문화적 할인 중계자(조
선족)로 내몰리고 있다. 이러한 이들이 안전하게 살아갈 땅이 한국에
는 그렇게 넉넉하지 않으며, 시야를 바꾸어 외국을 보아도 이러한 상
황은 근본적으로 나아지지 않는다.

외부에서 온 이주자만의 문제가 아니다. 서울이나 중앙이 아닌 곳
에 살아야 하는 지역민의 상대적 박탈감도 피지배민이 느끼는 비애에
육박할 정도이다. 서울과 지역의 격차, 상위 계층과 하위 계층의 격차,
명문대학과 지방대학의 격차는 점점 커져가고 있어 상대적 박탈감이
동일한 대한민국 국민이라고 해도 누군가를 끊임없이 예외로 몰고 가
고 있다. 학생들이 느끼는 델마와 루이스의 실체는 비단 남성에 의한
압제 속에 시달리는 여인들만 모습이 아니라, 사회적/경제적/지역적/
국제적/민족적 약자로 전락해 있는 자신의 입장에서 목격되고 체화되
는 '델마들'과 '루이스들' 풍경이었다고 해야 한다. 다양한 약자의 터
울에, 이미 그녀들-학생들은 사로잡혀 있었던 것이다.

4. 불균형과 편협함에서 조화와 균형으로

페미니즘을 남성 권력에 대항하는 사회적 이념으로 생각하는 이들
에게, '가부장권'은 이러한 불균형을 초래하는 원흉처럼 여겨진다. 동
서양을 막론하고 상당한 시간동안 남성(들)은 집안 내에서 절대적인
권력자로 행세했는데, 이러한 권력 집중의 현상이 비단 한 가족에게
만 국한되지 않고 그 연계 선상에 있는 가문 전체, 씨족 사회, 지역 공

동체, 가권의 확대로서의 국가와 그 국가를 통합한 제국의 문제로까지 번져나갔다는 견해 때문이다. 사실 이러한 의견이 전혀 잘못된 것은 아니다. 인간이 문명을 건설하고 소위 역사시대를 연 이후 생성된 대부분 시대에 이러한 가부장권이 횡행했기 때문이다.

한국 사회에서는 2010년대 미투 사건을 통해 가부장권의 또 다른 그늘을 직시하게 된다. 집단을 이끌면서 그 구성원(상대)에게 위력을 행사할 수 있는 사람들, 이른바 한 집단의 '대표'이거나 누군가의 '선생님' 혹은 '감독(님)' 내지는 '상관'이라고 불리는 이른바 '수장'들이 저지른 성적인 약탈이 폭로되었기 때문이다. 이러한 약탈의 기반은 공동체의 권력 인정이었다.

조직화된다고 믿어져 왔던 우리 사회는 어느새 사유화되고 있기도 했던 셈이다. 그 중심에는 모습을 달리한 '가부장'이 도사리고 있었다. 적어도 민낯의 대한민국 사회에서는 '가부장권'으로 요약되는 남성적 권력 독점 체제가 큰 폐해와 각종 문제를 야기한 것(혹은 그 발단을 제시한 것)을 부인할 길은 없어 보인다. 그러다 보니 페미니즘이 이러한 남성적 권력 독점만을 문제 삼는다면, 기울어진 운동을 바로잡는 일이 더 쉬워 보이기까지 한다. 눈앞의 불균형이 분명하게 목도되고 있고 그 폐해가 권력의 편협함으로부터 나온다는 당장의 확신이, 해당 사안만을 바로잡도록 요구할 명분을 획득하기 때문이다.

그런데 냉정하게 말한다면, 지금의 상황은 목전의 상황을 치유하는 데에 급급했던 과거의 선택으로 인해 지금까지 꺼지지 않는 불씨처럼 남아 있는지도 모른다. 1950년대부터 한국 사회에 서서히 파고들어 온 페미니즘(적) 사고는, 그 이후 편협한 남녀 대결을 근거로 세를 불려왔다. 1950년대 여성의 사회적 진출을 두고 찬반 논쟁을 불러일으킨 소설(영화로 제작) 〈자유부인〉이 이러한 사례로 적합하다. 이 작품을 추동한 여성적 시각(견해)은 여성의 사회적 진출이 필요하며 그 과정에서 남성화 된 사회와의 접촉이 불가피하다는 사실을 알리는 데에 있었다면, 이에 대한 계몽과 응징의 시선은 사회적 진출을 꿈꾼 여성의 말로를 타락한 여인의 속죄와 반성이라는 또 하나의 편협함으로 귀결시키고 말았다. 〈자유부인〉이 여성주의 영화이면서 반-페미니즘 영화가 되는 아이러니가 여기에 있다. 남성 중심적인 세상과 사고에 재고하도록 만들겠다는 세대의 도전—설령 작가나 연출가가 그러한 목적에 전적으로 동의하지 않을지라도 이러한 작품이 생산되는 구조나 이유만으로 이러한 생각이 일정 부분 생겨난다—은 곧 불균형을 성급하게 바로잡으려는 생경한 도전으로 취급되었고 사회적 질서를 원상으로 복귀시키려는 반발력의 반격을 피할 도리가 없어졌다. 실제로 이러한 도전과 응전으로서의 문학(예술)적 공방은 〈인형의 집〉에서도 확인되는 바 있다.

비록 〈자유부인〉이나 〈인형의 집〉이 남성 독점 권력의 부당함을 알리는 징후로 작용했고, 그것이 긍정적이든 부정적이든 정체된 사회에 파장을 불러일으키는 역할을 했다고 해도, 이러한 방식만으로 페미니즘이 겨냥하는 문제를 해결할 수는 없다고 해야 한다. 왜냐하면 집 나간 노라의 훗날을 걱정해야 할 정도로 하나의 선택 다음에 일어나는 또 다른 불균형을 간과할 수 없었기 때문이다.

페미니즘의 시작이 거대한 남성 권력에 대한—일견 미약해 보이기까지 한—도전에서 시작되는 것은 분명하지만, 이러한 간단한 대결 구도만으로 페미니즘 사유가 꿈꾸는 최종 결론을 상정하는 데에는 무리가 따를 수밖에 없다. 여성의 잃어버린, 그리고 회복해야 할 권리를 되찾는 것에 역점을 둔다면, 또 다른 잃어버린, 그래서 회복해야 한다고 믿게 되는 권리 또한 양산할 것이기 때문이다.

사회는 다양한 이권들의 결집(처)이기에 이러한 결집은 단순히 눈에 보이는 불균형으로만 확인될 수는 없다. 그 안에는 여러 입장들이 동시에 공존하기 마련이어서, 해당 안건만을 해결한다고 균형이 일시에 회복될 수는 없을 것이다. 한 약한 여성이 남성들과의 문제를 해결한다고 해서, 그 여성이 지니고 있을지도 모르는 경제적 약자로서의 빈자의 고민이나, 지역의 소외자로서 느끼는 울분까지 함께 해소된다고 보기 어렵기 때문이다. 만일 이 여성이 경제적으로 가난한 나라에서 한국으로 이주한 이주여성이라면, 문제는 다른 차원으로 파악될 수도 있다.

과거의 페미니즘이 정상과 비정상의 시각으로 기울어진 남녀를 바로잡고자 했고 그 결과로 과격하고 급진적인 생각과 행동까지 용인하는 관례가 허용되었다면, 현재와 미래의 페미니즘은 과거의 문제의식을 보다 원천적으로 재고할 필요가 있으며, 사회의 다양한 측면에서 균형을 되찾을 방법을 모색할 의무가 있다.

문학도 이러한 필요와 의무를 인식해야 한다. 과거의 시인들이 남성 사회의 보이지 않은 횡포와, 여성 자아의 숨겨진 모습을 드러내는 데에 초점을 맞춘 것이 사실이다. 하지만 미래의 시인들은 억눌린 자아와 광범위한 세계 사이의 불균형을 보다 심화된 시각으로 접근할 필요가 있어 보인다. 예전의 소설가들이 페미니즘이라는 견해와 사상을 이 세상에 전파하고 대립적 가치로 재단하는 수준에서도 문학 작품을 생산하고 전파하는 희열과 만족을 얻을 수 있었다면, 동시대와 미래의 페미니즘은 보다 광범위한 '약자들의 세상' 속으로 자진해 들어가 그 안에서 다시 은폐되어 있는 가부장권과 교활한 억압을 발견하고 이에 대해 효과적으로 대항할 수 있는 방책을 찾아야 할 것이다. 그러한 측면에서 현재의 문학 - 범위를 좁혀서 소위 말하는 페미니즘 문학의 활동은 자신에 대한 성찰을 앞세울 필요가 있다.

　분명 과거의 페미니즘은 우리 사회를 추동하고 변화시킨 사상적 원동력이었지만, 단견으로서의 대립의식이 가져올 피해 역시 적었다고는 단언할 수 없다. 현재 우리 사회에서 일어나고 왜곡된 탈-코르셋 운동이나 일부 여성단체들의 과격한 남성 혐오 활동 등은 가장 대표적인 피해 사례에 해당한다.

　문학은 그 어떤 우상도 섬기지 않는다는 측면에서 자유롭다. 그래서 남성들이 세상의 권력을 독점했다고 믿었던 시대에도, 진정성을 추구하는 문학은 그 남성의 편에 서지 않고 그러한 남성의 힘을 찬양하기를 거부할 수 있었다. 뒤집어 말하면 페미니즘이 거부 불가능한 시대의 대세라고 할지라도, 그 생각 자체에 매몰되지 않고 또 다른 오도된 우상(절대적 진리)으로 격상시키지 않을 때 페미니즘의 건강성도 유지할 수 있을 것이다.

　문학은 기본적으로 약자의 편이었고, 약자에게 가해지는 불균형과 동시에 강자가 주장하는 편협함을 지적하고 이를 바로잡기 위하여 개입하는 데에 그 사명(만일 문학에 그러한 사명이 존재해야 한다면)을 두어 왔다. 그렇다면 페미니즘이 이러한 확대된 세계로 나아가는 선택은 그 근본 원리에서 문학의 진정성과 그 궤를 함께 한다고 해야 한다. 이러한 확장 가능성에 동의한다면, 이러한 행보는 생태학의 그것과도 다르지 않으며, 맑스가 『자본론』을 통해 꿈꾸었던 세상과도 결국에는 통한다고 보아야 한다. 더 넓게는 문학이 오래전부터 옹호하던 원리와 크게 다르지 않으며, 세상의 유수한 철학의 기본 원리와도 매우 유사하다고 할 것이다(생태학은 페미니즘 관점을 흡수하여 에코 페미니즘이라는 사유를 재생산한 바 있다).

결국 페미니즘이 그 어떤 이름을 가지고 있든 간에, 궁극적으로는 문학이 지향해야 할 '연민과 조화의 미덕'을 외면할 수는 없을 것이다(그래서 페미니즘은 그 어떤 분야보다 문학과 예술에서 중요한 사상적 기반으로 되었을 것이다). 문학 자체가 세상의 '약자'와 억압된 '공동체(적) 구성원'을, '나'의 정체성을 확대한 '타자로' 대접하고 그들의 삶과 권리에 관찰과 참관을 게을리 하지 않는다면, 그 길 위에서 문학과 페미니즘은 어색하지 않게 만날 수 있을 것이다. 반드시 남녀의 갈등 사항이 아닐지라도 그 만남을 행복한 조우로 바꿀 수 있을 것이며, 그들('약자'이면서 '나'이기도 한 이들)의 권리 침해를 방관하지 않으면서도 이 사회가 '외면할 수 없는 거절'을 만들어낼 수 있을 것이다. 원래 문학이나 페미니즘은 어색한 것들에 대한 동거를 감수하는 편이었으니까 말이다.

4. 문학의 진정한 역할과 확대된 페미니즘의 다른 모습

이러한 상황을 인정한다면, 구체적으로 문학은 이 시대에 어떠한 역할을 해야 할까. 지금까지 우리가 페미니즘 문학으로 주목해 온 작품들 - 시와 소설, 그리고 넓은 의미에서 비평 - 은 이러한 현실을 직설적으로 드러내고(물론 시적 화자나 서사의 주인공의 목소리를 빌리기는 하지만) 단도직입적인 언어로 비판하는 형식을 고수하곤 했다.

그러한 문학의 존재 이유를 인정한다. 다만 이 세상에는 다른 형식(주장)의 작품들이 존재하며, 그러한 작품들이 확대된 (페미니즘)문학의 의의와 기품을 보여줄 수 있다는 가능성도 고려되어야 할 것이다. 그러한 시 한 편을 읽어보자.

> 돌을 놓고 본다
> 초면인 돌을
> 사흘 걸러 한 번
> 같은 말을 낮게
> 반복해
> 돌 속에 놓아본다
> 처음으로
> 오늘에
> 웃으시네
> 소금 같은
> 싸락눈도 흩날리게
> 조금
> 돌 속에 넣어본다
> – 문태준, 〈사귀게 된 돌〉

언뜻 보면 이 시는 페미니즘과는 전혀 관련이 없어 보인다. 생물학적으로 남녀의 성별로 세상을 구획하고 그 다툼으로 세상의 문제를 해결하려는 의지를 지닌 이들에게는 분명 이 시는 그러하다. 하지만 평범하지만 우리 곁에 있는 늘 있는 사물로서의 '돌'과, 그 돌을 오랫동안 지배해 왔다고 믿는 '우리-인간'의 범용한 관계를 생각한다면,

이 시는 다른 의의를 보여주고 있다.

시인은 돌을 '놓고 본다'고 했다. 이 특이한 조어(서술어) '놓고 본다'는 이 시를 더욱 시답게 만드는 핵심 시어인데, 인간의 삶과 문명의 건설 과정을 생각해 보면 이 '놓고 본다'가 일상적인 행위를 넘어서는 의도를 지니고 있다는 사실을 알 수 있다. 인간은 문명을 건설하면서 자연을 거칠게 다루었고, 인간의 삶과 행복이라는 명분 아래 마구 희생시켰다. 사실 돌을 희생시켰다는 말 자체가 어색할 정도로, 돌은 그냥 쓰도 되는 존재에 불과했다. 돌을 만들기 위하여 억겁의 시간이 소요되고, 하나의 돌이 그 시간을 뚫고 인간 앞에 현현하기 위하여 어떠한 인연이 필요한지는 안중에도 없었다. 말 그대로 돌은 세상에 널려 있었고, 인간(특히 힘을 가진 인간)은 이것을 사용하기만 하면 되었다.

그러한 시각에서 보면, 돌은 세상의 약자였고 정당한 권리를 보장받지 못하는 시대의 희생자였다. 시인은 함부로 써 온 돌을, 자신의 시선에 맞추어 '놓고', 또 무심하지 않은 시선으로 바라 '본다'. 바라보는 행위에 진심을 더하기 위하여 '사흘 걸러 한 번' 말도 걸어 본다.

여기서 상상해 보자. 시인은 돌에게 어떠한 말을 했을까. 수인사를 하고 안부를 물었을 지도 모른다. 그동안 인간이 어떠한 잘못을 저질렀는지 고백한 다음, 미안하다고 사과했을지도 모른다. 예스러운 시간 속 현자처럼 인간과 문명이 나아갈 바를 물었을 지도 모른다. 어쩌면 남들에게 못하는 속엣 말을 건넸을 수도 있다.

결론부터 말하자면 어떠한 말을 했는지는 알 수 없을 것 같다. 시인은 그 말의 내용을 밝히는 것이 중요하다고는 생각하지 않은 것 같다. 그렇다면 시인에게 했던 중요한 행위는 그 말의 내용이 아니라, 그 말을 거는 행동이 아니었을까. 무슨 말이든, 어떠한 말이든 시인은 돌에게 말을 할 수 있었고(아니 해도 좋았고), 중요한 것은 그 말에 제접 진심을 담아야 한다는 사실 정도가 아니었을까. 실없는 말이 아니라 '같은 말'을 반복했을 정도로.

시인은 돌에게 '낮게' 말했다고도, 말하고 있다. 그는 자신이 인간이 라는 사실로 우월감을 표하지 않았고, 한 번 말해서 상대-돌이 알아든 지 못한다고 타박하지도 않았다. 시인이자 인간인 그는 시간을 기울 여, 낮고, 성의 있게 말하고자 했다. 그렇게 그는 버려진 존재에게 말 을 걸었고. 이 보이지 않는 대화에까지 인간으로서의 예의를 갖추고 자 노력했다. 시인은 그 모든 과정을 - 길고 긴 시간을 거쳐 간신히 이 루어 낸 - 돌 속에 말을 '넣어본다'라는 표현으로 바꾸기도 했다. 그때 쯤 시인은 돌 속에 자신의 마음을 '넣'거나, 자신 자체를 '넣'었는지도 모른다. 시인에게 시선은 말이고, 말은 마음일 수 있었기 때문이다.

한동안 시간이 흘러, 돌은 응답을 보내왔다. 시인에게 '처음으로 웃' 어 보였던 것이다. 시인은 마음속 공대를 갖추어 '웃으셨'다고 표현했 다. 옛 사람들이 비가 '오신다'고 표현했던 것과 같은 이치이다. 세상 에 대한 이러한 공대는 곧 자신에 대한 겸허와 다르지 않다. 자신이 우 월하지 않고 상대가 나와 근본적으로 동일한 권리를 가졌으며, 강약 의 구별보다는 조화와 소통의 원칙에 의해 세상이 운행된다는 간단한 원리를 마음 깊이 수용했음을 보여준다.

이제 시인은 시선, 말, 마음뿐만 아니라, '소금 같은 싸락눈'도 돌에 게 건네 본다. 이 시의 백미 중의 백미인 '소금 같은 싸락눈'은 시인이 보여주는 마음의 자세를 일필휘지로 찍어낸 대목이다. 여기서 다시 상상을 덧붙일 수 있겠다. 어쩌면 돌은 처음부터 시인의 곁에 놓여 있 지 않았다. 시인은 '돌을 놓고 본다'고 표현했지만, 반드시 돌을 자신의 탁자나 마당이나 서재에 가져다 놓은 것이 아닐 수 있다는 뜻이다. 마음속으로만 옮겨온 돌이지 돌 자체는 세상 어느 자리에 그냥 있었을지도 모른다. 그런데도 그는 '놓고 본다'고 표현했고, '넣어 본다'고 묘사했다. 마치 돌이 자신의 근접한 거리에 놓여 있는 것처럼 말이다. 그 자신이 돌에게 가도 그는 놓고 본다고 표현할 수 있었을 것이다. 거리는 공대와 예의로 인해 더 이상 타자를 변별하는 주요한 장애가 아니었기 때문이다.

시간마저 흘러 계절이 바뀌자 돌이 놓인 세상에도 눈이 내리기 시작했다. 돌(들)만의 시간과 세상에서 소금 같은 간이 처지고 기쁘고 환희에 찬 변화가 가미되기 시작했다. 돌은 돌로서 자신이 세상에 살아가야 하는 의미 하나를 되찾을 수 있었다. 시인도 이러한 돌의 의지를 존중했고, 그 돌을 돌이 있어야 하는 위치에 놓고 보는 마음의 자세를 더욱 돈독하게 갖출 수 있었다. 그래서 돌이 웃는 것처럼 그도 웃을 수 있었는데, 그것은 아마도 돌과 자신의 위치가 같고 삶의 가치가 동등하며 세상에서 누려야 할 몫이 상생과 조화를 이루어야 한다는 깨달음 때문이었을 것이다.

만일 돌이 하잘 것 없는 것이었고, 인간이라는 강자가 마음대로 다루어도 상관없는 것에 불과했다면, 그래서 시인이 세상에서 돌의 위치와 의미가 무엇인지를 살피는 일에 열중하지 않았다면, 시인에게 이러한 조화의 원리와 충족된 균형감은 아마 인식되지 못했을 것이다. 이 시도 이러한 품격을 갖추지 못했을 것이고, 궁극적으로는 세상에 놓인 돌이 눈을 맞고 서 있는 모습을 무의미한 풍경으로 내버렸을 것이다. 돌을 놓고 볼 수 있는 용기와, 그 용기를 끝까지 믿고 신뢰한 시인의 마음 때문에, 돌은 그냥 돌이 아닌 '세상의 돌'이 될 수 있었을 것이다. 그만의 돌이라고 하기에는 돌에게 너무 무례한 일일 수 있지만, 자족적인 측면에서만 표현을 허용한다면 그 돌은 누구의 돌도 아닌 시인의 돌이 될 수 있었던 것도 그 신뢰 때문일 것이다.

5. '돌'의 모습에서 '인간(세상)'의 모습으로

문태준의 깊이 있는 시에 불필요한 설명을 덧붙이고 싶지는 않지만, 이 장에서는 세속적인 설명을 중언부언할 필요가 있어 보인다. 위 시의 깊이와 현오한 세계를 그대로 음미하고 싶은 이들은 이 장을 건너뛰어도 좋을 것 같다.

시인에게 돌이 그냥 돌이 아닌 이유는 돌을 대하는 태도에서 연원했다. 세상의 관점으로 돌아간다면 우리가 페미니즘을 돌보아야 하는 이유가 여기에 있다. 궁극적으로 약자를 돕고 강약의 조화와 균형을 맞추는 것이 문학의 기본적인 소임이기는 하지만 그것만으로 여성 일방만을 옹호하는 논리를 무한 긍정할 수는 없어 보인다. 문학의 유일한 목표이자 의의가 있다면 세상에서 옳다고 말하는 그 어떤 힘이든, 권력이든, 심지어는 의심할 수 없는 진리로서의 사유이든 다르게 생각하고 그 어떤 경우에도 우상으로 섬기지 않는 것에서 찾을 수 있다. 페미니즘이 절대적인 위력을 가진 언술이나 사상이라고 해도, 문학은 끊임없이 그 의의와 실체를 의심하지 않을 수 없는 이유가 여기에 있다.

안타깝게도 현 세상의 페미니즘의 모습은 상당히 왜곡되어 있다. 일부 여성 단체의 무분별한 궐기와 파격적인 행보 같은 극단적인 사례를 예로 들지 않는다고 해도, 남성과 불화와 대립으로 세상의 문제를 해결하겠다는 의지는 표면적인 임기응변 그 이상을 넘지 못하는 경우가 적지 않다. 근원적인 사유의 작동을 가로막은 채 표층적인 충돌만으로 이 세상의 복잡한 입장(들)을 잠재울 수는 없을 것이기 때문이다. 이때 우리-문제에 휩싸인 현실의 인간들에게 필요한 사유는 돌을 대하는 시인의 마음이 아닐까 싶다.

돌을 그냥 돌이 아닌, 소용이나 필요의 대상에서 벗어난 존재로 대하는 시인의 태도는, 내면의 평온과 함께 상대와의 소통을 이루어내었다. 길고 길었을 시간을 '사흘 걸러 한 번' 씩 들여다보며 '그-상대'와의 교분을 쌓고자 부단히 노력했기 때문이다. 무슨 이야기를 나누면서 교분을 쌓았는지 시인은 알려주지 않지만, 무슨 이야기이든 상대에게 자신을 보여주는 일은 중요하다고 보아야 한다.

세속의 범인(凡人)들은 이 과정에서 '연민'을 생각하지 않을 수 없다. 우리를 진정으로 난처하게 하는 판단 중에는 우리가 어떻게든 우월한 존재와 열등한 존재를 판가름할 수 있다는 판단도 들어 있다. 이러한 시각에서 본다면, 인간은 그 어떤 존재보다 우월한 존재가 되어야 될 수밖에 없다. 그렇다면 인간은 이 우월함을 내려놓을 수 있을 때, 그렇게 내려놓은 자신을 놓고 볼 수 있을 때, 상대와의 대화도 가능해질 것이다.

시인이 인간의 우월감을 마음 깊이 누르고 돌과 대화를 시도했고, 그 소통의 가능성을 한 편의 시로 남길 수 있을 때 비로소 시인이 될 수 있다. 페미니즘을 남성과 여성의 대결로 이해하는 이들에게 이러한 마음의 자세는 요긴하지 않을까. 자신을 그 어떤 상대보다 우월하지 않다는 입장을 취하려는 자세를 갖출 수 있을 때, 그 주체가 인식하는 페미니즘도 비로소 페미니즘이 될 수 있지 않을까.

세상의 모습을 '놓고 보는' 것이 아니라 '강제로' 분리하여 그 투쟁의 양상을 따진다는 논리 자체가 부자연스럽다는 점을 수용해야 한다. 필요한 것을 내 안에도 혹은 내 앞에도 놓을 수 있어야 하고, 그 앞 혹은 안에 놓인 대상(사물이든 상대 성(별)이든 적대자이건 간에)을 향해 자신의 마음(생각 혹은 입장도 동일)도 놓을 수 있을 때, 상대의 생각에 나의 생각을 '넣어 볼' 수 있는 여지도 생겨난다고 하겠다. 적어도 이러한 마음 자세는 대립과 격돌이 아닌, 상생이나 조화의 시선에 가깝다고 해야 하며, 미래의 페미니즘이 반드시 선취해야 할 자세가 아닌가 한다.

작은 페미니즘이 그 분쟁과 격돌에 치중했다면, 성숙한 페미니즘은 그 너머에 있는 세상의 모습도 함께 끌어안을 수 있어야 할 것이다. 그것이 페미니즘 본래의 의미에 가깝고 또 솔직한 입장일 것이다. 지금까지 그녀들의 세상이 비참한 것이었다면 그 세상을 넘어서려는 모든 이의 세상도 비참한 것이 되어서는 곤란하고, 어쩌면 그녀들만의 선택과 모색이 더 넓은 세상의 조화와 균형 속에서 함께 논의되고 강행되어야 한다는 논리 정도는 어울려 함께 고려되어야 할 것 같기 때문이다.

6. 그녀들의 세상, 그대들만의 세상 : 세상의 목소리로

사족처럼 현실의 소리를 하나 더 붙여보기로 한다. 한 편의 노래이자 동시에 시일 수 있는 영상 하나를 곁들여서 보겠다.[2] 우리가 겪고

---

2) 권봄 노래, 채유리 그림, 〈그대의 세상〉.

있는 현재 세상에서는 - 비록 일시적일 수는 있겠지만 - 많은 여인들
이 봉기하듯 일어나 지금 이 세상이 단연코 그녀들의 세상이 아니라
고 입을 모으고 있다. 그리고 이 세상은 그녀들의 대척점에 있는 그대
들만의 세상이라고 질타하면서, 그러한 남성들의 세상을 적극 공격해
야 한다고 주장하기도 한다. 이러한 주장에 일리가 있다거나 없다거
나 하는 말은 하고 싶지 않다. 다만 그녀들만의 세상이든 그들만의 세
상이든, 그대들만의 세상이 되지 않기를 바랄 따름이다.

    - 임신한 아내를 위해 먹을 것을 구해 돌아오던 나비의 눈앞에 커다
란 차가 달려옵니다. 봄 햇살이 쏟아지는 도로 위 풍경이 너무나 아름
다워 서럽습니다.

> 예쁜 새벽이네요
> 이 길 위에 그려온
> 많은 사랑이 떠올라
> 차가운 도로 위에 누워
> 내쉬는 마지막 숨이 추워요
> 그대의 세상 산
> 잘못이겠죠
> 그대의 세상에 산
> 잘못이겠죠
> 하지만 나 아직
> 조금 더 함께 하고 싶은걸
> 저 봄날의 향기도
> 사랑했던 그대로 이제는

아파 내 몸이 떨려와
서럽게도 빛나는 이 아침,

'보고 싶어요, 그대'
 - 권봄 노래, 채유리 그림, 〈그대의 세상〉

　제목으로 붙여진 '그대의 세상'은, 재즈가수 권봄이 부른 이른바 '재즈동화' 한 화 분의 제목이다.[3] 〈그대의 세상〉은 임신한 아내를 위해 먹이를 구하려고 길을 나섰다가 불의의 교통사고로 숨져가는 한 고양이의 시선으로 꾸려진다. 이 고양이 남편은 차가운 길 위에서 마지막 숨을 내쉬면서, 처음에는 세상에 대한 원망을 털어놓는다. 자신이 죽어야 하는 이유가, '자신의 세상'이 아닌 곳에서, 그러니까 '그대의 세상'에서 자신이 살아야 했기 때문이라는 것이다.

　하지만 곧 화자인 '고양이 남편'은 야속한 불만을 작은 소망으로 바꾼다. 원망을 터뜨리기보다는 그대의 세상일지라도 이곳에 더 머물기를 원하는(원했던) 자신의 마음을 전하고 싶어서였을까. 아니면, 이곳에 머물러서 행복했다는 말을 덧붙이고 싶어서였을까. 그는 눈이 부시게 아름다운 날의 경경에 대해서도 잊지 않고 있다.

　이 짧은 노래이자 동화이자 결국에는 시는, 죽어가는 고양이 남편이 말하고 있는 '그대의 세상'이 과연 누구의 세상인가에 대해 돌아보게 만든다. 고양이의 죽음이 인간의 거리에서 일어났고 인간이 만든

---

3) https://music.naver.com/musicianLeague/contents/index.nhn?contentId=80210

차량에 의해 일어났다는 점을 감안한다면, 고양이 남편이 말하는 '그대'는 '인간'일 것이다. 어느새 인간의 세상이 되어 버린 이 지구에서, 그 한 모퉁이라도 지키면서 살려고 노력했던 이 땅의 고양이가 그려 내는 서글픈 인생일 것이다.

다르게 볼 여지도 있다. 불만을 토로하되 푸념에 그치지 않는 고양이 남편의 나중 태도로 보건대, 그대의 세상은 '고양이 아내'의 세상일 수도 있다. 그곳에는 남편이 해야 할 몫의 인생이 분명 존재했기 때문에, 남편의 세상은 아내로부터 자연스럽게 연결된 그대-아내의 세상의 일부라고 볼 수도 있을 것이다.

애초부터 그 어떤 해석도 열려 있겠기에, 다른 해석도 하나 덧붙여 보고자 한다. 여기서 그대는 개인적인 측면에서의 아내나, 대타적인 측면에서의 인간을 넘어서는 개념이 될 수도 있지 않을까 싶기도 하다. 자신을 제외한 모든 것을 '그대'로 호칭할 수 있다면, 그래서 보다 넓은 세상을 더 친근하게 부를 수 있다면, '그대'는 '나-고양이 남편'을 포함한 세상 전부를 가리킨다고 볼 수도 있다. 실제로 권봄은 '이 길 위에 그려온 많은 사랑이 떠오'른다고 노래하면서, '그대의 세상에 산 잘못이겠죠.'라고 말하는 고양이의 마음을 속 깊게 뒤집고 있다. 고양이 남편은 자신의 세상이 그대들에 의해 망가진 것을 원망하기보다는, 그대들과 함께 했다는 점을 수긍하기로 한 것일 게다.

그런데 우리는, 지금 우리의 세상이, 그대'만'의 세상이라는 목소리에, 가득 묻혀 다른 목소리를 드지 않으려 하고 있다. 지금-우리가 잘못된 것은 그대'만'의 세상에 산 잘못이라고 질타하는 목소리로 가득 찬 세상 말이다. 여성들이 자신의 가녀린 목소리를 모아 이러한 질타에 나서고 있다. 나의 세상이 아니었으니 그대의 세상을 나의 세상으로 돌려달라는 요구를 담아서 말이다.

물론 우리는 그녀들의 목소리를 잘 귀담아 들어야 한다. 그녀들이 고통 받은 세상의 원인을 찾아 치유해야 하고, 그녀들의 왜 그대들'만'의 세상이라고 질타하는지 반성해야 하기도 한다. 하지만 동시에 거꾸로 묻고 싶어지기도 한다. 왜 그녀들의 목소리만 들어야 하는지에 대해서 생각해 볼 필요가 있기 때문이다. 문학에서는 더욱 그러하다. 어떤 것도 섬겨서는 안 되는 문학의 논리를 거론하지 않아도 될 것이다. 그 목소리만이 진실일까. 고양이 남편처럼 그대들만의 세상이어서 힘들었다는 푸념도 가능하지만, 우리가 포함된 더 넓은 그대들의 세상을 속 깊게 걱정하는 목소리도 듣고 싶기 때문이다.

가질 자의 권리만 주장하는 대신, 약자의 피해의식에만 침윤되기보다, 상대를 '놓고 보며' 이 땅의 '그대들'에게 자신의 목소리를 들려주는 대응 방식은 어떨까 한다. 언제나 그렇지만 시선은 세상을 바꾸고 입장을 바꾼다. 고양이의 시선으로 본 세상의 모습이 또한 우리의 생각을 바꿀 것이고, 한 시대를 풍미할 시인의 깊이 있는 시선도 우리의 모습을 바꿀 것이다. 두 개의 생각과 시선은 크게 어긋나지 않으며, 근본적으로 동일한 지점을 지향하고 있기도 하다. 진정한 페미니즘에 대해 나에게 묻는다면, 그 지점을 볼 것을 권고하고 싶다. 그 지점은 돌도 바라보고 있고, 고양이의 시선도 향하고 있고, 인간들의 목소리도 다양하게 들려오고 있기 때문이다. 물론 그 지점에는 여성의 간절한 이야기도, 모든 것들과 함께 감돌고 있기 때문이다.

04장 문학과 질문

네 개의 질문, 혹은 네 겹의 사유

1. 문학적 굴절, 혹은 소설적 방향 전환

김영하는 『호출』과 『엘리베이터에 낀 남자는 어떻게 되었나』라는 두 권의 소설집을 상재한 바 있다. 전자에는 전시대를 풍미했던 학생 운동의 편린이 짙게 남아있고, 이에 대한 반동으로 나타난 몸과 성과 죽음의 문제가 중요한 화두로 다루어지고 있다. 반면 후자에는 변화 된 현실을 수용하고 이 안에서 살아가는 현대인의 초상을 그려내는 작업이 강조된다. 이러한 문학적 굴절 현상은 김영하의 소설을 이해 하는 중요한 단서가 된다. 하지만 아직도 많은 평론가들이, 이러한 변 화보다는 데뷔 무렵에 김영하가 힘을 쏟았던 전방위적 형태의 문학적 모험에 더욱 초점을 맞추는 듯 하다. 나르시즘, 변형된 후일담, 악마주 의, 허무주의, 댄디즘, 키치 등의 비평적 관점은 김영하의 문학을 설명 하는 핵심적 용어로 평론 곳곳에 포진하고 있다. 나로서는 이러한 비 평적 입장에 동의할 근거를, 적어도 김영하에서는 찾기 힘들다. 김영

하의 문학이 다채로운 관심과 입장을 내장하고 있다고 해도, 실험적
이거나 전위적인 시도 정도로 이해되어야지, 과도한 평가의 준거가
되어서는 곤란하다고 생각하기 때문이다.

　김영하의 초기 작품집에 나타난 대부분의 소설들-몇몇 소설은 제
외하고-은, 현실을 제대로 인지하지 못한 자의 인식적 방황의 위장이
고, 올바른 문학적 형상화 방식을 타진하기 위한 실험적 모색에 불과
하다. 이러한 혼란을 다각도로 경험하고 난 이후에 새롭게 쓰기 시작
한 소설-대체로 두 번째 작품집에 묶인 소설-들의 밑거름이 된다는
점만을 별도로 친다면, 별다른 의의가 발견되지 않는다. 반면 두 번째
소설집은 전위적이지는 않지만 안정적이고, 실험적이지는 않지만 보
편적이다. 말하려는 바가 명확하고, 이러한 전언을 구현해내는 문학적
기법들은 세련미와 견고함을 동시에 갖추기 시작한다. 여기에 유쾌한
웃음과 깔끔한 문체와 특이한 소재와 보편적 주제 의식이 교묘하고 날
렵하게 가미되어, 90년대 문학의 새로운 지평으로 구획되기 시작한다.

　90년대 문학은 어떠한 의미에서든 개인에게 수렴되는 문학이다. 여
기서의 개인은, 사회의 유기적 구성원으로서의 개인이기보다는, 사회
와 유리된 독립적 존재로서의 개인을 가리킨다. 이러한 현상 자체만
을 놓고 판단할 때는, 우호적 동의나 비판적 지적이 함부로 행해져서
는 안 된다. 그러나 90년대의 전반적인 문학적 성과를 고찰했을 때, 이
러한 경향은 대체로 부정적 해악에 해당한다. 작가들이 현실과 삶을
둘러싼 문제들을 함부로 내던지고, 자신의 내면과 욕망에만 지나치게
집착하기 때문이다. 소설 속에 등장하는 인물들 역시, 외부 세계에 대
한 진지한 고민 대신에 자아 내부의 욕망만을 문제 삼기 때문이다. 자
기 방식으로 세상을 재단한다거나, 남이 공감할 수 없는 관심사에만

골몰한다거나, 사회는 나와 전혀 별개라는 의식으로 일관한다거나, 깊이 있는 지적이나 보편적인 의식을 철저하게 무시한다거나 하는 태도는 공소한 자기 치장이나 감상적 허영에 가깝다.

　김영하 역시 데뷔 무렵에는 이와 비슷했다. 그의 소설 속에 나타나는 학생 운동은, 단호한 용단을 내리고 있음에도 불구하고 미련으로밖에 비추어지지 않았고, 성에 대한 자극적인 묘사는 충격적이기보다는 오히려 거부 반응을 유발했으며, 죽음에 대한 미혹은 구체적으로 납득되지 않았다. 작가적 경향이 이러하다 보니, 작품은 전반적으로 작위적인 면이 강하고, 어설픈 관념을 전적으로 배제하지 못했다. 이는 분명 김영하의 단점이었다. 그러나 김영하가 한계를 넘어, 보다 보편적이고 사회적인 시각 안에 전날의 세련된 문학적 형상화 기법을 들여오는 순간, 이러한 전력은 그의 소설을 적정하게 부상시키는 효과적인 장치와 방식으로 재편되었다. 필자가 김영하를 간과하기 어려운 90년대의 검토 사항이라고 평가하는 이유도, 결국 이러한 문학적 굴절이 온당하고 바람직한 방향 전환이었다는 확신 때문이다.

2. 압축과 절제의 미학 : 본격소설의 최소 조건

　김영하 문체 미학의 출발점은 압축과 절제이다. 작중 인물의 말을 빌어 고백하고 있는 것처럼, 그는 압축을 모르는 자들을 신뢰하지 않는다. 그는 대단히 간결한 문장을 구사하고, 간결하게 쓰여진 문장을 모아 적절한 삽화를 만들어내며, 삽화를 적재적소에 배치하는 작법 상의 유려함을 보여준다.

일단 소설 문장이 간결하다는 것은, 일단 주어와 서술어 사이의 물리적 거리에서 찾을 수 있다. 김영하의 소설은 어느 작품을 살펴보아도, 복잡한 수식어나 불필요한 복문 구조를 자제하는 자세가 역력하다. 주부와 술부는 극소수의 수식어만 동반하고 있으며, 보통 접속사를 통해 늘여 쓸 수 있는 문장도 미세한 단문으로 분할되기 일쑤이다. 간결한 문장은 적어도 두 가지 이상의 장점을 선사한다.

첫째는 복잡한 문장이 흔히 빠지기 쉬운 의미상의 혼란을 막아준다는 점이다. 불필요한 수식어를 동반하며 복잡하게 얽힌 문장은, 의미상의 모호함을 동반하게 마련이고 흔히 수사적 가치를 변질시키는 비문과 오문으로 이어지는 경우가 허다하다. 이렇게 극단적인 경우를 상정하지 않더라도, 과도한 감정의 투사로 인해 감상주의에 빠지거나 작가 본인도 납득하기 어려운 현학적 문장으로 전락될 가능성이 높다고 하겠다. 사실 90년대 소설의 단점 중 하나가, 작가들이 명료한 문장과 정확한 의미 전달을 도외시하고 있다는 점이다. 이러한 단점은 틀림없이 소설 문장의 모호성 내지는 작가적 전언의 불명료성을 산출하지 않을 수 없다. 이는 전체를 일관하며 도도하게 서술되는 형식의 소설이 사라지고 부분별로 쓰여 나중에 조합되는 형식의 소설이 각광을 받고 있는 시대적 조류에 힘입어 더욱 확산되는 추세에 있다. 김영하의 문장은 90년대 작가들이 경계해야 할 좋지 못한 유행으로부터 대체로 비켜서 있다.

둘째는 짧은 문장이 속도감을 동반한다는 사실이다. 소설이 대중적인 매력을 대폭 상실한 지금의 여건에서도 김영하의 소설은 젊은 세대들에게 꾸준한 인기를 누리고 있는데, 그 비결은 감칠맛 나는 가독성에서 찾을 수 있다. 이러한 가독성을 증가시키는 요인으로 특이한 소재와 흥미로운 인물 혹은 익히 알려진 이야기라는 점을 꼽을 수 있지만, 기본적으로는 문체가 갖는 장점을 꼽을 수 있다. 한 호흡으로 읽혀지는 문장들이 단속적으로 나열되는 구문의 구조는, 일목요연하게 상황을 종결하고 또 시작한다. 사건은 질질 끄는 문장들에 의해 뒤로 늦추어지지 않고, 현재형으로 튀어나오는 문장으로 신속하게 앞으로 전진한다. 이러한 신속함은 90년대 사회의 전형적인 특징이다. 90년대 사회는 속도의 세례를 받은 세대가 본격적으로 등장하는 시기이다. 그들은 인스턴트식품에 길들어져 있고, 전 세계를 여행의 범위로 상정하고 있으며, 컴퓨터 통신망의 발달로 실시간 동시 작업을 체험한 세대들이다. 새로운 문화적 감각은 필연적으로 시공간의 개념을 바꾸어 놓았는데, 증폭되는 속도감이 이러한 변화를 추동한다. 김영하는 속도감을 감지하고 소설적 문체로 반영하고 있다. 한 작중인물의 말대로, 스피드는 김영하와 그의 세대에게 일종의 경배의 대상인 셈이다. 거꾸로 말하면, 김영하의 소설은 속도감을 체험하는 이들에게 하나의 전범으로 읽혀진다. 신속한 문장들을 통해, 그들이 느끼는 현실의 속도를 추체험하기 때문이다.

간결한 문장들이 누적되어 만들어진 삽화 역시 절제된 면모를 잃지 않는다. 삽화는 단편 소설의 한 조각을 이루는 의미상의 구성 단위인데, 이러한 의미상의 구성 단위는 전체적인 의미망을 충실하게 뒷받침해야 한다는 명제를 이어받는다. 90년대 소설에서 불필요한 삽화나 초점이 맞지 않는 에피소드들의 나열로 인해, 작가의 전언이 어긋나고 망실되는 경우는 그리 낯설지 않았다. 김영하는 이러한 폐해를 막기 위해 몇 가지 공통적인 구성 방식을 선보인다. 먼저 과도한 회상이나 부차적 사건 전개를 극도로 자제하고 있으며, 부분에 번호를 매기고 짤막한 절편들로 잘라내어 과도한 서술을 규제하는 자율적 장치를 마련한다는 점이 그것이다. 〈도드리〉에서는 음악의 형식을 흡수하여 단락 사이의 연관성을 공고하게 하기도 하며, 〈흡혈귀〉에서는 스스로의 과도한 서술을 막기 위한 자구책을 문면에 명시하기도 한다.

김영하는 〈흡혈귀〉에서 실명 그대로의 작가로 등장하여, 김희연이 보낸 편지를 액자 형식으로 편집한다. 그는 처음부터 삭제하거나 줄이는 방식으로 편지 내용을 공개한다. 물론 삭제나 축소는 문학적 트릭이지만, 이 트릭 덕분에 불필요한 삽화의 도입이 억제된다. 즉 김희연이 보냈다는 편지가 김영하 머리 속에서 구상된 소설이었다면, 삭제하거나 줄였다는 이야기는 간결하고 산뜻하게 가다듬은 소설이 되는 셈이다. 이러한 간결함과 산뜻함은, 단편 소설의 궁극적 형식 미학인 '압축과 절제의 미학'을 구현한다. 김영하의 소설은 이러한 압축과 절제의 미학을 배면에 깔고 있다는 사실에서 일단 신뢰받을 만하다. 단편소설이 궁극적으로 갖추어야할 이 기본적인 사항을 어기고, 실험성이라는 이름으로 과도한 감상성에 물들거나 멋부리기 식의 너절한 문장에 오염된 소설을 90년대에 즐겨 목격한 이들에게는 더욱 그러하지 않을 수 없다.

3. 물음 하나, 우리들의 처지에 관한 우문(愚問)

김영하 소설은 새롭다. 여기서의 새로움은 문체나 작법 혹은 작가적 전언의 새로움이 아니다. 오히려 우수한 완성도를 보이는 소설은, 전위적이기보다는 보수적이고, 획기적이기보다는 안정적이며, 실험적이기보다는 고전적이다. 그럼에도 불구하고 김영하의 소설은 새롭다. 대단히 낯선 느낌을 준다. 그것은 김영하가 즐겨 취하는 소재가 문학 안에서 이미 익숙해진 것이면서도 변방으로 밀려나있던 것이기 때문이며, 90년대 현실 속에서 전면화된 것이면서도 아직 문학 안에서 통용되지 않는 것이기 때문이다.

전자의 경우에 해당하는 소설이 〈고압선〉, 〈흡혈귀〉, 〈총〉, 〈내 사랑 십자 드라이버〉라면, 후자에 해당하는 소설이 〈바람이 분다〉, 〈피뢰침〉, 〈비상구〉, 〈삼국지라는 이름의 천국〉, 〈호출〉이다. 전자는 투명인간·흡혈귀 등의 특별한 능력을 가진 인간에 관한 이야기이거나, 탈영병·치정 사건 등으로 신문의 기사나 농담거리로 회자되는 이야기이다. 후자는 컴퓨터·통신모임· 삐끼·전자게임·호출기 등의 90년대 문화의 산물을 제재로 한 이야기이다. 전자가 이미 우리의 뇌리에 익숙하고 뻔한, 그래서 이제는 더 이상 본격 문학의 소재가 되지 못할 것이라는 상식 바깥에 놓였던 소재였다면, 후자는 급속도로 보급되는 90년대 문화의 실체를 미처 감지하지 못해 과감하게 문학 속에 끌어들이기를 주저했던 소재이다. 그는 본격 문학이 다루기를 꺼려했던 소재에 용기있게 도전했고, 미처 다루지 못한 소재에 과감하게 손을 대었다.

이색적 소재에의 집착은 문학의 경박성이라는 약간의 위험성을 필연적으로 내포하게 마련인데, 많은 젊은 작가들이 이러한 위험에 노출되어 한계를 드러내고 있다. 그러나 김영하는 약간 다르다. 그는 대체로 이러한 위험을 슬기롭게 극복해가는 것으로 보여진다. 그 이유는 무엇보다도, 더 이상 고답적이거나 현학적이어서는 안 된다는 90년대 소설 논리의 기폭제로, 소재적 새로움을 응용해나갔기 때문일 것이다. 삶과 현실의 문제가 소설의 영역 밖으로 은근히 밀려난 듯한 추세를 전적으로 부인할 수 없다할지라도, 우리네 문학은 아직도 보수적인 기풍 안에서 전래의 형식을 거의 그대로 답습하고 있는 실정이다. 반대편에서는 새로움으로 무장한 일군의 젊은 소설가들이 있지만, 아직은 동의하기 힘든 자기만의 세계에서 빠져 나오지 못하고 있다. 그러니 '새로움'은 문학적 전언을 잊고 '보수성'은 나태와 안주에 빠져드는 형편이다. 그 결과 양자는 상호 간에 협력과 보완을 필요로 하게 된다. 나는 김영하를 양자의 입장을 절충할 수 있는 현실적 대안으로 생각한다. 그 이유는 김영하 소설 내에, '소재적 새로움'와 동거하고 있는 '주제적 고전성' 때문이다.

〈고압선〉은 익히 알려진 투명인간의 이야기이다. 투명인간은 수많은 영화와 소설의 소재가 되었지만, 인간의 어리석은 욕망이 낳은 부정적 결말을 보여준다는 다소 도식적인 교훈 이외에는 작가적 전언을 함의하지 못했다. 오히려 투명인간이 되어 악한 자들을 벌주거나 스스로 악한 자가 되어 욕망을 마음껏 분출시켰으면 하는 부정적 바람으로 기능했다고 보는 편이 옳을 것이다. 이는 인류가 성장하면서 만들어낸 금기에 대한 위반 욕구이다. 이 욕구를 모든 사람이 느끼기에 이 이야기는 허황되면서도 실제적이라고 할 수 있다.

김영하는 이러한 허황된 면과 실제적인 면을 동시에 주목한다. 그러나 이 소설은 처음부터 허황된 면을 보다 간소하게 처리하려고 애쓴다. 그리고 이 허황된 면을 실제적인 면에 강력하게 결부시킨다. 투명인간이 안게 되는 사회적 장애를 만남의 문제로 환원하여, 실존의 문제로 부각시킨다는 뜻이다. 화자는 평범한 가정을 꾸려가는 은행원인데, 옛날 자신이 꿈꾸던 여인과 만나서 사랑에 빠지게 된다. '사랑하면 사라진다'는 점쟁이의 예언대로, 화자는 몸이 투명해지는 증상을 겪게 되면서 사회적 가치를 소실하기 시작한다. 그러나 가족들은 투명인간이 되어 어려움을 겪는 그에게 가장의 책무만을 강요할 뿐, 실존적 안위 따위는 안중에도 두지 않는다. 그를 사랑에 빠뜨려 투명인간의 처지로 몰고 간 여자 역시 마찬가지이다. 그녀는 어느새 화자를 잊고, 옛 애인을 다시 찾아 대담한 섹스를 재개할 뿐이다. 화자와의 만남은 과거의 연인을 만나는 계기로만 작용할 뿐, 상실의 아픔이나 상대의 고통에 대한 연민은 엿보이지 않는다.

　화자에게는 그들의 옆에서 자신이 사라진 자리를 지켜보는 참담한 처지만 허용된다. 타인과의 교류가 불가능하다는 사실을 우리에게 체험시키는 '투명한 존재'로만 남게 된다. 음식점에서 자신만 푸대접을 받는다거나 같은 직장 동료 사이에서 제거해야 할 대상으로만 인지된다거나 심지어는 가정에서마저 무능력자로 몰려 간접적인 내쫓김을 당하던 그의 처지는, 결국 사랑의 문제에서도 언제나 주변인의 자리를 점유할 수밖에 없게 된다. 방관자이자 소외자가, 그의 자리이자 운명인 셈이다.

　당연히 우리는 그 이유를 물어야 한다. 왜 그는 방관자나 소외자가 될 수밖에 없었을까. '물리적 투명인간'이 되었기 때문이라는 대답은 김영하가 의도했던 대답이 아닐 것이다. 이것은 서사의 표피적 층위에서 다루어진 허황된 이야기에 의거해 답변된 것이기 때문이다. 그렇다면 김영하는 '사회적 투명인간'이 되었기 때문이라는 이면의 대답을 기대한다고 보아야 옳다. 다시 말해서 이 소설에서 나타난 김영하의 시치미는, 우리가 사회라고 이름 붙인 인간들의 모임 내에는 '있으나 마나한 존재'가 끊임없이 만들어지고 있으며, 화자가 소외되듯

언젠가 그를 소외시킨 아내나 어머니, 직장 동료 그리고 앞에서 섹스를 벌이고 있는 옛 친구와 연인 모두가 결국 동일한 처지에 빠질 것이라는 확대된 대답을 겨냥하고 있다.

이러한 '있으나 마나한 존재'가 바로 현대인의 초상이다. 현대인은 본질로 평가받지 않고, 지위와 역량과 쓸모로 평가받는다. 뒤집어 말하면, 사회적으로 온전한 삶이란 내면적 교류나 진실한 사랑이 도외시된 상태에서 지위와 역량과 쓸모로 관계 짓는 삶이다. 사실 이러한 지적은 전혀 새롭지 않다. 위대한 문학에서 타인으로부터 혹은 사회로부터 심지어는 자아 내부로부터 자신을 유폐시키고 소외시키는 인물들을 흔하게 목격할 수 있다. 그러니 전혀 새로울 것이 없는 셈이다. 이러한 면에서 김영하의 소설적 전언은 고전적이다. 그러나 김영하는 현실이 어떻고 사회가 어떻고 타인이 어떻고 하는 천편일률적인 사변으로 소설을 이끌지 않는다. 처음에 사랑하면 사라진다는 점장이의 말을 배치하고, 마지막에 정말 사라지는 화자를 보여준다. 그리고 그 과정에 익히 알려진 투명인간 모티프를 결합하여, 흥미 있고 재치 있는 설정을 엮어놓을 뿐이다. 이러한 흥미와 재치는, 읽는 이에게 자신의 현실을 대입시키려는 노력을 자발적으로 유발시킨다. 익히 알려진 투명인간의 모티프가, 현실을 적절하게 성찰할 수 있음을 넌지시 깨닫게 해준다. 이러한 작업은 또 다른 흥밋거리이다. 투명인간 모티프가 보여주는 흥미로움과 고전적 주제를 실어 나르는 방식을 해석하는 즐거움, 이 두 가지는 의미 있는 전언이되 흥미 있어야 한다는 90년대의 논리를 적확하게 보여주는 셈이다.

4. 문화적 하층민 혹은 동시대의 수인(囚人)들

다른 차원으로 넘어가서, 90년대에 들어서면서 확산되기 시작한 문화적 현상을 적극적으로 형상화한 소설의 경우를 보자. 윤대녕이 90년대 전반기를 대표하는 작가라면, 김영하는 90년대 후반기를 대표하는 작가이다. 윤대녕 역시 90년대 문화적 저류를 끌어들여 소설을 쓰지만, 김영하의 대담한 모험에는 당적하지 못한다. 윤대녕이 흑백 영화와 동양 한적(閑寂)과 올드 재즈와 해외여행과 호텔 방과 전화와 전문 직종 종사자와 시적 감수성을 모아서 소설을 썼다면, 김영하는 단편 영화와 삼류 소설과 개량 국악과 PC 통신과 지하 단칸방과 호출기와 불법 직업 종사자와 만화적 웃음을 엮어 소설을 쓴다. 김영하는 현대적 저류에서 더욱 앞선 위치를 점유하며, 비속한 문화를 두려워하지 않는 획기적인 면모를 보여준다. 이중에서도 그의 소설 〈호출〉은 이러한 분기점을 보여준 소설이자, 김영하를 90년대 후반의 선두적 작가로 만들어준 출세작이다.

이 소설은 당시 유행했던 '삐삐'를 중핵적 모티프로 삼아, 변화된 만남의 형식을 성찰해 간다. 원래 호출기는 원하는 상대방과의 신속하고 자유롭고 확대된 만남을 위해 만들어졌다. 따라서 의사소통의 방식이 훨씬 견고해져야 하고, 사적인 교제 기회가 다양해져야 하며, 진정한 만남과 사랑이 심화될 가능성이 증대되어야 한다. 하지만 실제 생활이나 소설에서나 그렇지 않다. 호출기는 의사소통을 가로막고 만남의 계기를 오히려 위축시키는 결과를 낳는다.

소설 속의 화자는 원칙적으로 둘이다. 이 둘은 지하철역에서 서로 만나게 된다. 남자는 사귀던 여자로부터 일방적인 절교를 당하고 실의에 빠져 있었고, 여자는 자신의 몸만을 탐하던 남자에게서 버림을 받은 상태였다. 이 둘은 서로에게 호감을 품게 되어, 상대방의 행동을 민감하게 감지하려는 보이지 않는 신경전에 돌입한다. 그러다가 남자는 호출기를 건네주는 일생일대의 모험을 단행하고, 여자 역시 남자의 대담한 행위에 적지 않게 고무된다. 문제는 이러한 호출기를 양편에 둔 두 사람의 소극적인 태도이다. 남자는 여자에게 비쳐질 자신의 모습을 생각하느라고 호출을 적극적으로 감행하지 못하고, 여자 역시 끊임없이 남자의 호출을 기다리는 것 이외에는 어떠한 만남의 방식도 강구하지 못한다.

　재회 가능성이 절멸되는 지점을 처리하는 방식은 돌발적이다. 이 두 사람은 궁극적으로 다른 차원에 실재하는 인물처럼 처리됨으로써, 근본적으로 만날 수 없다고 설정되기 때문이다. 여자는 어쩌면 남자가 쓰고 있는 소설 속 인물에 불과하며, 여자는 남자와의 만남을 상상하는 몽상가로 여겨질 따름이다. 이렇게 분리된 차원을, 실재와 환상이 복잡하게 뒤얽힌 현실의 반영으로 읽어낼 수도 있을 것이다. 실제로 김영하는 다른 소설에서 실재보다 더 실재 같은 이미지 혹은 이미지를 꼭 닮은 현실을 거론함으로써, 이러한 해석적 가능성에 힘을 실어주는 것처럼 보이기도 한다.

　그러나 이러한 이분법적 차원을, 분리되고 고립된 개인 영역으로 환원하여 이해할 수도 있다. 남자와 여자는 자기만의 세계에서 살아가는 인물이다. 그들은 타인의 존재를 의식하되 자신을 버리고 타자에게 옮아갈 수 없는 세계에서 따로따로 존재하는 현대인인 셈이다. 이 또한 현대인의 자화상에 해당한다. 그렇다면 이들은 진정한 만남의 가능성이 근본적으로 차단된 사회의 대표 단수, 즉 '파편화된 각자'

인 현실의 우리가 된다. 〈고압선〉 식으로 말하면 타인의 영역에서 유리된 채 형식적인 만남만으로 자신의 영역을 지켜가는 현실 속 개인들인 것이다.

김영하는 이러한 소통 부재의 현실을 〈호출〉에서 형상화하는데, 당시로서는 최첨단의 문화적 상품인 '삐삐'를 유효적절하게 이용하고 있는 셈이다. 이는 현실의 조류를 온몸으로 넘나드는 젊은 소설가의 감식안에서 잉태된다. 이러한 감식안이 더욱 넓어지면, 김영하의 소설은 새로운 영역을 끊임없이 탐색하는 개가를 이룰 것이고, 이는 한국 문학의 탁월한 성과로 기록될 수 있을 것이다. 호출기가 가져온 단절된 세상, 아니 호출기로 요약되는 황폐한 만남을 그리고 있는 또 다른 소설은 이러한 필자의 예비적 평가를 뒷받침해준다.

잠시 〈어디에도 있고 어디에도 없는〉을 보자. 이 소설에는 더러운 쓰레기통을 뒤져가면서까지, 호출기를 찾는 여인이 등장한다. 이 여인은 떠나간 남자와의 재회 가능성을, 호출기를 통해서 보장받고 싶어 한다. 타자와의 교통을 열망하는 현대인의 모습이 반영된 삽화인 셈이다.

거울 속에서 삐삐를 울려대는 인간들이 있어. 다가갈 수도 없는 곳에서 발신되는 신호들. 그 거울을 깨버릴 수도 없고 그렇다고 그 소리를 무시할 수도 없어. 내가 아는 한 여자는 삐삐를 거울 속에 던져버렸다가 밤마다 거울 속에서 울려대는 삐삐 소리 때문에 잠을 설쳤지. 한번은 그녀가 거울 속으로 삐삐를 되찾으러 갔다가 누군가 쓰다 버린 콘돔을 보고는 토할 뻔했다는 거지. 쓸쓸한 일이지.

　거울은 김영하의 소설에서 빈번하게 등장하는 소재인데, 역시 단절된 세상의 메타포로 기능한다. '삐삐'는 단절된 세상 밖에서 끊임없이 자아를 호출한다. 그녀는 자신을 부르는 거울 속 삐삐의 환상에 저항하지 못한다. 부름의 방식이 환몽적이라는 사실에서 암시되듯이, 이것은 자아 내부에서 일렁이는 고립된 자아의 불안감이며, 세상과 가느다란 인연일망정 지속시키고자 하는 무분별한 집착이다. 이 집착과 불안감으로 인해 더러운 콘돔 쓰레기 같은 세상에 자아가 방기되고, 사랑이 아닌 맹목적인 종속 관계에 얽매이고 만다.

　이처럼 호출기는 현대인의 폐쇄된 인간관계를 이중으로 보여준다. 진정한 다가감을 무력화시키는 실존의 방해자이고, 형식적인 관계일망정 거부할 수 없게 만드는 주범이 된다. 김영하의 〈호출〉은 만남의 이중적 속성을 담보한 삐삐를 통해, 소통불능의 현실을 다면적으로 그려낼 수 있게 된다. 또한 고립된 자아가 외롭다는 보편적 전언을 90년대의 산물인 호출기에 투영시킴으로써, 새로운 문화적 환경 아래에서 살아가는 현대인의 모습을 그려낼 수 있게 된다. 비교적 최근의 문학적 표상으로 인지되는 윤대녕의 전화기조차, 김영하의 호출기에 비하면 한 걸음 뒤쳐진다. 이것이 김영하가 보여준 소재적 새로움이자, 주제적 고전성이다.

　새로운 소재와 고전적 주제 사이의 삼투 현상은 〈바람이 분다〉에서도, 〈비상구〉에서도, 〈삼국지라는 이름의 천국〉에서도, 〈피뢰침〉에서도 발견된다. 〈바람이 분다〉의 '불법복제자', 〈비상구〉의 술집 '삐끼', 〈삼국지라는 이름의 천국〉의 '전자오락 중독자', 〈피뢰침〉의 '전격체험 동호회원'은 일종의 이단아들이다. 사회적으로 인정받지 못하는 직업을 지닌 인물들로, 정상적인 눈으로 보면 무능력자이고 책임회피자이고 범죄자이다. 하지만 김영하는 이러한 신분을 정치·경제적인 시각에서 바라보는 것이 아니라, 당대의 문화사회적인 시각에서 주시한다. 그들의 직업은 90년대 문화의 파생물이고, 그들의 관심은 현대적 문물과 상품에서 잉태되며, 그들의 거주지는 동시대인의 고민을 함축한다. 90년대 사회가 양산한 새로운 주변인이자 문화적 하층민인 셈이다.

그들은 무언가로부터 소외된 채 어두운 지하방이나 너절한 여관방에 투숙자들로 답답한 생존 방식을 고수하고 있지만, 좀처럼 현재의 생존 반경을 벗어나려하지 않는다. 주어진 삶의 방식을 천형처럼 받아들이며, 탈출 가능성을 자체적으로 부정한다. 뒤집어 말하면, 어두운 밀실로의 유폐를 자발적으로 선택한 자들이다. 보다 합리적인 시각을 적용하면 이들은 구체적인 현실로 나아가려는 의지가 부족하거나 처음부터 그러한 기도를 포기한 인물로 읽혀진다. 따라서 주체적 의지박약이나 수동적 세계 인식으로 간주하여, 비판의 여지를 마련할 수도 있다. 그러나 김영하의 관심은 그들의 의지나 기도를 따지는데 있지 않다. 그들이 그렇게 살 수 밖에 없는 현실을 넌지시 겨냥하려고 한다. 그들의 생존 방식을 통해, 우리에게 덧씌워진 형식적 관계의 암울한 그물을 보여주려고 한다. 그 그물은 모두 외롭다는 사실에서 희미하게 윤곽을 드러낸다.

〈바람이 분다〉의 화자는 여자를 만나면서 자신이 외롭게 살아왔다는 사실을 인지하게 되지만, 그들의 여행이 좌절되면서 다시 외로워질 수밖에 없음을 씁쓸하게 자각한다. 〈비상구〉의 화자도 삐끼라는 직업을 그만두고 싶어 하지만, 자신에게 주어진 사회적 환경의 한계를 극복하지 못하고 도피자의 신세로 전락하고 만다. 내면적 교류의 가능성을 타진해가던 여자와의 이별로 인해 떠도는 자의 운명, 다시 말하면 외로운 처지를 끝내 벗어던지지 못한다. 〈삼국지라는 이름의 천국〉은 보다 냉철하게 유폐의 이유를 설명한다. 주인공은 의리가 말살된 사회로의 진입을 거부하고, 그나마 의리를 보존할 수 있는 게임에만 열중한다. 이러한 몰입은 세상에 대한 거부에서 연원하기 때문에, 그의 현실 진입은 현실의 강압적 힘에 이끌려 일시적으로 이 방 밖으로 끌려나가는 행위로 묘사된다. 그의 마음만은 본디 있던 장소에 그대로 머물러 있는 데도 말이다.

위의 세 소설은 어두운 방안에 갇힌 수인(囚人) 형상의 현대인을 변주함으로써, 동어반복적인 주제를 강조한다. 그 주제는 고립된 인물의 소통 불능의 현실이다. 이러한 소통 불능의 현실을 90년대적으로 말할 수 있다는 점에서 김영하는 새롭다. CD 복제자나 전자 게임 도취자나 삐끼라는 개인적 이력은 90년대 이전에는 상상도 할 수 없는 문학적 소재였기 때문이다. 이러한 소재를 전면적으로 투시할 수 있다는 것은 김영하의 소설적 포착 안목이 대단히 선구적임을 증빙한다고 하겠으며, 그가 이러한 특수한 소재를 이용하여 보편적인 주제를 펼쳐낼 줄 안다는 것은 문학적 소양과 소설 조형 능력이 남다름을 증명한다고 하겠다.

5. 질문 둘, 유폐된 공간에서의 자문(自問)

김영하는 첫 번째 작품집에서 마치 연극 무대를 옮겨 놓은 듯, 주인공인 인물들을 폐쇄된 골방에 가두고 그들의 행동 양식을 관찰하는 수법을 즐겨 썼다. 총기를 손에 넣기 위해 탈영한 병사(〈총〉)가 일가족을 위협에 몰아넣으면서까지 집착하는, 광신도적 욕망이 발산되는 공간도 폐쇄된 아파트 내부이고, 드라이버를 맹목적으로 신봉하는 수리공(〈내사랑 십자드라이버〉)이, 거부하는 여자를 살해하면서까지 곁에 두고자 하는 공간도 밀폐된 집 안 이다. 공간 자체가 그 안에 갇힌 인물의 현재적 상황과 심적 상태 그리고 허위적 욕망까지 대변한다할 것이다. 이러한 유폐 지향성의 이유는 〈바람이 분다〉에서 노골적으로 제시된다. '새로운 사람을 만나는 건 피곤한 일이다. 만나야 할 모든 종류의 사람들은 나는 오 년 전에 다 겪어버렸다. 그 후로는 사람보다는 책이, 책보다는 음악이, 음악보다는 그림이, 그림보다는 게임이 나를 편안하게 한다'고 공표함으로써, 유폐된 공간의 필요성을 전제한다.

그러나 김영하의 나중 소설들을 살펴보면, 유폐된 공간에서 몸을 일으키는 인물들과 마주치게 된다. 이는 유폐된 공간에 대해서 새로운 이해를 시도한다고 볼 수 있겠는데, 이러한 시도 역시 고답적이지 않다는 점에서 눈여겨볼 만하다. 〈피뢰침〉과 〈엘리베이터에 낀 그 남자는 어떻게 되었나〉가 그 실례이다. 특히 〈엘리베이터에 낀 남자는 어떻게 되었나〉는 여러모로 음미해볼 만한 작품이다. 이 소설은 엘리베이터에 갇힌 두 남자를 우스꽝스럽게 설정해놓고, 우리의 웃음을 마음껏 유발한다. 그리고 그 웃음 뒤에 무관심과 책임 방기로 대변되는 쓸쓸한 자조의 여운을 남겨둔다. 이는 엘리베이터에 낀 사람을 방치한 대가로 얻어지는 곤혹스러움에 이르면 더욱 확연해진다.

문이 텅, 소리와 함께 닫혔고 어쩐지 그 소리는 관 뚜껑이 덮이는 소리처럼 들렸다. 내가 그 여자한테 뭐 잘못한 것도 없잖아. 탈출하라고 내 손과 어깨까지 빌려줬는데 말이야. (…중략…) 노래 부르기에도 지쳐 잠까지 오려는 찰나, 밖에서 왁자한 소리가 들리면서 엘리베이터 문이 조금 열리고 그 사이로 사람의 얼굴이 나타났다. 그가 물었다. 이봐요. 도대체 왜 거기 있는 겁니까? 그건 내가 하고 싶은 질문이었다.

'왜 내가 여기 있어야 하느냐는' 작중인물의 질문을 상기하며, 이 작품을 다시 읽어보자. 〈엘리베이터에 긴 남자는 어떻게 되었나〉의 화자는 출근길에 늦어서 엘리베이터에 갇힌 인물을 그냥 지나쳤다. 화자는 곤경에 처한 사람을 구조하기 위해 타자와 끊임없이 대화를 시도하지만, 여러 가지 악재가 겹치면서 점점 출근시간만 빠듯해질 따름이다. 사람들은 그가 말하는 바를 의심하며, 타인에 일에 간섭하지 않으려고 몸을 사린다. 작중화자는 궁금해 한다. 엘리베이터에 갇힌 남자는 과연 어떻게 되었을까. 그리고 자신이 엘리베이터 안에 갇히게 되자, 이러한 궁금증은 자신과 사회에 대한 절실한 질문으로 변화한다. '도대체 왜 내가 여기 있어야 하느냐'고.

따라서 위에서 작중인물이 '하고 싶다는 질문'은, 실상은 현대인들에게 던지는 김영하의 질문이자 스스로에 대한 자문이 된다. 핸드폰 요금을 아끼고 출근 시간을 지키고 낯선 자의 말을 경계하고 자신의 입장만을 고려하고 함께 고생했던 동료를 손쉽게 잊어버리는 동시대인들에게, 나를 예외로 상정하기 어려운 우리들에게, 같은 현실을 살아가는 일상인에게, 가까운 이웃에게, 독자에게, 그리고 자신에게 묻는다. 왜, 닫힌 엘리베이터에 우리가 절망해야 하는지.

이런 자문을 되뇌어 본다면, 엘리베이터는 단순한 이동 통로가 아니다. 우리의 이기심과 무관심과 의심이 타인을 밀어내는 공간이다. 우리가 타인과의 사이에 쌓아놓은 단절의 벽이며, 나를 온전히 지켜낸다는 명목으로 만들어 놓은 배타적 금지 구역이다. 김영하는 이 소설을 통해, 다른 소설에 등장하는 유폐된 공간이, 단자화 된 개인의 이기적 속성으로 만들어진 공간일 수 있음을 포괄적으로 시사한다. 그렇다면 김영하가 닫힌 엘리베이터를 통해, 우리 사회의 문제점에 접근하는 문학적 통로를 만들었다고 평가할 수 있을 것이다. 그리고 이 젊은 소설가의 문제의식이 보다 확장될 가능성이 점치게 한다는 점에서, 2000년대 전개될 그의 소설적 여정을 기다릴 만한 것으로 만든다.

6. 세 번째 물음, '죽음에의 미혹'에 관한 추궁

김영하 소설의 장점은, 몇 가지 단점을 극복했을 때에 더욱 빛을 발할 것이다. 앞에서 말한 몸과 성과 죽음에의 좌충우돌(적 접근)이 그것인데, 그중에서 가장 문제가 되는 것은 죽음을 다루는 그의 태도이다. 그의 소설적 맥락에는 죽음의 시편이라고 불러도 좋을 만큼, 죽음에 대한 관심을 보이는 일련의 작품군이 존재한다. 데뷔작인 〈거울에 대한 명상〉에서 〈나는 아름답다〉 그리고 장편인 『나는 나를 파괴할 권리가 있다』를 거쳐 비교적 최근작에 해당하는 〈사진관 살인 사건〉이 그것이다. 죽음에 대한 부수적인 삽화가 밀도 있게 녹아있는 〈내사랑 십자드라이버〉나 〈손〉 등의 작품도, 넓은 의미에서 이 범주에 포함시킬 수 있을 것이다. 이 작품들의 특징은 죽음에 대한 유미적인 찬미이다. 비교적 근래의 작품인 〈사진관 살인 사건〉도 치정에 얽힌 살인 사건을 통해, 어처구니없는 현실 풍경을 해부하는 것처럼 보이지만 그 이면에는 죽음에의 대책없는 인력이 파동치고 있다.

결론부터 말하자면, 김영하가 말하는 이러한 죽음은 전혀 그럴듯하지 않다. 그리고 이러한 죽음에 관심을 갖는 이유가 무엇인지 구체적으로 납득되지 않는다. 이것은 치명적 결함이다. 죽음에 대한 관심은, 악마주의적 성향부터 일체 부정의 정신까지 뒤르깽에서 조르주 바타유까지, 끌어들이자면 꽤 그럴듯한 이론들을 가져다 붙일 수 있을지는 모르겠다. 그렇다고 무엇 하나 제대로 설명하지 못한다는 한계마저 극복되는 것은 아니다. 생경한 죽음을 생의 대단한 의미인양 묘사하는 것은 섣부른 자기 환상이나 지나친 감상주의의 소산일 따름이다. 명료한 작가의식은 신비하고 특이한 것을 말하는 데에 있지 않다. 보편적이면서도 일반적인 것을 말하는 것에 있으며, 이것을 어떻게 하면 이채롭고 다각적으로 전달하느냐에 있다. 이러한 측면에서 김영하는 죽음에 대한 관심은 과도한 미혹이라고밖에 볼 수 없다.

구체적으로 들어가서, 『나는 나를 파괴할 권리가 있다』를 살펴보자. 이 소설은 죽음에 대한 욕망의 권리를 주장한다. 소설적 전언의 혁신적 파괴를 실현시키기 위해서, 지금까지는 도저히 상상할 수 없는 권리, 자신의 것이면서도 공식적으로는 소유할 수 없었던, 자살의 권리를 요청한다. 나는 나를 파괴할 권리가 있다고, 불길하고 은밀한 유혹에 나 자신을 맡길 수 있어야 한다고, 김영하는 과감하게 주장한다. 일단 이 주장의 참신성을 받아들이면, 『나는 나를 파괴할 권리가 있다』는 한국 문학에서 보기 드문 이단적 상상력의 극치이고 아름답고도 불길한 유혹의 산물이다. 따라서 이 소설을 통해, 한국 문학의 지형도에 보기 드문 이단의 영토가 구획되었다는 단편적 사실만은 부인하기 힘들다.

그러나 이 작품에 대해 김영하에게 한 가지 질문을 던지지 않을 수 없다. 모든 인간이 스스로를 파괴할 권리가 있다는 주장은 매력적일 정도로 참신하다. 하지만 이 참신한 주장을 납득할 수 있을 정도로, 소설 속의 인물들이 '삶에 대한 충분한 애착을 보여주었는가'라고. 혹시 '삶에 대한 막연한 권태가 만들어낸 관념의 공허한 독백은 아니었는가'라고. 실제로 죽음의 냄새가 너무 아늑하고 포근했다는 미미의 독백은 자아도취적 허영에 가깝다고 해야 하지 않을까. 구체적인 삶이 제시되지 않고 애착을 드러내는 인물도 등장하지 않는 상태에서, 삶을 포기하는 행위가 창조를 위한 파괴의 권리가 될 수 있을까. 어쩌면 90년대를 휩쓸던 정체불명의 허무주의가 교묘하게 비틀린 결과는 아닐까.

자살은 삶의 고된 지점을 통과한 이후에, 그리고 자신의 생이 더 이상의 의미를 가질 수 없다는 체념 이후에, 극적인 아름다움과 필연적인 이유를 확보한 이후에 가능한 것이다. 적어도 현실에서는 그렇다. 그런데 이 소설은 이러한 맥락을 고려하지 않는다. 작품 안의 모든 인물들이 죽음에 대한 암시를 풍기지만, 어쩐 일인지 자살을 하지 않는 것으로 설정된 '에비앙'만이, 신산한 삶의 행로를 지닌 채 등장한다. 이는 단순히 이 소설이 개연성이 약하다는 질문을 반복하고 있는 것이 아니다. 자살의 이유가, 피곤한 일상으로부터의 탈출이든 강도 높은 욕망의 산물이든 간에, 적어도 그 이전에 그들이 느껴야 할 권태와 무기력과 고통과 괴로움이 나타나지 않으면 안 되며, 그래서 삶의 거부가 문학적 의미와 가치를 수반하지 않으면 안 된다. 그렇지 않을 경우, 김영하가 말하는 죽음은 과도한 관념과 어수룩한 감상이 빚어낸

미숙한 경지에 머물 수밖에 없다. 이는 아직은 삶에 대한 깊이 있는 탐색과 통찰력이 아쉽다는, 일각의 지적과 일맥상통한다. 인생은 의미 없고 욕망은 무한하기에 단조로운 일상을 살아가는 현대인이 정신적으로 죽어가고 있으며, 육체적으로 죽음의 충동에 시달린다는 충격적인 전언이 설득력을 갖기 위해서는, 소설 속의 단 하나의 인물이라도 스스로의 죽음을 선택할 수밖에 없는, 납득할 만하고 절실한 이유를 제시하지 않으면 안 된다.

7. 물음과 창조적 재물음 사이에서

김영하의 한계는, 의외로 〈흡혈귀〉에서 일정 부분 보완될 수 있다. 〈흡혈귀〉는 처음부터 『나는 나를 파괴할 권리가 있다』를 염두에 둔 작품이다. 이 작품에서, 김영하는 작가 자신의 입장으로 복귀해, '죽음의 냄새'를 해명하려고 한다. 해명의 방식은, 영원히 죽지 않는 고통을 간직한 인물 창조에 있다. 그 인물은 흡혈의 자유와 반역의 재능을 헌납당하고, 생존의 굴욕만을 넘겨받은 흡혈귀이다. 그는 죽음을 거세당함으로써 삶의 가치를 잃은 존재이다. 그에게 삶이란, 생존에 대한 권태와 일상에 대한 무기력이 엮어내는 형벌에 다름 아니다. 모든 욕망은 그에게 무한한 반복에 불과할 뿐이며, 집착이 없는 상태이므로 감정의 굴곡도 허용되지 않는다. 섹스조차도 예외가 아니다. 그에게 섹스는 무미건조한 행위로 인식될 뿐이다. 이는 현대인의 성향을, 우회적으로 읽어낸 결과이다. 다른 작품에서 반복적이고 자극적으로 강조된 어떠한 섹스도, 이보다 분명하고 설득력 있게 삶의 상투적인 면모를 보여주지 못했다.

　이처럼 흡혈귀가 겪는 생존의 굴욕과 삶의 환멸은, 현실을 살아가는 현대인의 그것과 다를 바가 없다. 현대인은 흡혈귀처럼 반복적 일상에 지치고, 미래가 없는 생존에 암담해 한다. 이러한 지침과 암담함을 포착하는 방식이, 기존의 방식을 답습하지 않기 때문에 그의 소설은 독창성을 지니게 된다. 고유의 소설적 재미와 이단적 상상력을 훼손하지 않고도, 현실의 모습을 적확하게 묘사한다는 사실은, 김영하 소설에 대한 신뢰를 한층 두텁게 한다.

　이런 측면에서 〈흡혈귀〉는 김영하 자신이 음미할 가치가 큰 소설이다. 김영하는 아이러니컬하게도 영원히 죽을 수 없는 자를 제시하여 죽음에 대한 찬미를 설득력 있게 담아내는 데 성공했음을 명심할 필요가 있다. 눈앞에서 죽어가는 여자의 아름다움 같은 어설픈 죽음이 아니기에 더욱 현실감이 있다. 더구나 흡혈귀의 처지에서, 생존의 굴욕에 얽매인 현대인의 영상을 제거하면, 존재 이유를 박탈당하고 고루한 현실에서 옴짝달싹 못하는 예술가의 밑그림이 떠오른다.

　김영하의 소설 중에서 필자가 가장 아끼는 작품은 〈흡혈귀〉와 〈피뢰침〉인데, 그 이유는 이 두 작품 속에 가난하고 비천한 예술가의 초상이 숨겨져 있기 때문이다. 〈흡혈귀〉가 생존의 굴욕을 강요당하는 이 시대 예술가의 영상을 상기시킨다면, 〈피뢰침〉은 예술적 성취를 통해서만 감촉할 수 있는 카타르시스를 대리 체험시킨다. 개인이 열망하는 삶의 이상을 이보다 더욱 감각적으로 보여준 예는, 근래의 소설에서 좀처럼 찾기 어렵다. 예술적 이상의 지엄한 가치를 표명한 이문열의 〈금시조〉도, 현대적 포착능력과 간결한 축약 솜씨에서는 이 작품을 따라가지 못한다.

아울러 죽음의 문제와 연관 짓는다면, 트렁크에 갇혀 죽어 가는 연인의 상황보다도 고객의 자살을 돕는 자살청부업자의 독백보다도, 전격 체험이 제공하는 파괴적 전율의 의사 체험이 보다 요령 있게 죽음을 설명해낸다고 할 수 있다. 피와 살이 살아 움직이는 현실의 인간은 의사 죽음에조차 접근할 수 없다. 감히 시도조차 할 수 없다고 해야 옳을 것인데, 이 소설에도 평범한 상식을 지닌 인물이 등장한다. 화자이기도 한 이 인물은 우리를 대신하여 묻는다. 이러한 집단이 왜 존재하는지, 벼락을 맞는 전격체험이 왜 필요한지 묻는다. 노회한 J의 대답은 의표를 찌르는 질문으로 대체된다. "화가들은 왜 그럴까요? 자동차 레이서들은 왜 경주에 나서고 작가들은 어쩌자고 글을 쓸까요? 그냥 살면 될 텐데, 어쩌자고 그들은 그토록 아무 소용없는 일에, 기껏해야 평생 한 번 혹은 두 번 찾아올 희열을 위해, 자신을 던지는 걸까요".

이러한 물음과 재물음은 먼저 죽음의 문제와 연관될 수 있다. 김영하는 왜 죽음을 거론하는가라고. 아마 위의 답변을 적절히 가감하여 대답한다면, 평생 한 번 혹은 두 번 찾아올 희열을 위해서라고 대답할 수 있을 것이다. 또한 작가의 창작 문제로 연결될 수 있다. 작가는 왜 쓰는가. 이 물음에 대한 김영하의 대답이 중점적으로 녹아들어간 작품이 『아랑은 왜』이다. 이 소설은 작가들이 소설을 구상하는 과정과 소재 선택 경로와 집필 의도와 작가적 고민을 그대로 노출시킴으로써, 소설이 현실과 어떠한 상관관계를 맺을 수 있을 지에 대해 함께 궁리해보려는 의도를 드러낸다. 이 대목을 읽어가는 독자들도 연쇄적인 물음을 이어갈 수 있다. 우리는 왜 소설을 읽는지, 소설을 읽는 삶을 왜 선택했는지. 우리는 이런 모든 문제에 대해 일일이 김영하가 답변할 수 없다는 사실을 알고 있다. 설령 김영하가 그럴듯하게 답변한다고 해도, 그것은 정답이 될 수 없다. 다만, 여태까지 우리의 대답이 무엇이었든 간에 김영하의 물음과 재물음의 과정은 중요한 참조 사항이 될 수 있다. 이러한 음미할 만한 문제의식과 가장질문을 제시할 수 있다는 것은, 그의 소설이 굳건하고 치열한 물음 위에서 구축되었기에 가능했을 것이다. 미약하지만, 김영하에게 이러한 대답을 돌려주고 싶다. 죽음에 대한 관심도, 현실을 보는 시각도, 소설에 대한 생각도 보다 굳건하고 치열한 물음 위에서 다시 시작해야한다는.

2부

서사의 원리

05장 문학과 희생제의
최인훈 문학과 희생제의(犧牲祭儀)

1. 문제 제기

최인훈의 작품 세계는 넓고 정심하며 그 분량도 상당하다. 더구나 최인훈이 창작한 작품은 소설뿐만 아니라 희곡, 수필, 문학평론 등 각종 영역에 걸쳐 있다. 따라서 최인훈에 대한 연구는 이러한 장르간의 교섭 양태와 방대한 작품 세계를 통궤할 수 있는 관점을 갖춘 것이어야 한다.

이 글에서는 최인훈의 대표 소설인 〈광장〉과 그의 희곡 다섯 작품을 통해 희생제의의 구도와 양상을 살펴보고자 한다. 희곡 다섯 작품은, 〈옛날 옛적에 훠어이 훠이〉, 〈둥둥樂浪둥〉, 〈봄이 오면 산에 들에〉, 〈어디서 무엇이 되어 만나랴〉, 〈달아 달아 밝은 달아〉이다. 본고의 체계는 소설과 희곡에 나타난 희생제의를 별도로 검토하고 마지막에 비교 분석하는 방식을 따른다. 이 중에서 〈광장〉과 〈옛날 옛적에 훠어이 훠이〉는 희생제의의 문학적 의의를 논의하는 자리에서 집중적인 고찰

대상이 될 것이다. 그 이유는 두 가지이다. 하나는 두 작품의 문학적 완성도가 탁월하여 최인훈의 소설과 희곡의 대표작으로 손꼽힐 만하기 때문이며, 다른 하나는 〈옛날 옛적에 훠어이 훠이〉가 다른 희곡 작품에 비해 희생제의의 다양한 요건을 풍부하게 담고 있기 때문이다. 최인훈의 몇 가지 진술을 참고할 수 있다는 이점도 고려되었다. 최인훈의 자전적 소설인 〈화두〉는 본고의 논리를 보강하는 중요한 근거로 활용되었다.

이 글의 분석 텍스트로 삼은 판본은 『새벽』(1960년 11월)에 실린 〈광장〉의 초판본 및 정향사판(1961년)과 문학과 지성사가 간행한 전집판 1 『광장』(1989년 재판)이고, 희곡의 경우에는 문학과 지성사가 간행한 전집판(10권) 『옛날 옛적에 훠어이 훠이』(1992년 재판)이다. 작품을 인용할 경우 작품 이름과 해당 텍스트의 면 수만을 기입하는 것을 원칙으로 하였으며, 전집판이 아닌 〈광장〉을 인용하거나 거론할 경우에는 별도의 판본을 부기했다.

지금까지 최인훈 〈광장〉에 대해 희생제의적 관점을 도입한 논문은 매우 드문 상태이며[1], 최인훈 희곡에 대해 희생제의적 관점을 선보인 논문은 다음과 같다. 서연호의 논문은 최인훈 희곡에 나타난 신화적 원형성을 보편적인 관점에서 밝혔다는 점에서 주목된다.[2] 권오만의

---

1) 다만 김욱동의 다음과 같은 지적은, 단편적이고 표피적인 관찰에 그치고 있긴 하지만 〈광장〉의 이명준의 죽음과 '희생제의'적 죽음의 연관성을 살펴본 경우라 할 수 있다. "『광장』의 이명준도 어떤 의미에서는 희생양과 같은 상징적 의미를 지닌다. 남한의 자유민주주의의 이데올로기과 북한의 사회주의 이데올로기의 갈등에서 그는 방황하다가 결국은 죽음을 맞는다. 그러니까 그는 이데올로기의 대립에서 오는 긴장을 해소하기 위하여 바쳐진 제물이라고 할 수 있다"(김욱동, 『광장을 읽는 일곱 가지 방법』, 문학과 지성사, 1996, 290면).

2) 서연호, 「최인훈 희곡론」, 『민족문화연구』(28호), 고려대 민족문화연구소, 1995.

논문은 '제의적 성격'에 관한 일반적인 논의를 전개하고 있고,[3] 송전의 논문은 '희생제의'나 '대속'이라는 부분적인 측면을 살피고 있다.[4] 김성희는 '메시아 추방'이나 '희생양'에 대해 언급하고 "폭력과 음모로 얼룩진 낡은 기성 질서에 정화작용을 하는 것"으로 이러한 언급을 소급한다.[5] 김유미의 논문은 '희생양'의 본질을 보다 소상하게 짚어냈다는 의의를 확보하고 있으며, 〈옛날 옛적에 훠어이 훠이〉를 분석하는 과정에서 최인훈 희곡에 나타난 '대속'의 진정한 의미에 상당히 접근한 연구 결과를 내놓고 있다.[6] 비록 신화적 접근 방식을 본격적으로 표방하지는 않았지만, 비극성을 논의하는 가운데에서 참고할 만한 견해를 드러내는 이상우의 논문이 특히 주목된다. 이상우는 '통과의례의 신화적 구조'에 대한 통찰이나 '희생제의'의 기능에 대한 암시, '박해의 표지'에 대한 인식, 그리고 '공동체로부터의 소외나 배척'의 측면에 대한 타당한 견해를 표출하고 있다.[7]

그러나 현재까지의 연구 성과를 폭넓게 인정한다고 해도, 최인훈 문학에 내재된 희생양 메커니즘을 면밀하게 해부하고 희생제의의 기능과 의의를 검토하려는 작업은 크게 미흡한 수준이다. 무엇보다도 그의 작품 세계에 내장된 희생제의의 변용 양상을 추적하고 문학적 의미와 가치를 규명해낸 탁견은 전무한 상태이다. 본고는 이러한 주

---

3) 권오만, 「최인훈 희곡의 특질」, 『국제어문』(1집), 국제대학교, 1979.
4) 송전, 「원초 심성의 탐구」, 『외국문학』(15호), 열음사, 1988년 여름, 63~67면.
5) 김성희, 「한국적 비극의 특성과 보편성 연구」, 『연극의 사회학, 희곡의 해석학』, 문예마당, 1995, 464면.
6) 김유미, 『한국 현대 희곡의 제의구조 연구』, 고려대 박사학위 논문, 1999, 69~90면.
7) 이상우, 「전통으로서의 비극과 경험으로서의 비극」, 『안암어문논집』(32집), 고려대학교, 1993, 422~429면.

변 연구 성과에 대한 반성적 자각과, 소설과 희곡으로 분할되어 접근
하고 있는 최인훈 문학 연구에 대한 현실적인 통합 필요성, 그리고 좁
게는 70년대 넓게는 한국 근현대 문학의 중요한 흐름을 형성하는 희
생제의의 본질적 의미와 가치를 구명해야 한다는 근원적 당위로부터
출발하였다.

2. 〈광장〉에 나타난 희생제의

2.1. 집단과 개인의 대치

〈광장〉의 이명준은, 박해 군중[8]에 둘러싸인 희생양의 면모를 단적
으로 보여준다. 이명준이 소속된 집단은 대략 세 종류로 구분된다. 하
나는 평범한 대학생 신분으로 속해있던 남한 사회이고, 다른 하나는
월북 후에 편입되게 된 북한 사회이며, 마지막 하나는 포로 송환 협정
에서 제 3국 행을 선택한 자들의 무리이다. 이 세 집단은 이명준을 대
상으로 모종의 박해를 가한다.

이명준에게 가해지는 박해는 집단적 구타나 협박 혹은, 다른 구성
원들의 냉대와 모욕으로 나타난다. 냉대와 모욕은 집단에서의 축출로
이어지기도 한다. 축출 처벌은 직접적으로 행해지기도 하고 간접적으

---

8) 박해 군중은 재빨리 얻을 수 있는 목표를 고려하여 생성되고, 무리의 기도에 위험
이 따르지 않기 때문에 급속히 성장하며, 목표물에 비해 압도적으로 우세한 힘을
가지기 때문에 대상을 순식간에 무방비 상태의 희생물로 전락시킨다(엘리아스 카
네티, 강두식 역, 『군중과 권력』, 학원사, 1982, 50~53면).

로 일어나기도 하며 강제적인 요소와 자발적인 측면을 동시에 수반
하기도 한다. 이명준이 남한 사회를 떠나는 것은 직접적인 추방 명령
만 없었을 뿐 실제로는 추방 행위와 다르지 않고, 북한 사회를 거부하
는 것은 불가피한 망명 행위에 버금가므로 간접적으로 이루어진 추방
절차인 셈이다. 집단이 축출을 야기할 정도로 강압적인 핍박을 가한
다는 점에서 강제적인 측면이 다분하지만, 이를 받아들여 집단으로의
복귀를 거부했다는 점에서는 자발적인 면도 없지 않다. 이러한 사소
한 격차를 묶어 보면, 중대하게 일치하는 점이 있다. 그것은 집단이 이
명준을 질서와 규율을 교란하고 파괴하는 적대자로 간주하여 정신적
압박과 신체적 위해를 가한다는 사실이다.

　1) 일주일 후, 명준은 두 번째 S서 형사실에 앉아 있다. 이번에는 여
러 사람이 자리에 있는 시간이다. 명준을 맡은 형사 앞에 앉은, 얼굴이
바둑판같이 각이 진 친구가 명준을 흘끗 쳐다보더니 묻는다.
　"뭐야?"
　"이형도씨 자제분이야"
　"이형도?"
　"이형도가 누구야"
　다음다음 자리에 앉았던 친구도 서류에서 눈길을 떼면서, 그들의 이
야기에 끼어든다.
　"박헌영이 밑에서 남로당을 하다가 이북으로 뺑소니친 새끼야."
　저편 자리에서 소리가 난다.
　"응 알아, 요사이 민주주의민족통일전선에서 대남 방송에 나오는 놈
말이지?"

"그래"

"이 새끼가 그 새끼 새끼란 말이지?"

와 웃음이 터진다. 명준은 고개를 숙이고 발끝을 내려다본다. 아버지 이름이 놀림을 받는 자리에서 아버지에 대한 사랑이 태어나는 것을 알았다. 얻어맞고 터지더라도 먼젓번처럼 취조관하고 단둘인 편이 오히려 나을 성싶다. 여럿의 노리개가 되는 건 더 괴로웠다.(〈광장〉, 63~64면)

2) 명준은, 대들려고 고개를 들었다가, 숨을 죽였다. 그를 향하고 있는 네 개의 얼굴. 그것은 네 개의 증오였다. 잘잘못 간에 한 번 웃사람이 말을 냈으면, 무릎꿇고 머리숙이기를 윽박지르고 있는 사람들의, 짜증 끝에 성낸, 미움에 일그러진 사디스트의 얼굴이었다. 명준은 문득 제가 가져야 할 몸가짐을 알았다. 빌자, 덮어 놓고 잘못을 저질렀다고 하자. 그의 생각은 옳았다. 모임은 거기서 10분 만에 끝났다. 명준은 사무친 낯빛을 하고, 장황한 인용을 해가며, 허물을 씻고 당과 정부가 바라는 일꾼이 될 것을 다짐했다. 지친 안도감과 승리의 빛으로 바뀌어가는 네 사람 선배 당원의 낯빛이 나타내는 움직임을 지켜보면서 명준은, 어떤 그럴 수 없이 값진 '요령'을 깨달은 것을 알았다. 슬픈 깨달음이었다. 알고 싶지 않은 슬기였다.(〈광장〉, 114~115면)

3) 31명이 들어서니 방안은 빼곡하다. 안쪽으로 명준과 김이 벽에 기대서고, 바로 앞 두어 줄은 마루에 앉고, 나머지는 문 가까이까지 밀려서 둘러선다. 앉은 사람과 선 사람들의 눈알들이, 명준을 똑바로 쳐다보고 있다. 빌붙는 눈초리가 아니라, 도리어 짜증스럽게 무엇인가를 윽박지르고 있었다. 어처구니없다는 생각에 앞서서 숨이 막힌다.(〈광장〉, 84~85면)

1)은 이명준이 남한 사회의 경찰서에서 취조 받는 장면이고, 2)는 북한의 한 신문사에서 자아비판을 강요당하는 장면이며, 3)은 제 3국행 타고르 호 안에서 동료들과 대치하는 장면이다. 김현은 지라르가 주장한 처형과 박해의 상투형을, 오이디푸스 신화를 예로 들어 네 가지 유형으로 정리해 놓았다. 제 1형은 '사회적 위기'인데 이는 페스트가 테베를 휩쓰는 상황에 해당하고, 제 2형은 '무차별화 범죄'인데 이는 부친살해와 근친상간에 해당한다. 제 3형은 희생양 표지인데 다리절기 · 외국에서 입국 · 왕의 아들이라는 신분이 그것이고, 제 4형은 박해 행위로 결행된 추방이 그것이다.[9] 지라르는 박해의 네 가지 상투적 전형이 셋 혹은 둘만 들어있다고 해도, 그 자료는 희생제의를 담고 있다고 했다.[10] 희생제의의 제물이자 희생양 메커니즘의 표적이 '희생양'인데, 그리스의 '파르마코스'와 같은 제도가 증명하듯이, 일찍부터 인간에게도 예외없이 적용되어 왔다.[11]

1)의 경우를 살펴보면, 당시 남한 사회는 북한에 대한 경계심으로 긴장해 있음을 알 수 있다. 특히 '민주주의민족통일전선'의 '대남방송'에 촉각을 곤두세우고 있다. 이는 지라르가 주장하는 사회적 위기 징후에 해당한다. 그리고 제 2상투형인 무차별화 범죄로 대남방송의 선두에 서 있는 이명준 부친의 선동행위를 꼽을 수 있다. 이명준은 '그새끼의 새끼'라는 욕설에서 증명되듯이, 부친과 한통속으로 간주되어

9) 김현, 『폭력의 구조/시칠리아의 암소』, 문학과 지성사, 1992, 66~67면.
10) 르네 지라르, 김진석 역, 『희생양』, 민음사, 1998, 44면.
11) 고대 그리스에 사회적 재앙이 발생했을 때 민심을 수습하고 안정을 되찾기 위해서 미리 마련해두었던 인간 제물을 처형하는 제도가 있었는데, 이 인간 희생양이 '파르마코스'이다(프레이저, 장병길 역, 「고대 그리스의 인간 속죄양」, 『황금가지』(Ⅱ), 삼성출판사, 1990, 267~272면).

요주의 인물로 낙인찍힌다. 이는 뚜렷한 죄목이 없음에도 불구하고 이명준에게 희생양 표지를 부가하여 현재 상황의 책임을 묻겠다는, 집단의 무의식적 처벌 의지이다. 그러므로 형사들의 놀림은 사회적 불안의 책임을 전가하려는 탄압 행위, 즉 박해 행위에 해당한다. 이명준은 취조와 놀림이라는 집단적 박해 행위를 겪게 되는 희생양이 된다. 실제로 이명준의 월북이 이러한 핍박으로부터 야기되었다는 점에서, 취조와 놀림은 추방 형벌로 이어진다. 여기에 '일주일 후'라는 시간적 지표가 먼저 취조로부터의 기간을 의미한다는 점에서 두 취조는 상호 연속성을 지닌다고 하겠는데, 앞선 취조에서 별다른 이유없이 가해진 폭행까지 고려하면 이명준에게 가해지는 처벌은 신체적인 형벌에까지 미치고 있음을 확인할 수 있다.

2)의 자아비판회의 경우도 1)의 경우와 크게 다르지 않다. 자아비판회의 전모를 따라가면 다음과 같다. 북한은 이데올로기의 경직된 적용으로 획일화되는 사회적 위기를 경험하고 있고, 이명준은 "남조선 괴뢰 정부 밑에서 썩어빠진 부르조아 철학을 공부하던" 습성을 청산하지 못하고 "반동적 사고방식"을 드러내는 중대한 오류를 저질렀으며, 남한 출신이라는 이방인의 표식을 달고 있다. 물론 이명준에게는 자아비판이라는 간접적이고 정신적인 처벌이 강요된다. 자아비판을 모멸적인 체험으로 여기는 훗날의 작가적 술회를 참조하면[12], 이명준에게 가해진 자아비판은 가혹한 박해 행위와 하등 다를 바 없다.

3)의 경우, 고국을 이탈하여 낯선 곳으로 향한다는 불안감이 팽배한 상태(사회적 위기)에서 육지에 상륙하려는 자신들의 욕망에 비협조

---

12) 최인훈, 『화두』(1), 민음사, 1994 450면.

적으로 나오는 이명준에 대한 불만(중대한 범죄)이 누적되어 물리적
인 폭력을 행사(박해 행위)하는 집단의 모습이 나타난다. 이명준이 선
장과 친하고 지식인라는 이질성은, 이명준의 희생양 표지로 등장한다.

특히 3)의 경우에는 박해 군중이 이루는 대오의 위압성이 감지된다.
1)과 2)의 경우에는, 집단의 구성원들이 집단적 대오를 이루어 희생물
을 압박하는 위압성까지는 이르지 못한다. 1)의 경우 드문드문 앉아
있는 형사들이 중구난방으로 말참견을 하다가 단 한번 모아진 웃음소
리로 집단의 윤곽을 드러낼 뿐이고, 2)의 경우 네 명의 선배 당원이 이
명준을 둘러싸고 있기는 하지만 그들의 얼굴빛이 자신감을 결여한 상
태이어서 위압적인 인상과는 다소 거리가 있다.

그러나 3)의 경우는 조금 다르다. 31명의 합의된 대열은 고대 신화
에 즐겨 나타나는 박해자의 대오와 닮아 있다. 지라르는 집단 살해 의
식에서 나타나는 박해자들의 대오를 분석하는 자리에서, 두 줄 혹은
원형으로 도열된 군중의 면모를 지적한다.[13] 다수를 이루어 군중의 규
모를 과시하고 있고, 좁은 방안에 늘어선 그들의 대오가 이명준을 포
위한 형세를 이루고 있으며 험악한 인상을 통해 강력한 의지를 표출
한다는 면에서, 30명의 무리는 집단 살해에 나타나는 군중의 면모와
매우 흡사하다. 이는 박해 군중이 목표를 겨냥하고 처단할 때, 유지되
는 형세이다.

---

13) 르네 지라르, 김진식 역, 『희생양』, 민음사, 1998, 101~115면.

2.2. 박해의 보편화

〈광장〉의 이명준은, 형사들로 대표되는 남한 사회와 신문사 동료들로 압축되는 북한 사회 그리고 제 3국 행 망명 포로들로 대변되는 중립 단체로부터 차례로 집단 처벌과 정신적 모멸 행위 그리고 신체적 구타와 따돌림을 경험하게 된다. 이러한 핍박 행위는 무고한 개인에게 위해를 가하여, 집단의 체제를 유지하고 더욱 공고히 하려는 본능적 속성에 해당한다할 것이다.

그러나 최인훈이 〈광장〉을 발표할 당시부터, 세 가지 박해 행위가 모두 설정되었던 것은 아니다. 최인훈이 1960년 11월 『새벽』에 〈광장〉을 전재할 때에만 해도, 타고르 호 안에서 30명의 포로가 집단적 대오를 형성하여 이명준을 핍박해 가는 장면은 없었다. 이 장면이 구체적으로 삽입되는 텍스트는 1961년 2월에 정향사에서 간행한 단행본 『광장』이다. 『새벽』 판 〈광장〉 텍스트에 이명준이 인천에서 밀입북 배에 대한 은밀한 소개를 받는 장면과 만주에서 인천 시절을 회상하는 장면이 맞닿아 있었다면,[14] 정향사 판 〈광장〉 텍스트에는 이 두 장면 사이에 타고르 호 안에서 벌어지는 일련의 폭력 사태가 삽입된다. 이러한 설정은 현재로서는 마지막 판본인 문학과 지성사 판 『광장/구운몽』까지 유지되고 있다. 김욱동은 이러한 텍스트의 변화 양상을 지적해 내는 성과를 거두지만, 그 의미까지 관통하지는 못한다. 그는 이러한 변화 과정에 '김'이라는 새로운 인물이 등장하게 되었다는 사실과 "작가가 작품에 새로운 작중인물을 등장시킨다는 것은 흔히 플롯

---

14) 최인훈, 〈광장〉, 『새벽』, 1960년 11월, 270면.

에 있어서 새로운 사건이 일어난다는 것을 뜻한다"는 상식적 발언만
을 하고 있다.[15]

　그렇다면 최인훈이 타고르 호에서의 핍박 행위를, 텍스트에 가시적
인 변화를 가하면서까지 생생한 현재 상황으로 삽입시킨 까닭은 무엇
인가. 일단 〈광장〉의 결미에서 이명준의 죽음을 보다 구체화하기 위
한 방편으로 생각된다. 이명준의 자살을 남북한에서의 축출 혹은 사
상적 대립의 여파라는 이유만으로 설명하기에는, 막연한 감이 없지
않다. 따라서 추상적인 이유를 구체적인 이유로 대체하기 위해서는,
이명준이 처한 고립무원의 처지를 강조할 필요가 있었다고 하겠다.
하지만 여기서 더욱 중요한 점은, 이명준의 처지가 고립되면서, 집단
과 개인의 대치 상황이 보다 부각된다는 점이다. 더구나 세 번째 집단
은 표면적으로는 사상적 대립이나 남북한의 현실적 문제에서 벗어나
있다. 이러한 무리에서도, 자체의 결속력을 다지고 공통된 목표를 이
루기 위해서 희생자를 골라 처벌해야 한다는 암묵적 합의가 필요했던
것이다. 즉, '김'이 가한 폭력 행위에는 홍콩 상륙을 저지당한 불만이
내포되어 있고, 그 불만은 30명 포로들의 합의된 묵계에서 연원한다.
결과적으로 이러한 핍박과 처벌의 보강은, 최인훈이 초판본 〈광장〉에
서 지나치게 집착했던 남북한 대치의 특수한 문제의식에서 어느 정도
벗어나, 정향사 판 〈광장〉에서는 집단과 개인의 양태를 폭넓게 탐색
하려는 창작 의도로 나아가기 시작했음을 알려주는 징후라 할 수 있
겠다.

　세 가지 핍박과 처벌을 경험한 이후에, 이명준은 희생제의의 마지

---

15) 김욱동, 『광장을 읽은 일곱 가지 방법』, 문학과 지성사, 1976, 76~80면.

막 절차인 죽음에 직면한다.

> 여느 것은 다 거둬모으면서, 홀로 이명준이란 알맹이만은 자꾸 튕겨
> 버리는 것이었다. 기를 쓰면서 매달렸다. 마찬가지였다. 자리에 벌떡
> 일어나 앉았다. 자기 혼자라는 생각에 소름이 끼쳤다. 여태까지는 꿈
> 과, 또는 타고르호와 같이 있었다. 살아 있음을 다짐해볼 수 있는 누구
> 든지, 아니면 어떤 것이 늘 있었다. 여름 햇볕에 숨숨히 익어가는 들판
> 의 조약돌인 적도 있었다. 끈질기다느니 차라리 치사할 만큼 거듭 안아
> 보고 쓸어본, 사람의 따뜻한 몸이기도 했다. 또 마지막으로 이 배였다.
> 동지들이었다. 지금은 아무것도 없다.[16] (〈광장〉, 90면)

그는 자신이 홀로 남겨졌다고 믿는다. 그가 속했던 모든 집단에서
배척당했다는 사실이, 그의 소외감을 격발시키고, 소외감은 이명준의
중요한 자살 동기가 된다. 그의 죽음이 자발적인 의사라는 점을 강조
하면 희생양 처벌과의 거리를 상정할 수 있겠지만, 자발적인 의사가
타인과 집단의 합의된 결정에 의해 배태되었다는 점을 감안하면 타살
과 하등 다를 바가 없다. 따라서 이명준의 죽음은, 문학적으로 변용된
희생제의의 마지막 절차에 해당하는 셈이다.

---

16) 최인훈, 〈광장〉, 『새벽』, 1960년 11월, 90면.

3. 최인훈 희곡에 나타난 희생제의

3.1. 희생위기의 징후

르네 지라르는 인류 문명을 유지하는 기본적인 기제로 희생제의를 꼽는다. 그는 희생제의를 통해, 집단의 내부에서 발생하는 상호 폭력이 견제되고 문화 사회적 질서의 붕괴 위험이 저지된다고 주장한다. 지라르에 따르면 문화 사회적 질서의 붕괴 위험이 '희생위기'이다. 희생위기는 '차이의 위기'를 수반하는데, 이는 개인을 개인답게 만들고 타인과의 관계에 따라 사회적 구성원으로 정위시키는 '차별적 편차'가 위협받는 현상을 가리킨다.[17]

최인훈의 희곡은 이러한 희생위기의 징후를 골고루 내포한다. 그 중에서 이러한 징후를 가장 직접적으로 보여주고 있는 작품이 〈둥둥樂浪둥〉이다.

> 얼굴 1   나라에 큰 재앙이 닥쳤소, 벌써 두 달째 비 한 방울 내리지
> 않고 있습니다. 밭은 먼지처럼 날리고, 곡식은 볕에 타고 있
> 으며, 백성들은 하늘을 우러러 울부짖고 있습니다. 만일 비
> 가 내리지 않으면, 군사는 굶주리고, 적들이 쳐들어올 것입
> 니다.
>
> 얼굴 2   벌써부터 이것은 고구려가 큰 할아버지 주몽께 무엇인가 큰
> 죄를 지어, 노여움을 입은 것이라는 말이 나돌아 백성들은
> 왕의 궁궐 속에서 무슨 일이 일어나고 있는지를 수근거리고

---

17) 르네 지라르, 김진식 · 박무호 역, 『폭력과 성스러움』, 민음사, 1993, 61~103면.

있었습니다.(〈둥둥樂浪둥〉, 238면)

 재앙의 원인은 대략 두 가지이다. 하나는 호동과 왕비의 근친상간
이고, 다른 하나는 호동이 이단인 낙랑의 귀신을 섬겼다는 혐의이다.
전자는 등장인물 사이에서 어렴풋하게만 추측되는 원인이고, 후자는
표면적으로 드러나 널리 공감대를 형성한 원인이다. 호동은 고구려인
이 따라야 하는 사회 규범을 어긴 셈이고, 아들이라는 윤리 질서를 거
역한 셈이다.
 그러나 희생위기를 구조적 입장에서 따져보면, 집단 내부의 정치적
불만이 팽배하고 문명을 유지하는 순수와 불순의 차이가 소멸하기 시
작했음을 보여주는 징후로 이해할 수 있다. 근친상간과 이교 신봉을
했다고 해서, 가뭄과 기근과 전쟁 위협에 대해 책임져야 하는 것은 아
니다. 이것은 상호 폭력의 범람 위기를 미연에 차단하기 위해서, 합의
된 폭력이 개인에게 겨냥되는 절차일 뿐이다. 이는 교란된 질서를 회
복하기 위해서 선택된 대상에게 무차별화 범죄에 대한 책임을 전가하
는 구조적 메커니즘에 해당한다.
 〈옛날 옛적에 훠어이 훠이〉는 무차별화 현상을 상징적으로 설정한
작품이다. 이 작품에는 희생위기의 징후가 〈둥둥樂浪둥〉과 같이 가시
적으로 노출되지는 않는다. 다만 어눌하고 순박한 부부의 대화에서,
페스트처럼 만연해 가는 가난과 폭정, 그리고 이에 대한 반항과 불만
의 기미가 드러날 따름이다.

> 남편 가, 가만 아, 앉아 있어, 바, 바, 밥 하, 한 그릇 지, 지, 지어줄
>   께, 겨, 겨우내 바, 밥 한 그릇 모, 못 먹고 모, 몸을 풀뻔해, 해,

했는데

아내 여보, 미쳤소? 씨앗조를 어떻게 먹는단 말이오?

남편 괘, 괘, 괜, 괜찮아, 가, 가을에 가, 가서 바, 바, 바치기는 마찬
가진데, 이, 이런 때, 하, 하, 한 그릇 머, 머, 먹어봐야지 어, 어,
얼핏 지어줄 테니(〈옛날 옛적에 훠어이 훠이〉, 82~83면)

〈옛날 옛적에 훠어이 훠이〉의 첫째 마당에는 건너 마을로 씨앗조를
얻으러 갔던 남편이 돌아와서, 아내에게 도둑들에 관한 소식을 전하
는 대목이 있다. 도둑들은 관가에 불을 지르고 곳간을 털어 갔는데, 그
중에 붙잡혀 효수된 사람이 평수 면식이 있던 '소금장수'였다는 소식
이다. 이것은 엄격한 권위로 민중을 다스려왔던 관권에 대한 심각한
도전이 시작되었음을 암시하는 사건이며, 신분제 사회의 본질적 속성
을 전복시키려는 반란의 징조를 예시하는 사건이다. 둘째 마당과 넷
째 마당에는 소금장수의 어머니로 보이는 노파가 등장하여, 아들의
수급을 수습하러 떠났다가 돌아오는 장면이 각기 삽입된다. 그녀는
민중의 탄식과 푸념이 담긴 노래를 부르는데, 이 노래 속에는 고조된
기층 민중의 비판 의식과 반항 의식이 잠재해 있다. 이는 집단 내부에
상호 불신이 누적되고 있어, 격렬한 폭력 사태로 발전할 가능성이 있
음을 시사한다.

〈옛날 옛적에 훠어이 훠이〉에 내재된 사회적 위기 징후는, 가난과
폭정의 확산과, 관민(官民)의 위계 질서 붕괴로 요약된다. 이는 필연
적으로 혼란한 질서를 바로잡기 위해서 희생양 메커니즘을 가동시켜,
전염병 유행처럼 내부 구성원들에게 위기의식을 심어준다. 이러한 위
기의식의 맹목적성을 단적으로 보여주는 사례가, 친자살해 사건이다.

이는 아이의 부친마저도 집단이 요구하는 질서 회복의 당위성에 굴복
될 정도로, 희생위기에 대한 공감대가 무차별적이고 처벌 의지가 완
강함을 증명한다고 하겠다.

　다소의 편차가 있지만, 희생위기의 징후는 〈봄이 오면 산에 들에〉,
〈달아 달아 밝은 달아〉, 〈어디서 무엇이 되어 만나랴〉에서 두루 발견
된다. 〈봄이 오면 산에 들에〉에서는 전쟁위협이 가중되고(성 쌓기 부
역), 농부의 딸을 강제로 취하려는 지방관의 횡포가 공공연히 자행되
며, 문둥이와의 접촉을 금하는 불문율이 위반된다. 〈달아 달아 밝은
달아〉에서는 해적들의 노략질과 전쟁의 위협이 도사리고 있고, 인신
매매와 자식을 팔아먹는 천인공노할 범죄가 버젓이 행해진다. 〈어디
서 무엇이 되어 만나랴〉에서는 실각한 공주(평강공주)와 비천한 천민
(온달)의 결합과 신분 격상으로 인해 계급질서가 동요되고, 강력한 외
척 세력이 탄생하기에 이른다. 이들은 관습적 권력 체계를 위배하고
있으며, 사회 문화적 질서를 붕괴시킬 위험성을 유포시키고 있는 셈
이다. 지라르는 등급(gradus)이 모든 자연적·문화적 질서의 원천이
며, 모든 사람들이 서로에 대한 관계 속에서 자리잡을 수 있도록 조직
화시켜서 위계질서를 갖춘 총체 가운데에서 사물들이 의미를 갖도록
해주는 것이라고 규정한다.[18] 특히 고대 사회에서 신분질서의 동요나
비윤리적 행위의 유포는 중대한 범죄 행위이다.

　이처럼 사회 내부의 불안을 조성하고 등급을 어지럽힌다는 점에서,
최인훈 희곡의 문제적 인물들은 무차별화 현상을 선동하는 위험 인물
들이다. 또한 최인훈은 가뭄이나 흉년, 전쟁이나 폭정, 혹은 중대한 범

---

18) 르네 지라르, 김진식·박무호 역, 『폭력과 성스러움』, 민음사, 1993, 78~79면.

죄 행위나 반란 행위가 확산되는 사회적 풍조를 노출시켜 희생위기를 극적 분위기로 조성해낸다. 결론적으로, 최인훈의 희곡에는 집단의 불안 요소를, 등장인물의 성향과 그 인물이 활동하는 사회적 상황으로 표출하는 극작법이 공통적으로 적용되고 있다.

3.2. 박해자의 성격

3.2.1. 박해자의 유형

박해자의 유형은 크게 두 가지로 대별된다. 하나는 집단의 대부분을 이루는 기층 민중이고, 다른 하나는 집단을 이끌어 가는 법정권력기관이다. 최인훈의 희곡은 박해자의 두 가지 유형을 동시에 보여주는 경우가 있다. 이러한 작품으로는 〈봄이 오면 산에 들에〉와 〈옛날 옛적에 훠어이 훠이〉이다. 먼저 박해자의 전형으로 기층 민중이 제시되는 경우를 보자

　　1) 아비　　아, 아, 아, 안 돼, 마, 마, 마, 마, 마을, 사, 사, 사, 사람이,
　　　　　　　아, 아, 아, 알면
　　　　　　　사이/ 밖에서는 소리 없고/ 아비와 딸은/ 밤의 그 부분
　　　　　　　처럼/ 숨을 죽이고 (〈봄이 오면 산에 들에〉, 142면)

　　2) 사람들　훠이 다시는 오지 말아, 훠어이 훠이(밭에서 새 쫓는 시
　　　　　　　늉을 하며)
　　　　　　　하늘에서 젖 안 먹고 크는 애기……

> 사람들　　훠이 다시는 오지 말아, 훠어이 훠이
> 　　　　　사람들, 어느덧 손짓 발짓 장단 맞춰 춤을 추며, 어깨짓
> 　　　　　고개짓 결들여, 굿 춤추듯, 농악 맞춰 추듯, 춤을 추며
> 　　　　　(〈옛날 옛적에 훠어이 훠이〉, 121면)

1)의 경우, 아비의 말 속에서 마을 사람들은 박해자로 상정된다. 달래 일가가 문둥이와 접촉을 시도한다는 사실이 발각되면, 마을 사람들은 관습적 규약을 어지럽힌 책임을 물으려 할 것이다. 이를 잘 알고 있는 달래 일가는 이 사실이 발각되는 것에 대해 무척 두려워한다. 2)의 경우, 아기장수에 대한 마을 사람들의 기피 반응을 보여준다. 마을 사람들은 과거부터 자신의 터전에서 기존 질서에 대항할 인물이 탄생하는 것을 경계하고 있었으며, 현재는 아기장수로 인해 돌아올 불이익에 대해 전전긍긍하고 있다. 이러한 경계심과 조심성이 해제되는 순간이 위의 대목인데, 그들의 손짓은 그동안 품어왔던 저항의식을 형상화하는 무대적 움직임이다. 1)과 2) 경우는 직접적인 박해 행위는 아니다. 그러나 기층 민중이 언제든지 박해자의 입장으로 돌변할 수 있음을 보여주는 증거라고 할 수 있다.

위의 두 작품에는 법정권력기관의 박해 행위도 나타난다. 박해자의 전형은 포교(포졸)라는 공통점을 지닌다. 〈봄이 오면 산에 들에〉에서는 달래를 첩으로 삼으려는 지방관의 야심을 수행하는 인물이 포교들이다. 달래 일가의 산 속 도피가 포교의 위협을 피하기 위해서라고 할 때, 포교는 법정권력기관의 억압상을 무대화하는 역할을 하는 셈이다. 〈옛날 옛적에 훠어이 훠이〉에서도 용마와 아기장수를 잡으려는 통치자의 대리인이 포졸이다. 그들은 아기장수를 잡는다는 미명하에 마을

사람들을 온갖 부역에 몰아 넣고 재산상의 손실까지 끼치며 유아 살
해를 종용한다.

박해자의 유형을 권력기관의 하수인에서 상층 귀족 세력으로 격상
시킨 작품이 〈어디서 무엇이 되어 만나랴〉이다. 〈둥둥樂浪둥〉 역시
'왕제'를 언급하여 최고위층 박해세력을 보여주었지만, 이것은 어디까
지나 대사를 통한 간접적인 등장일 따름이다. 그러나 〈어디서 무엇이
되어 만나랴〉는 핵심 권력층 인사를 무대 전면에 내세운다. 먼저 정
쟁에서 실각한 평강공주가 등장하고, 권력의 암투를 중재하는 대사가
출연하며, 반대파의 핵심세력(부장)이 비중 있게 드러난다. 최인훈이
처음 발표할 당시의 텍스트를 살펴보면, 최고 권력자인 '왕자'도 직접
등장한다.[19] 이처럼 〈어디서 무엇이 되어 만나랴〉는 정치적 박해자를
비교적 소상하게 전면화한 작품이다.

〈달아 달아 밝은 달아〉는 박해 세력이 복잡하게 설정되어 있는데,
크게 네 가지로 세분할 수 있겠다. 심청이가 중국의 기루에서 매춘을
할 때 그녀를 성적으로 탐하는 손님들의 무리가 하나이고, 해적들에
게 피납 되어 허드렛일을 할 때 그녀를 능욕하고 폭행하는 해적무리
가 다른 하나이며, 고국에 귀국했을 때 심청을 경계하는 피난민의 무
리가 또 다른 하나이며, 도화동에 돌아왔을 때 그녀의 이야기를 비웃
는 아이들의 무리가 마지막 하나이다. 이들은 박해 군중을 형성한다.
심청은 기루에 묶인 신세이거나 해적에게 감금된 상황이거나 국내 소
식에 어두운 상태이거나 정신이상의 징후를 보이는 경우에 처해 있
다. 따라서 일종의 무방비 상태에 놓여있는 셈인데, 이로 인해 손쉽게

---

19) 최인훈, 「열반의 배-온달2」, 『현대문학』, 1969년 11월.

매춘, 폭행, 따돌림, 놀림의 대상이 된다. 이는 손님, 해적, 피난민, 아이들의 무리가 일종의 박해 군중을 이루고 있음을 보여준다.

3.2.2. 박해의 극적 형상화

최인훈은 피박해자의 수난을 다양한 기법으로 표현한다. 가장 대표적인 기법이 그림자극의 도입이다. 그림자극의 도입은 〈옛날 옛적에 훼어이 훼이〉와 〈달아 달아 밝은 달아〉에서 발견된다. 〈옛날 옛적에 훼어이 훼이〉에서는 남편이 아이를 곡식 자루로 눌러 죽이는 장면이 '창호지에 비치는 그림자'로 가시화된다. 아기를 죽이려는 남편과 이를 저지하려는 아내의 실랑이는 창호지 문 밖에서 펼쳐진다. 장면의 이중 배치는 박해자의 입장에 동조하게 된 민중의 처지와 이를 감수해야 하는 아픔을 내밀하게 전달한다.[20]

〈달아 달아 밝은 달아〉에서도 심청의 성적 수난은 그림자극으로 표현된다. 즉, 심청의 매춘 행위는, 둥근 창문에 어리는 용의 그림자와 파도소리·여자의 신음소리·천둥 번개 소리 등의 효과음 그리고 불빛의 점멸을 절묘하게 배합한 장면으로 형상화된다. 그리고 광폭하게 반복되는 매춘 행위를 표현하기 위해서, 무언극을 도입하고 그림자극 사이의 휴지를 축소하여 속도감을 점차 가중시키는 수법을 사용한다. 이러한 수법은 심청의 매춘 수난을, 무자비한 박해자가 집행하는 희생자의 의사 죽음으로 환기시키기 위함이다.

---

20) 이러한 이중 효과에 대한 고찰은, 이상우의 「최인훈 희곡에 나타난 '문'의 의미」 (『한국극예술연구』(4집), 태학사, 1994)에 나타나 있다.

박해 행위는 인형을 통해 표현되기도 한다. 〈옛날 옛적에 훠어이 훠이〉에서 아기의 죽음은 아내의 자살로 파급된다. 아내의 자살 동기는 아기 살해를 방조한 죄책감이다. 이 죄책감은 아이를 희생시켜야 한다는 대중적 합의에 저항하지 못했다는 양심상의 가책과, 치안 유지를 위해서 희생자를 색출하는 권력자들의 횡포에 저항하지 못했다는 후회와 반성에서 발원한 것으로 보인다. 따라서 아내의 자살은, 아기 살해에 뜻을 모은 마을 사람들과 내부의 희생자를 골라내려는 권력집단이 암묵적으로 단합하여 저지른 간접 살인에 해당한다. 아내의 시신을 인형으로 처리한 것은, 박해의 현장을 무대 위에서 연출하여 관객들에게 충격적으로 전달하기 위함이다. 〈달아 달아 밝은 달아〉에서도 동일한 목적으로 인형을 사용한다. 해적들의 만행이 인형을 빌어 표현됨으로써, 심청에게 가해지는 물리적 폭력의 실상이 생생하게 전달된다. 이처럼 최인훈 희곡에 나타나는 인형 대체는, 박해 행위의 무자비함과 불합리함 그리고 구체적 실감을 극대화하기 극적 시도이다.

등장인물의 실연(實演)으로 박해 행위를 표현하는 경우도 있다. 〈둥둥樂浪둥〉과 〈어디서 무엇이 되어 만나랴〉가 이러한 경우이다. 〈둥둥樂浪둥〉은 최인훈의 희곡 중에서 선명하게 집단 살해 의식을 보여주는 작품이다. 호동은 이민족의 귀신을 섬겼다는 이유로, 주몽의 신령이 현신하여 주재하는 종교 재판에 회부된다. 이 재판에서 호동은 군중들의 잠정적인 합의에 의해 처형된다.

　　　북 방망이를 놓고 물러나와 엎드린다
　　　사람들이 놀라 웅성인다
　　　사이

왕비 호동의 목을 쳐라
사람들 물러간다
난쟁이 칼을 휘두르며 춤추면서 나온다(〈둥둥樂浪둥〉, 245면)

'사람들'의 반응은 암묵적으로 합치된 처벌 동의를 의미한다. 사람
들은 희생양으로 선택된 호동의 죽음에 이의를 제기하지 않는다. 이
는 호동의 부장이, 호동의 억울한 누명에 불복하여 반란을 일으킨 것
과는 극히 대조된다. 이는 호동이 사회 문화적 질서 교란 혹은 만연된
상호 폭력적 성향을 무마시키고 새로운 질서를 위해 처형되는 제물로
선정되었기 때문이다. 호동의 처형은, 희생제의의 공개 처형 절차를
방불케 한다. 이 의식은 최인훈의 각종 작품에서 현대적 혹은 문학적
으로 변용된 처벌 행위의 원형에 해당한다.
　〈어디서 무엇이 되어 만나랴〉에서는 처형 의식을 공개적으로 행하
지는 않지만, 암살 과정에서 처형 방식을 본뜨고 있다. 이 작품에서 박
해자의 폭력 행위가 드러나는 대목은 두 군데이다. 차례로 살펴보면,
다음과 같다.

　1) 공주　쾌씸한 것. 네가 벌써 나를 업수이 보는가? 그러면 내 손으
　　　　　로 벗기리라.(다가선다. 호위 군사들 창으로 앞을 막는다.
　　　　　장교들도 가로막는다) 너희들이 너희들이 내 앞에 창을 대
　　　　　느냐? 물러서라. (호위병들 묵묵부답으로 막아선 채로 있
　　　　　다. 공주, 비틀거린다. 시녀들이 급히 부축한다) 아아 그랬
　　　　　던가…… 그랬던가…… 새벽에 하신 말씀을 이제야 알겠
　　　　　구나. 오, 오랜 꿈, 오랜 꿈의 길이 이제 환하고나. 장군, 당

신이 누구였던가를 당신이 누구였던가를……(관 곁에 돌아
온다) 〔〈어디서 무엇이 되어 만나랴〉, 58~59면〕

2) 장교 편하게 해드려라
병사 1, 칼을 뽑아 공주를 앞에서 찌른다. 공주 앞으로 쓰러진다. 붙
잡았던 병사들 서서히 땅에 눕힌다.
장교, 손으로 지시한다.
병사 2, 큰 비단 보자기로 공주의 시체를 싼다.
장교, 또 지시한다.
병사들. 공주를 들고 퇴장. 장교 뒤따라 퇴장. 공주의 살해에서 퇴장
까지의 동작은 마치 의전 동작처럼. 기계적으로 마디 있게 처리(〈어디
서 무엇이 되어 만나랴〉, 74~75면)

1)의 경우, 공주를 둘러싼 병사들은 위압적 대오로 공주의 행동을
저지한다. 박해자들의 행적이 남아있는 신화 속에서 희생물을 둘러싸
고 무언의 압력을 가하는 박해자들의 대열이 발견되곤 하는데, 병사
들과 장교들의 일사분란 한 대오는 신화 속 박해자들의 대오와 합치
된다. 2)의 경우, 이러한 병사들의 행위가 마치 '의전 동작'처럼 처리
되도록 설정되어 있다. 이로 인해 공개처형과 매우 흡사한 분위기가
연출된다.
1)의 공주 대사 가운데에서, '새벽에 하신 말씀'은 희생양 처벌 의
식이 온달에게도 비슷하게 가해졌음을 추측하게 한다. 새벽녘에 죽은
자의 모습으로 현신한 온달은, 공주에게 평양성에서 지내던 시절의
심경에 대해 토로한다. 온달은 평양성에서의 자신이 대단히 불안한

위치에 놓여 있었고 끊임없이 비웃음과 경계의 대상이 되었음을 고백
한다. 이는 온달이 평양성의 거주자, 특히 정치적 세력가들에게 적대
자로 인식되었으며 그들의 암살 동의하에 죽음에 처하게 되었음을 암
시한다. 온달의 죽음이 무대에 직접적으로 형상화되지는 않지만, 공주
의 말로를 참조할 때 충분히 추측할 근거를 남겨둔다고 할 것이다.

　〈달아 달아 밝은 달아〉에도 핍박자들의 집단행동이 나타나고 있다.

　　　아낙네
　　　일어나 앉아
　　　신기한 듯이
　　　심청을 본다
　　　사람들도
　　　여기저기서 옹기종기 일어나
　　　마치 괴물을 보듯
　　　심청을 본다
　　　마침내
　　　가까운 사람부터
　　　멀리 있는 사람까지
　　　가까운 사람은
　　　고개를 돌려
　　　그 옆 사람은 절반 일어나고
　　　하는 식으로 피라미드처럼
　　　차츰 키가 높아지며
　　　멀리 있는 사람은
　　　일어서서 심청이 앉은

이쪽을
쳐다본다
마치
난데없는 괴물을 주시하듯(〈달아 달아 밝은 달아〉, 307~308면)

그들은 외적의 침략을 피해 피난하던 도주 군중[21]이었는데, 심청의
수상한 행동에 의혹을 표시하면서 순식간에 박해 군중으로 전환된다.
여기서 그들의 일치된 시선과 대오는 위압적인 대오를 형성한다.

마지막으로, 가면을 통해 박해 행위를 표현한 작품이 〈봄이 오면 산
에 들에〉이다. 이 작품은 박해의 극적 행위를 가장 간접적이고 은유적
으로 보여준다. 박해 행위는 추방으로 나타나는데, 이는 죽음이나 강
간 혹은 물리적 폭력으로 제시되었던 이전의 박해 행위 유형과는 사
뭇 다르다. 따라서 표면적으로 본다면 박해의 정도가 가장 미약하며,
일가가 새로운 보금자리를 잡았다는 점에서 박해로부터의 모면으로
여겨질 가능성도 있다.

그러나 일가에게 가해지는 폭력은 엄연히 존재한다. 엘리아스 카네
티는 박해 군중이 가하는 형벌의 한 예로 '추방'을 거론한다. 추방은
특히 유목민의 무리에게는 죽음과 동일한 형벌로, 극한적 형태의 고
립을 뜻한다.[22] 달래 일가의 생계 수단이 농업이라고 할 때, 농토를 포
기하고 산속으로 도망쳐야 하는 입장은 가혹한 형벌과 다를 바가 없다.

추방의 형벌을 적용할 경우, 〈둥둥樂浪둥〉과 〈옛날 옛적에 훠어이
훠이〉에도 이와 유사한 박해 행위가 가미되어 있음을 알게 된다. 〈둥

---

21) 엘리아스 카네티, 강두식 역, 『군중과 권력』, 학원사, 1982, 54~56면.
22) 엘리아스 카네티, 강두식 역, 『군중과 권력』, 학원사, 1982, 51면.

둥樂浪둥〉의 경우, 처형된 호동과 자살한 왕비의 수급이 하늘 사자인
백골에 의해 수습된다. 이러한 결말은 논란의 여지를 남긴다. 두 시체
의 목이 하늘로 오르는 것을 두고, 그들의 못다한 인연을 이어주려는
상징적 해원 행위나 자기희생을 통한 사랑의 궁극적 완성[23], 혹은 인
간 세상의 사회질서와 제도와 사랑의 무화 내지는 희화화[24]로 이해할
가능성도 전혀 없지는 않다. 그러나 추방이라는 형벌 개념을 상정할
경우, 이러한 하늘 행은 이승에서의 철저한 축출이라는 보다 근거 있
는 해석을 얻게 된다. 군중들은 희생양의 완전한 제거를 위해, 추방이
라는 극단적 형벌까지 소원[25]하고 있는 것이다.

　이러한 형벌 개념은 〈옛날 옛적에 훠어이 훠이〉에도 동일하게 적용
된다. 아기장수를 태운 말이 하늘로 사라지는 장면에서, 백성들이 내
젓는 손짓은 이승의 질서에 혼란을 초래한 이방인에 대한 박대와 외
면의 손길을 의미한다고 이미 말한 바 있다. 그들은 비록 아기장수가
죽었을지라도, 지상에서의 공존을 용납하지 않는다.

　이처럼 최인훈의 희곡을 관통하는 박해 행위는 처형이나 자살 등의
죽음, 성적 폭력과 따돌림, 물리적 폭력과 추방의 형태로 모아진다. 이
러한 행위는 박해자들의 실체와 위압성을 형상화하려는 극적 기법이
다. 특히 박해의 무자비함과 불합리함을 가시화하고 희생자의 고통과

---

23) 서연호, 「최인훈 희곡론」, 『민족문화연구』(28호), 고려대 민족문화연구소, 1995,
　　295~296면.
24) 김성희, 「한국적 비극의 특성과 보편성 연구」, 『연극의 사회학, 희곡의 해석학』, 문
　　예마당, 1995, 411면.
　　이지훈, 「'꿈과 생시' 최인훈의 〈둥둥樂浪둥〉」, 『연극학 연구』(3), 1992, 162~163면.
25) 최인훈은, 문학을 당대인의 꿈의 실현으로 보는 견해를 여기저기에서 피력하고
　　있다.(최인훈, 『문학과 이데올로기』, 문학과 지성사, 1994).

공포를 표출하기 위해서 고안된 연극적 기법은 주목할 만하다.

3.3. 희생자의 성격

3.3.1. 희생양 표지

　최인훈 희곡에 나타난 희생양 인물은 전형적인 희생양 표지를 드러낸다. 희생양 표지는 크게 두 가지로 나누어진다. 하나는 비정상적 상태에 있는 경우이고, 다른 하나는 이방인인 경우이다. 무리를 이루는 공통적 성향에서 예외적인 특질을 가진 경우를 비정상적이라고 간주할 수 있겠는데, 이방인도 다수의 공통성을 따르지 않는다는 점에서 비정상적인 경우에 포함시킬 수 있다. 이렇게 비정상의 범위를 설정할 경우, 다양한 사례가 포함된다. 신분적으로 너무 높거나 낮은 사례가 그러하며, 정신이상 증세를 보이거나 육체적으로 기형적인 사례가 그러하다. 가령 왕이라는 최고위층 신분의 경우, 아프리카나 고대 사회에서 재앙이 닥쳤을 때 즐겨 희생제의의 대상이 되었음이 밝혀져 있다.[26] 말더듬이의 사례는 육체적 기형성에 포함시킬 수 있다. 쌍둥이, 원수 형제, 근친상간이나 부친살해 등을 범한 범인, 월경 중인 여자, 입사의식을 치루는 소년 등도 예외적인 특질을 지닌 인물로 분류된다.

　최인훈 희곡에서 가장 뚜렷하게 희생양 표지를 보여주는 인물은 〈둥둥樂浪둥〉의 호동과 왕비이다. 이 둘은 근친상간의 금기를 위반한다. 더구나 왕비의 경우, 원시사회에서 특별한 두려움을 불러일으킨

---

26) 프레이져, 장병길 역, 『황금가지』(Ⅰ), 삼성출판사, 1990, 351~372면.

쌍둥이이다. 지라르는 "쌍둥이들은 문화질서의 측면에서 조그만 차이
도 없으며, 때로는 육체적인 면에서도 특별한 유사성이 존재한다. 차
이가 빠진 곳에서는 언제나 폭력의 위협이 있다"고 주장한다.[27] 이러
한 차이의 소멸로 인해, 호동은 애인인 낙랑공주와 계모인 왕비를 혼
동하고 착란적 사랑에 빠져들게 된다. 사회질서의 중대한 위반 행위
는 호동과 왕비에게 희생양의 뚜렷한 표지를 안겨준다.

〈옛날 옛적에 훠어이 훠이〉의 아기의 경우에도 뚜렷한 희생양 표지
를 선보인다. 아기는 태어난 지 얼마 되지 않아 걷고 말하는 초능력과
신이한 용마를 대동하는 영험함을 과시한다. 이러한 비범함은 책임전
가의 희생양을 식별하는 유용한 표식으로 작용한다.

〈어디서 무엇이 되어 만나랴〉에서는 고귀한 신분과 미천한 신분의
결합이 문제된다. 잃어버린 권력을 되찾으려는 야심이 문제되고, 범인
을 압도하는 강력한 힘과 신망이 문제된다. 그들의 결합과 세력 형성
은, '평양성 사람들'로 대표되는 기존의 권력층에게 심한 반감과 이질
감을 불러일으킨다. 결국 평강공주와 온달은, 권력적 혹은 신분적 관
습을 정면으로 어지럽힌 인물이라는 희생양 표지를 부여받게 된다.

〈달아 달아 밝은 달아〉의 심청이는, 피난길에서 이방인의 의혹을 받
고, 고향에서 정신이상징후를 보인다. 이로 인해 피난민 집단과 아이
들 집단에서 이질적인 존재로 취급당한다.

최인훈 희곡에서 인상적으로 묘사된 희생양 표지는 '말더듬' 증세이
다. 최인훈 희곡의 언어적 특질 연구는 이미 어느 정도 행해진 만큼,[28]

---

27) 르네 지라르, 김진식·박무호 역,『폭력과 성스러움』, 민음사, 1993, 87면.
28) 이상일,「극시인의 탄생」,『옛날 옛적에 훠어이 훠이』, 문학과 지성사, 1979
　　권오만,「최인훈 희곡의 특질」,『국제어문』(1집), 국제대학교, 1979.

여기서는 말더듬 효과에 대한 재론은 피하고 지금까지 간과되고 있는 희생양 표지로서의 기능을 중심으로 살펴보고자 한다. 〈봄이 오면 산에 들에〉와 〈옛날 옛적에 훠어이 훠이〉는 말더듬이 아버지가 등장하는 작품이다. 그런데 〈봄이 오면 산에 들에〉의 아버지는 처음부터 희생양 인물형으로 분류되지만, 〈옛날 옛적에 훠어이 훠이〉의 아버지는 다소 모호하게 처리된다. 〈옛날 옛적에 훠어이 훠이〉의 결말부를 살펴보면, 아버지는 아기나 아내처럼 죽음을 당하지도 않고 하늘로의 도피에 적극적으로 동참하지도 않는다. 오히려 아기를 죽인 장본인이라는 점에서 박해자의 입장에 동조한 듯한 인상을 남기며, 아내가 타라고 종용하는 용마를 거부하는 행위를 보인다는 점에서 희생자의 반열에 들어서는 것을 기피하는 것 같다. 따라서 희생양 표지로 설정된 말더듬 증세는 〈봄이 오면 산에 들에〉의 아버지를 통해 고찰되는 것이 더욱 온당할 것이라고 생각된다. 다만 〈옛날 옛적에 훠어이 훠이〉의 남편 또한 달래 아비처럼 핍박받는 민중의 한 전형으로 제시된다는 점과 결국에는 이승에서의 추방이라는 멍에를 짊어진다는 점에서, 희생양 표지로서의 말더듬 효과는 대동소이하다고 할 수 있다.

앞에서도 언급했지만, 〈봄이 오면 산에 들에〉에 나타난 희생제의는 최인훈의 희곡 가운데에서 가장 희미한 편이다. 추방이라는 형벌이 가해지고 있을 뿐, 신체적인 위해나 가시적 형벌 같은 뚜렷한 박해 행위는 엿보이지 않는다. 이렇게 약화된 박해 상황을 극적으로 대체하는 것이 달래 아비의 형벌같은 말더듬 증세이다. 달래 아비의 답답한 언어 장애는, 억압받는 달래 일가의 상황을 극적 분위기로 전달한

김영희, 『최인훈 희곡의 극적 언어 연구』, 부산대 석사논문, 1990.

다. 확대해서 말하면, 말더듬 증세는 민중(달래 아비)에 대한 권력기
관(지방 수령)의 횡포와 소외된 계층(달래 일가와 바우)의 수난을 대
사의 갈피에 배어들게 하려는 극적 시도이다. 이러한 배어듦은 반복
되는 휴지와 지연 효과로 인해, 말이 침묵의 여백과 행동의 틈 사이로
스며드는 듯한 효과[29]를 창출하기 때문이다.

삐까르는 노인의 언어가 완만하다고 규정하면서 그 완만함은 침묵
과의 관련성 때문임을 지적한다. 노인의 언어는 언어 사이의 침묵으
로 인해 마치 '아주 무거운 짐짝처럼' 발화된다고 정리한다.[30] 달래 아
비의 언어 역시 생의 무거운 짐을 짊어진 것처럼, 지둔하고 완만하다.
김영희는 이러한 지둔함과 완만함을 '자아가 세계에 대해 가지는 불
안과 공포'[31]로 이해하는 탁월한 견해를 내놓지만, 안타깝게도 그 세
계의 실체를 규명하는 데에는 실패한다. 최인훈도 말더듬 증세가 '세
계에 대한 대단히 빈약한 비전을 가지고 있는 의식의 상태'라고 설명
하지만, 모호하기는 마찬가지이다. 다시 말해서, 세계의 정체는 해석
속에서는 언제나 모호한 상태로 미루어지거나, 아니면 편의에 따라
70년대 현실과의 관련성으로 얄팍하게 풀이되기 일쑤이다. 하지만 말
더듬이 증세가 육체적 기형성의 표식이고 빈약한 비전(무지)의 산물
이며 불안과 공포의 증좌라면, 달래 아비가 희생양의 표지를 지닌다

---

29) 평론가 한상철은 이와 유사한 발언을 한 적이 있다. 그는 최인훈과의 대담에서,
〈봄이 오면 산에 들에〉에서의 말더듬 효과가 "동작자체를 세분화 혹은 미분화시
켜서 동작이 한 번에 연결되는 것이 아니라 하나의 동작이 몇 개의 단계로 나눠"
지는 효과와 혼용된다고 언급한다(최인훈, 「하늘의 뜻과 인간의 뜻」, 『문학과 이
데올로기』, 문학과 지성사, 1994, 397면).

30) M. 삐까르, 박갑성 역, 「아기, 노인 그리고 침묵」, 『침묵의 세계』, 성바오로출판사,
1980, 116~117면.

31) 김영희, 『최인훈 희곡의 극적 언어 연구』, 부산대 석사논문, 1990.

는 사실은 자명해진다. 그렇다면 그가 짊어진 생의 무거운 짐과 불안
과 공포의 대상인 세계의 진정한 실체는, 바로 그들을 둘러싼 타인들
이다. 더 정확히 말하면, 타인들이 행하는 희생양 메커니즘이다. 달래
일가가 외딴 지역에 사는 것으로 암시되듯이 달래 일가와 타인들은
일정한 거리를 두고 대치하고 있으며, 달래 아비의 숨죽인 말 속에서
언뜻 드러나듯이 달래 일가는 타인들을 두려워하고 있다. 이는 피박
해자가 갖게 마련인 박해자에 대한 두려움이고, 박해 행위를 모면하
려는 힘겨움이다. 이러한 측면에서 말더듬 수법은 분명, 뚜렷한 박해
행위를 제시하지 않고도 희생양 표지만으로 박해 상황을 축조해내는,
최인훈 극작술의 정점이라 할 것이다.

3.3.2. 새로운 질서의 도래

희생제의가 치러지고 난 이후의 극적 환경은 달라진다. 이는 새로
운 질서의 도래로 요약될 수 있다. 최인훈 희곡의 결말부는, 보통 이러
한 새로운 질서의 도래를 암시하는 분위기로 꾸며진다. 질서의 회복
을 극렬하게 보여주는 결말은 〈둥둥樂浪둥〉에서 발견된다.

비가 후둑후둑 내리기 시작한다, 벌판 멀리서 고구려 백성들의 소리,
"비다" "비가 온다" 북소리, 사이를 두고 두서너 번 둥둥 둥둥둥, 둥둥
둥둥둥, 이윽고 멀리서 처음에는 약하게, 차츰 우렁차고 흥겹게 풍년가
들려온다, 풍년이 왔네, 풍년이 왔네, 우렁찬 노랫소리 속에 난쟁이 도
끼를 집어들고 제단을 올라간다. 단 위에서 도끼를 놓고 주몽의 탈을
쓴다, 주몽의 탈을 쓰고 왕자의 관을 쓰고 왕비의 치마를 입은 난쟁이

도끼를 비껴들고 노랫소리 속에 일어서서 덩실덩실 춤을 춘다.(〈둥둥
樂浪둥〉, 248면)

〈둥둥樂浪둥〉에는 고구려를 덮친 가뭄·기근·전쟁위협(사회적
위기)이 묘사되고, 근친상간과 이단적 종교 행위라는 중대한 범죄(무
차별화 범죄)가 지목되고, 쌍둥이(왕비)·왕의 아들(호동)·외국에
서의 입국한 자(왕비와 호동)라는 희생양 표지가 부여되고, 그리고 처
형과 추방이라는 처벌(박해행위)이 시행된다. 위의 인용된 단락은 네
가지 상투형이 모두 시행되고 난 이후에, 희생위기가 소멸되는 광경
을 시사하는 장면이다. 이 장면 속에는 호동과 왕비의 처단이 대속 행
위로 전환되었음을 알려주는 대목이 들어 있다. 이러한 인식 전환으
로 인해, 희생자가 사회질서의 회복을 이루어낸 공을 사후에 인정받
게 된다. 이러한 현상은 집단의 증오와 온갖 갈등의 주범으로 지목되
던 희생양이, 희생 이후에 성스러운 구원자로 추앙되는 인류 문명의
양가성으로 풀이된다.[32]

프로이트는 『토템과 터부』에서 로버트슨 스미드의 견해를 인용해,
희생제의적 죽음이 갖는 의미를 명료하게 밝혀놓고 있다. 희생제의적
죽음이 갖는 신성한 신비는, 신성한 희생물을 함께 먹는 의식을 치르
면서 "동참자들 상호간에 그리고 그들의 신과 살아 있는 유대를 창조
하고 그것을 생생하게 유지하는 신성한 결속이 증진될 수 있다고 믿
는 생각에 근거한"다.[33] 이러한 생각은 〈둥둥樂浪둥〉에도 무리없이
대입된다. 고구려의 조상신인 주몽의 탈과 두 희생양의 물건이 나란

---

32) 르네 지라르, 김진석·박무호 역, 『폭력과 성스러움』, 민음사, 1993, 105~135면.
33) 프로이트, 김종엽 역, 『토템과 터부』, 문예마당, 1995, 193~201면.

히 난쟁이에게 입혀져서 통합되는 행위는, 동물 희생물을 나누어 먹는 의식과 유사하고, 고구려의 신(神)인 주몽과 두 희생양의 '유대를 창조'하려는 종교적 통합 의례와 합치된다. 즉 폭력과 무질서의 선동자로 지목되던 호동과 왕비는, 종교적 절대자인 주몽과 통합되면서 종교적 구심점으로 승격되는 것이다. 이러한 종교적 통합에서, 고구려 사회의 내부적 불화를 잠재우고 상호 결속을 다져 새로운 질서를 구축하려는 의도를 읽어낼 수 있다.

최인훈 희곡이 드러내는 결말은 이러한 양가성의 개념으로 설명된다. 〈옛날 옛적에 훠어이 훠이〉에서 하늘로 오르는 용마를 바라보며 신명이 나 춤추는 마을 사람들은, 아기장수의 제거와 추방으로 다시 도래한 질서를 맞이하는 축제를 벌이고 있는 것이다. 이 축제 이후에 회복된 질서 체계 아래에서, 아기장수는 민간신앙의 비련한 지도자로 자리 매겨질 것이다. 다시 말해서 아기장수의 처형과 추방은 마을 사람들의 불안과 고난을 해소하는 희생제의를 뜻하고, 희생제의 이후에 도래한 질서는 아기장수의 헌신적 순교에 의한 결과로 받아들여진다. 현재까지 전해지는 아기장수 설화는 양가성의 산물이다.

〈어디서 무엇이 되어 만나랴〉나 〈달아 달아 밝은 달아〉는 실성한 인물들의 잔영을 보여주면서 끝난다. 희생양으로 선택된 인물의 비극성은 부각되지만, 새로운 질서의 도래는 쉽게 엿보이지 않는다. 그러나 〈어디서 무엇이 되어 만나랴〉의 경우에는, 온달부부의 제거로 찾아온 평양성 주민들의 평온을 감지할 수 있으며, 〈달아 달아 밝은 달아〉의 경우에는, 아이들의 평화로운 노래 소리 속에서 각종 사회적 혼란(인신매매, 노략질, 전쟁)이 사라지고 새로운 질서가 정착되는 기미가 감지된다.

4. 희생제의의 문학적 의의

최인훈의 〈광장〉과 희곡 작품에는 희생제의의 문학적 변용이 나타
난다. 그의 문학에는 희생위기의 징후가 발생하여 희생양이 선택되
고 처벌됨으로 인해, 사회의 질서가 안정을 찾는 과정이 담겨 있다. 그
러나 최인훈이 처음부터 희생양 메커니즘을 완벽하게 이해하지는 못
한 듯하다. 최인훈은 〈광장〉을 1960년 11월 『새벽』에 발표했다. 그때
에는 남북의 분단과 사상적 대립으로 경직된, 집단과 개인의 대치 상
태를 폭로하는 데에 초점이 맞추어졌기 때문에, 집단을 유지하는 희
생양 메커니즘과 개인의 소외감을 살피는 작업은 상대적으로 취약했
다. 이는 1961년 2월에 개작된 정향사판 〈광장〉에서 수정되어 지금까
지 지속되고 있다. 정향사판 〈광장〉을 살펴보면, 이명준은 남한의 경
찰서와 북한의 신문사 이외에, 제 3국 행 타고르 호 안에서도 집단과
대치한다. 31명이라는 제 3국 행 포로들의 무리는 이데올로기 대립의
영향권을 벗어난 상태에서도, 이명준이라는 개인을 집단적으로 처벌
한다. 이는 홍콩 상륙을 저지하는 이명준의 의사를 집단의 결속을 파
괴하는 중대한 반항으로 인지했기 때문이다. 이는 미국에서의 만 3년
간 거주[34]를 청산하고 돌아온 이후에 문학과 지성사에서 간행된 전집
판에서의 갈매기 의미 변화 양상을 살펴보아도 대동소이하다. 윤애와
은혜로 표상되던 갈매기는 문학과 지성사 전집판에서는 은혜와 딸로

---

34) 최인훈은 1973년 9월 '세계작가 프로그램 IWP'의 초청으로 도미하였다가 1976년
5월에 귀국한다(김종회, 「문학적 연대기-관념과 문학, 그 곤고한 지적 편력」, 『작
가세계』(1990년 봄호), 세계사, 37~39면). 이는 〈화두〉에 기록된 도미 체험의 시
기와 이유가 정확하게 일치하고 있어, 〈화두〉에 나타난 화자의 심정이 최인훈의
실제 심정과 상당 부분 부합되리라는 신빙성을 높여준다.

변화하는데, 이는 최인훈의 문학이 남북한의 사상적 대립이라는 한
국적 특수성에서 탈피하여[35], 집단과 개인의 관계에 대한 문화인류학
적 보편성으로 한 차원 나아갔음을 증거한다. 〈화두〉의 화자는 〈광장〉
과 〈옛날 옛적에 훠어이 훠이〉를 문화인류학적 관점으로 바라보려는
속내를 지니고 있었음을 공개적으로 밝히고 있다.[36] 이러한 문화인류
학적 관심은, 최인훈이 희생자의 뒤에 내재된 군중과 권력의 메커니
즘을 차츰 이해하게 되었음을 보여주는 소중한 근거이다. 또 다른 술
회를 살펴보면[37], 두 작품은 상호 연관성마저 지니고 있다. 미국에서
최인훈이 〈광장〉을 4차 개작(민음사판에서 전집판으로의 변화)하고
〈옛날 옛적에 훠어이 훠이〉를 창작하는 시점은 인접해 있으며, 창작
의도에서 상호 연관성 내지는 연속성을 지니고 있다. 종합하면 최인
훈의 문화인류학적 관심이, 늦어도 〈광장〉의 4차 개작 과정과 〈옛날
옛적에 훠어이 훠이〉의 창작 과정에 가미되기 시작했음을 알 수 있다.

르네 지라르는 신화는 박해의 흔적을 담은 텍스트이고, 박해의 텍
스트에는 두 가지 종류가 있다고 했다. 하나는 박해의 흔적을 감추기

---

35) 김현은 갈매기의 의미가 달라지면서 〈광장〉의 초점이 이데올로기의 문제에서 사
   랑의 문제로 변화되었다고 주장한다(김현, 「사랑의 재확인-『광장』의 개작에 대하
   여」, 『광장/구운몽』, 문학과 지성사, 1989, 287면).
36) 최인훈, 『화두』(1), 민음사, 1994, 156면.
37) 최인훈의 〈화두〉를 보면 당시를 1970년대 버지니아에 머물 때로 상정되는데, 〈광
   장〉의 개작과 〈옛날 옛적에 훠어이 훠이〉의 창작은 두서너 달의 간격을 두고 일어
   난다. 〈광장〉을 4차 개작하게 된 동기를 거론하는 지점에서 덴버에서 버지니아로
   돌아오는 차 안의 구토를 언급하고 있는데, 〈옛날 옛적에 훠어이 훠이〉를 쓰기 시
   작한 시점에서도 이러한 구토-'생리적 소외감'을 호소한다. 이는 두 체험 간에 근
   본적인 연관성이 있음을 시사 하는 것이며, 소설의 개작 과정에서 발생한 문제를
   희곡의 창작으로 해소할 수 있다는 암시적 진술을 남긴다.(최인훈, 『화두』(1), 민
   음사, 1994, 450~462면).

위해 윤색되는 텍스트이고, 다른 하나는 희생제의의 메커니즘이 담보
한 진실을 밝히는 성서 텍스트이다. 성서 속의 예수의 수난은 권력층
의 음험한 의도와는 달리, 권력계층과 군중의 단합된 합의가 희생양
을 지목하고 처형함으로써 사회적 불만을 일소하고 본래 질서를 회복
한다는 권력적 메커니즘을 폭로하게 되었다고 주장한다.[38] 최인훈도
자신의 문학적 이력이 십 여 년 정도 지난 시점에서, 이러한 희생양 메
커니즘의 진실에 상당히 접근해 가는 것으로 보인다. 〈옛날 옛적에 훠
어이 훠이〉의 서문에서 직접적 증거를 찾을 수 있다. 서문에는 이 작
품의 모티프가 성서 속의 예수의 수난이나 모세의 출애굽 설화와의
유사성을 지시하는 대목이 있다.[39] 일반적인 관점에서 최인훈의 생각
을 정리하면, 다음과 같을 것이다.

아기장수는 예수처럼 민중의 구원자로 세상에 태어났다. 예수가
난세로 변한 이승에서 짧은 구원 활동을 벌이고 거룩한 순교를 했으
며 다시 부활하였다가 승천한 것처럼, 아기장수 역시 짧은 현실적 삶
을 살다가 죽임을 당하고 부활하였으며 결국 승천했다. 이는 최인훈
이 명시한 대로, '상징구조'의 동형성에 해당한다. 그리고 유대 민족을
이집트의 노예 상태로부터 해방시킨 모세처럼, 아기장수 역시 가난과
폭정과 신분적 차별에 시달리는 민중(마을 사람들)을 구할 가능성이
있었다는 뜻이 된다.

이렇게 최인훈의 창작 의도를 모아보면, 예수나 모세나 아기장수는

---

38) 르네 지라르, 김진석 역, 『희생양』, 민음사, 1998, 175~184면.
39) "이 전설의 상징 구조는 예수의 생애-절대자의 來世, 亂世에서의 짧은 생활, 순교,
   승천의 그것과 같으며, 구약성서 출애굽기의 過越節의 유래와도 동형이다"(최인
   훈, 〈옛날 옛적에 훠어이 훠이〉, 『세계의 문학』(창간호), 민음사, 1976, 310면).

모두 한 집단을 이끄는 지도자의 운명을 타고났으며, 이들의 행위는
거룩하고도 신성한 영웅의 풍모를 지닌다는 공통점을 추출할 수 있
다. 〈화두〉를 보면 이러한 영웅에 대한 당시의 생각이 나타난다. "영웅
은 태몽부터 그럴듯해야 했고, 태어나자마자 무슨 신기한 재주를 보
여주고, 몸 어딘가에 유별난(날개라든지, 비늘이라든지, 하다못해 어
디에 점이 있다든지, 심지어 어느 부분이 '불구'라든 것까지) 데가 있
게 꾸미고 싶어했다".[40] 이러한 창작 의도는, 일단, 아기장수가 영웅의
전형으로 창조되었음을 알려준다. 그래서 아기장수의 비극적 생애는
영웅의 뜻이 관철되지 않고 죽음을 맞이하는 일반적 비극[41]의 속성으
로만 이해된다.

그러나 이러한 이해는 많은 허점을 드러낸다. 먼저 전집판 〈광장〉의
경우를 보자. 〈광장〉의 이명준은 바다에 뛰어들어 자살하게 되는데,
그 이유가 세 집단의 어디에도 소속될 수 없는, 자신의 처지 때문이지
본래부터 주어진 운명의 과업 때문은 아니다. 따라서 그의 행위를 처
음부터 영웅적 운명으로 이해하기 어렵다. 영웅이라면 범인과는 다른
능력과 소신과 운명을 가지고 있어야 하는데[42], 그의 자살은 비극성을
풍길망정, 영웅의 행위로 논의하기에는 무리가 따른다.

그렇다면 이명준의 죽음이 담보한 비극성은 어디에서 유래하는가.

40) 최인훈, 『화두』(1), 민음사, 1994, 387면.
41) 여기서의 비극은 "초월적인 세계가 표현하고 있는 위대한 궁극적 의미와 인간의
만남"을 가리키는데, 이를 더욱 구체적으로 말하면 비극은 주인공에게 미지의 것
이라 할지라도 초월적인 세계의 목적에 어긋나게 자기 자신을 내던지는 일이고,
초월적 세계와의 만남에서 생겨나는 결과는 연극적 상황 가운데서도 가장 본질적
이라는 인식이다.(G.B. 테니슨, 『연극원론』, 현대미학사, 1996, 120면).
42) 조셉 켐벨 · 빌 모이아스, 이윤기 역, 『신화의 힘』, 고려원, 1992, 237면.

이것은 권력과 군중의 단합된 합의하에 유지되는 희생양 메커니즘을 감지한 까닭이다. 이명준은 집단의 질서 회복을 위해 가동되는 군중의 단합된 합의, 즉 만장일치의 초석적(礎石的) 폭력의 목표물로 책정되었다. 그가 목표물에 부과된 죽음을 받아들이면서, 문학적 희생제의가 거행된다. 만일 이명준이 비극 속의 주인공으로 간주될 수 있다면, 그것은 세계와의 대결이 아니라 희생양 메커니즘의 불행한 희생자였기 때문이다.

이미 언급했지만, 〈광장〉의 4차 개작과 『옛날 옛적에 훠어이 훠이』의 창작은 동시적 시간대에 일어난다. 따라서 아기장수의 경우에 희생제의에 대한 보다 근접한 최인훈의 생각을 읽어낼 수 있다. 아기장수는 가난과 폭정으로 가중되는 사회적 위기, 소금장수의 도둑질 같은 민초들의 반항 행위(무차별화 범죄), 날개와 비늘을 단 신체적 이상 징후(일반인의 인식으로는)·태어나자마자 걷고 말하는 특이한 능력·신통한 용마의 현신 등으로 요약되는 희생양 표지, 마을 사람들의 정신적 박해와 그 일원인 아버지에 의해 처형되는 일련의 상투적 박해 행위를 겪는다. 그리고 그 과정이 끝나 이승의 질서에 더 이상 간섭할 수 없을 때에, 민중의 구원자로 격상되고 민간신앙의 지도자로 추앙된다. 이렇게 격상되고 추앙된 연후에야 영웅의 반열에 오르게 된다. 즉, 처음부터 영웅이었다기보다는, 희생제의를 겪고 난 이후에 영웅이 되는 것이다.

사실 영웅의 표지는 희생양의 표지와 별반 다르지 않다. 특이한 능력을 지니고 변별된 신체적 징표를 지니며 이질적인 지역의 출신이라는 표지는, 영웅이 일반인과 구별되는 지표로도 동시에 활용된다. 프로이트는 영웅의 출신은 원래 고귀한데, 버려지면서 비천한 환경으로 전락하게 된다는 가정을 세운 바 있다.[43] 다시 말해서 영웅은 이방인의 속성을 지니게 마련이고 그의 능력과 외모도 그만큼 낯설게 여겨지기 마련이다.

문제는 희생제의를 겪고 난 이후에 희생양이 회복된 질서 아래에서 종교적 혹은 신화적 지도자로 격상된다는 사실이다. 프로이트가 『토템과 터부』에서 밝힌 바와 같이 아버지를 단합해서 죽인 아들은 추후에 아버지를 그들의 종교적 구심점(토템)으로 삼는다.[44] 지라르는 이러한 사회 문화적 구심점이 실제로는 희생제의를 거행한 이후에, 가능해진다는 사실을 강조하고 있다는 점에서 다를 뿐이다. 박해자들은 사회 질서가 원상대로 복구된 이후에, 그들의 박해의 흔적을 가급적 감추면서, 이미 희생된 제물의 성스러움을 부각시킨다. 이는 희생자가 지닌 질서 교란의 혐의와 체제 안정의 공로를 맞바꾸는 관념상의 변화이다.

그렇다면 여기서 최인훈이 이러한 인류학적 성과물을 흡수한 상태에서 작품을 창작했는가 하는 의문이 생긴다. 최인훈이 프로이트와 지라르의 성과를 직접적으로 이해했는지는 정확하지 않다. 다만 사회 질서의 안정 속에서 희생양 의식의 진정한 의도를 눈치 챈 듯한 기미는 남기고 있다. 최인훈이 〈광장〉의 4차 개작과 〈옛날 옛적에 훠어이 훠이〉의 창작을 앞두고 있던 시점에서 〈화두〉에 소개된 당시의 삽화는, 당시 최인훈의 생각을 엿볼 수 있게 한다.

〈화두〉의 화자는 미국에 머물면서 워싱턴포스트지에 실린 '장개석'

---

43) 프로이트, 이윤기 역, 『종교의 기원』, 열린책들, 1997, 14~16면.
44) 프로이트, 김종엽 역, 『토템과 터부』, 문예마당, 1995.

의 부고 기사를 읽는다. 그러면서 어릴 적 자신이 장개석의 이름을 처음 접하던 시절을 회상한다. 그의 회상 속에서 장개석은 '머리 꼭대기가 높이 솟고 뒤꼭지가 툭 불거진 것'으로 대중들 사이에 인식되고 있었다. 이것은 기사를 읽는 시점(1970년대)에서는, "일본제국의 숭고한 정치이념을 방해하기 위해서 이 세상에 태어난 인물"이었기 때문이라고 판단한다. 해방 이후의 북한 사회에서의 경험을 말하는 대목에서도, "장개석의 명예는 회복되지 못했다"고 회고한다. 이것은 북한 사회에서는 아직도 장개석이 군중들의 집단적 미움의 대상이었으며, 머리에 관한 표식으로 인정되듯이 일종의 정치적 희생양의 성격을 띠었음을 증거한다. 그러나 어린 시절의 자신(1940년대)은 그것을 알지 못했음을 실토한다. 그 이유를 "식민지의 아이들과 백성들은 지배자들이 만들어주는 눈으로 세상을 보고 있다는 것을 깨닫기에는 너무 오래, 너무 철저하게 억압돼 있었"기 때문이라고 판단하고, "이 인물의 온전한 경력과 중국 현대 역사에서 그가 지니는 의미를 그 윤곽대로 알게 되기는 월남한 다음에야 비로소 가능했다"고 고백한다.[45] 요약하면 일제 식민통치 시절이나 북한에 거주하던 시기에는, 최인훈이 장개석을 집단적인 합의하에 적대자 즉, 정치적 희생양으로 몰아가던 풍조에 휩쓸려 있었고, 장개석에 대한 적개심을 강요받아 인간적 실체를 올바로 판단할 수 없었다는 것이다.

  신문 부고를 접하는 당시의 그의 처지는 미국이라는 안정된 질서의 권역에 들어서 있었다. 그가 미국에 머물던 70년대는 군사정부의 독점 권력이 횡행하여 국내 상황이 극도로 악화되었던 시점으로, 그의

---

45) 최인훈, 『화두』(1), 민음사, 1994, 383~385면.

가족이 앞 다투어 미국으로의 이주를 권유할 정도로 위급한 상황이었다. 그 자신도 〈옛날 옛적에 훠어이 훠이〉를 써서 공포감을 극복한 연후에야, 고국으로 돌아갈 결심을 굳혔다는 진술을 하고 있다. 그렇다면 〈옛날 옛적에 훠어이 훠이〉는, 최인훈 문학의 지각 변동을 함축하는 텍스트로 간주해도 좋을 듯하다. 그렇다면 그 변화의 원인은 무엇인가.

그 원인을 추적하기 위해, 장개석의 삽화를 좀더 따라가 보자. 최인훈은 이미 안정된 질서 체계 안에서 자신이 과거에 믿었던 적대감이 실제로는 조작된 것임을 새삼 깨달았고, 그러한 조작된 사실을 공평하게 알려주는 미국 사회의 우수성에 대해 감탄한다. 워터게이트 사건을 접하는 그의 태도에서 나타나듯이, 권력의 기만적 술책을 꿰뚫는 높은 대중의 지성에 놀란다. 그는 안정된 질서 체계 내에서 "두개골 모양" 쯤은 "아무런 변동"도 가져올 수 없다는 사실을 인식하고, 그것이 정치적 적대자를 골라내려는 조작된 표식에 불과했음을 깨닫는다. "비극의 핵심"은 이러한 사실을 곡해하고 맹신하여 쉽게 집단적 적개심에 휩싸이는 구조적 메커니즘에 있음을 직감한다. 인간은 '짐승'의 상황에서 진화하는데, '옛 모습으로 후퇴'할 수도 있고, '갑작스러운 자기 바꿈'이 일어날 수도 있다고 말한다.[46] 풀이하면, 우리 내면의 광포한 힘(폭력)에 대한 경도 현상이, 문명화된 인간을 야수와 같은 상태(희생양 메커니즘 발동)로 몰아넣을 수도 있고, 갑작스러운 변혁(문명과 체제의 발전)을 주도할 수도 있다는 뜻이다.

기실 두 성향은 하나의 기제로부터 파생되는 것이다. 장개석의 '두

---

46) 최인훈, 『화두』(1), 민음사, 1994, 387~388면.

개골 모양'은, 집단의 불만을 전가시키고 내부적 폭력성을 이양하려
는 희생양의 징표로 제시된다. 그리고 그렇게 쉽게 믿도록 만드는 구
조적 메커니즘이 인류사의 비극을 잉태한다. 이는 내부의 불만과 질
서 교란의 죄를 물어 희생양에게 폭력을 행할 수도 있으며, 희생제의
이후에 안정된 사회가 인간의 진보를 이끌어낼 수도 있다는 천착이
다. 그렇다면 최인훈이 희생양 메커니즘의 과정과 의미를 어느 정도
체득하고 있었다고 인정해도 좋을 듯하다. 그리고 이러한 천착에 영
향을 받으며, 〈광장〉의 개작과 〈옛날 옛적에 훠어이 훠이〉의 창작에
나섰다고 인정해도 좋을 것이다.

이 점은 〈옛날 옛적에 훠어이 훠이〉에 나타난 희생제의를 다시 검
토해보면 더욱 분명해진다. 최인훈은 예수의 행적과 모세의 행적이,
아기장수의 운명과 동일할 수 있음을 이미 밝혀 놓았다. 예수의 행적
에 대한 지라르의 견해와 모세의 행적에 대한 프로이트의 추정을 참
조하면 다음과 같다.

> 예수를 죽임으로써 권력자들은 오히려 함정에 빠진 셈이다. 왜냐하
> 면 수난의 이야기 곳곳에 기록되어 있는 우리의 앞에서 든 인용문을 비
> 롯한 구약의 여러 구절들이 폭로하고 있는 것은, 바로 그들의 한결같은
> 비밀이기 때문이다. 다시 말해 희생양 메커니즘이 가장 밝은 빛 아래에
> 드러난 것이다. 그리하여 그것은 대단한 광고가 되어 이 세상에서 가장
> 잘 알려진 가장 널리 퍼진 지식이 되고 만다. 그런데 이 지식은 인간이,
> 그렇게 머리가 뛰어나지 않기에 박해자들의 박해 기록에서 뒤늦게, 그
> 것도 아주 뒤늦게 배우기 시작한 지식이다.[47]

---

47) 르네 지라르, 김진석 역, 『희생양』, 민음사, 1998, 188면.

세월이 흐름에 따라 백성이 모세를 살해한 것을 후회하고 이것을 잊어버리려고 노력하는 시기가 온다. 이런 일이 일어난 것이 바로 카데스에서 두 무리의 백성이 합류했을 때인 것으로 보인다. 그러나 이집트로부터의 대탈출 사건을 카데스에서 있었던 종교 창설에 근접하게 하고, 다른 사람(미디아 사제)이 아닌 바로 모세를 바로 그 종교의 개조(開祖)로 만들기 위해서는 모세 일당의 요구를 만족시키지 않으면 안 되었을 뿐만 아니라 모세가 폭력에 의해 제거되었다는 심정적으로 불편한 사건은 부정되지 않으면 안 되었다.[48]

예수나 모세는, 훗날 자신들을 종교적 지도자로 받들게 될 무리들에 의해 살해되었으며, 그 살해 이후에 종교적 구심점으로 자리 매겨진다. 사실 이러한 일련의 역사적 추이는 뛰어난 혜안을 가진 학자들에 의해 서서히 밝혀진 것으로, 일반 대중이나 관객들은 제대로 납득하기 어려운 진실이다. 다만 권력층은 자신들의 기득권을 지키기 위해서 생리적으로 이를 터득하고 있었을 뿐이다. 최인훈은 감추어진 진실에 접근해 가면서 〈옛날 옛적에 훠어이 훠이〉를 창작한 것이다.

이제 우리는 텍스트 상에서, 새로운 사회 질서의 도래가 표명하는 진의를 탐구해야 한다. 최인훈이 암시한 대로, 도래한 질서는 올바른 질서가 아니다. 그 질서는 군중의 힘으로 이룩된 것이되, 군중의 몫으로 돌아가지 않는 질서이다. 군중은 내부의 불만을 희생양에게 쏟아부음으로써, 교란된 질서를 원상태로 복구시키지만, 그 이후에 회복된 질서는, 선양된 군중의 질서로 자리 잡지 못한다. 그 질서는 권력 계층의 의도에 의해 야기되고 재편된 질서일 따름이다. 군중은 희생양을

---

48) 프로이트, 이윤기 역, 『종교의 기원』, 열린책들, 1997, 71면.

둘러싸고 하나의 거대한 박해 세력을 이루고, 일시적으로는 권력 집
단도 그 세력권 안에 포함된다. 〈옛날 옛적에 훠어이 훠이〉에서 산견
되는 대로, 포졸들은 잠시 동안 마을 사람들과 통합된다. 이는 권력 집
단의 이익이 군중의 이익과 일치했기 때문이며, 짧은 기간이지만 권
력기관보다 우월해진 군중의 힘에 포졸들이 압도되었기 때문이다. 그
러나 그 이후에도 권력 기관은 여전히 권력을 독점하는 소수 특권층
으로 남을 전망이다. 〈옛날 옛적에 훠어이 훠이〉 내에는, 이미 이러한
과정이 똑같이 반복되어 왔음을 암시하는 발언[49]이 다수 숨어있는데,
이는 권력층이 희생위기를 극복하고 지금까지 특권층으로 남아 있음
을 증빙한다. 작품을 옮겨 살펴보면, 〈어디서 무엇이 되어 만나랴〉가
이러한 소수 특권층의 술책을 집중적으로 고발하는 또 하나의 작품이
될 것이다. 반면, 〈옛날 옛적에 훠어이 훠이〉는 안도하는 민중계층의
반응을 고발하는 작업에 역점을 둔 작품이다.

이러한 소수 (계)층은 박해의 흔적을 감추어 성스러운 희생으로 오
인되도록 윤색하는데, 이러한 증거가 현재 민중 신앙으로 남아 전래
되는 아기장수 설화일 것이다.[50] 최인훈의 문학은 이러한 윤색 과정을

---

49) 흉년과 도적 봉기가 예년에도 발생했었다는 남편의 대사(88면)를 참고하면 사회
  적 위기가 자주 반복되고 있음을 추측할 수 있고, 친정어머니로부터 들었다며 아
  기장수 전설을 들려주는 개똥어멈의 대사(94면)를 참고하면 아기장수가 거듭 태
  어났음을 확인할 수 있다(괄호 안의 면수는 〈옛날 옛적에 훠어이 훠이〉의 인용 면
  수임).
50) 아기장수 설화의 문학적 변용에 관심을 갖는 연구자들은 희생양 메커니즘의 숨은
  의도를 읽어내는 데에 인색하고 오히려 아기장수의 영웅성을 부각시키려는 데에
  집중하고 있다. 심정섭의 경우(「전설의 문학적 기능-아기장수전설을 중심으로」,
  『문학과 지성』(27권 2호), 문학과 지성사)가 대표적이다. 이는 궁극적으로는 박해
  의 흔적을 파헤치는 관점이 아니라, 박해의 흔적을 감추려는 의도에 동조하는 관
  점이다.

투시하여 억울하게 처벌된 아기장수의 성격을 노출시켰다는 점에서
의의를 지닌다. 그리고 잠시나마 박해자의 편에 설 수밖에 없었던 민
중의 입장(아버지의 고뇌)을 제시하고, 그러한 구조적 기제를 제대로
파악하지 못하는 민중(마을 사람들의 동조)의 우매함을 폭로한다. 텍
스트의 서문에서 예수와 모세의 일생을 아기장수의 그것과 견주도록
배치한 것과 민중들의 '힘겨운 춤'이 아니라 '흥겨운 춤'을 고집한 것
은, 이러한 의의를 분명하게 가시화하기 위함이다.

   최인훈이 아기장수 희생제의를 희곡화한 문학적 의의는, 작품이 박
해를 윤색하는 텍스트가 아니라 이를 만천하에 공개하는 텍스트로 만
들었다는 점에 있으며, 권력계층의 음험한 의도와 민중계층의 답보적
태도를 폭로하여 문학의 현실적 발언을 증대시켰다는 점에 있다. 희
생제의의 숨겨진 의미를 밝히는 작업이, 문학의 현실 대응의 역할을
상기시킨 것이다. 〈화두〉의 화자가 미국 이주를 거부하고 귀국의 두
려움을 극복하게 했다는 〈옛날 옛적에 훠어이 훠이〉의 저력은, 체제
유지를 담당하는 희생양 메커니즘의 진의를 해독할 수 있고, 이것을
교묘하게 악용하는 권력층의 기만적 술책을 냉철하게 투시할 수 있다
는 문학적 자신감과 소임에서 연원한다고 할 것이다.

   그러므로 최인훈 문학에서 다양하게 변주되는 희생제의는, 억압적
권력의 음험한 의도를 파헤치려 하고 대중의 각성을 유도하려 하며
문학의 소임을 올곧게 자각하려는 작가 의식의 투영이다. 아울러 희
생제의는, 박해의 상투형을 활용해 서사를 안정되게 구축해내고 집단
과 인간의 내재된 대립성을 발현시켜 극적 갈등을 형성해내며 작가의
주제적 전언을 효과적인 결말(죽음)로 집약해내는 형식적 구조이다.

5. 결론

지금까지 소설 〈광장〉과 다섯 편의 희곡 작품을 텍스트로 삼고 〈화두〉를 참고 자료로 하여, 최인훈 문학에 나타난 '희생제의'의 특성과 의미와 가치를 살펴보았다. 이를 표로 정리하면 다음과 같다.

	〈광장〉	〈둥둥樂浪둥〉	〈어디서 무엇이 되어 만나랴〉	〈달아 달아 밝은 달아〉	〈봄이 오면 산에 들에〉	〈옛날 옛적에 훠어이 훠이〉
희생위기 및 무차별화 현상	북한과의 대치 위협 / 획일화된 사회적 풍조 / 팽배한 불안감	가뭄 / 기근 / 전쟁위협 / 근친상간 / 종교적 이단행위	신분질서의 동요 / 정치적 세력의 성장	인신매매 / 자식팔기 / 노략질 / 전쟁	정치적 횡포 / 전쟁 위협 / 문둥이와의 접촉	가난 / 폭정 / 반란 / 문란해진 위계질서
박해자의 유형	형사들 / 신문사 동료들 / 제3국행 포로들 (31명)	왕제(王弟) / 고구려 백성들	계비와 온달의 부장 / 평양성 귀족들 / 장교와 병사들	매춘 손님 / 해적들 / 피난민 / 아이들	마을 사람들 / 지방관과 포교	아버지를 포함한 마을 사람들 / 고을 원님과 관군 (포졸)
박해형식 (극적 형상화)	구타 · 욕설 / 자아비판 / 집단적 위협과 묵인된 폭력	공개 재판과 처형 / 자살	암살 / 병사들의 위압적 행위와 처형의식 (의전동작)	성적 수난(그림자) / 성폭행(인형) / 집단적 멸시 / 아이들의 놀림	추방(가면)	아이 살해 (그림자) / 아내 자살 (인형) / 추방
희생양 표지	빨갱이의 자식 / 남한 출신 / 지식인	이방인 / 왕자 / 쌍둥이	미천한 신분 / 공주의 권력욕	이방인 / 정신이상자	말더듬이 / 문둥이	비범한 신체적 능력 / 용마출현 / 말더듬이
도래한 질서	남북한 체제 유지 / 계속 운행되는 타고르호	비 / 축제 / 종교적 숭앙	평양성 주민의 안도	평화로운 분위기 (노래소리)		마을 사람들의 신명 / 민간 신앙의 탄생

최인훈은 〈광장〉의 초판본에서는 남북의 정치적 현실에 지나치게 경도되어 집단과 개인이 맺게 마련인 보편적 성향에 소홀했다. 이는 그 후로 계속되는 개작 작업을 통해 꾸준하게 보완된다. 그리고 자신이 무의식적으로 깨달은 문화인류학적 성과를 또다른 창작 작업으로 가시화하기 시작한다. 그 결과가 〈옛날 옛적에 훠어이 훠이〉를 비롯한 일련의 희곡 작품이다.

본고에서 논의된 희곡 작품에는 희생양 메커니즘을 발동시키는 사회적 이상 징후(희생위기)가 나타나고, 이를 이용하려는 박해자의 실체가 가시화되고 있다. 박해자는 필연적으로 희생양을 고르게 마련인데, 그 증거로 희생양 표지가 제시된다. 희생양 표지를 부여받은 인물은, 집단의 암묵적 혹은 합의된 처벌(처형이나 자살 혹은 추방이나 놀림)을 당하게 되고, 결국에는 세상으로부터 제거된다. 희생양이 제거된 이후의 집단과 사회는 다시 도래한 질서로 인해 평온함을 되찾게 된다. 그러나 이는 일시적이고 위장된 것이라는 사실을, 최인훈의 문학은 넌지시 알려주고 있다.

최인훈의 희곡은 희생제의의 절차를 비교적 완벽하게 재현해낸다. 희생위기와 무차별화 현상으로 시작하여, 희생양 표지 그리고 박해로 이어지는 일련의 상투형을 거의 고스란히 간직하고 있다. 그러나 최인훈이 이러한 문화인류학적 주제를 생경하게 표출했다면, 그 의의는 제대로 인정받을 수 없을 것이다. 최인훈은 각종 신화적 소재의 취득과 이를 적절하게 뒷받침할 수 있는 형식적 탐구를 거듭하여, 의미있는 주제를 포착하고 세련된 극적 형식을 통해 표현해내는 주목할 만한 성과를 거둔다. 이것은 최인훈의 문학이 문학의 보편성과 구체성 그리고 드라마 형식의 적절한 이해를 겸비하고 있다는 증거이다.

최인훈 문학의 정수는 이러한 희생양 메커니즘의 뒤에 도래한 질서
의 음험함과 한시성을 예리하게 파헤친 점이다. 특히 〈옛날 옛적에 훠
어이 훠이〉는 여러 모로 음미할 만하다. 이 작품은 집단 대 개인·권
력자 대 희생자의 관계를 고찰하고, 전통적인 설화 속에 현실적 문제
의식을 유려하게 삽입해내었다. 70년대의 암울한 정치적 상황을 직설
적으로 뱉어내는 문학이 아니라, 인류학적·통시적·신화적 보편성
과 원숙함으로 현대 사회와 문명에 대한 깊이 있는 통찰력까지 담아
내는 문학이 되었다. 이는 작가 개인으로 볼 때에도, 분단 상황에의 매
몰과 관념적 현실 인식으로 인해, 자칫하면 잃어버릴 수 있었던 현실
응전력을 회복하고 새로운 문학적 입지를 정립하는 계기가 되었다는
점에서 눈여겨볼 만하다. 또한 소설과 희곡의 연속선상에 있으니 만
큼, 각 장르의 특성과 고유한 특질을 살피는 계기도 될 수 있다. 앞에
서도 언급된 것처럼, 〈광장〉 개작과 희곡 창작—특히 〈옛날 옛적에 훠
어이 훠이〉—은 최인훈 문학이 현실에서 해야 할 소임을 제시하고 권
력의 횡포에 맞설 방법을 마련하며 바람직한 작가 의식을 촉발시켰다
는 점에서 매우 중요하다. 결론적으로 '희생제의'는 현실 인식과 정치
적 대응과 작가적 본분을 드러내는 최인훈 문학의 주제적 전언이자,
이러한 전언을 세련된 극적(혹은 서사적) 형식으로 형상화해내는 구
조적 골격이다.

06장 문학과 입사의식

성장소설의 존재 양상

1. 성장소설 관련 논의와 그 흐름

한국 문단과 학계에서 성장소설에 대한 천착은 김윤식으로부터 비롯된다. 이때 최초의 성장소설로 거론되는 작품은 김유정의 〈동백꽃〉[1]이지만, 본격적인 성장소설에 대한 논의는 1970년에 들어서야 이루어진다. 김윤식은 『사상계』에서 강용흘의 〈초당〉과 이미륵의 〈압록강은 흐른다〉를 비교하며, 후자를 '혼의 고독한 방황이라는 내성적 교양소설 - 독문학의 어떤 관계된 것'이라고 말했다. 이는 교양 소설이 성장소설과 동일한 소재에 대한 각기 다른 명칭이라고 간주할 때[2], 우리 문학에서 성장소설의 단초를 이끌어냈다는 의의를 찾을 수 있다.

성장소설에 대한 본격적인 관심은 이재선에 의해 시작되었다[3]. 이

---

1) 남미정, 『한국 현대 성장소설 연구』, 숙명여대 박사논문, 1991.
2) G. 루카치, 반성완 역, 『소설의 이론』, 심설당, 1985. 175면.
3) 이재선, 『한국현대소설사』, 홍성사, 1979.

재선은 황순원 문학을 성장소설의 관점에서 설명한다. 〈별〉, 〈닭 祭〉,
〈소나기〉에 대하여 "통과제의소설은 서구식 이니시에이션 스토리의
성격을 가장 구체적으로 가지고 있다"고 언급했다.[4]

　김윤식은 다시 1981년에 『한국현대소설비판』에서 독일 빌딩스로
망(Bildungsroman)을 '교양 소설'로 번역하고, 이와 함께 '발전소설'
이라는 용어도 소개하였다.[5] 이를 이어받아 김병익은 「성장소설의
문화적 의미」(『문학과 지성』, 1982년 여름호)에서 성장소설의 성격
을 거론하며, "성장소설 혹은 발전소설, 교양소설과 동의어라는 것은
한 개인의 성장과 자각이 그것을 가능하게 한 사회의 보편적 가치, 그
것의 소산인 교양, 다시 말하면 문화이념을 축으로 전개된다는 사실
을 뜻 한다"고 규정지었다. 그리고 김주영의 〈아들의 겨울〉, 이성우의
〈떠다니는 뿌리〉, 최인호의 〈내마음의 풍차〉를 묶어, 청소년의 내적
성장을 다룬 소설로 범주화하였다.

　김열규는 『민담학개론』(일조각, 1983)에서, 이청준의 〈침몰선〉을
'입사식담'이라 언급했다. 한편 『한국문학사』에서는 이청준의 〈매잡
이〉, 〈줄〉을 포함하여, 전상국의 〈아배의 가족〉, 허윤석의 〈구관조〉를
'탐색담'이라 정의한다.

　이상우의 『한국소설의 원형적 연구』(집문당, 1985)에서는 김승옥

---

4) 이러한 관점에 뒤이어 황순원 문학의 성장소설(이니시에이션 소설)의 성격을 밝히
려는 노력은 다각도로 이루어져 왔다. 대표적인 논문으로 장수자의 「Initiation Story
연구-황순원 단편소설을 중심으로」(『국어국문학』(16집), 부산대, 1979), 이동하의
「입사소설의 한 모습-황순원의 〈닭 祭〉」(『물음과 믿음 사이』, 민음사, 1989), 이재
선의 「문학 속의 아이들, 誘惑女, 隱者像」(『한국문학주제론』, 서강대 출판부, 1989)
등을 들 수 있다.
5) "교양소설이란 어떤 인간이 일정한 삶의 형성에 이르기까지의 그 영혼의 발전과정
을 표현하는 것이어서, 이것을 달리 발전소설이라 부르기도 한다."

의 〈서울, 1964년 겨울〉, 전상국의 〈우리들의 날개〉, 이문열의 〈젊은
날의 초상〉[6]등을 '성년식 소설'이라 지칭했다.

다시 이재선은 『현대한국소설사(1945~1990)』(민음사, 1991)에서
김승옥의 〈건〉, 김원일의 〈어둠의 魂〉, 윤흥길의 〈장마〉 등의 소설을
'각성의 소설'로 분류했고, 이동하의 〈장난감 도시〉, 박완서의 〈엄마의
말뚝〉을 '도시입성 경험소설'로 나누었다. 도시입성 경험소설은 '일종
의 특수한 이니시에이션 스토리이며, 형성소설'이라는 단서를 달고
있다.

남미영은 『한국 현대 성장소설 연구』(숙명여대 박사학위 논문,
1991)에서, 성장소설의 명칭과 범위에 관한 문제점을 상세히 고찰한
후, '성에 눈뜸', '죽음의 인식', '환멸과의 만남', '악의 체험', '아버지 찾
기', '길의 발견' 등의 여섯 가지 모티프를 활용하여 섬세한 접근을 시
도하고 있다.

그 뒤로 임금희의 「여성 성장소설에 나타난 사춘기의 성장 담화」
(『성신어문학 7집』, 95년 2월), 윤준의 「모색과 성장」(『배재대 인문논
총 14집』, 95년 12월), 장춘화의 「김남천의 성장소설 연구」(『대구어문
논총 9집』, 96년 6월), 황종연의 「성장소설의 한 맥락」(『문학과 사회』
34호, 96년 5월), 김경수의 「성장소설의 새로운 모색:최시한의 「아름
다운 아이들」」(『문학과 사회 』37호, 97년 2월) 등에서 실제적인 작품
분석을 통해 성장소설의 특성을 밝히는 작업이 계속되어 왔다.

---

6) 이문열의 〈그해 겨울〉(연작 소설 〈젊은 날의 초상〉의 모태가 된 단편)에 대한 성장
  소설적 관점은 송정숙의 「입사의식의 문학적 변용에 대하여-이문열의 〈그해 겨울〉
  을 중심으로」(『어문교육논집』(7집), 부산대, 1986)에서 찾을 수 있다.

2. 성장소설의 개념

성장소설은 '미성숙한 주인공의 성장 과정을 다룬 소설'이다. 미성숙한 주인공은 유년의 시기에서, 성년의 시기로 접어드는 길목에 놓여있다. 이 시기는 성숙과 미성숙의 가름선에 위치한 시기이다. 이 가름선의 시기는 과도기적 성격을 띤다.

이 과도기는 실제적으로 10대 후반에서 20대 초반에 걸쳐 있다. 성장소설의 주인공은 정신적 변혁기라는 사춘기를 겪고 있거나 겪을 예정의 인물이 되는 셈이다. 이는 모든 소설에 빠짐없이 해당되는 기준은 아니지만, 대략적으로 합치되는 기준이다. 따라서 미성숙한 주인공은 성년이 되지 못한 청년이나 소년이라고 간주해도 무방하다.

미성숙한 주인공을 민속학이나 인류학의 관점에서 살펴본다면, 입사의식(入社儀式)을 치루기 전의 청소년이 된다. 입사의식이란, 사회의 구성원으로서 인정받기 위해서 치루어야할 고유의 통과의례를 말한다. 이러한 입사의식은 사회마다 형식이나 절차가 크게 다르지만, 그 의의는 동일하다. 입사의식의 의의는, 독립된 개인으로서의 자격을 얻는 것에 있다. 미성숙 청소년이 입사의식의 통과절차를 거치면, 기존의 사회 구성원들과 동등한 자격을 얻게된다. 즉, 입사의식은 '아이'에서 '어른'으로 성장했음을 알리는 의식적인 절차인 것이다.

이러한 절차는 미성숙인의 사회 편입을 위해 지금도 끊임없이 치러지고 있다. 다만, 사회가 발전하고 시대가 변화함에 따라, 공식적인 행사나 대외적인 의례를 통해 뒷받침되지 않을 뿐이다. 현대의 입사의식은 각자의 고유한 체험을 통해, 정신적 변화가 자연스럽게 동반되는, 내면화된 의식으로 은밀하게 나타난다.

이는 문학에서도 예외가 아니다. 문학은 현실의 반영임으로, 현실의 상황은 문학 속에 그대로 수용된다. 더구나 문학은 현실의 단순한 모사에 그치지 않는다. 이러한 문학의 기능은 입사의식의 내면화를 거부하지 못한다. 그러므로 문학 속에 등장하는 입사의식은 상징적으로 나타날 수밖에 없다. 이렇게 문학 속의 입사의식은 정신의 성장을 의미하는 미성숙인의 특수한 체험을 의미한다.

이런 의미에서, 성장소설은 입사 소설 혹은 이니시에이션 소설이라는 명칭과 혼용 내지 동일시된다. 물론 적지 않은 사람들이 이의 구분을 위해 다양한 이론과 논증을 펼치고 있는 것도 사실이다. 그러나 이러한 작업은 근본적으로 성장소설의 다양한 층위를 제대로 파악하지 못한 데서 나온 결과이다.

성장소설의 다양한 층위는 성장기의 변모 양상에 따라, 달라지게 마련이다. 성장기의 변모 양상은 인간의 성숙과 사회화의 과정에서 나타나는, 인식의 충격을 수용하는 방법 상의 차이를 의미할 뿐이다. 인식의 충격은 외부세계에서 가해진다. 외부세계란, 주인공에게 충격을 가하여 내면의 변화를 유도해내는 대립적 세계를 말한다. 이 대립적 세계는 미성숙의 주인공에게, 자신이 지금까지 처했던 세계와 대조를 이루는 성숙의 세계로 비추어진다. 미성숙의 청소년은, 삶의 어느 순간에 이 세계와 마주치게 되고, 이질적인 세계의 충격으로 인해 정신적 갈등과 방황을 경험하게 된다.

따라서 성장소설이란, 미성숙한 주인공이 외부세계와의 접촉을 통해 내면의 갈등과 방황을 경험하게 되고, 이러한 경험을 극복하며 사회의 일원이 되는 과정을 그린 소설이라 정의할 수 있다.

3. 정신적으로 미성숙한 주인공

여기서 성장소설의 주인공이 미성숙인이라는 주장을 보다 세심하게 재고할 필요가 있다. 앞에서는 미성숙인의 일차적인 조건으로, 연령을 중심으로 한 외적인 조건을 우선적으로 꼽았다. 그러나 정신적인 성장이 성장소설의 요건으로 우선 거론되어야한다는 데에 동의한다면, 외적 조건으로 나타나는 실제 연령 보다는, 내적 조건인 정신적인 상황을 문제 삼아야 할 것이다. 성장소설의 주인공을 가늠하는 기준은, 정신적 미성숙의 여부가 되어야 한다. 정신적 미성숙인이란, 부모를 중심으로 하는 가족 관계에 사로잡혀 있는 인물을 가리킨다. 혈연적 삶의 방식에서 집단적 삶의 방식으로 전환하지 못한 인물을 말한다. 따라서 이러한 인물은 성년의 나이가 되었다고 해도, 일종의 사회적 부적응 상태에 놓이게 된다.

물론 외적 조건인 실제 나이와 내적 조건인 정신적인 수준은 대체로 비례하기 때문에, 대부분의 소설에서는 엄격한 분리를 필요로 하지 않는다. 그러나 어떤 경우에 있어서는 이러한 두 기준 사이의 철저한 분리를 통해, 우선적으로 고려해야할 사항을 점검하는 일은 꼭 필요하다.

〈일월〉은 이러한 기준을 분리해서 적용할 필요가 있는 작품이다. 〈일월〉의 주인공인 인철의 실제 연령은, 성년에 가까운 나이이다. 그는 20대 후반으로 묘사되어 있기에, 유년과 성년의 가름 선에서 발생하는 정신적 방황을 이미 극복한 인물로 생각하기 쉽다. 더구나 완전한 사회인으로 성장하지 못한 두 동생을 두고 있는 인물로 그려진다. 하지만 그에게는 자신의 삶을 온전하게 책임질 힘이 없다. 그는 주위

사람들이 제공하는 타율적인 한계를 넘어서지 못하는 인물로 제시된
다.

　주변 사람들이 인철을 대하는 태도에서, 그의 미성숙성은 공개적으
로 지적된다.

　　인제 진정한 사회인이 되기까지 넌 마음의 준비를 할 기간이 있으니
까.[7]

　　"저번 네 형이 왔을 적에 널 들어오게 한 내가 잘못이다. 이런 철부지
를 그래두 철이 들었다구 믿은 내가...... 평생 애써온 보람두 없이 이꼴
이 됐으니! 으음......"[8]

　형과 아버지는 인철의 현실 부적응 상태를 무의식적으로 드러낸다.
인철의 현재 모습은 그들에게 진정한 어른의 세계를 인지하지 못한
어린 아이의 치기어린 모습으로 비쳐질 뿐이다. 그들의 관점에서, 인
철은 자신의 삶을 자율적으로 설계할 수 없는 인물이다.

　　"아버지한테 들었어. 당사자로선 그렇게 나오기가 쉬운 일이 아니라
구 하시면서 구김없는 태돌 칭찬하셨어. 그래 그까짓 게 뭐 어쩧다는
거야. 설마 그런 일루 해서 그동안 우리집에 안 온건 아니겠지?"
　　다혜의 다시 한껏 잔잔해진 말씨와는 반대로 인철은 가슴속이 마구
뒤범벅이 된 채로 잠자코 있었다.

---

7) 황순원, 『일월』, 문학과 지성사, 1983. 113면.
8) 황순원, 『일월』, 문학과 지성사, 1983. 232면.

"정 그게 맘에 걸리거든 나미한테 툭 털어놓고 얘기해. 오늘이래두 만나서."

"난 다혜두 다시 만나지 않으려구 했었어."

인철이 입가에 웃음을 지었다. 입꼬리에 잡히는 엷은 주름 안으로 괴로움이 깊게 담긴 웃음이었다.

다혜가 의자에서 가만히 일어났다.

인철은 그네가 자기 앞으로 다가오는 것을 느꼈다. 뒤이어 양쪽 관자놀이께에 부드럽고도 따스한 손길을 느꼈다.[9]

인철은 항상 다혜의 보살핌을 필요로 하는 인물이다. 다혜가 떠올리는 인철은 조회 시간마다 쓰러지는 병약한 체력의 소유자였으며, 운동장 너머로 친구에게 가방을 들려 집으로 향하는 모습을 지켜보아야했던 안쓰러움의 대상이었다. 이러한 과거 삶의 관성은 현재까지 인철의 삶을 지배하고 있다. 인철은 다혜에게 만나는 여자에 관한 이야기를 들려주고 조언을 받을 정도로, 일방적이고 수동적인 관계를 맺고 있다. 작품 속에서 인철의 어머니가 종교적 소명을 앞세워, 인철과는 진정한 모자관계를 파기하는 인물로 그려진다고 할 때, 이러한 다혜의 역할은 자명하다. 그녀는 인철의 정신적 어머니인 셈이다.

이러한 이들의 관계는 인철이 중대한 심적 격동을 겪고 있던 시점에서도 어김없이 나타난다. 출생을 둘러싼 비밀이 알려진 후, 인철은 다혜와 관계를 끊으려고 했다고 말하지만, 실제로는 그녀의 이해를 구하고 있었음이 분명하다. 인철은 다혜의 따스한 보살핌을 필요로 했기에, 반대로 그녀를 멀리하고 배척하는 척 한다. 이는 인철의 다혜

---

9) 황순원, 『일월』, 문학과 지성사, 1983, 322~323면.

에 대한 의존의 정도를 역설적으로 보여준다.

인철의 의존적 삶의 태도는, 그가 한동안 빠져서 헤어나오지 못했던 명동 술집의 인간 군상과의 관계에서도 나타난다. 집안 내력이 드러나기 시작하자, 인철은 일종의 자포자기 상태에 빠진다. 이러한 자포자기는 신극운동가 박해연, 국회의원 출마자, 철학 강사, 사냥꾼 등의 삶에 동조하고, 그들이 환기하는 외로움의 분위기 속으로 자진하여 편입하는 행동으로 표면화된다. 인철은 그들과의 형식적인 관계에서 위안을 얻는다.

그러던 어느 날 술집에서, 느닷없는 취객의 주먹다짐에 얻어맞고 쓰러지면서, 인철이 느낀 것은 이 세계가 지닌 근원적인 비겁함과 두려움이었다. 하지만 그는 이러한 비겁함과 두려움의 생리를 인정하면서도 머물 수밖에 없다. 그는 다른 사람들의 모임 속에서, 그것도 자신과 비슷한 외로움이 느껴지는 사람들 틈바구니에 있을 때에야 비로소, 자신의 출생과 처지 그리고 성장과정에서 기인하는 외로움을 잊게 된다. 이러한 현실세계의 생리를 벗어나는 계기는, 기룡과의 본격적인 만남을 통해서 이다. 기룡은 술집 안의 사람들이 부리는 허세를 정확하게 간파하고, 냉소적인 반응을 보인다. 기룡에게는 그들이 보여주는 삶의 논리는 '관념유희'에 다름 아니다.

인철의 의존적 태도는 기룡과의 관계에서도 여실이 드러난다. 기룡은 인철과는 표면적으로는 사촌 관계이지만, 이면적으로는 가르침을 받는 자와 가르치는 자의 관계를 형성하고 있다. 그들은 외로움이라는 공통분모를 가지고 있는 것으로 종종 해석된다. 그러나 그들이 공통적으로 지니게 되는 외로움은, 기룡의 외로움을 추수하려는 인철의 의도적 노력에 기인한다. 인철은 걸음마를 배우는 아이처럼 기룡의 삶과 외로움을 받아들이고 이해해나가기 시작한다. 백정이라는 직업에 어울리지 않게 지식인의 면모를 갖춘 기룡은, 숙명적 굴레와 현대인의 고뇌를 한꺼번에 보여주는 인물이다. 이러한 양면적 요소는 인철에게 삶의 위안과 함께 지표를 제시한다. 기룡과의 만남은, 인철이 고통스러워하는 삶의 순간에서 위로가 된다. 그의 무뚝뚝한 한마디는 내면의 가르침이 된다. 궁극적으로 인철의 정신적 각성은 기룡의 삶을 이해하는 데에서 시작한다. 이러한 점을 고려한다면, 작품 안에서 기룡이 인철의 정신적인 아버지의 역할을 한다고 할 수 있다.

소설의 결미에서 인철이 찾아 떠나는 사람이 기룡이라는 사실은 많은 것을 시사한다. 기룡은 인철에게 인간의 삶이 숙명적으로 지니는 외로움을 가르쳐주었다는 점에서, 인철의 무지와 미성숙을 드러내는 인물인 셈이며, 이러한 인철의 개인으로서의 삶을 바로잡는 역할을 한다는 점에서, 앎과 성숙을 보여주는 인물인 셈이다.

5. 내면의 집 짓기

인철은 건축 설계를 전공하는 대학원생이다. 대학원생의 일반적 특징이 그러하듯이, 학생과 사회인의 중간적 입장에 놓여 있다. 이는 유년과 성년의 과도기를 살아가는 미성숙 주인공의 방황을 옮겨 온 것이다. 이러한 과도기는 사회에 대한 부적응의 상태를 보여준다. 그는 마치 부적응자처럼, 학교도 사회도 아닌 자신의 삶의 언저리를 맴돈다. 그러나 그가 서성이는 공간은 삶의 중심이 되지 못한다.

작품 속에서 그의 전공이 드러내는 의미는 상징적이다. 건축 설계는 단순한 집 짓기의 차원의 문제가 아니라, 그의 인생 설계와 관련이 있다. 그에게 집 짓기는 정신의 집 짓기를 의미한다. 이는 그가 건축에 대해 드러내고 있는 일단의 상념을 통해서 확인된다.

> 그는 이미 처음으로 한번 해 본 주택 설계에 있어 불유쾌한 경험을 갖고 있었던 것이다. 부친이 경영하는 회사 기획부장의 집 설계였다. 온 정력과 시간을 거기 기울였다. 그런데 막상 건축을 하게 되어 가끔 현장에 가 볼 때마다 눈앞에 구체성을 띠고 나타나는 건물이 자기 설계에서 유리되어 조화를 잃어감을 목도하지 않으면 안 되곤 했다. 물론 설계도에서 풀 스케치로 옮겨질 때 불합리한 점이 드러나 수정되는 수가 있다는 것쯤 인철도 이해하고 있었다. 그러나 눈앞의 건물은 설계도와는 너무나 엄청나게 동떨어져 있는 것이었다. 현장감독이 제멋대로 변경해 놓은 것은 말할 것도 없고, 가족들이 이렇게 해야 살림에 편리하다고 하여 고친 데가 한두 가지가 아니었다. <u>인철은 그 때 자기 정신의 한 부분이 무참하게 짓밟힌 듯한 느낌을 맛보았던 것이다.</u>[10] (밑줄:인용자)

성장소설이 외부 세계와의 접촉을 통한 내면의 변화(과정)에 주목한다고 할 때, 이러한 인철의 태도는 미성숙인의 사회 접촉 경험과 대단히 유사하다. 그는 '집 짓기'의 이상과 실제 사이에서 벌어지는 정신적 산고(産苦)를 경험한다. 이처럼 그는 '집 짓기'를 통해, 자신의 세계에서 타인의 세계로 진입하게 된다. 다시 말해서, 지금까지 '자신 정신의 한 부분'을 담당하고 있던 '설계상의 집 짓기'가, '현실의 집 짓기'로 옮겨지면서 발생하는 괴리감에 충격을 받게 된다. 이러한 괴리감은

---

10) 황순원, 『일월』, 문학과 지성사, 1983, 63면.

미성숙의 시선에서 바라본 성인의 사회에서 비롯된다. 성인 사회는 미성숙의 세계보다 한층 실제적이고 현실적이다. 그곳은 조화와 이상 보다는, 각자의 알력과 이해가 앞서는 곳이다. 인철은 이러한 사회의 경험에 대해 '불유쾌'한다.

인철의 집 짓기가 드러내는 또 하나의 의미는, 나미와의 관계에서 찾을 수 있다. 바닷가에서 돌아온 이후로 인철과 나미는 서서히 멀어지며 평범한 관계로 전락해간다. 이 때 나미의 집 설계를 맡게 되고, 둘의 관계는 정상적인 궤도로 들어서게 된다. 인철을 부여잡고 있던, 다혜로 대표되는 유년의 세계를, 나미로 상징되는 성년의 세계로 인도하는 역할을 하는 것이 건축 설계이다.

> 인철은 전에 다혜네 집을 찾아가거나 돌아갈 때는 마치 얼마동안 떨어져 있던 옛집에나 오는 것 같은, 그리고 <u>그 옛집에서 볼일이 있어 어디 외출이나 하는 듯한 기분</u>이곤 했던 때의 일을 상기해 보았다.[11]
>
> (밑줄:인용자)

이러한 의미에서, 나미의 집을 짓는 인철의 행위는, 새로운 인생을 계획하는 행위와 다를 바가 없다. 인철은 집을 설계하는 행위를 통해, 자신의 삶에 일대 전환점을 마련한다. 그는 집 짓기를 통해, 유년의 세계에서 성년의 세계로, 다혜의 모성적 사랑에서 나미의 남녀간의 사랑으로의 전환을 모색한다.

인철의 정신적 방황은 집에 대한 꿈으로 나타난다. 그의 표현을 빌

---

11) 황순원, 『일월』, 문학과 지성사, 1983. 394면

리자면, '꿈을 자주 꾸는 편이 아니었'고, '대부분이 줄거리를 종잡을 수 없는 어수선한 것들이었으나 그중에서 약간씩 달라지곤 하지만 되풀이해 꾸는 꿈'[12]이, 계단으로 이어진 집의 꿈이다. 꿈 속에서도 "이 집은 내(인철)가 설계하여 지은 집이다"라고 말할 정도로 확신을 갖지만, 막상 그가 그 집에서 경험하는 것은 혼란이다. 끝없는 계단을 내려가며, 누군가를 찾고 있는 자신을 깨닫지만, 찾아야 할 사람이 누구이지는 모호하기만 하다. 하지만 현실의 자아는 무의식적으로 '누군가'의 정체를 알고 있다. 굳이 프로이트를 관련시키지 않는다고 해도, 그가 찾는 사람이 인철 바로 자신임을 아는 것은, 그리 어렵지 않다. 출생의 비밀을 알게 된 후, 마음 한 구석에 자리 잡은 또 하나의 자신을 찾아가는 길이었다. 이 또 하나의 자아는 정신적으로 성숙해가는 내면의 자아이다. 내면의 자아는 그가 지은 집 속에서 그를 기다리고 있다.

인철의 집은 존재의 영역을 형상화하고 있다. 인철의 꿈 속 집은 내면의 집이다. 인철은 내면의 자아를 집 속에 마련하고, 자기안의 자신을 찾아 끊임없는 계단을 내려간다. 따라서 그가 만나러 가는 사람은 다름 아닌 성숙한 자기 자신이다. 이렇듯 그가 만들었고 만들어가는 집은, 불확신과 미성숙의 현재 자아를 성장시키는 내면의 공간을 의미한다. 즉, 인철의 정신적 표상인 셈이다.

---

12) 황순원, 『일월』, 문학과 지성사, 1983. 142면

6. 의식(儀式)으로서의 성적 체험

성장소설의 빈번한 모티프 중 하나가 성적 체험이다. 성장기는 신체적, 정신적으로 현저한 발육이 일어나는 시기이다. 신체적, 정신적 발육은 성에 대한 호기심을 동반하기 마련이다. 설령 의도하지 않았다하더라도, 성에 관련된 체험이라면 강렬한 인상으로 남게 된다. 강렬한 인상은 청소년의 심적 변화를 일으킨다. 심적 변화는 어른의 세계의 일단을 엿보았다는 점에서, 아이의 세계를 벗어나는 계기가 된다. 즉, 아이의 세계에서 어른의 세계로 나아가는 계기가 된다. 이 계기를 바탕으로, 미성숙한 주인공은 성숙의 세계로 진입한다. 이렇게 성의 직간접적인 대면은 성장기의 인간을 변화시키는 원인이 되는 것이다.

또한 성적 체험이 가져다주는 비밀의 공유 현상에 주목할 만하다. 성적 체험은 상대자와의 은밀한 약속을 동반한다. 이러한 묵계는, 지금까지 가족과 주변 사람들에게 무방비로 노출되어 왔던 자신의 내면세계에, 비밀의 공간을 만들어 낸다. 비밀의 공간은 궁극적으로 닫힌 영역이다. 닫힌 내면세계는 어른들의 세계이다. 이 닫힌 세계를 통해 어른의 세계에 진입하기 위한 준비단계로서, 침묵과 자립을 경험하게 된다.

성인의 비밀스러운 체험은 다른 사람과의 근본적인 공유가 불가능함으로, 혼자만의 세계를 구축하는 계기가 된다. 따라서 은밀한 성적 체험은 한편으로 상대와의 합일감을 동반하고, 다른 한편으로는 '너'와 '나'의 올바른 관계를 정립하는 계기를 마련해, 진정한 성숙의 길을 제시하는 기능을 한다. 그러므로 성적 체험은 미성숙의 청소년을 독

립적이고 자율적인 개인으로 거듭나게 하는 상징적인 의식(儀式)인
셈이다.

인철과 나미의 앞선 두 번의 관계는 진정한 의식으로 발전하지 못
한다. 두 번의 실패는 그들의 관계를 근본적으로 변화시키지는 못했
지만, 세 번째의 성적 체험을 유희의 차원이 아닌 의식의 차원으로 이
끌었다는 점에서 남다른 의의를 갖는다. 다시 말해서, 인철과 나미의
성적 체험은, 두 번의 실패를 경험하고 난 이후에 도달한다는 점에서,
그리고 이러한 도달이 두 사람의 관계를 궁극적으로 변화시키는 계기
가 된다는 점에서, 의식의 차원으로까지 확대해서 해석할 여지를 남
긴다.

1) 그네의 눈에 약간 놀라는 빛이 어렸으나 거부하는 기색은 아니었
다. 자꾸 인철의 머리 속을 검은 파도가 밀려와서는 부서지고 밀려와서
는 부서지고, 그 속에서 그늘 지워진 사내의 빛나는 눈. 잘못 찾아왔습
니다. 내겐 사촌이 없습니다. 친척이라군 하나도 없습니다.
인철은 몸을 일으켜 침대에 나미를 내버려둔 채 천천히 문께로 걸어
갔다.[13]

2) "아까 다 말씀드렸던 일루 먼저 가는 거니까 딴 걱정 마시구 푹 쉬
시구서 낼 아침 천천히 돌아오시라는 거듭 당부의 말씀이었습니다."
인철은 수화기를 놓으며 소리 내어 웃었다.[14]

---

13) 황순원, 『일월』, 문학과 지성사, 1983. 74면
14) 황순원, 『일월』, 문학과 지성사, 1983. 311면

3) 나미는 어둠속에 눈을 뜨고 있었다. 천장의 희끄무레한 빛깔이 회빛이던가, 회색빛이던가, 크림빛이던가. 아무리 생각해내려 해도 기억되지 않았다. 홀에서 춤을 추면서도, 그리고 테이블에 돌아와서도, 오늘밤에 인철과 결합을 갖겠다는 생각에만 사로잡혀있었던 것이다. 방으로 돌아와서는 블라인드를 내리기가 바쁘게 제 손으로 전등마저 꺼버렸다. 모든 것이 지금까지의 자기는 아니었다. (…중략…) 나미는 어둠속에서 왜 그런지 자기 혼자라는 느낌이 들었다. 어느새 스팀의 숯숯거리던 소리도 잠잠해져있었다. 이 고요를 혼자 지키다가 그만 잠이 들었다.[15]

1)과 2)는 인철과 나미의 형식적인 관계를 암시적으로 보여준다. 그들은 자신의 앞에 서 있는 상대에 대해 거부의 손짓을 보냄으로써, 자신들이 지켜오고 있던 세계에 대한 머뭇거림을 드러낸다. 그들의 머뭇거림은 상호간의 진정한 이해를 동반하지 않았기 때문이다. 그들은 서로에 대해 자신을 던질 준비가 되어 있지 못하다. 따라서 그들이 성적 합일을 통해 새로운 세계를 지향하는 행위에 주저하는 이유는 납득할 만하다. 이처럼 그들은 성적 행위에 대한 유보를 통해, 새로운 세계로의 진입을 늦추고 있다.

3)은 육체적 성적 체험 이후에 변화된 나미의 내면 심리이다. 그녀는 '혼자'라고 느낀다. 이는 인철이 보여주는 다소 무관심한 반응 때문만은 아니다. 나미는 인철을 통해 세계와 소통하고 성장을 경험한다. 이러한 소통과 성장의 과정은 '혼자라는 느낌'을 동반하며, 일차적으로 '외로움'이라는 정신적 변화로 나타난다. 여기서의 정신적인 변

---

15) 황순원, 『일월』, 문학과 지성사, 1983. 409~410면.

화는 자립적인 삶의 태도와 개성적인 인격 형성을 이끌어내는 시초가
되는 긍정적 변화를 말한다. 나미는 성적 체험을 의식처럼 치러내면
서, 진정한 개인으로서의 삶을 시작하는 계기를 마련한다.

　인철은 나미와의 관계를 다혜에게 숨김 없이 말해왔다. 그러나 3)의
사건 이후에 인철은 다혜와의 사이에 비밀을 간직하기 시작한다. 다
혜가 인철의 누이이자 어머니의 대리인으로 나타나는 인물임을 감안
한다면, 이러한 인철의 변화는 상징적 탯줄 끊기에 해당한다.

> "오늘 나 인주오빠 여기 안 나타날지두 모른다구 생각했거든."
> "어째서?"
> "저번 집에 왔을 때 들은 보고룬 그렇게 생각할밖에 없잖어?"
> "이젠 아무 보고두 않기루 했어."
> "왜 그렇게 이상해져가. 자꾸. 돌아갈 수 없어. 옛날의 우리루?"
> 　좀전의 나미 앞에서처럼 또 아무 말도 못했다. 역시 무슨 말이건 자
> 기는 해야 하지 않느냐는 생각만 가득한 채.[16]

　인철과 다혜의 관계는 더 이상 '옛날의 우리'가 될 수 없다. 이는 일
차적으로 인철과 다혜 사이에 나미가 있기 때문이기도 하지만, 궁극
적으로는 성적 체험이후에 달라진 인철 때문이다. 인철은 다혜와의
상징적 모자관계를 청산하기 시작한다. 이제 다혜는 인철과 이루는
수직 관계(모자관계 혹은 남매관계)에서 수평 관계(연인관계 혹은 친
구관계)로 내려서 위치하게 된다.

　이러한 맥락에서 인철과 다혜의 다음과 같은 전도된 관계는 시사

---

16) 황순원, 『일월』, 문학과 지성사, 1983. 438면

하는 바가 대단히 많다.

ㄱ) 다음은 이마 한 가운데에 와닿는 따사로운 숨결과 함께 촉촉히
젖은 촉감을. 그리고 떨리듯 나오는 음성을 들었다.
"제발 그런 얼굴 하지마. 싫어. 나미에게 가. 그리구 말해. 그런 걸 문
제삼을 여잔 아닐거야"[17]

ㄴ) 인철도 다혜의 얼굴을 마주보았다. 그러자 그네의 입가에 가만
히 미소가 지어지며 두눈에 물기가 어렸다. 인철은 그네에게 눈을 감으
라고 하려 했다. 그러나 그보다 앞서 그의 입술이 그네의 이마를 가 눌
렀다.[18]

ㄱ)은 나미와의 3)의 사건이 일어나기 전이고, ㄴ)은 3)의 사건이
일어난 후이다. ㄱ)에서는 다혜의 모성성이 두드러지고, ㄴ)에서는 다
혜의 여성성이 부각된다. 인철은 다혜를 정신적인 어머니의 입장에서,
동등한 여자 친구의 입장으로 전도시킨다. 이는 인철의 정신적 변화
에 그 원인이 있다. 인철은 나미와의 관계를 발전시키며, 미성숙기의
자신의 모습을 지워버린다. 이러한 내적 성숙의 원인으로 여러 가지
를 들 수 있겠지만, 성적 체험이 결정적이라 할 수 있다. 인철은 나미
와의 관계를 통해, 유년의 기억부터 묶여 있던 다혜라는 상징적인 탯
줄에서 놓여날 수 있게 된다. 인철의 이러한 성숙의 모습은 작품의 마
지막에서 엿보이는 다혜와 나미 사이의 갈등에서 확인된다.

---

17) 황순원, 『일월』, 문학과 지성사, 1983. 323면
18) 황순원, 『일월』, 문학과 지성사, 1983. 452면

7. 아버지의 내면화와 새로운 길 찾기

〈일월〉의 결말 부분은, 성장소설의 모티프를 중심으로 전개된다. 성장소설의 모티프는 '상징적 탯줄 끊기', '아버지의 내면화' 라는 일련의 연속된 과정을 거쳐, '자신만의 길 찾기'를 떠나는 행위로 마무리된다.

> 이대로 나는 관객의 입장에서 다혜와 나미를 대해야 하는가. 나는 나, 너는 너라는 인간관계란 있을 수 없지 않은가. 인간이 소외당한 자기 자신을 도루 찾으려면 우선 각자에 주어진 외로움을 참구 견뎌나가는 데서부터 시작해야 할거야. 기룡의 말이었다. ······ 그건 그렇다. 하지만 그 외로움이란 인간과 인간이 격리돼있는 상태에서만 오는게 아니지 않는가. 서로 부딪칠 수 있는 데까지 부딪쳐본 다음에 처리해야만 할 문제가 아닌가. 기룡을 만나야 한다. 만나 얘기해야 한다.
> 인철은 머리에서 고깔모자를 벗어 뜰에 서있는 한 나뭇가지에다 걸었다.[19]

인철은 나미와 다혜 사이에서 고민한다. 두 여인은 나름대로의 개성을 갖추고 있기에 선택하기가 쉽지 않다. 그러나 이러한 고민에서 눈여겨 보아야할 것은, 두 여자 사이에서 일어나는 갈등 그 자체보다는, 갈등을 겪고 있는 인철의 입장이다. 인철은 이제 다혜와의 수동적인 관계에 묶여있는 나약한 인물이 아니다. 다혜가 인철에게 행사하던 정신적 어머니의 역할은 사라졌다. 인철의 정신적 변모에 따라, 다

---

19) 황순원, 『일월』, 문학과 지성사, 1983. 453면

혜는 상징적 어머니의 자리를 내주고 선택을 기다리는 여인으로 내려
서게 된다. 나미와의 관계 또한 예전과 많이 달라졌다. 인철은 나미와
의 만남 이후에 줄곧, 그녀에게 이끌려 다녔다. 바닷가에서의 첫 입맞
춤은 인철을 나미와 연결하는 계기가 되었지만, 그녀는 이에 얽매이
려 하지 않았다. 나미는 인철에 대해 개방적인 자세를 견지하며, 오히
려 인철의 행동을 제약하기 시작했다. 명동의 술집 사람들을 만나게
된 것도, 불유쾌했던 건축 설계를 다시 시도하게 된 것도, 출생의 제약
을 넘어서서 약혼을 결정한 것도, 나미의 주도 아래서이다. 그러나 이
제 인철은 여태까지의 나미와의 관계를 벗어난 새로운 관계를 정립하
려 한다.

이처럼 인철의 고민은 다혜와 나미 사이에서 일어나는 고민이라기
보다는, 상징적 어머니와 유혹녀[20] 사이에서 일어나는 고민이다. 그는
그녀들과의 관계정립을 통해 다혜라는 '상징적 어머니'를 벗어날 수
있었고, 나미라는 '유혹녀'를 넘어설 수 있었다. 이는 무엇보다도 인철
의 정신적 성장에서 나타나는 하나의 징후이다.

이러한 성숙의 징후는 '상징적인 아버지'로 등장하는 기룡과의 관
계전환을 모색하는 부분에서도 확인된다. 인철은 기룡의 삶을 무조건
받아들이던 지금까지의 입장에서 돌변한다. 프로이트에 의하면 "아버
지에 대한 아들의 의식은 경쟁자로서의 아버지와 존경의 대상으로서
의 아버지로 양면적이며, 아버지에 대한 경쟁에서 존경으로의 이행이
소년들의 성장 과정에 놓여 있는 주요한 문턱"[21]이라고 한다. 이는 '아

---

20) 이재선, 「문학 속의 아이들, 誘惑女, 隱者像」, 『한국문학주제론』, 서강대 출판부,
    1989.
21) 프로이트, 이용호 역, 『예술론』, 백조, 1973. 293면

버지의 내면화' 과정이다. 기룡에 대한 인철의 태도 변화는 무조건적인 수용과 절대적인 영향에 대한 거부이다. 즉, 아버지에 대한 경쟁을 시작하는 셈이다. 아버지와의 경쟁을 거치지 않고는, 아버지로 상징되는 '법'을 획득할 수 없다. 이 '법'은 사회의 실제적인 법률을 가리키기도 하지만, 보다 근본적인 질서를 의미한다. 프로이트를 위시한 현대의 심리학자들이 아버지와의 대립과 화해의 과정에 주목하는 것은, 이를 통해 아들의 내면에 생성되는 '근원적인 질서' 때문이다. 아버지는 어머니와 달리 금기를 가하는 인물이다[22]. 이러한 금기는 사회를 유지하는 기본적이면서도 복잡한 온갖 질서의 근원적인 단초가 된다. 이는 다름 아닌 새로운 아버지가 되는 작업이기도 하다.

장기간에 걸친 모자간의 친밀한 관계에서 아버지의 질서로 편입되려는 현상은, 아들로 하여금 모친에의 의존 원망을 단절시키고, 부친에의 노골적인 반항을 저지시키며, 사회의 성인 남성으로서의 동화현상[23]으로 이해할 수 있다. 따라서 성장기의 미성숙 청소년이 보여주는 '상징적 탯줄 끊기'와 '아버지의 내면화'는, 문학적인 죽음과 새로운 탄생을 의미한다. 이를 통해 과거의 미성숙 자아는 죽고, 성숙한 개인으로서 거듭나게 된다. 이러한 과정이 〈일월〉에서는 '집 떠나기' 혹은 '길 찾기'로 나타난다.

아버지의 일시적 부재 현상은, 마지막에 겹쳐져 있는 김상진의 자살 장면을 통해서도 뒷받침된다. 장면 상으로 인철은 아버지가 죽는 자리에서 새로운 길을 찾아 떠난다. 이로써 인철의 길 떠남은, 소멸과

---

22) 프로이트, 「편집증 환자 슈레버 - 자서전적 기록에 의한 정신분석」, 『늑대인간』, 열린책들, 1996 : 프로이트, 김종엽 역, 『토템과 타부』, 문예마당, 1995.
23) 왕빈, 『신화학입문』, 금란 출판사, 1980. 143면

생성의 교차점에서 발생하게 된다. 이는 세계의 순환 논리를 암시적으로 보여준다.

청소년의 내적 성숙을 다룬 성장소설에서 길의 문제는 특별한 의미를 갖는다. 청소년기가 다름아닌 인생의 길을 찾고 선택하는 시기이기 때문이다. 따라서 성장소설에서 나타나는 미성숙 청소년의 '길 찾기' 혹은 '집 떠나기'는 새로운 출발을 상징적으로 표출하는 행위이다. 성장소설에서 길 찾기의 의미는 새로운 삶의 시작이다. 여행 혹은 길 떠남은 자신의 내면으로의 귀환을 의미한다. 내면으로의 귀환이란, 정신적 성숙을 위한 각성의 과정이다. 인철이 '고깔모자를 벗어 뜰에 서 있는 한 나뭇가지에 거'는 행위는, 지금까지 그가 속해 있던 형식적인 관계에서 벗어나 본래의 자아로 돌아옴을 뜻한다. 이 돌아옴의 목적은 내면에서 성장하고 있는 또 하나의 자기를 찾기 위해서이다.

마지막 장의 제목인 '전야제'라는 사실은 의미심장하다. 전야제란, 본격적인 행사가 들어가기 전에 행해지는 식전행사를 가리킨다. 그렇다면, 여기서의 본격적인 행사란 무엇을 뜻하는가. 그것은 인철이 살아가야할 성인으로서의 삶일 것이다. 그가 가는 길은 자신의 앞으로 살아가야할 성년의 삶을 의미한다.

8. 성장소설로서의 〈일월〉과 그 특질

지금까지 〈일월〉에 나타나는 성장소설 요소를 '정신적 미성숙의 주인공' / '내면의 집 짓기' / '의식으로서의 성적 체험' / '아버지의 내면화와 새로운 길 찾기'로 나누어 살펴보았다. 성장소설이란, 미성숙한

주인공이 외부세계와의 접촉을 통해 내면의 갈등과 방황을 경험하게
되고 이러한 경험을 극복하여 사회의 일원이 되는 과정을 그린 소설
이라는, 앞의 정의를 상기한다면, 〈일월〉이 성장소설의 모티프와 구조
를 따르고 있다는 사실을 부인할 수 없다. 즉, 정신적으로 미성숙한 주
인공인 인철이, 자신의 가문과 출생을 둘러싼 외부세계의 충격과 부
딪치면서, 집 짓기로 상징되는 내면의 갈등을 경험하고, 이제까지 자
신의 삶을 규정하던 다혜라는 여인과의 상징적 모자관계를 청산함과
동시에 정신적 아버지인 기룡을 내면화함으로써, 갈등을 극복하고 새
로운 길을 찾아 떠난다는 전체적인 구도는, 성장소설의 구도와 대체
로 일치한다. 정신적 미성숙의 주인공인 인철은 일반적 성장소설에
등장하는 청소년의 입장과 다르지 않고, 인철에게 숨겨진 가문과 출
생의 비밀이 드러남은 외부 세계의 인식적 충격에 대응된다. 또한 의
식처럼 치러지는 성적 체험은 유년의 자아가 겪는 은밀한 남녀 간 성
행위와 동일하고, 아버지의 내면화는 정신적 성장의 과정에서 나타나
기 마련인 아버지와의 대립과 화해를 의미한다. 또한 인철이 찾아 떠
나는 새로운 길은 성장기의 청소년이 선택하는 새로운 삶의 출발, 그
자체이다.

이처럼 〈일월〉에 나타나는 '인철'의 변모 과정만을 고찰한다면, 틀
림없는 성장소설이다. 그러나 이 작품은 인물과 사회의 총체적 관계
를 묘사하는 장편 소설이다. 이 작품은 한 인물의 성격뿐만 아니라 사
회의 복잡한 현상까지 포괄하는 삶의 중층성을 그리고 있다. 따라서
이렇듯 한 인물의 궤적만을 추구하는 작업은, 자칫하면 전체적인 작
품 이해에 불균형을 초래할 위험이 있다. 인철의 정신적 성숙 과정을
중심으로 이 작품을 해석하는 방법론은, 종합적인 이해를 결여한다는

약점을 좀처럼 모면하기 힘들다.

　그럼에도 불구하고 〈일월〉이 지니는 성장소설(적) 요소에 대한 검토는, 간과되고 있는 이 작품의 주요한 특징을 드러내는 역할을 한다. 한 인물의 내면세계를 첨예하게 드러냄으로써, 인간이 느끼는 보편적 외로움의 문제가 보다 근원적인 성장과정에서 배태되었다는 사실을 밝혀낸다.

에로티즘, 그 금기와 위반의 미학

1. 우리 문학의 젊은 화두

현재, 성(性)은 우리 문학계에서 인기를 모으고 있는 젊은 화두이다. 90년대에 접어들면서 젊은 작가들—이른바 '신세대 작가'—을 중심으로 성에 대한 관심이 팽배했고, 지금도 이러한 추세는 증가일로에 있다. 식민지 시대부터 외부의 역사적 사실에 민감했던 우리 문학은, '폭압적 권력 형태에 대한 저항'이나 '교란된 사회 체제에 대한 참여'를 중요한 소임이자 바람직한 처신으로 인정해왔다. 그런데 90년대 이후 등장한 젊은 작가들은 이러한 소임과 처신에 대해 상대적으로 관심이 적다. 대신 그들은 문학의 관심을 일상적이고 개인적인 영역으로 옮겨온다. 이러한 주제적 이전은, 사생활과 밀착된 성에 대해 관심을 증폭시키는 계기가 된다. 그로 인해 젊은 작가들을 바라보는 주위의 시선이 곱지 않은 경우가 왕왕 발생한다.

문제는 이러한 관심의 이전을 천박하다고 무작정 매도하는 비판이

나, 이러한 비판을 시대착오적 산물이라고 함부로 무시하는 반론에
있지 않다. 이러한 표면적 반응은 문학을 보는 선입견에서 생겨난 경
우가 많다. 우리는 새로운 화두를 성급하게 재단하기 보다, 이러한 시
각 차에 적응하려는 노력을 먼저 기울여야 한다. 싫든 좋든 이미 90년
대 이후 작가들의 문학에서 성적 묘사의 수위나 빈도나 과감성이나
구조적 중요성은 폭증하고 있다. 젊은 문학은 성에 대한 묘사로 소설
의 내부를 인테리어하는 경우가 드물지 않으며, 심지어는 대형 춘화
를 제작해서 걸어놓는 당당함을 보이기도 한다. 여기서 이러한 추세
를 받아들이고 현재 상황을 꼼꼼히 따져보고 가급적이면 미래적 대안
을 찾기 위해, 비평적 개안이 요구된다고 하겠다. 다시 말해서 지금은
우리에게 '문학적 시차적응'이 필요한 시점이다.

2. 금기의 위반, 그 황홀한 매혹

문학에 삽입된 성은 독서자의 욕망을 자극하고 에로틱한 정서를 불
러일으킨다. 이러한 자극의 원천에는 금기가 있다. 이러한 금기와 욕
망의 관계에 대해 참고할만한 견해를 제시하는 학자가 조르주 바타유
(Georges Bataille)이다.

금기는 인간의 어떤 근본적인 감정의 결과들이다. 금기는 인간의 태
도를 이해하는 데 없어서는 안 되는 결정적인 열쇠이다. 금기는 밖에서
주어지는 것이 아님을 알 수 있으며, 알아야 한다. 금기를 범할 때, 특히
금기가 우리의 마음을 아직 옭아매고 있는데도 불구하고 충동에 무릎

을 꿇을 때, 우리는 진실이 무엇인지를 비로소 번뇌와 함께 깨닫게 되는 것이다. 금기를 준수하고, 금기에 복종하면, 우리는 더 이상 그것을 의식할 수 없다. 그러나 그것을 범하는 순간 우리는 고뇌를 느끼며, 고뇌와 함께 금기가 의식되고, 죄의식도 체험하게 된다. 이러한 고뇌와 죄의식 끝에 우리는 위반을 완수하고, 성공시킨다. 그런데 역설적인 것은 우리의 의식은 그 위반을 즐기기 위해 금기를 지속시킨다는 것이다. 금기를 어기려는 충동과, 금기의 밑바닥에 깔려 있는 고뇌를 동시에 느낄 때 비로소 에로티즘의 내적 체험은 가능한 것이다. 욕망과 두려움, 짙은 쾌락과 고뇌를 긴밀히 연결짓는 그것은 종교적 감정과도 다르지 않다.

　조르주 바타유에 따르면 금기는, 우리에게 공포감을 느끼게 하지만 우리로 하여금 반드시 그것을 준수하게 하지는 않는다. 금기는 우리를 충동질하고, 그것을 범하는 매혹을 발산하며, 그 주변에 영광의 그림자를 드리워서 위반 욕구를 부채질한다. 그래서 위반을 불허하는 금기란 없게 된다. 그런데 위반이란 궁극적으로 금기를 제거하는 것이 아니다. 위반은 금기를 한번 들쑤시는 행위이다. 금기를 위반하는 순간, 충동과 고뇌, 욕망과 두려움, 쾌락과 죄책감을 동시에 느끼게 되기 때문이다. 에로티즘의 내적 체험은 이러한 양가적 감정에서 연원한다. 그래서 에로티즘은 전체적으로 금기의 위반이며, 금기의 초월이며, 금기의 또 다른 완성이다.
　거의 모든 소설에서 에로틱한 장면은 금기와 그 위반의 길항 작용에 의해 가능해진다. 사회적으로 혹은 상식적으로 가해지는 규율이 있고, 그 규율이 인간의 내면에 금기를 형성한다. 그 금기를 위반하려는 충동과 억제, 위반한 후에 느끼는 쾌락과 죄의식이 에로티즘을 생성한다. 최근의 젊은 작가들은 이러한 에로티즘의 미학을 완성하기 위해, 문학 내에서 지켜지던 암묵적 관습을 무시하고 과감하고 도발적인 묘사를 개척하고 있다. 이것은 문학적 금기의 자각과, 그 위반, 그리고 또 다른 완성으로 여겨질 수 있다.

흥미로운 것은 조르주 바타유가 에로티즘을 종교적 감정과 연관시킨다는 점이다. 조르주 바타유에 따르면, 금기는 세속과 신성을 차단한다. 프로이트와 같은 학자들이 터부의 양면성 – 신성함과 위험함 – 을 지적한 것과 크게 다르지 않다. 금기란 노동을 의미하며 합리와 질서의 영역을 대변한다. 이것은 세속의 특징이다. 세속이 금기의 세계라면, 신성은 축제의 세계이고 욕망과 무질서의 세계이며 신의 세계이다. 인간은 축제의 시간을 현현시키기 위해서, 금기를 넘고 세속을 떠나 신성의 세계로 잠입한다. 인간은 이 세계로의 진입을 열망할 때가 있다. 왜냐하면 금기로 가로막힌 신성의 세계도 인간사회를 보충하는 한 부분이며 정신의 중요한 영역이기 때문이다. 노동과 이성으로부터 해방을 종교적인 차원에서의 해방으로 이해한 것이다.

'종교적 관점'을 '엑스터시'로 바꾼다면 보다 이해하기 쉬울 것이다. 조르주 바타유는 이러한 엑스터시를 인류학적 혹은 신화적 관점에서 고찰한다. 인류문화와 사회체계에 대해 천착한 것이다. 이러한 조르주 바타유의 시각적 확장은 성과 에로티즘의 열풍에 휩싸여 있는 우리 문학에 하나의 대안이 될 수 있을 듯 하다. 90년대에 새롭게 태동한 젊은 문학은, 그 이전까지 문학이 지향해야 했던 거시적이고 전체적이고 공익적인 시각을 철회하고 대신 미시적이고 개인적이고 사소설적 시각으로 위축된 것에 대해 상당한 비판을 받은 바 있다. 그 중심에서

만개하는 성과 에로티즘은 비판의 정면에 있다. 그러나 성과 에로티즘에 대한 관심사를 인류학적 명제 혹은 사회 전체적 담론으로 발전시킨다면 이러한 비판에서 상당 부분 자유로워질 수 있지 않을까 한다. 이것은 우리에게 남겨진 또 하나의 화두이다.

3. 세 가지 소망과 다섯 층위의 섹스 : 장정일의 〈아담이 눈뜰 때〉

내 나이 열아홉 살, 그때 내가 가장 가지고 싶었던 것은 타자기와 뭉크화집과 카세트 라디오에 연결하여 레코드를 들을 수 있게 하는 턴테이블이었다. 단지, 그것들만이 열아홉 살 때 내가 이 세상으로부터 얻고자 원하는, 전부의 것이었다.

〈아담이 눈뜰 때〉의 서두와 마감을 책임진 문장이다. 처음 이 문장과 대면하면, 단호함과 함께 어떤 슬픔을 감지할 수 있다. 그러다가 독서의 막바지에서 이 문장과 재회하면, 그 슬픔이 '젊은 날의 혼란과 정신적 방황'에서 연원하며 아울러 그것에 대한 '통과제의적 관문'과 연관된다는 것을 알게 된다. 감지되었던 슬픔은 성장기의 혼란이며, 다른 한편의 단호함은 이에 대한 청산 의지인 것이다. 더구나 이 두 문장은 이 소설을 탄생시킨 발원지이고 플롯을 인도하는 나침반이며 작가의 주제를 떠받치는 주춧돌에 해당한다. 성급하게 말한다면, 〈아담이 눈뜰 때〉는 이 두 문장을 독자에게 납득시키기 위한 소설이다.

화자의 고백을 따라가 보자. 화자는 서울의 명문 대학에 낙방한 열아홉 살의 재수생이다. 그는 학창시절 인근에 문명을 날리던 고교문사였다. 그의 여자친구가 은선인데, 그녀 역시 제법 촉망받는 여고시인이었다. 둘은 대학 입시가 끝난 날, 성(性)적 관문도 돌파한다. 그들은 허름한 여관방에서 젊은 시절을 압제하던 성적 금기를 풀어헤친다. 은선은 첫 남자인 화자에게 '아담'이라는 이름을 붙여준다.

아담은 재수 생활에 권태를 느끼고 스스로 입시공부를 전폐한다. 입시학원 대신에, 도서관과 길거리와 유흥업소를 들락거리며 자신의 생활을 별도로 관리한다. 고 3 여학생 '현재'를 만나고, 불안한 현실로부터 섹스로 도망친다. 그들은 서로의 몸을 탐하며 그들에게 가해지는 불안을 잊으려 한다. 그러나 그들의 성애는 서로에게 약속도 신뢰도 되지 못한다. 이기적이고 일방적인 소통욕구에 불과하다.

아담이 그토록 바라던 세 가지 보물 중에 하나를 얻게 되는 시점은 현재와 과도기적 관계를 맺고 있을 무렵이다. 모델 제의를 받아들여 아틀리에로 초청된 아담은, 원숙한 여화가와 육체 관계를 맺게 되고 그 대가로 뭉크화집을 얻는다. 그러나 그토록 열망했던 그림 '사춘기'는 화집에서 이미 뜯겨 나간 상태이다. 초조와 불안을 얼굴 가득 묻히고 잔뜩 웅크린 사춘기 소녀의 실종은, 아담에게 성장기의 한 토막과 자신의 이미지를 빼앗긴 느낌으로 받아들여진다.

턴테이블은 평소 기웃거리던 오디오 가게 주인으로부터 얻는다. 남색가인 주인은 턴테이블을 미끼로 하루 밤을 제안한다. 이 오싹하고 색다른 하룻밤은 아담이 처한 상황이 불편하고 불안한 것임을 말해준다. 아담은 대가로 시가 백 만원 어치 턴테이블을 받아, 자신이 가지고 있던 시가 팔 만원 짜리 고물 카세트에 연결하여 우스꽝스러운 재생장치를 만들어 낸다. 아담은 이 엉뚱한 재생장치처럼, 기묘한 불균형을 경험하고 있다.

아담은 불안정한 세계의 모퉁이에서 갈 곳 몰라 멍하니 서 있다가 현재를 다시 만난다. 그러나 역시 갈 곳 몰라 방황하는 그녀를 받아들 이지 못하고 상처를 입혀 죽음에 이르도록 방치하고 만다. 현재의 죽 음은 공부에 대한 욕구를 다시 불러일으켰고, 잡념 없이 공부에 몰두 한 결과 작년에 낙방했던 대학에 합격한다. 그러나 그는 등록을 포기 한다. 대신 창녀와의 하룻밤으로 서울에서의 대학 생활을 대신한다. 진정 자신이 원했던 것이 무언가를 창작하는 것임을 알게 되고, 그 창 작은 명문대학을 나와 사회의 부속품처럼 살다가 미쳐 가는 것과는 다르다는 사실을 깨닫게 된다. 창녀와의 하룻밤과 이별은 이러한 인 식상의 성장을 상징적으로 표현한다. 자신이 한 때 믿었고 많은 사람 들이 믿고 있는 '가짜 낙원'의 정체를 폭로하고 그 수렁에서 탈출하기 위해서는, '문장을 쓰는 일'이 필요하다고 믿는다. 그것을 위해 대학 등록금으로 마지막 보물 '타자기'를 산다.

이 소설의 정조는 불안이다. 중편 소설이라고 하기에도 지나치게 긴 이 소설 속에는 갖가지 불안이 숨쉬고 있다. 물론 가장 중요한 것은 성장기의 아담이 겪는 불안이다. 현재나 은선도 비슷한 불안에 시달 리는 인물들이다. 불안은 비정상에 가까운 섹스를 통해 부각된다. 연 상의 여자, 남색가, 창녀와의 만남과 이별은 이 세계가 처한 불안이 단 지 젊은이들만의 것이 아님을 암시한다. 또한 불안한 한국을 떠나 미 국으로 도피한 형과 문학평론가, 공권력에 맞서 발악하는 지강헌 일 당, 허영이든 진심이든 세계의 재편을 꿈꾸는 막시스트와 운동권 학 생들이 드문드문 포진하고 있다. 이처럼 이 작품에는 불안정과 불균 형과 불편함이 넓게 살포된 사회가 있고, 타자가 있고, 자아가 있다.

이들은 이 불안을 이겨내기 위해서, 그리고 적응하기 위해서, 각자의 방식으로 소통하고자 한다. 이 소통의 방식이 섹스이다. 그 섹스의 여정이 은선, 현재, 여화가, 남색가, 창녀이고, 그 부산물이 뭉크화집과 턴테이블과 타자기인 것이다.

4. 흐릿해서 더 은밀한 유혹 : 이순원의 〈1968년 겨울, 램프 속의 여자〉

관능적인 묘사에 능한 작가를 꼽으라면, 90년대 작가 중에서 이순원을 빼놓을 수 없다. 특히 이순원의 빼어난 소설은 대개 인상적인 관능미를 겸비하고 있다. 〈은비령〉에는 단 한번의 운명적 합일을 위해 여행하는 남녀의 모습이 섬연하게 꾸며져 있고, 수색 연작 시리즈에는 교묘하게 숨어있는 여인의 이미지가 문면 너머로 아른거리고 있다. 이러한 소설 가운데 예의 관능적 묘사로 오랫동안 나의 마음을 사로잡았던 작품이 〈1968년 겨울, 램프 속의 여자〉이다. 충격적인 성의 묘사에 제법 익숙해져 있다고 자부하던 나도, 이 소설 앞에서는 두근거리는 심장을 주체하기 힘들었다. 그래서 소설 속에 담긴 에로티즘을 거론할 때마다 이 소설은 언젠가 해결해야 할 숙제로 떠오르곤 했다.

이 작품은 눈 내리는 풍경을 내다보며 회상에 잠기는 화자의 목소리로 시작한다. 이미 성애의 설렘과 기쁨과 본질을 알아버렸을 나이의 성년 화자는, 열 세 살이 되던 해의 어느 눈 내리는 밤으로 돌아간다. 그 밤은 이웃집 처녀(기옥)의 결혼식이 있기 전날이고, 다음날 가마를 매고 떠날 채비로 몹시 부산스러운 시간이다. 간신히 집 안팎의

혼란이 가라앉고 가마꾼들의 숙소만이 특유의 열기로 덥혀지고 있는
밤에, 멀리서 두 명의 불청객이 도착한다. 청년과 동행녀이다. 청년은
'운래'라는 난봉꾼으로 마을 처녀들을 제법 농락한 이력을 지니고 있
다. 동행한 여자는 일찍이 청년에게 마음을 두고 있던 '노은집'이라는
여공이다. 둘은 펑펑 내리는 눈을 뚫고 어린 화자인 '수호'의 집에 도
착한다. 평소 기옥을 연모해왔던 운래의 등장으로 수호는 수상한 불
안에 휩싸인다. 운래는 기옥에게 불미스러운 사건을 저지른 바 있다.
불안을 가중시킨 또 하나의 원인은 동행한 여자이다. 이 여자는 어머
니에게 유숙을 허락받지 않고, 몰래 수호의 집에 머물게 된다.

술과 화투로 점점 달아오르던 가마꾼 방의 열기는, 노은집이 머물
게 된 처소로 밀어닥친다. 설핏 든 잠 사이로 수호는, 처녀를 달래고
다른 한편으로 윽박지르는 운래의 목소리를 듣게 된다. 처녀는 운래
의 은밀한 제의를 받아들여 자신의 몸을 허락한다. 방안의 정경은 희
미한 남포 등불과 나직한 대화음과 흘러나오는 신음소리로 대체된다.
아직 성교의 경험이 없는 수호는 옆 방의 수상한 분위기를 감지하면
서도 꼼짝할 수 없는 상황에 빠진다. 밀폐된 공간감과 들큰해진 공기
의 온도와 온몸을 휘감는 무력감 그리고 요동치는 심장 박동소리가
수호를 공모자로 만든다. 그는 성애의 환희를 간접적으로 촉감하고
있는 셈이다.

말소리보다 숨소리가 더 거칠게 들리는 운래 형 소리. 그리고 밖에
쌓인 눈보다 깊고 무거운 여자의 깊은 한 숨 소리. 나는 가만히 누워있
는데도 입 안이 마르고 정신이 아뜩해지는 것 같았다. 그러면서 마치
몸까지 굳어지며 공중에 붕 뜨는 것 같았다.

이러한 묘사는 빼어나다. 독자들의 상상력을 미묘하게 자극하여 아득한 느낌을 효과적으로 전해주기 때문이다. 그러나 충격적인 것은, 그 다음이다. 운래는 여자를 진정시키고 잠시 밖으로 나간다. 그런데 조금 후에 돌아오겠다는 운래는 오지 않고, 운래와 함께 화투를 치던 '호선'이 등장한다. 호선은 저항하는 여자를 협박하여 기어코 몸을 뺏는다. 그 뒤를 '정만'이 기다렸다는 듯이 들이닥친다. 호선과 정만의 등장으로 첫 경험은, 강간으로, 그리고 윤간으로 변해간다. 순식간에 여자는 비참한 신세로 전락한다. 설렘을 반쯤 담고 있던 첫 경험은, 당혹감으로 물들었다가, 급기야는 비웃음과 오기로 뚤뚤 뭉친 적의로 변질된다. 이러한 여자의 반응에 발맞추어, 화자의 마음도 점점 혼란스러워진다. 처음의 무력감은 '누워 있는 이곳이 내 방인지 꿈속에 잘못 와 누운 다른 집의 다른 사람 방인지 잘 모를'정도로 그 혼란이 가중되고, 나중에는 '나이보다 일찍 어른이 되어가고 있는 것 같은 느낌'으로 비약한다.

이 소설은 숨죽여 옆방을 더듬어 감지하던 화자가 여자와 대면하면서 그 끝을 향한다. 욕심을 푼 사내들이 차례로 집을 떠나고, 화자는 여자가 떠날 수 있도록 돕기 위해 문제의 방으로 들어간다. 거기서 벌거벗은 여체와 첫 성교의 상징을 목격한다. 육체적 순결을 잃은 여인과 정신적 동정을 버린 소년이 만나 서로의 상처를 덮어주는 광경은 아름답다. 우리는 어떤 방식으로든 성장의 한 요로에서 타인의 성애를 목격하고 자신의 성교를 경험한다. 이순원은 작은 문을 사이에 두고 벌어지는 두 방의 풍경을 독자들에게 엿보게 함으로써, 이러한 성장과 파과의 과정을 미묘하게 그려낸 것이다.

문학의 거부할 수 없는 속성 중에 하나가 관음증이다. 관음증

(Voyeurism)은 상대방의 동의를 얻지 않은 상태에서 상대를 주시하여 시각적 쾌락을 획득하는 것을 가리킨다. 문학은 그 내부의 인물들에게 허락을 받지 않고 그들의 삶을 구경하는 형식을 즐겨 취한다는 점에서 관음증과 밀착된다. 윤리적, 사회적, 합법적 차원에서는 도저히 용납될 수 없는 욕망을 대리 체험한다고나 할까. 이순원은 이러한 시각적 쾌락을 반투명한 막을 통해 흐릿하게 전달하여 관음증을 자극하고 에로티즘을 확대한다. 창호지 그림자를 뚫고 나오는 신방의 정경처럼, 세 남자와 한 여자의 만남은 흐릿하게 그러나 강렬하게 전달된다. 그리고 그 사이에 관객의 여과지이자 대리인으로서의 소년이 배치되어, 어디서인지 모르지만 지켜보고 있을 누군가의 시선과 심장 박동 소리를 곁들이고 있다. 어두운 방, 그 옆방의 화자, 이를 멀찍이 서서 회상하는 성년 화자, 자기도 모르게 몰입하는 독자(관객)의 층위는 긴장과 흥분을 다층적으로 조성한다. 이렇게 긴장과 흥분이 고조된 분위기는 에로티즘 미학의 최고봉으로 부족함이 없다.

5. 파륜(破倫), 인간적 금기를 넘어
: 박상우의 〈한편의 흑백영화에 관하여 그는 말했다〉

박상우의 〈한편의 흑백영화에 관하여 그는 말했다〉는 심문자와 진술자의 대화로 꾸려지는 작품이다. '나'인 심문자는, '그'인 진술자로부터 어떤 자백을 받아내려 한다. 진술자는 더딘 호흡으로 답변에 응한다. 쉼표를 여러 개 거느린 문장, 길게 늘어지는 템포, 간접적으로 인용되는 서술 방식, 지연된 상황이 중첩되며 도입 부분을 지루하게 만든다. 그러다가 진술자가 여자와 만나 여관으로 향하는 대목에서부터 차츰 속도가 붙기 시작한다.

> 여관으로 들어가서 자신들은 온돌방 좌우측의 벽면에다 등을 기댄 채 오랫동안 말없이 서로의 얼굴만 마주봤다고 했다. 그러다가 가끔씩 시선을 돌려 천장을 쳐다보기도 했고, 또 가끔씩은 텔레비전이라든가 은빛 물주전자, 녹색의 꽃무늬가 그려진 커튼 따위를 바라보기도 했지만, 그때까지도 여전히 자신들은 아무런 얘기도 하질 않았다는 것이었다. 그러다가 새벽 세 시쯤이 되어서야 여자는 지칠 대로 지친 듯한 표정으로 옷을 갈아입은 채 이불 속으로 들어갔고, 그때부터 자신은 아무래도 안 될 것 같아 다시 비축해 두었던 소주를 꺼내 병째로 마시기 시작했다고 했다. 그 소주를 다 마시고 나서야 간신히 일어나 불을 끄고 자신도 그녀 곁에 몸을 눕혔는데, 술을 마시기 이전보다 훨씬 명징한 상태가 되더라는 얘기도 그는 덧붙였다.

인용된 상황은 상식적 기대에 어긋난다. 건강한 남녀가 여관으로 들어가 동침을 했다면 응당 벌어질 것으로 예상되는 상황이 존재하기 마련이다. 그러나 이 남녀는 일상적인 예측을 벗어나 행동한다. 그렇다면 이러한 예측을 벗어난 상황을 묘사한 이유는 무엇인가.

인용된 상황이 지나면 '그 - 진술자'가 '나 - 진술자'로 바뀌면서 스스로의 이야기를 털어놓기 시작한다. '나 - 진술자'에게는 오학이라는 어릴 적 친구가 있었는데, 무엇이든지 뛰어난 오학에게 '나 - 진술자'는 늘 열등감을 품어왔다. 이러한 열등감은 오학이 학생운동에 뛰어들면서 더욱 커진다. 그러던 어느 날 오학은 여자친구와 함께 수배를

피해 '나 - 진술자'의 집으로 찾아들고, 피치 못할 사정으로 여자친구
만 남겨 두고 그 집을 떠난다. 오학이 떠난 후 '나 - 진술자'와 여자의
야릇한 동거가 시작된다. 7평 반 짜리 공간에서 답답하고 막막하고 숨
막히는 시간이 흐르고, 결국 이성을 잃은 둘은 동침하게 된다. 그들은
동물적 본능으로 상대를 탐하며 엄습하는 불안을 잊으려 한다. '나 -
진술자'의 자백을 빌리면 그것은 광적인 탐닉이고 일종의 도피이다.

조르주 바타유는 에로티즘은 '생식기의 팽창'으로 시작된다고 말한
다. 이것은 우리 내부의 동물적인 충동이 발작하는 것과 유사하다. 일
상적 질서에 낯선 요동이 찾아오고 온몸으로 번져 가는 열병이 유기
체와 삶의 균형을 흔들어놓는다.

> 성적 발작은 존재를 분할시키고, 통일성을 무너뜨린다. 그러나 전혀
> 저항이 없는 것은 아니다. 성적 팽창은 정신의 저항을 만난다. 육체의
> 발작은 정신의 표면적 동의에 만족하지 않는다. 그것은 정신의 침묵과
> 정신의 부재를 요구한다. 육체적 충동은 이상하리만치 인간적 삶과 거
> 리를 유지한다. 그러나 일단 인간성이 침묵을 지키면, 또는 그것이 잠
> 시라도 자리를 비우기만 하면, 육체적 충동은 때를 기다렸다는 듯이 밖
> 으로 터져나온다. 그 충동에 자신을 맡기는 사람은 이제 인간성을 벗어
> 난다. 그 충동에 몸을 맡긴 사람은 맹목과 망각을 최대로 누리면서 폭
> 력을 짐승처럼 휘두른다. 바로 그러한 폭력의 난무를 막연하면서도 보
> 편적인 어떤 금기가 저지하는 것이다.

조르주 바타유가 말하는 '보편적인 어떤 금기'는 '근본적인 인간성
에 잠재되어 있는 어떤 내적 체험'을 통해 얻어진다. 따라서 확정되어

있는 것이 아니라, 시간과 장소와 사람과 상황에 따라 달라지는 것이
다. 직접 성행위를 체험한 사람만이 그 요행과 변덕을 이해할 수 있다.

여관에서 벌어진 기묘한 상황은 '보편적인 어떤 금기'로 설명될 수
있다. 오학이 떠난 이후 두 사람은 동물적인 충동으로 서로를 탐했지
만, 오학에 대한 죄책감으로 인해 성욕의 난무는 가로막혔다. 더구나
도피 중이던 오학은 싸늘한 시체로 그들 앞에 나타나 죄책감을 가중
시켰고, 그들의 동거를 파륜(破倫)으로 여기는 주위의 시선은 수치심
을 일깨웠다. 이처럼 박상우의 〈한편의 흑백영화에 관하여 그는 말했
다〉는 인간성에 내재된 금기를 확인시킨다.

이 작품에서 감지되는 에로티즘은 읽는 이를 거북하게 한다. 밀폐
된 방안의 두 남녀가 벌이는 질펀한 정사는 인간적 도리와 어긋나며
이성의 가수면 상태를 요구한다. 그들은 저질러서는 안될 일을 버젓
이 저지른 것이다. 이것은 금기를 위반하는 에로티즘의 본성이다. 그
리고 이성이 가수면 상태에서 깨어난 이후에는, 인간을 얽매는 금기
를 보여준다. 이것은 폭력의 난무를 제어하는 금기의 또 다른 본성이
다. 결국 이 작품은 금기가 위반될 때를 처음 알려주고, 금기가 복원될
때를 다시 한 번 알려준다. 그래서 두 겹의 금기가 된다. 남녀의 금기
를 넘어선 성적 발작은, 사적인 인간 관계를 전복시킬 뿐만 아니라, 사
회적인 관계 – 타인과 집단의 시선 – 마저 전복시킨다. 그래서 두 겹의
전복이 된다. 이로써 두 겹의 에로티즘이 생성되는 것이다.

6. 젊은 날의 탈출구 : 김영하의 〈비상구〉

　김영하의 소설 〈비상구〉는 적지 않은 장점과 문제의식을 지닌 작품이다. 단지, 그 장점과 문제의식을 설명하기 위해서는 조금 다른 통로가 필요할 따름이다. 에로티즘의 관점에서 이 소설을 지켜보면, 여러 가지로 참조할 만한 사항이 발견된다. 첫째, 비속한 자들의 삶을 비속하게 묘사했다는 점이다. 이 소설에는 현실의 하층 혹은 새로운 세대에서 흔히 쓰이는 말들이 여과 없이 투영되고 있다. 욕, 은어, 말투, 그리고 언어적 습관에 이르기까지, 철저하게 구어체가 구사된다. 이러한 언어적 용법은 그 안의 인물들이 행하는 성적 실태에 대한 가감 없는 접근을 가능하게 한다(이러한 접근법은 이순원의 〈1968년 겨울, 램프 속의 여자〉와는 상반된다). 이것이 두 번째 장점이다.

　　여관에 도착하니 새벽 한시. 카운터 형은 자고 있었다. 여자애는 방
　에 들어서자마자 다시 옷을 벗어젖히며 말했다.
　　"나 지금 필 오걸랑. 빨랑 벗어."
　　그러는 그녀를 보자 나도 땡겼다. 사실은 차에서부터 필이 꽂혀 있
　었다. 비닐봉지를 놓자 맥주병이 모로 쓰러졌다. 하지만 상관하지 않고
　침대로 몸을 던졌다. 화살표 위에 살짝 입을 맞추자 여자애가 내 머리
　를 잡아 거칠게 위로 올려끌었다.
　　"빙신아. 필이 온다니까. 바로 쪼아."
　　"오케이"
　　서둘러 입구를 찾아 쪼기 시작했다. 하지만 차에서부터 너무 떠 있었
　던 탓인지 오래가지 않았다.

이러한 성애의 묘사는 난감하다. 익숙하게 보아온 낭만적이고 멋진 정사 장면과는 근본적으로 차이가 있기 때문이다. 그러나 현실적 경험을 감안하면, 우리에게 성이라는 화두가 언제나 낭만과 관련된 것이 아님을 알 수 있다. 멋진 여행지를 찾아, 로맨틱한 분위기를 연출하며, 혹은 운명과 우연을 등에 업은 신비한 만남을 꿈꾸는 많은 문학 작품 속 성애 묘사도 흥미롭지만, 비속한 자들의 성애 역시 흥미롭다. 아니 문학이 한 번쯤 짚어 보아야 할 지점이다. 흔히 좋은 문학은 현실을 잘 반영한 문학이라고 말한다. 그렇다면 김영하의 〈비상구〉는 좋은 문학에 근접한다. 이 작품은 90년대 문학에서 불필요하게 강조된 성애의 환상을 제거하기 때문이다. 90년대 문학 속에서 에로티즘을 창조하는 공통 문법은 환상과 신비와 이별이다. 그런데 김영하의 〈비상구〉는 이러한 환상과 신비와 이별의 도식을 완전히 걷어내 버린 성애를 보여준다. 화자는 여자를 누추한 여관방에서 만나고 거칠고 삭막한 형태의 정사를 갖는다. 물론 이별도 전혀 낭만적이지 않다. 살인죄를 지고 쫓기는 화자는 여자의 도움으로 위기를 벗어나지만 그들이 서로에 대해 미화된 기억을 갖게 될 것 같지는 않다.

이처럼 김영하는 거리를 떠도는 젊은이들의 성 풍속도를 적나라하게 공개함으로써, 우리 시대의 새로운 하층민의 풍속도를 그려낸다. 화자의 고백대로, 거리의 청년들은 '학교 다녀봐야 대학 갈 팔자도 아니고, 국으로 있는 놈만 병신이다. 선생들은 패지, 애들은 쪼지, 주먹으로 못 잡을 바에야 뜨는게 장땡이다. 집에 있어봐야 대학 못 갔다고 어이구 불쌍한 내새끼 하면서 카페 하나 차려줄 재산이 있기를 하나, 그저 밖에서 구르는 게 집도 좋고 지도 좋은 거'라는 것을 이미 알고 있다. 그런 그들에게 누추한 여관방과 단란주점과 당구장과 어두운 밤거리는 집이고 직장이고 휴식처가 될 수밖에 없다. 그리고 출구 없는 세상에서 그나마 옆에 있어주고 차가워진 몸을 덥혀 주는 여자가 - 비록 섹스 파트너일망정 - 삶의 비상구가 될 수 있다. 가리고 싶고 외면하고 싶은 진실을 들추는 점이, 더욱이 기존의 본격 소설이 드러낸 위엄에 정면으로 도전하면서 천박한 섹스 묘사를 두려워하지 않는 점이, 김영하의 용기이고, 이 소설이 가진 또 하나의 매력이다. 이 매력을 이해하면 그들의 비속한 정사가 아름답게 보이기까지 할 것이다.

7. 섬뜩함과 호기심 : 윤대녕의 〈수사슴 기념물과 놀다〉

아직도 우리에게 동성애는 낯선 사랑의 형식이다. 우리는 이성애를 전통적이고 합법적인 사랑의 방식으로 이해해왔고 또 그렇게 인정해 왔다. 그리스인의 남색이나 레스보스 섬의 여자 동성애 전통은 한국적 문화 전통과 상당한 거리를 둔 것으로 믿어졌다. 설령 문화적 주변 영역에 동성애가 잔존하고 있다 해도 그 사연은 언제나 극비에 붙여졌다.

그런데 90년대 이후, 많은 작가들이 앞 다투어 동성애에 관한 소설을 발표하면서, 동성애 문제는 문학의 본격적인 화두로 격상된다. 이러한 작가들의 명단에는, 장정일을 비롯하여 윤대녕, 김영하, 전경린, 박상우, 하성란, 백민석, 송경아, 성석제 등 90년대 새로운 소설적 흐름을 선도하는 선두주자들이 대거 포진해 있다. 순서대로, 〈아담이 눈 뜰 때〉, 〈수사슴 기념물과 놀다〉, 〈거울에 관한 명상〉, 〈다섯 번째 질서와 여섯 번째 질서 사이에 세워진 목조 마네킹 핵토르와 안드로마케〉,

〈붉은 달이 뜨는 풍경〉, 〈당신의 백미러〉, 〈내가 사랑한 캔디〉, 〈첫사랑〉이 그 작품 목록이다.

이러한 현상은 90년대 이후의 문학이 표방하는 성적 개방과 에로티즘의 확대에 동성애가 중요한 일익을 담당하고 있다는 징표이다. 이러한 작품과 작가들에 힘입어 동성애는 돌아보고 포용해야 할 사랑과 존재의 방식으로 인정되고 있는 추세이다. 동성애에 대해 증폭된 관심은 일차적으로 개방된 성의식에 편승한 하나의 모험적 시도에 해당하고 궁극적으로는 편견을 넘어서 나아가려는 확대된 문제의식의 발로로 이해된다. 따라서 작가의 의도와 실제 완성도에 따라 편차가 있을 수 있지만, 일단 이러한 관심을 '소외된 계층에 대한 따뜻한 관심'이라고 투박하게 규정할 수 있을 듯하다.

동성애를 다룬 작품 중에서 윤대녕의 소설은 여러모로 주목된다. 그 이유는 세 가지로 간추려진다. 첫째, 윤대녕이 90년대 소설에서 앞장서서 주도했지만 한편으로는 대규모의 매너리즘을 양산하기도 했던, 여자들의 동어반복적 이미지를 수정하고 변주할 수 있는 묘안을 내장한다는 점이다. 둘째, 일부 소설에서 그 편린을 보이는 것처럼 동성애를 이색적 소재거리로 삼아 독자의 호기심을 부풀리는 전법을 사용하지 않는다는 점이다.[1] 셋째가 에로티즘과 밀접하게 관련된 사항인데, 이 작품에는 동성애를 벌이는 두 남자의 모습이 실감나게 묘사되어 있다는 점이다.

나는 살금살금 기어 그의 뒤로 다가갔다. 그러고는 무릎을 꿇고 앉

---

1) 더 자세한 사항은 졸고, 〈새로운 작가들의 반역적 모험―동성애와 새로운 문학적 흐름〉(『리토피아』 2001년 가을)을 참조할 것.

아 그의 등을 껴안았다. 그가 가만히 있길래 나는 그의 번들거리는 머리에다 입을 맞췄다. 웬일인지 그는 얌전히 내 애무를 받아들이고 있었다. 나는 슬슬 손을 뻗어 그의 얼굴을 만지기 시작했고 곧 그의 숨소리가 거칠어지고 있다는 것을 알 수 있었다. 내 아랫배는 점차 뜨겁게 달아오르고 있었다. 나는 피아노를 곁눈질로 훔쳐보면서 그의 겨드랑이 사이에 두 손을 끼워 넣었다. 그리고 남은 치약을 짜듯 그의 허리를 조이면서 엉덩이께로 죽 훑어 내려갔다. 그의 시선은 텔레비전 모니터 상에서 가물가물 흔들리고 있었고 푸른 핏줄이 부풀어 오른 내 손은 그때 그의 바지춤 속으로 막 들어가려 하고 있는 참이었다.

동성애를 상식적인 차원에서 용인하고 그 가치를 따져보는 일과, 실제 동성애 장면을 구경하는 일은 다를 수 있다. 적어도 나에게는 난감하기 이를 데 없는 일이다. 이러한 묘사를 어떻게 이해해야 할 지에 대한 사전 정보를 구할 길이 없기 때문이다. 그러나 뒤집어 생각해보면, 이러한 과감한 문학적 묘사가 우리에게 동성애의 실체에 보다 근접할 수 있게 만든다는 것을 알 수 있다. 앞 뒤 상황을 여러 번 읽고 그 맥락을 꼼꼼하게 따져보았을 때, 어색한 면이 있다는 짐작이 들긴 한다. 그러나 윤대녕의 시도는 여러 가지로 파격적인 문학적 모험인 것만은 분명하다. 이러한 모험을 본격적으로 선보였다는 점에서 〈수사슴 기념물과 놀다〉는 우리 사회에 통용되고 있는 금기에 도전했다고 판단할 수 있겠다. 뿐만 아니라 성적 일탈에 대해 관대하다던 문학이 엄수하고 있던 관습적 금기마저 과감하게 뛰어넘은 사례로 판단될 수 있겠다. 〈수사슴 기념물과 놀다〉는 금기의 파괴와 위반을 그 중요한 요건으로 삼는 에로티즘 효과가 생동하는 작품이고, 이러한 에로티즘은 기존의 사회적 혹은 성적 인식에 충격을 가하고 그 파장을 깊게 형성하는 문예 미학으로 자리 잡는다.

8. 성폭행과 점령당한 영혼 : 이평재의 〈마녀물고기〉

이평재의 소설은 환영과 사실, 혹은 신화와 현실의 길항으로부터 긴장을 길어 올린다. 거의 모든 소설에서 실제 세상에서는 납득하기 힘든 상황이 벌어지고, 초점 화자는 이러한 혼란 속에 들어있는 세계의 진실을 조금씩 눈치 챈다. 섹스는 대게 몽환과 실재의 간극에서 빚어지는 혼란이다.

참을 수 없는 욕정의 강렬함에 발버둥치는 남자가 있다. 그 욕정은 고속도로에서 일어난 차량 사고 이후에 본격적으로 촉발된다. 졸음운전에 의한 차선 이탈로 마주 오던 차를 전복시킨 남자는, 살려달라는 피해자의 애원을 뿌리치고 사고 현장을 황급히 빠져나간다. 해그피시, 일명 '마녀물고기'라고 불리우는 먹장어를 운반하던 차량이 전복되자, 노면은 흩어진 먹장어로 아수라장이 된다. 뺑소니를 치던 남자는 발목을 감싸 오르는 먹장어의 섬뜩한 감촉을 기억한다.

그 날 이후 남자는, 은밀하게 찾아와 욕정을 자극하는 여인과 접촉한다. 여인은 성적인 황홀함을 제공하고 그 대가로 자제력을 빼앗아간다. 남자는 그 여인을 '관능적인 욕구가 너무 지나쳐 타락한 천사 몽마(夢魔), 인간 남성을 유혹해 몸을 섞고 끝내 상대를 파멸시킬 목적으로 존재한다는 '서큐버스'라 단정한다. 이러한 서큐버스의 환영은, 제 몸을 먹이의 몸에 삽입하고 안으로부터 뜯어먹는다는 '마녀물고기'의 흉칙한 이미지와 결합된다. 그 후 남자는 점차 비정상적 상태로 빠져든다.

이 소설의 화자는 남자이다. 그래서 남자의 믿음과 환영은 충실하게 옮겨진다. 독자들은 화자가 털어놓는 독백과, 환영적 존재를 함부로 무시할 수 없게 된다. 그에 따라 증가하는 남자의 성욕과, 광폭한 성행위, 그리고 성욕의 무분별한 표출인 강간마저 나름대로 이해심을 갖고 지켜보게 된다. 그러나 화자의 바깥에 위치하여 그의 내면을 투시할 수 없는 사람 - 동료 의사와 경찰관과 그의 상태를 진단하고 판결을 내린 정신과 의사 그리고 성폭행 당사자 - 에게 화자의 행동은 미치광이의 그것과 다르지 않다. 기껏해야 그는 정상적인 여인을 성폭행한 파렴치한에 불과하다. 이러한 주위 사람들의 반응을 감안할 때, 우리는 그의 말을 새겨서 이해해야지 전적으로 믿어서는 곤란하다는 자체적 판단에 이를 수 있다. 다시 말하면 그를 지배한 것이 진정 서큐버스의 환영인가, 그를 유혹해서 파멸로 이끈 장본인이 과연 마녀물고기인가 하는 문제를 숙고해야 한다는 것이다.

여자는 비가 오는 날이면 어김없이 나를 찾아왔다. 하지만 내가 정신병동에 갇히기 전, 한 달 사이에 세 번씩이나 비가 내렸는데도 여자는 단 한 번도 내 앞에 나타나지 않았다. 나는 제정신이 아니었다. 이미 여자에 의해 광적인 섹스에 길들여진 나는 온통 그 짓을 하고 싶다는 생각에만 사로잡혀 있었다. 빳빳하게 발기한 성기 때문에 고통스러웠다. 남들의 시선은 신경조차 쓰이지 않았다. 그러기를 여러 날, 난 잔뜩 독이 오른 성기로부터 전해져오는 집요한 부추김을 느끼게 되었다. 저기 저 여자 보이지? 주위엔 아무도 없어. 뭘 망설이는 거야, 어서 공격해!

하고 말이다.

남자는 음흉한 욕망에 시달린다. 광적인 성욕은 사회적 체면과 인간적 도리를 도외시하게 만들고 물리적 폭력으로 한 여자를 파괴하게 만든다. 앞에서 언급한 대로 평상인의 눈에 이러한 남자의 욕구는 비정상적이고 위험한 것으로 여겨진다. 비록 서큐버스의 농간일지도 모른다는 가정과 믿음을 가지고 지켜보아도, 가볍게 용인될 성질의 것이 아니다. 그러나 서큐버스가 작중 인물의 말대로 '관능적으로 타락한 상상력이 만들어낸 허황된 이야기'이며 '종교적인 직분을 앞세워 도덕적인 생활을 하는 척하며 온갖 방탕한 행동을 일삼는 자들이 자신들의 죄의식을 희석시키기 위해 만들어낸 희생양'이라면, 우리는 모두 얼마만큼의 서큐버스와 공생하고 있다는 결론을 내릴 수도 있다.

서큐버스의 진정한 정체는 타인에 대해 거침없는 욕망이 자행되고 사회의 곳곳에서 성적 방종이 기승을 부리는, 이 시대의 타락한 정신인 것이다. 따라서 서큐버스는 억울한 희생자의 면죄부가 아니고, 과도한 성적 욕구의 위험을 알리는 경종인 셈이다.

이평재는 한 정신병자의 내면을 탐색해서 범죄의 심각함을 표현한다. 하지만 심각함을 인식시키는 방식은 기존의 소설과 다르다. 정신병자의 점령당한 영혼을 휘감아오는 마녀물고기의 섬뜩함으로 표현하였고, 이 사회에 만연한 병적 징후를 몽상적인 에로티즘으로 포착하였다. 에로티즘은 금기를 위반함으로써 얻어지는 것인데, 역설적으로 위반은 그 금기를 뚜렷하게 인식시키는 기능을 하기도 한다. 이평재는 강간이라는 사회적 금기를 어기는 정신병자의 행위를 통해 에로티즘을 채굴하고, 채굴된 에로티즘을 통해 다시 인식되어야 할 사회적 약속에 대해 일러준다. 따라서 마녀물고기의 유혹과 복수는 금기의 위반과 금기의 강화라는 양면성을 고루 보여준다고 하겠다.

9. 문학과 에로티즘, 그 우상과 금기를 넘어

문학과 에로티즘은 근본적으로 유사하다. 문학은 우상을 섬기지 않는다. 에로티즘은 금기를 받들지 않는다. 문학은 우상을 파괴한다. 에로티즘은 금기를 위반한다. 문학은 절대적인 진리에 봉사하기보다는 진리가 고여 썩는 지점을 겨냥한다. 에로티즘은 성스러운 금기를 존중하기보다는 그 금기를 넘어설 기회를 호시탐탐 노린다. 그럼에도 문학은 끊임없이 크고 작은 진리를 만들어내야 하고 또 그렇게 한다. 마찬가지로 에로티즘은 위반해야 할 금기를 보존하고 존속시켜야 한다. 아무리 타당하고 만인이 인정하는 진리일지라도 문학이 이것을 섬기려들면 문학의 힘과 가치는 저절로 소멸한다. 에로티즘도 마찬가지인데, 질서를 확립하고 문명을 이룩하며 사회를 유지하는 금기를 두려워하는 순간 그 힘을 소실 당한다. 그래서 문학은 근본적으로 불온하며, 에로티즘은 근원적으로 이단적이다. 다시, 그래서 두 가지는 이웃하는 경우가 많고, 서로를 필요로 하는 경우가 많으며, 대립하면서도 상생하는 경우 또한 많다. 문학을 공부한다는 것이, 때로는 에로티즘을 공부한다는 것과 동의어가 되는 것은 이러한 이유 때문이다.

에로티즘은 금기와 그 위반의 미학이다. 앞에서 열거한 작품들은 금기를 제시하고 그 위반을 묘사한다. 미성숙한 연령이나 윤리적 도의 혹은 성교에 대한 법적 규제가 금기로 작용한다. 그러나 소설 속에서 이러한 규제는 별다른 구속력을 발휘하지 못하고 위반된다. 오히려 위반의 매혹을 가중시킬 따름이다. 미성년자의 성교가 있고 관음증에 빠진 어린이가 있고 동성애를 행하는 성인이 있고 강간과 불륜을 저지르는 남자가 있고 그럼에도 세상을 버리지 않는 여자가 있다. 그들은, 자신에게, 상대에게, 그리고 독자에게 자신의 내면에서 분출되는 금기를 보여주고, 금기를 자극하는 위반의 매혹을 보여주고, 그 매혹과 맞선 두려움을 보여준다. 우리들은 이러한 독법을 통해, 욕망에 사로잡힌 사람들의 에로티즘을 구경하고, 그 내적 체험을 전달받고, 타인과 세상에 대한 이해를 얻게 된다.

젊은 문학일수록 에로티즘에 대해 관용의 폭이 넓다. 노련한 문학은 에로티즘이 불러오는 '금기와 위반의 길항' 내지는 '이단적이고 불온한 반항기'에서 한 걸음 물러나, 사회를 통찰하고 삶의 혜안을 남기는 것에 치중하기 때문이 아닌가 한다. 당연히 성과 에로티즘에 대한 관심은 줄어들게 마련이다. 대신 젊은 문학은 파열과 재생의 격렬한 의지를 이러한 길항 작용과 반항기로부터 길어 올려, 스스로의 에너지와 자양분으로 삼는다. 현재 우리 문학이 성에 대한 폭발적 관심을 보인다는 것은 이러한 에너지와 자양분을 보강하고자 하는 징후로, 일단, 간주될 수 있다.

그러나 최종 평가는 작품의 완성도를 개별적으로 고려했을 때 가능하다고, 나는, 생각한다. 에로티즘을 표방했다고 해서, 무조건 옳거나 함부로 그르다고 평가받아서는 곤란하다. 금기의 위반과 성적 묘사의 확대는 그 자체로 가치중립적일 따름이다. 이 가치 중립성을 문학이 어떻게 활용하고 문학 바깥의 세상에 어떻게 기여하도록 하느냐에 따라 그 평가의 추는 달라질 것이다. 그러한 의미에서 90년대 이후의 문학에 증폭되는 에로티즘에 대한 관심은 이제 중간 점검에 들어가야 될 것이다. 문학이 에로티즘과 근본적으로 유사하다고 말했지만, 그것은 에로티즘이 문학의 우상이 되지 않았을 때의 이야기이다. 에로티즘이 그 근본적 취지를 잊고 문학의 매너리즘을 부추긴다면 그 역시 썩은 금기와 미련한 우상을 섬기는 또 하나의 폐해를 낳을 뿐임을 명심해야 한다. 그런 의미에서 90년대 문학의 과제는 아직 종결되지 않았다.

08장 문학과 아이러니
인물과 사건의 거리

1. 소설의 시작과 마무리, 그 사이에서의 머뭇거림

　단편소설 〈한계령〉은 한 통의 전화로 시작한다. 주저하는 듯, 머뭇거리는 듯, 주인공(1인칭 '나')을 찾는 수화기 너머의 당사자는 '은자'(최초 발표 본에는 '미화')였다. 1인칭 '나'로로 설정된 인물은 작가(소설가)였는데, 어릴 적 은자의 모습을 담은―창작적 원천으로 삼은―소설을 발표한 적이 있었다. 서로에 대한 신분 확인―어린 시절 친구―을 끝낸 두 사람은 오랜 시간을 뛰어넘은 수다에 돌입했다.

　소설의 도입부에 해당하는 이 전화 수다 장면에서, 작가 양귀자는 분신 격인 1인칭 주인공 나가 최대한 머뭇거리도록 배치했다. 일단, 1인칭 나는 은자와의 대화에 적극적으로 나서지 못한다. 은자와의 대화를 일방적으로 듣고 있다가 간헐적으로 상대가 무안해하지 않을 정도로 맞장구를 쳐주는 일로 일관할 뿐이다.

　그 이유는 무엇일까. 일단, 전화 전에 끓이던 음식(물)로 인해 마음이 촉급해지는 상황을 일부러 겹쳐놓고 있었다. 실제로 전화를 끊은 이후에 가스레인지 불을 껐을 때에는 음식(물)이 다 타서 하나도 남아 있지 않은 상태이다. 작가는 1인칭 나의 머뭇거림을 대화를 함부로 끊을 수도 없고, 그렇다고 계속 이어나가기에도 적당하지 않은 상태에서 시작하도록 만들고 있다.

내적인 이유도 있다. 그것은 첫 번째 통화가 끝난 이후에도 계속된다. 1인칭 나는 은자와의 통화 이후에 계속해서 번민에 시달린다. 일요일까지로 예정된 '새부천클럽'에서의 은자 공연을 찾아가 은자를 만나야 한다는 압박감에 시달리면서도(은자가 전화를 통해 부탁한 내용), 차마 발을 떼지 못하고 하루하루를 미루는 태도에서 이러한 번민이자 머뭇거림이 형상화되고 있는 셈이다. 그렇다면 왜 주인공 '나'는 은자를 만나지 않으려고 하는 것일까.

소설은 이러한 이유를 직접적으로 명시하지 않고, 대신 은자와 함께 보냈던 어린 시절 '고향'과 그 시절의 '큰오빠'에 대한 기억을 드문드문 끌어낸다. 주인공 '나'에게 그 시절은 창작적 원천으로 작용하여, 오늘날의 작은 성공(작가로서의 각광)을 이루어내었지만, 동시에 그 시절은 현재의 삶에 비해 어렵고 고단했던 시절임에 틀림없었다. 다만 '나'는 그 시절을 바탕으로 소설가로 성공 가도를 달리고 있었는데, 그 시절의 주인공이 갑자기 눈앞에 나타나면서 일대 혼란을 경험하게 된다.

그렇다면 '나'가 겪는 혼란의 원인은 무엇일까. 소설의 도입부에서 '나'는 그 이유를 명확하게 제시하지 못한다. 소설가 양귀자 역시 그 원인을 끝까지 명확하게 제시하지 않는다. 그 이유를 알기 위해서 독자는 소설을 읽어야 하며, '나'가 떠올리는 생각과 선택하는 행동을 유

심히 바라보아야 한다. 그리고 그 사이에 나타나는 '거리'를 확인해야
한다.

2. 아이러니(irony)의 설정과 그 모순 어법

옛 친구가 전화를 했으면 당연히 기뻐야 한다. 더구나 자신을 출세
하도록 만든 소설의 중요한 소재라는 점에서, 작가인 '나'는 그 친구를
만나야 할 이유가 더욱 깊게 존재한다. 하지만 '나'는 처음부터 만남에
대해 미온적이다.

자신을 응당 찾아오리라고 믿었던 '은자'는 이러한 '나-소설가'의
태도에 즉각적으로 응시한다. 자신(은자)이 그렇게 부끄러운 존재이
며, 소설가('나')가 그렇게 출세한 존재냐는 항의를 해온 것이다. 자
신-은자 역시 그 바닥에서는 출세한 축에 속한다는 말도 잊지 않는다.

이러한 은자의 말은 '나-소설가'의 내면에 중대한 파문을 불러일으
킨다. 은자의 말은 스스로 성공했다고 은근히 자부하며 속세의 사람
들과 일정한 거리를 두고 살아가던 '나-소설가'에게 묘한 아이러니를
느끼게 한다. 자신은 성공했다고 믿었지만, 그래서 많은 이들이 청탁
을 해오고, 또 많은 이들이 주목을 해오는 존재가 되었지만, 어느 날
자신을 성공했다고 믿는 옛 친구로부터 그 성공이 결코 성공이 아닐
수 있다는 의구심을 품게 되었기 때문이다. '나-소설가'는 '은자-옛
친구'를 통해 자신이 그려냈던 세계의 허상과, 자신이 자부했던 현실
의 허상을 동시에 깨닫는다. 그리고 자신의 내면과 소설에 대한 일정
한 거리를 두기 시작한다.

그 과정에서 몇 가지 중요한 사안들이 드러나기 시작한다. 첫 번째 인물은 고향이었다. 자신의 유년을 간직한 고향은 이미 사라진지 오래이다. 가난했지만 평온했고 어려웠지만 기억으로 가득 했던 고향은 모텔과 도로와 외지인들과 속세의 허영으로 반짝이는 도시가 되었다. 불야성이라고까지는 할 수 없겠지만, 이웃과 주민을 알고 그들과 일정한 관계를 맺는 고향의 특성은 사라졌다.

그 고향을 이루던 사람들은 모두 떠났고, 마지막 남은 이가 큰오빠였는데, 큰오빠 역시 결국 변화의 물결 앞에서 옛집을 팔고 자신의 가치관을 내려놓아야 했다. 큰오빠의 삶은 고향 마을 속에서 온전히 빛나고 있었다. 5남 2녀를 남기고 세상을 떠난 아버지를 대신하여 큰오빠는 가장이 되었다. 어린 동생과 연약한 어머니는 큰오빠를 의지하면서 살아야 했고, 그래서 '나-소설가'의 유년 시절은 큰오빠의 강력한 보호막 아래에서 생성될 수 있었다. 일찍이 높은 가장의 자리와 막대한 책임감을 짊어져야 했던 큰오빠는 비단 가족의 중심이었을 뿐만 아니라, 마을 전체의 우상이기도 했다. 마을 사람들은 큰오빠를 경외심으로 대했고, 큰오빠는 이러한 상황 속에서 자신의 존재감을 확보할 수 있었다.

문제는 동생들이 성장해서 큰오빠의 품을 떠났고, 심지어는 큰오빠의 자식들('나'의 조카들)마저 그 품을 떠나면서, 큰오빠가 세상에 거점을 두어야 할 중심을 잃어버리면서 시작되었다. 자신의 위치와 역할을 잃은 큰오빠는 흔들리기 시작했고, 어머니와 동생 그리고 조카들이 걱정했음에도 불구하고 이러한 흔들림은 작은 요동으로밖에 나타나지 않았다. 다시 말해서 식구들이 그러한 큰오빠의 흔들림을 그냥 흔들림으로 수용하면서 문제는 불거졌다고 보아야 한다.

많은 식구들이 안타까워했지만, 그 이상의 반응을 보일 수 없었다. '나-소설가' 역시 마찬가지였다. 큰오빠의 위치는 더 이상 '나-소설가'의 삶에 절대적인 영향력으로 자리 잡고 있지 않았다. 소설 속의 소재였고, 기억 속의 존재였다. 허물어지지 않은 큰오빠는 허물어진 오빠를 볼 때마다 떠올랐지만, 결국에는 그 거리감으로만 남았다.

고향도 마찬가지였다. 마지못해서 이기는 하지만 1년에 1~2번씩 고향을 갔고, 갈 때마다 변한 고향에 놀랐지만, '나-소설가'가 할 수 있는 일은 '변하지 않은 고향'을 회상하고 기억하는 일이었다. 이러한 상황을 명제로 간추리면 다음과 같은 아이러니를 얻을 수 있었다.

큰오빠의 변한 모습을 확인할 때마다 도리어 변하지 않은 모습을 더 깊게 확인하려고 한다. 즉 큰오빠를 바라보면 변한 모습을 일차적으로 확인하는 순간에도 그 안에 내재한 변하지 않은 모습을 동시에 확인하려는 욕망이 강하게 일어난다. 큰오빠를 허물어졌다고 생각하면서도 허물어지지 않은 큰오빠를 생각하고 있다.

고향을 방문하면서도 갈 때마다 달라진 고향을 목격하고 오히려 자신이 다시는 공향에 갈 수 없다고 되뇐다. 즉 자신이 고향에 가면서도 고향에 갈 수 없다는 생각을 이어가고 있다.

이러한 모순은 한 대상을 바라보는 관찰자의 내면에서 생겨나는 모순이다. 다른 말로 바꾸면 어떤 대상에 담겨 있는 두 가지 의미, 이중적이고 양면적인 의미에서 파생되는 상반된 성격이라고 할 수 있다.

은자에게도 이러한 아이러니는 적용될 수 있다. 은자와의 만남은 회구의 대상이었지만, 막상 은자와의 만남은 기피의 대상이기도 하다. 옛 기억 속의 은자는 유년의 삶을 돌아보게 하고 그 삶을 의미 있는 것으로 만드는 원동력이라는 점에서 그 만남은 기본적으로 희구의 대상이다.

하지만 '닳고 닳아' 보이는 은자를 만나 그 기억이 실제로는 허구였고, 지금은 유효하지 않는 허상이라는 점을 확인해야 한다면, 그 만남은 미루거나 영원히 보류하고 싶은 만남임에 틀림없다. '나-소설가'는 은자의 쉰 목소리, 순탄하지 않은 인생 역전, 천박해 보이는 말투와 성공에 대한 허세를 통해, 은자의 현재 삶('미나 박')을 내다보고 있고, 그러한 아이러니한 상황에 자신을 몰아넣고 싶어 하지 않은 셈이다.

그러면서 자신이 세상을 바라보는 기묘한 지점에 대해 생각을 다시 하게 된다. '나-소설가'는 원미동에 살면서 그들의 삶을 관찰하는 소설을 써나가고 있었다(이러한 소설적 설정은 작가 양귀자의 그것과도 근본적으로 일치된다). 그러면서 그는 삶의 하층부에 있는 이들의 모습을 편견 없이 바라본다는 자신의 삶에 은근히 자부심을 가지고 있었다. 신문에 글을 쓰고, 각종 청탁 원고를 쓰는 모습에는 이러한 차이를 내포하고 있다.

원미동에 살면서 그들과 거리를 두는 삶 자체도 이러한 소설가로서의 자의식을 드러내고 있다. 그녀-소설가는 하층민의 삶을 외면하지 않고 다룬다는 점에서 스스로 섬세한 자의식과 지고한 가치를 지닌 소설가라고 자부하고 있는 셈이다. 하지만 미나 박의 등장은 이러한 자의식과 자부심에 상당한 균열을 가한다. 자신 역시 미나 박처럼 작은 성공에 흠취하여, 스스로를 대단한 존재로 여기는 속물이 아닐까 싶은 불안이 엄습해 오는 셈이다.

'나-소설가'의 고민은 은자로부터 시작하여 큰오빠와 고향으로 번져갔다가 결국에는 자신의 삶 - 원미동에서의 기묘한 은거와 소설가로서의 내면 구축 - 에 대한 번민으로 번져간 것이다. '나-소설가'는 원미동 사람들('그들')이 온몸으로 삶을 향해 부딪치는 존재라고 가정하고 있었다. 그리고 그들의 성공 – 산 오르기로 보면 정상 등극 – 이 일정한 한계를 지닌 것이라는 예견을 통해 그들이 언젠가 성공하더라도 결국 그 높이만큼 내려와야 하는 존재라는 점을 알고 있다고 믿고 있었다.

'나–소설가'의 말을 빌리면, '그들–원미동 사람들'은 아등바등 힘들여 기어 올라가야 하는 존재이기에 그 높이만큼 내리막길을 마주해야 하는 아이러니한 상황에 처하게 된다는 것이다. 문의 비유로 옮기면, 인생(의 성공)이라는 굳게 닫힌 쇠문을 열고자 하는 존재이기에 '온몸으로 밀고 나가는' 삶을 선택하고 있지만, 그 문이 너무 견고해서 결국에는 그 문을 여는 이는 극소수이거나 거의 없을 수 있다는 절망감을 마주해야 하는 상황에 처하게 된다는 것이다.

이러한 인식에서 '나–소설가'는 자신을 예외로 설정하고 있다. 그녀가 주변인의 자리를 맴도는 것은 이러한 예외적 설정 때문이다. 그래서 그녀는 자신이 특별한 존재이고, 경우에 따라서는 어리석지 않은 존재로 남을 수 있다고 믿었지만, 찾아온 은자(와의 만남)으로 인해 이러한 자부심과 자기 긍정 나아가서는 내면의 자시 세계는 균열을 맞이해야 했고, 결국에는 찬란하게 붕괴되고야 말 것이라는 불안감을 이기지 못한다.

3. 찾아간 자리에서 다시 확인한 것……

미나 박의 전화는 토요일에 걸려왔다. 자신이 '새부천클럽' 밤무대에서 공연할 날이 이틀밖에 남지 않았다는 사실을 알리면서, 자신을 꼭 찾아와달라는 부탁을 잊지 않았다. 하지만 '나-소설가'는 이러한 부탁을 일단 외면한다. 그녀는 토요일 공연에 미나 박을 찾지 않은 셈이다. 소설은 그 과정을 상세하게 그리고 있다. '나-소설가' 역시 끝까지 미나 박과의 만남을 외면할 수 있을지 장담하고 있지는 못하지만, 마지막 남은 일요일을 요긴하게 사용하기로 한다.

하지만 막상 토요일이 지나고 일요일이 되자, 기대했던(혹은 우려했던) 은자의 전화는 오지 않는다. '나-소설가'는 이때부터 전화를 기다린다. 은자가 전화를 걸어온다면, 그녀는 핑계를 대서라도 일요일 마지막 기회를 무산시킬 심산이었던 것 같다. 하지만 걸려올 것 같았던 전화는 오지 않았다.

(은자의) 전화가 걸려왔다면 ('나-소설가'는 은자를 만나러) 가지 않았겠지만, 걸려오지 않은 (은자의) 전화로 인해 ('나-소설가'는 은자를 만나러) 가야 한다는 압박감을 결국 떨쳐버리지 못했다. 이러한 상황의 아이러니는 '나-소설가'의 '새부천클럽' 행을 결국 부축인다.

택시를 타고 이동하면서 '나-소설가'는 우연한 상황에 마주한다. 택시 운전사가 틀어놓은 음악에서 수준 낮지만 분명 친근한 이 시대의 가요를 마주하게 된 것이다. '나-소설가'는 이 상황을 긍정하기로 한다. 그것은 '새부천클럽'에서 만난 은자의 모습에 실망하지 않기 위한 사전 포석과 마찬가지이다.

'분명 은자는 변했을 것이다. 천박하게 흘러내린 화장을 숨기며 취객의 구미에 맞는 저급한 노래를 부르고 있을 것이다. 어쩌면 그녀의 무너진 삶을 보여줄 정도로 초췌하고 쇄락한 모습일 수도 있으며, 닳고 닳은 인생의 표본처럼 많은 이들에게 비웃음을 살 수 있는 여인일

수도 있다. 하지만 그녀 역시 흘러간 옛 노래처럼 그 나름의 가치를 지니고 있을 것이다'

이러한 마음의 위안을 사전에 깔고 있었다고나 할까. 하지만 이러한 '나-소설가'의 예상은 보기 좋게 빗나간다. '나-소설가'가 발 들여놓은 술집(밤무대)는 분명 인생의 저급한 한 때를 생각나게 하지만, 의외로 그 안에서는 삶의 윤기를 담백하게 제거한 수준 높은 노래 〈한계령〉이 흘러나오고 있었다. '나-소설가'는 빨려들 듯 그 노래를 듣는다. 좌중을 압도하는 엄숙함, 노래 가사에 숨어 있는 고상한 숨결, 그 노래를 부르는 가수의 청초하고 성숙한 이미지. 모든 것이 삶의 밑바닥에서 확인할 수 있을 것으로 여겨졌던 것과는 확연한 대조를 이루고 있었다. 그것은 그 자체로 새로운 경지였고, 숨겨져 있던 삶의 이면이었다. 일종의 아이러니였다.

'나-소설가'는 그 가수의 정체를 확인하지 않는다. 그리고 그 가수가 은자일 것이라고 확신한다. 하지만 확신하면서도 뒤이어 걸려온 전화에서, 그 노래의 정체를 확인하지는 않는다. 역시 그 노래가 누구의 것인가에 대한 확인이 가져올 삶과의 거리, 그리고 그 거리에서 나타나는 혼란을 피하고 싶은 욕망 때문이다.

대신 산을 오르고 더 깊이 들어가는 모습 뒤에 그 산을 내려가야 하고 떠나야 하는 이면의 의미를 읽어냄으로써, 상황과 내면 그리고 깨달음의 이중성을 놓치지 않고자 한다. 그렇게라도 해야지 버겁고 혼란스러운 삶을 이겨낼 수 있다는 일종의 위안이지 방비책이 생겨날 수 있었으리라.

이러한 측면에서 비참한 현실을 확인하지 않고, 그 안에 담긴 이면의 의미를 끊임없이 강조하는 주인공 혹은 작가의 의식에는 삶과의 거리를 어떻게 해서든 유지하려는 의식이 존재하고 있다. 즉 작가는 자신을 닮은 소설가 격 분신을 통해, 자신이 현실 혹은 일상과 유지하려는 거리감의 존재를 외면화하고 이를 바라보면서 나름의 치유와 방어를 시행하려고 하는 셈이다. '작가-소설가' 역시 '나-소설가'와 마찬가지로, 그리고 이 땅의 성공을 꿈꾸는 '삼류가수-미나박'이나 '일반인-장삼이사'들과 마찬가지로, 힘겨운 삶의 아이러니에서 벗어나야 할 운명을 지닌 자들이기 때문이다.

성공했지만 성공한 것이 아니고, 그리워했지만 마냥 그리워할 수 없으며, 부정하지만 좀처럼 버릴 수 없고, 실망했지만 그 의미와 가치를 함부로 버릴 수 없는 상황을 모두 끌어안아야 하기 때문이다. 그 사이에서 머뭇거리면서, 동시에 그렇게 머뭇거리는 자신을 어떻게 해서든 추슬러야 하기 때문이다. 삶은 아이러니이고, 그래서 그 삶을 묘사하는 소설 역시 아이러니가 될 수밖에 없으며, 결국에는 그 아이러니를 받아들일 수 있을 때에만 그 삶에서 온전히 살아남을 수 있다는 명제를 부인할 수 없기 때문이다. 결국 〈한계령〉은 작가 자신이 자신의 삶을 통해, 그 아이러니의 또 다른 이중성 - 어쩔 수 없는 수용과 그 수용을 통한 위안 - 을 수용하는 과정이었다고 하겠다. 우리 모든 장삼이사들의 삶이 그러한 것처럼 말이다.

3부
소설의 미학

과거의 '나'와 현재의 '나' 사이에서
: 미치거나 죽지 않고 살 수 있겠니

1. 과거의 나와 현재의 나

김승옥의 〈무진기행〉은 한국의 단편소설을 대표하는 명편으로 꼽히는 작품이다. 김승옥의 대표작일 뿐만 아니라, 1960년대 한국 소설의 신기원을 개척한 시대의 수작으로도 인정되고 있다. 하지만 이 작품의 실체와 본질에 대해서는 정확하게 논하는 이가 많지 않다. 그 이유는 아무래도 〈무진기행〉이 지향하는 세계에 대한 이해가 충분하지 않았기 때문으로 보인다.

이러한 문제를 해결하기 위해 전제를 바꾸어 보자. 소설 〈무진기행〉은 실제로는 시나리오 〈무진기행〉에 가깝다. 과거의 이야기와 현재의 이야기가 평행 구조를 이루면서, 일종의 더블 플롯을 이루는 서사 구조를 표방하기 때문이다. 단순한 회상(flash-back)과 다른 것은 과거/현재를 넘나드는 속도감 때문이다. 시나리오 본연의 형식으로 쓰였다면 – 나중에 시나리오로 각색 – 과거의 플롯과 현재의 플롯은 씬 넘버가 나누어진 두 개의 서로 다른 공간으로 분할되었겠지만, 소설의 양식에서는 현재에 끼어드는 단상과 그 단상을 따라간 일단의 기억만이 그 자리를 대체한다. 이로 인해 단상의 통로가 되는 과거-현재의 연결고리는 종종 무시되거나 간과되곤 한다.

하지만 〈무진기행〉이 1960년대 소설 중에서, 나아가서 한국 근대 단편소설에 가장 뛰어났던 분야는 과거와 현재를 잇고, 연결하고, 교차하는 구조에 있으며, 이러한 구조는 영화의 서사구조를 소설의 문체로 치환했다는 평가로 이어질 수 있겠다.

소설 〈무진기행〉은 과거와 현재를 잇고 넘나들기 위해서 제약을 넘어야 했지만, 이를 근본적으로 감당할 수 없었다고 여긴 흔적도 있다. 그것은 소설 내에 등장하는 인물들의 배치에서 찾을 수 있다. 앞에서 언급한 대로, 한편에서는 과거/현재의 교차 기억을 가동했지만, 다른 한편으로는 아예 과거를 표상하는 인물과, 현재를 표상하는 인물을 중층적으로 설정 배치한 것이다. 그러니까 〈무진기행〉에 등장하는 주요 등장인물인 윤희중과, 동창 조, 후배 박, 여자 하인숙은 어떠한 의미에서든 과거와 현재의 시간 구조를 나누어 지니고 있다.

윤희중의 현재 모습과 가장 가까운 이는 동창 조이다. 그는 고향인 무진에서는 윤만큼 출세한 인물로 알려져 있다. 실제로 그는 세무서장이라는 직함을 달고 마을을 실질적으로 지배하는 권력자의 위치에 있다. 당연히 그러한 그를 향한 사람들의 연모도 발생한다. 음악교사 하인숙은 대표적인 인물이다.

윤희중은 고향에 내려가 동창 조를 만나면서, 현재 자신의 모습을 떠올린다. 더 정확하게 말하면, 과거의 순수를 잃고 현실의 때에 찌들은 한 남자의 얼굴을 마주보게 되며, 그로 인해 자신과의 유사성이 매우 높다는 사실을 괴롭게 인정해야 했다.

실제로 조 역시 윤을 만났을 때, 자신들만 알 수 있는 세계의 언어로 이야기한다. '빽 좋고 돈 많은' 과부를 물은 윤에게 같은 세계에 동참한 사람으로서 허물없는 농담을 하고, 그들(윤과 조)의 바람과 아쉬움에 대해서도 털어놓는다. 조는 현재의 윤이며, 조의 야비한 웃음은 윤의 얼굴에도 떠나지 않는 비굴한 여유의 다른 이름인 셈이다.

이러한 조의 반대편에 서 있는 이가 후배 박이다. 후배 박은 아직도 순수함을 잃지 않고 있다. 가난한 교사의 봉급에 투정하지 않고, 자신만큼 가난한 여자를 사랑하는 용기를 지니고 있다. 뿐만 아니라 조가 속한 세계의 비루함을 경계하고, 그 옛날의 윤을 기억하는 인물이다.

윤은 박을 만나러 학교에 가고, 그곳에서 잃어버린 나의 또 다른 한 축을 만난다. 과거의 나. 후배 박은 무진을 떠나기 전에 고향에 머물던 자신이었으며, 아직 속세의 화려한 불빛에 현혹되기 전의 순진함이기도 했다.

문제는 윤이 박처럼 살 수 없다는 점이다. 윤은 분명 영악한 조보다는 올곧은 박을 아끼지만, 아이러니하게도 박이 가는 길이나 사는 방식을 따라할 수는 없었다. 윤이 가진 자질 중에서 박과 그나마 유사한 마음의 척도는 부끄러움이었고, 과거에 대한 기억 정도였다. 하지만 박은 윤을 그 옛날의 윤희중으로 기억하며, 적어도 순수한 존재였던 기억을 버리지 않고 있다. 그래서 윤은 박을 만날 수 있고, 박은 윤을 형으로 부를 수 있었던 것이다. 박의 입장에서 보면, 윤은 분명 자신과 닮은 구석이 많은 인물이었다.

2. 과거와 나와 현재의 나 사이에서

윤희중이 무진을 방문한 것은 더 큰 도약을 꾀하기 위해서였다. 제약회사 전무이사로 승진하는 과정에서 윤희중이 잠시 자리를 피해야 할 상황이 발생했기 때문이다. 윤희중이 자리를 피해야만 승진할 수 있다는 사실은, 이 승진이 윤희중의 능력과는 거리가 있다는 뜻이 된다. 즉 윤희중은 누군가의 힘을 빌려 출세하고 있으며, 그 과정에서 누군가의 명령대로 그 자리를 떠나야 했다.

그 누군가는 그의 '부인'이고, '장인'이다. 더 정확하게 말하면, 장인의 회사에서 외동딸인 자신의 부인 덕분에 승승장구하고 있었던 것이다. 그리고 마지막 단계로, 일인지하만인지상의 자리인 전무가 되려고 하는 시점이다.

흥미로운 사실은 왜 그 시점에서 윤희중이 고향으로 돌아왔는가이다. 표면적으로 윤희중의 고향 행을 결정하는 이는 아내이다. 아내는 이 참에 쉴 겸, 어머니 묘에 성묘도 할 겸 고향에 다녀오라고 결정했다. 자신은 남아서 해야 할 일이 있으니 홀로 다녀오라는 것이다.

윤희중은 이 말을 거부하지 못하고 무진으로 향한다. 그리고 앞에서 말한 두 사람을 만난다. 동창 조와, 후배 박. 평소에는 살갑게 지내는 사이가 아니었지만, 그들은 윤희중의 또 다른 면면을 내비치며 윤희중의 마음속으로 다가온다. 그러한 측면에서 그들은 윤희중의 또 다른 자아들이다.

하지만 그들보다 더 중요하고 문제적인 인물이 다가오는 전조로 기능하기도 한다. 그 인물은 한 여인이었다. 특이한 이름과 이력을 지닌 여인 하인숙, 이 여인은 동창 조나 후배 박과 관련이 깊은 인물이기도 했다.

하인숙은 후배 박의 동료 교사로, 윤희중이 학교에 갔을 때 그녀를 만나게 된다. 또한 하인숙은 동창 조의 손님으로 초청된 인물이기도 하다. 여기서도 윤희중은 그녀를 만난다. 하인숙은 박의 동료 교사로 박의 구애를 받고 있으며, 다른 한편에서는 동창 조와의 친교를 갈구하며 결혼 대상으로 자신을 올려놓으려는 희망을 갖고 있었다. 그녀는 동창 조와 후배 박 사이에 있으며, 그 사이에서 상대를 저울질하며 자신의 위치를 가늠하는 인물이었다.

윤희중은 이러한 하인숙을 한눈에 알아본다. 하인숙의 욕망과 그 지향점을 알고 있었을 뿐만 아니라, 어떻게 해야 그녀를 다룰 수 있는지도 알고 있었다. 왜냐하면 하인숙은 곧 윤희중과 다를 바 없는 욕망을 지니고 있고, 다를 바 없이 행동하고 있기 때문이다.

윤희중은 동창 조만큼 출세를 갈구하고 현실의 권력을 추구하면서도, 그 내면의 밑바닥에는 타락하지 않은 자신을 남겨두고 싶어 한다. 아니 자연스럽게 순수의 자아를 짓밟고 일어서는 현실의 자아를 용납하지만, 다른 한편에서는 이러한 상태를 부끄러워 할 줄 안다. 하인숙 역시 마찬가지이다. 그녀는 사랑으로는 박의 순수함을 원하지만, 현실에서는 조의 돈과 권력을 따를 수밖에 없다.

두 사람은 급속도로 가까워질 수밖에 없다. 그것은 윤희중이 동창 조에 못지않은 현실의 권력을 가지고 있고, 그로 인해 하인숙의 관심을 끌었기 때문이기도 하지만, 두 사람 사이의 동질성을 서로 눈치 챘기 때문이다. 두 사람은 더욱 가까워지기 위한 계기를 만들고, 간단한 피크닉으로 육체의 선을 넘는다. 하인숙이 누군가와 성교를 했고 누군가와 피크닉을 갔었는지는 분명하지 않지만, 하인숙은 이 피크닉을 계기로 자신의 바람을 밝힌다. 자신을 서울로 데려가 달라고.

윤희중에게 서울은 무진을 떠나 도달해야 했던 불야성의 목표였다. 화려한 불빛을 따라 몰려드는 날벌레들처럼 젊은 날의 그는 어떻게 해서든 그곳으로 가고 싶었다. 편지를 썼고 호소를 했고 자신을 버렸다. 그곳에 입성은 누군가의 막강한 힘에 의해서 이루어졌지만, 최초의 바람만큼은 자신의 것이었다. 하인숙이 그 최초의 바람을 바탕으로, 힘 있는 누군가로 자신을 지명한 것이다. 윤희중은 생각하지 않을 수 없다.

그녀는 나였고, 나는 그녀를 통해 그 옛날의 나와 현재의 나 사이에서 미세하게 동요하는 실체를 바라볼 수 있게 되었다고.

하인숙은 후배 박의 순수함과, 동창 조의 탐욕이 요동치는 내면의 지점에서 두 세계를 기웃거리는 자신의 또 다른 측면이다. 현미경의 미세한 시야처럼 하인숙으로 인해 윤희중은 한층 분명하게 자신의 내면적 동요를 바라보고 설명할 수 있게 되었다.

자신은 지금 흔들리고 있고, 그 흔들림으로 인해 속세의 화려한 불빛으로 전진할 수도 있고, 과거의 순수한 지점으로 회귀할 수도 있는 가능성을 확보하고 있음을 알게 되었다. 윤희중의 고민은 가중된다. 그녀를 데리고 서울로 떠나느냐 떠나지 않느냐 보다 중요한 결정은 자신이 어떻게 이러한 동요를 수용할 것인가였다. 하인숙도 그러한 측면에서 갈등하는 나였다.

김승옥은 세 사람의 '나'를 준비했다. 과거의 순수를 지닌 박, 현재의 탐욕을 동반한 조, 박과 조의 가치관에서 갈등하고 동요하는 하인숙. 이 세 사람은 분신처럼, 고향 마을에서 자신을 기다리고 있었다. 그들을 만나는 과정은 당연히 또 다른 나를 만나는 여정이었으며, 마음 속 깊이 안개처럼 가려져 있던 실체를 들추어내는 탐사였다. 무엇보다 나를 만나 비추어보는 과정은, 셋 중에서 어떤 것이 나인지를 확인하는 과정이었다.

3. 미치거나 죽지 않고 살 수 있겠니

그렇다면 〈무진기행〉에는 '나'와 세 사람의 분신으로서 '나'만 있는 것일까. 적어도 두 명의 '나'가 더 있다. 그 한 사람은 무진에 도착했을 때, 그러니까 무진의 초엽인 역전에서 발견된다.

 # 8. ○○시 역(이른 아침)

윤, 대합실을 나오다가 미친 여자를 본다. 나이롱 치마저고리에 핸드백과 파라솔 등 제법 진한 화장의 멋쟁이다.

구두닦이들, 그리고 아이스케키 장수 아이들이 어울려 여자 뒤를 줄줄 따르고 있다.

소리 1ⓒ 공부를 많이 해서 돌아 버렸디야.

소리 2ⓒ 아녀, 남자한테서 채여서여.

소리 3ⓒ 저 여자 미국 말도 참 잘한다. 물어 볼끄나?

구두닦이, 찝적거리면 비명을 지르는 미친 여자.

 # 9. 바닷가집 방 안(밤)

(과거)

비명 지르며 악몽에서 깨어나는 윤.

식은땀을 흘린다. 방문을 열면 바닷가 파도들이 와서 밀려가고(시간

이 공허하게 흐른다)

10. 이모집 건넌방(낮)

(과거)

골 방문 벌컥 열리며 비명을 지르고 뛰어 나오는 윤. 어머니가 어이 없는 얼굴로 본다.

윤 더 이상 못 숨어 있겠어요! 미칠 것 같단 말예요. 미치드라도 일선
    에 나가서 미치겠어요. 이대로 내가 미치거든 내 일기책 첫 장에
    적어 놓은 이유들 때문일 터이니 그걸 참고해서 치료해 보세요!

옷 거름에 눈물 닦는 어머니.

돌아앉아 책상에 머리를 파묻고 흐느끼는 윤.[1]

위의 인용 대목은 〈무진기행〉을 각색한 시나리오 〈안개〉의 #8~10 이다. '윤'(시나리오에서는 '윤기준')은 무진으로 향하는 도정에서 '미친 여자'를 만나고 그녀를 놀리는 역전의 아이들을 목격한다. 그리고 목격은 곧 자신이 '미칠 것 같은' 심정으로 무진에서 살던 과거의 한 때를 불러일으킨다.

그러니까 미친 여자는 자신의 기억 속에서 미칠 것 같았던 한 때를 연상시킨다. 시나리오는 이 두 지점을, '미침'이라는 정신적 상태로 매개하여, 서로 다른 두 시공간을 플롯의 다른 지점에서 불러내 하나로 연계하고 있다. 간단하게 말하면 플래쉬 백이고, 구조적으로 말하면 평행 구조이며, 편집으로 따지면 교차편집이다. 이러한 미학적 장치는 두 시공간을 관류하는 '미칠 것 같은 심정'을 표현하기 위해서이다.

---

1) 김승옥 각색, 〈안개〉, 『한국시나리오선집』(4), 집문당, 1990, 206~207면.

문제는 현재의 시공간 – 그러니까 미친 여자를 관찰하는 윤의 현재 역전에 또 다른 '미칠 것 같은 심정'이 투영되어 있다는 것이다. 윤희 중이 그 숱한 광경 중에서 미친 여자를 주시했고, 김승옥이 다양한 묘사의 가능성에서도 미친 여자를 삽화로 끌어들인 이유는 한 가지이다. 그것은 이 여자가 윤의 내면 풍경을 이끄는 힘이 있었기 때문이다. 즉 윤 역시 미칠 것 같은 심정에 사로잡혀 있었던 것이다.

그렇다면 그 이유는 무엇일가. 대 제약회사의 최고 간부 자리를 맡아 놓은 윤이 고향으로 향하는 길에서 미칠 것 같은 심정을 느껴야 했던 이유는 무엇일까.

다른 사례에서 이와 유사한 상황을 살펴보고, 연계된 해답을 구해 보자.

 # 44. 산소

윤이 이쪽을 향해 엎드려 절한다.

(묘는 안 보인다) 일어서는 윤.

먼 곳에서 조촐한 상여 하나 가까워온다.

(과거)

윤과 이모가 상여 뒤를 붙들고 울며 온다.

구슬픈 상여꾼들의 소리.

(현재)

벌초하는 윤.

 # 45. 윤의 집(이른 아침)

호탕하게 웃는 장인 영감.

자가용 세단 차 문을 열어 주며

아내	틀림없는 거죠?
장인영감	틀림 없대두······. 오늘저녁 진이장에 굵은 주주는 다 모
	이도록 되었으니까······. (딸의 볼을 꼬집으며) 에이구!
	제 사내 생각하듯이 애비 생각도 좀 해 보려마!
아내	그이야 다 아버지 덕이지요. 뭐 자기 힘으루야······.

46. 산소

벌초를 하는 윤, 부끄러워 숨고 싶은 표정이다.
멀리 냇가 방주 밑에 사람들이 모여 있는 것이 보인다.[2]

시나리오 〈안개〉는 소설 〈무진기행〉을 바탕으로 했지만, 사실 그 구
조만을 놓고 본다면 소설에 선행하고 있다. 즉 김승옥은 시나리오 형
식의 〈무진기행〉을 발상으로 하여, 소설 〈무진기행〉을 정리했다고 보
아도 무방할 것이다. 그러한 측면에서 김승옥이 훗날 각색한 시나리
오 〈안개〉는 시나리오 〈무진기행〉의 원형을 간직한 텍스트라고 추정
할 수 있다.

위의 # 44에서 윤은 어머니의 묘지로 향한다. 벌초와 성묘를 하기
위해서였지만, 사실 이것은 아내의 강권에 의한 행동이기도 했다. 윤
은 이제 어머니를 방문하는 일조차 아내의 허락과 제안 없이는 좀처
럼 실행하기 힘든 처지라고 해야 한다.

그것은 윤에게 심한 부끄러움을 불러왔다. 이것은 1차적인 부끄러
움이다. 자신의 삶을 누군가에게 의탁해야 하고 그것이 삶을 함께 하
는 부인의 의사여야 한다는 사실은 심한 모순과 불균형을 불러일으킬

---

2) 김승옥 각색, 〈안개〉, 『한국시나리오선집』(4), 집문당, 1990, 218~219면.

수밖에 없었다.

하지만 더욱 중요한 부끄러움은 그러한 아내의 말을 들을 수밖에 없는 자신의 처지이다. 윤이 아내의 말에 복종하는 것은 비단 아내에 대한 우월권을 인정했기 때문만은 아니다. 윤은 아내에 대한 복종을 통해 현실에서의 더 큰 권력과 이익을 노리고 있었다. 아내가 주는 것으로 나와 있지만, 넓은 의미에서 이것은 자신이 추구하는 바였다. 그것인 짧게는 제약회사 전무 위치였고, 길게는 제약회사의 최고 경영자였다. 장인의 자리를 물려받기 위한 불가피한 선택이었던 것이다.

심한 부끄러움은 어머니 묘소에서 촉발된다. 그리고 죽음이라는 마지막 테제를 떠올리도록 만든다. 실제로 장소도 묘지였기 때문에 이러한 연상은 자유로울 수 있었다고 해야 한다. 하지만 더 큰 모티프가 잠재되어 있다. 그것은 한 여인의 자살이었다. 전날 잠을 이루지 못하고 뒤척거릴 때, 그토록 질긴 생을 이어가던 늙은 작부가 자살한 것이다. 작부의 면면조차 알지 못하는 윤에게, 그녀의 죽음은 별개의 것일 수 있었지만, 기묘하게도 윤은 그녀의 죽음을 남다른 죽음으로 치부하지 않는다. 그녀의 죽음에 이유가 있으며, 그 이유는 시간을 건너 자신의 사정으로 점차 스며든다고 믿는 셈이다.

순수한 이상을 잃고 자신의 몸과 마음을 누군가에게 의탁해야 하는 처지는 정조를 잃은 이의 처지와 다를 바가 없다. 그러한 측면에서 윤은 정신의 정조를 이미 잃은 자였고, 육체의 정조를 잃은 작부와 다를 바 없다는 반성도 가능하다.

실제로 윤은 자신의 삶이 작부의 그것과 다르지 않다는 자괴감을 떨치기 어려웠으며, 또 다른 분신인 하인숙을 보면서 이를 절감하고 있었다. 그녀 역시 작부의 생을 걸어가고 있으며, 그녀의 삶에 윤의 삶도 투영되고 있었다. 심지어는 그들(윤과 하인숙)은 이러한 정조 잃은 삶을 계속하여 동반할지도 모른다는 불안감에 휩싸여 있다. 하인숙이 최초에는 서울에 데려가 달라고 했다가, 다음에는 이를 취소하기도 했다. 그러니까 서울행은 그들 모두가 또 다른 정신의 정조를 훼손하고 삶의 나락으로 떨어지는 일이 될 수도 있다는 불안이 팽배하는 셈이다.

하인숙만큼 윤희중도 불안한 상황이고, 자신의 앞날에 대한 전망으로 혼란스러운 상태이다. 결국 윤희중은 하인숙을 데리고 떠나지는 않는다. 그 역시 아내의 부름을 받고 급히 상경해야 하는 처지이기는 했지만, 내면의 혼란을 다시 불러일으킬 수 있는 하인숙과의 동행을 위험하게 경고하는 울림을 무시할 수 없었을 것이다.

아마 윤희중은 화려한 도시의 불빛 속으로 다시 들어갔을 것이며, 동창 조와 같은 인물이 운영하는 세계에 안착했을 것이다. 가끔 무진을 생각하거나 후배 박과 같은 인물을 만나면, 내면에 감추어진 또 다른 나를 꺼내어 볼 수 있게 될 것이고, 그러면 조와 박 사이의 흔들림처럼, 서울과 고향, 화려한 도시와 투박한 무진 사이에서 동요하는 자신을 만날 수 있을 것이다. 하지만 결과적으로 이러한 하인숙을 다시는 경험하지 않을 수 있도록 더욱 공고한 동창 조들을 옆에 둘 것이며, 그렇게 욕망과 탐욕으로 점철된 '나'를 앞세워 갈 것이다.

이러한 '나'들의 행진과 대면 속에서 괴로움, 갈등, 흔들림 등은 정신의 사치로 치부될 것이며, 무진이라는 내면의 영역은 점점 축소되어 나중에는 방문하는 것조차 어려운 면적만을 할당 받게 될 것이다. 현실에서 미치거나 죽지 않고 살려면 말이다.

10장 소설과 여성
여자들이 스러지는 자리
: 윤대녕 론

1.

　윤대녕 소설은 하나의 서사적 문법을 가지고 있다. 주인공은 언제나 '나'로 지칭되는, 30대 전후의 남자이다. 이 남자는 개인적인 성향을 짙게 드러내며, 사회생활은 일종의 부적응 상태로 영위하고 있다. 세상에 대해 적대감을 직접적으로 표출시키는 경우도 있으나, 대부분은 이러한 적대감을 핑계 삼아 세상과 일정한 거리를 두고 살아가는 방법을 터득하고 있는 인물이다. 그래서 그와 그를 둘러싼 삶의 주변부는 빛바랜 사진처럼, 다소 비현실적으로 묘사된다. 그러던 어느 날 ─ 윤대녕 소설에는 대사회적인 시간이 존재하지 않기에, 소설은 느닷없이 시작한다 ─ 뜻밖의 소식을 접하고, 자신이 잊고 살았던, 아니 잊기를 간절히 바랬던 과거와 조우한다. 조우의 방식은 여러 가지이다. 처음 접하는 낯선 공간에서 기시감을 느끼고 언젠가 본 적이 있는 곳을 떠올린다거나, 전화나 팩스 혹은 우편엽서 등으로 전달된 이름 모를 이의 초청장을 대면하기도 한다. 그러나 대부분은 한 여자가 사라지거나 다른 여자가 나타나는, 어떤 기인한 만남을 경험하면서, 이채로운 세계로 진입하게 된다.

윤대녕 소설에는 언제나 헤어지는 여자와 만나는 여자가 동시에 등장한다. 여자와의 이별은 다른 여자와의 만남을 의미한다. 이런 맥락에서 만남과 이별은 아무런 차이도 가져오지 못한다. 김정란은 이러한 현상을 두고 한 여자가 다른 여자를 대체한다는 식의 논리를 펼치고 있지만, 이는 엄밀한 의미에서는 옳다고 말할 수 없다. 한 여자가 사라진 자리에 다른 여자가 나타남은, 은밀하게 연계된 이미지의 교호작용을 동반하기 마련이지만, 그렇다고 이러한 교호작용이 윤대녕이 말하는 삶의 궁극적인 비의秘意를 설명할 수 없기 때문이다. 여자가 사라지는 자리에 다른 여자가 나타난다는 것은, 윤대녕에게 여자가 삶의 부차적인 표상에 지나지 않음을 의미한다. 여자들은 지나치는 거리의 풍경과 다를 바 없다.

그녀들은 윤대녕이 읽어내야 할 세계의 모습을 간직하고 있다. 그녀들은 그녀들 자체의 의미보다는, 삶의 숨겨진 의미를 드러내는 기호이다. 그래서 여자들이 사라지거나 잊었다가, 뜻밖의 경로를 통해 부재를 알려올 때, 무의식의 한 켠에 외면해두었던 삶과 세계의 의미에 대해 주목하지 않을 수 없게 되는 것이다.

여자들이 부재를 통해 존재를 드러낸다는 사실에서 확인할 수 있듯이, 여자들은 주인공에게 삶의 의미가 될 수는 있다. 이러한 의미가 단순한 헤어짐으로 소멸하는 것이 아니기 때문에, 여자의 부재가 비로소 확인되었을 때에야, 남자는 의미의 부재가 이끌어내는 상실감을 경험하게 된다. 이러한 상실감은 윤대녕 소설 속에서는 다소 작위적인 고장을 동반하는 것이 특징이다. '심각한 일이 일어났다'거나 '근원적인 문제가 발생했다'는 식의 심각한 어투로 나타나거나 혹은 예사롭지 않은 병을 앓는 것으로 표현된다. 그러면 남자는 일상을 팽개치고 자신의 내부로 함몰하고, 지나치다 싶을 정도로 스스로를 추스르는 일에 집중한다.

90년대의 일상은 개인의 문제가 집중적으로 부각되는 공간이다. 윤대녕 소설 속에서 이러한 90년대의 풍경이 분명하게 확인된다는 점은 부인할 수 없는 사실이지만, 지나치게 협소한 세계에서 극단적인 내면 지향 의식을 강조한다는 점은 쉽게 긍정하기 어려운 과장된 제스추어라 하지 않을 수 없다. 여기에는 편협한 세계인식의 발로로 간주할 수밖에 없는 측면도 있으며, 비정상적인 행동양식으로 이해할만한 부분도 적지 않다. 문제는 과장된 제스추어가 윤대녕 소설 속에서 그리 어색하지 않다는 데에 있다. 더구나 소설 내의 인물들이 드러내는 비정상적인 행동이, 독자들에게 납득할 수 있는 이유를 구체적으로 제시되지 않고도, 대다수의 동의를 암묵적으로 이끌어내고 있는 형편이다. 이는 등장인물의 내면에서 일어나는 혼란, 즉 과거와 현재 사이에서 발생한 어긋남이 보편적인 공감대를 획득하고 있음을 뜻한다. 소설을 합리적인 시각으로 바라보는 입장에서 보면, 이는 편협한 자기 중시 혹은 감상적 세계 인식의 태도로 비판당할 여지가 농후하다. 그럼에도 불구하고 윤대녕 소설은 비판과 염려의 시선을 넘어, 하나의 가능성으로, 90년대의 새로운 방식을 꾸려나가고 있다. 그렇다면 그 이유는 과연 무엇인가.

거대 이념이나 당위적 가치만을 내세워서는 삶의 일상에서 파생되는 미시적 문제들에 현명하게 답할 수 없다는 현실적 요구와, 소설이

보다 개인적인 차원을 섬세하게 탐색할 수 있는 방식을 마련해야 한다는 문학적 바램을, 윤대녕이, 소설 속에 적극적으로 반영시키고 있기 때문이다. 윤대녕은 개인적 차원에서 발생하는 일상의 문제가, 한 인물의 내면에 위치한 과거와 현재가 충돌하는 지점에서 발생했음을 넌지시 암시하며, 이러한 근원적 불일치를 주목한다. 두 시간대의 불연속적 면이 불거지는 시점이, 여자들이 등장하고 사라지는 순간이다. 그래서 주인공의 시선은 중년의 문턱으로 다가가고 있는 30대의 저쪽에서, 아픔과 함께 경이를 지니고 있었던 20대의 이쪽 혹은 유년의 한 시점을 향하게 되고, 그때마다 반드시 어떤 여자의 이미지를 동반하게 되는 것이다.

따라서 윤대녕 소설의 의의와 가치를 가늠하는 작업은, 삶의 어느 지점에 서 있는 남자들과 이 남자의 주변에 위치하게 되는 여인들의 이미지, 그리고 이 둘의 만남과 이별이 그려내는 궤적을 추적하는 자리에서 출발해야 한다. 우리는 이 지점을 잠정적으로 '여자들이 스러지는 자리'로 부를 수 있다.

2.

윤대녕 소설에 나타나는 여자들은 어떠한 방식으로든, 주인공의 곁을 떠난다. 떠남을 드러내는 양상은 매우 다양하지만, 결과는 두 가지로 간추려진다. 떠남으로써 삶의 궁극적 의미를 상실하고 스스로에 대한 혼란을 가중시키고 마는 경우가 있는가 하면, 떠남을 통해 새로운 출발을 시작하는 경우가 있다. 후자의 떠남은 엄밀하게 말해, 다시

돌아오기 위한 떠남, 즉 돌아옴으로 간주해야 한다. 이 갈림길에서 윤
대녕 소설은 일정한 실패와 성공을 나누어 갖는다. 윤대녕은 〈옛날 영
화를 보러 갔다〉와 〈추억의 아주 먼 곳〉이라는 장편소설을 상재했는
데, 이 두 편을 보면 이러한 갈림길이 뚜렷하게 확인된다. 두 소설 모
두 사라진 여자와 그 여자가 지닌 의미를 묻는 형식으로 전개된다. 어
느 평론가는 이러한 기법이 추리소설의 양식을 도용한 것이라고 지적
하고, 소설의 긴장미를 고조시키는 작용을 한다고 설명한다. 하지만
우리가 주목해야 할 점은, 소설적 긴장미라기보다는, 소설적 긴장감이
독자의 관심을 수렴시키는 의미망이다.

　가령 〈옛날 영화를 보러 갔다〉는, 여자들이 떠남으로써, 새로운 의
미를 간직한 삶을 맞이하게 되는, 대표적인 예에 해당한다.

　1) 1993년 겨울의 일이다. 12월로 막 접어드는 어느 날 아침에, 나는
신문에서 우연히 되새떼에 관한 기사를 보게 되었다. 기사는 시베리아
산 철새인 되새떼가 삼십여 년만에 우리나라에 다시 날아왔다는 내용을
담고 있었다. 옆에 사진을 보니, 지리산 쌍계사 입구 석문 마을과 화개
계곡의 하늘은 들깨를 뿌려놓은 듯 검은 점들로 까맣게 뒤덮여 있었다.
　그로부터 얼마 후 내게 몇가지 기인한 일이 연속적으로 발생했다
　―〈옛날 영화를 보러 갔다〉

　2) 다음날 아침, 나는 커피 냄새를 맡고 잠에서 깨어났다. 나는 눈을
감은 채로 오래오래 칠레산 커피 냄새를 음미하고 있었다.
　그녀가 아침 식사를 준비하는 동안에 나는 식탁에 앉아 조간신문을
보다가 우연하게도 되새떼에 관한 기사를 읽고 있었다. 기사는, 겨우내
지리산 쌍계사 일대에 서식하고 있던 되새떼가 바로 어제 시베리아로

돌아간 사실을 적고 있었다. 겨울의 끝을 알리는 소식이었다.

1994년 봄이 오고 있는, 어느 수요일 아침의 내 집 풍경은 이러했다.
—〈옛날 영화를 보러 갔다〉

1)과 2)는 각각 〈옛날 영화를 보러갔다〉의 처음과 끝 부분이다. '되새떼'의 이주를 글의 앞뒤에 배치함으로써, 낯선 공간에 놓여 있다가 안온한 공간으로 돌아오는 외로운 영혼에 대한 소설적 은유를 완성한다. 이는 '내'가 겪었던 비현실적인 겨울의 모습과 통과과정을, 상징적으로 드러내는 역할을 한다. 그 겨울이 가져온 혼란은 되새떼가 이동하듯 찾아왔고, 혼란이 가라앉은 시점에 언제 왔냐는 듯 가버린다. 이처럼 되새떼는 겨울을 배경으로 돌출되었던 자아의 불일치가 해소되는 과정과 맞물린다.

남형섭이라는 이름을 가진 주인공은, 일자리를 위해 시내의 약속 장소로 나갔다가 기이한 체험을 하게 된다. 처음 와보는 레코드 가게임에도 불구하고 어디선가 본 듯한 느낌에 사로잡히게 되는데, 이러한 일종의 기시감은 그날 집중적으로 일어난다. 약속 장소에 나타난 상대는 납득하기 어려운 계약을 맺기를 종용하고, 누군가의 지시로 자신을 강남의 술집으로 인도한다. 그 술집으로 형섭을 초대한 인물은 약속을 지키지 못하겠다는 전갈을 보내오고, 형섭은 술집 모퉁이와 술집 밖에서 어디선가 본 듯한 여자를 목격한다. 그리고 집으로 돌아왔을 때, 자신을 초대했던 남자로부터 온 팩스를 받는다. 팩스를 보내온 인물은 형섭을 잘 알고 있는 사람이었고, 어서 자신을 기억해내라고 형섭을 채근한다. 이러한 일련의 사건은 형섭을 혼란으로 몰고 간다. 형섭이 아내와의 별거 중이었다고 해도, 나름대로의 안정적인 삶의 방식을 구가하고 있었는데, 연속되어 나타난 기묘한 사건들로 인해 현실과의 커다란 괴리감이 나타나기 시작한다.

〈옛날 영화를 보러갔다〉는 형섭이 어느 날 찾아온 '현실 저편의 부름'에 이끌려, 내면의 무의식 속에 감춰진 과거 속으로 걸어 들어가는 과정을 그리고 있다. 이 과정에서 네 여인을 만나고, 네 여인과 각기 다른 방식으로 이별한다. 앞에서도 언급했듯이, 여인과의 이별이 윤대녕에게 있어 의미의 부재로 인식되는 데에는 상당한 시간이 필요하다. 형섭에게도 마찬가지인데, '누에 여인'으로 사라진 유진의 환영을 목격하고, 그 유진의 모습을 마음속에서 지우면서 구체화된다. 아내와 이혼하고, 술집 호스테스와 공유했던 삶의 반경을 덜어낸 이후에, 자신이 사랑했던 여자마저 '태양의 저편'으로 떠나보냈을 때에야, 겨우 의미의 부재를 실감할 여력을 얻게 된다. 혼자가 되었을 때, 남자는 자신이 묻어두었던 과거와 조우한다. 과거는 아픔이었고, 그러한 과거를 떠올리는 일은 상실감을 불러오지 않을 도리가 없었지만, 이는 혹독한 겨울을 나는 일처럼, 반드시 거쳐야 할 일이기도 했다. '만나서 반가왔네. 사실은 자네가 내 과거를 회복시켜 주었다네. 내 '여기에 있는 저기'를 일깨워준 것이지. 바꿔 말하면 현실인 나를 일깨워 주었단 말이지'라는 형섭의 말에서, 우리는 잃어버린 과거를 되살리는 작업이 현재의 위치에서 자기 동일성을 찾는 작업임을 확인할 수 있다.

이러한 사실은 〈추억의 아주 먼 곳〉에서 한층 분명한 어조로 강조된다.

많은 사람들이 자기 동일성을 잃고 허둥대며 살고 있지 않은가요?

일치가 안 되는 자아 때문에 말예요. 일테면 어제와 오늘의 자아가 각
기 다른 거예요. 불연속적이란 얘기죠. 그런 불연속성에 자꾸 빠지다
보면 점점 더 혼란스럽겠죠.
　　— 〈추억의 아주 먼 곳〉

〈추억의 아주 먼 곳〉의 외형적 골격은 〈옛날 영화를 보러갔다〉와 대
체적으로 비슷하다. 주인공 김동고는 어느 날 아파트 복도를 거니는
발소리를 듣고 과거에 헤어졌던 여자를 떠올리게 되는데, 이는 잊혀
진 여자와 관련된 사실들이 출몰할 것이라는 사전 징후의 역할을 한
다. 횡단보도 앞에서 기다리던 그녀의 언니를 만나게 되고, 형섭은 현
실의 한 틈을 비집고 과거의 사실이 침투 오는 것을 느낀다. 이는 애인
인 유란과의 사이에 걸쳐져 있던 기묘한 균형을 무너뜨리는 시발점이
된다는 사실에서 입증된다. 언니인 권문희는, 동생인 권은하가 김동고
와 횡단보도를 나란히 건너는 사진을 내밀며, 권은하가 김동고와 헤
어진 직후에 사라졌음을 알려온다. 비현실적인 만남은 현실 속에 과
거의 한때를 불러 일으키는 역할을 하고, 두 자매의 혼란한 관계 속에
김동고를 얽어놓는 결과를 낳는다. 김동고 역시 현실 저편에서 들여
온 한 여자의 부재 때문에, 자기 동일성을 잃고 현재에서 표류하지 않
을 수 없다. 여기에 근친상간이라는 정신적 충격에서 완전히 헤어나
오지 못한 애인의 문제가 다가온다. 끈질긴 회상 끝에 권은하와의 과
거를 재구해내지만, 다시 만난 권은하는 전혀 다른 세계로 속해 버린
듯, 자신을 알아보지 못한다. 권은하가 영원히 돌아올 수 없는 곳으로
갔음을 확인한 권문희가 떠나가고, 권문희와 권은하가 사라진 자리를
지키던 유란마저 끝내 떠나버리고 만다. 마치 횡단보도에 서 있는 사

람들이 파란불이 켜져 각자의 길로 걸어가듯, 세 여인과 한 남자는 각자의 세계로 흩어지고 마는 셈이다. 문제는 아직도 횡단보도를 건너지 못한 주인공의 초상이다.

이처럼 〈옛날 영화를 보러갔다〉의 유진이 〈추억의 아주 먼 곳〉의 은하로, 아내 승미는 연인인 유란으로, 술집 헤스테스 이정란이 역시 전직 접대부였던 권문희로 바뀌었을 뿐, 여인들의 이미지나 형상은 크게 달라졌다고 할 수 없다. 그러나 이 두 소설은 마지막에 나타나는 아주 세밀한 차이로 인해, 현격하게 변별된다. 그것은 주인공들의 곁에 남는 여자의 존재이다. 〈옛날 영화를 보러갔다〉의 선주와 같이, 돌아오는 여자의 이미지가, 〈추억의 아주 먼 곳〉에는 누락되어 있다. 그래서 남형섭은 새로운 봄을 맞이할 준비를 하지만, 김동고는 서성이는 자의 환영에서 자유롭지 못하다는 차이점을 낳게 된다. 이는 처음에 말한 떠남의 의미가 갈라지는 두 갈림길의, 각기 다른 모습을 제시한다.

> 잠시 후 녹색 등이 들어왔고 나는 바람 속에 마음을 던져두고 길을 건너기 시작했다. 그때 뒤에서 푸드득 하는 날개짓 소리가 들려오는가 싶었는데, 누군가가 내 아랫도리를 툭 치며 쏜살같이 앞으로 달려나갔다. 나를 앞질러가고 있는 자 정녕 누구였을까. 환영이었을까?
> 그것은 온몸에 불이 붙어 있는 한 마리의 검붉은 수탉이었다.
> ─〈추억의 아주 먼 곳〉

〈추억의 아주 먼 곳〉은 혼자 남은 '나'의 불안으로 마무리된다. 결국 김동고는 소설 첫 부분에서 아파트 복도를 걷던 발자국 소리를 언제

든 다시 들을 수 있는 상태를 벗어나지 못한다. 즉 과거와 현재의 불일
치를 미해결로 남겨두었기 때문에, 언제든 '환영'의 속삭임을 다시 들
을 수밖에 없는 불안정한 모습으로 종결된다. 이를 확대해서 말하면,
'윤대녕적인 소설'의 전형적인 한 단면이라 할 수 있다. 쉽게 잡히지
않는 삶의 실체들을 캐내기보다는 혼란한 상태를 여실히 보여주는 데
에서 멈추고 있는 소설들이, 우리가 가장 '윤대녕적'이라고 암묵적으
로 동의하기 때문이다. 그러나 이러한 소설을 좋은 소설이라고 말할
수 있을 지는 재고할 필요가 있다.

　윤대녕적이라고 말할 수 있는 〈은어낚시통신〉, 〈자나가는 자의 초
상〉, 〈피아노와 백합의 사막〉, 〈소는 여관으로 돌아온다 가끔〉 등에서,
이러한 특징은 일관되게 엿보인다. 역시 과거에 헤어진 여자인 '김청
미'로부터 '은어낚시통신'모임의 초청장을 받고 방문했던 모임에서,
주인공은 '존재의 시원'에 대해 전해 듣지만, 그곳으로 이르는 길이 단
절되어 있음을 확인할 뿐이다. 그 모임은 삶의 일상에서 만나는 이채
로운 사건에 그치고 있을 뿐, 내면의 어긋남을 치유할 가능성을 담지
하지는 못하기 때문이다. 주인공의 불안정한 혼란은 계속되고 있으며,
김청미는 떠나가는 여자의 부류에서 한 치도 벗어나있지 못한다. 〈지
나가는 자의 초상〉의 김은애와 서하숙, 〈피아노와 백합의 사막〉의 이
영주와 아내, 〈소는 여관으로 돌아온다 가끔〉의 청평사로 떠난 금영
과 금영을 뒤좇다 만난 동행의 여자 등은, 〈추억의 아주 먼 곳〉에 나타
나는 세 여인과, 이를 닮은 〈옛날 영화를 보러갔다〉의 아내, 호스테스,
유진이 보여주는 행동 양식과 동일하다. 그들은 모두 자신만의 세계
를 확보하고 있으며, 일정한 시간이 되면 남자의 곁을 떠나 자신의 세
계로 돌아간다. 그들의 떠남은 원인이나 방향이 모호하고 불확실하지

만, 삶의 한 측면에서 두드러지는 의미들을 간직한다는 사실에서 공통적이다. 물론 이러한 삶의 부분적인 국면이 지니게 되는 중요성은 별도로 생각해야 하지만, 신성神聖에 접근하기 위한 신비감을 동반하는 것은 부인할 수 없는 사실이다. 그래서 남자는 그녀들을 잡지 못하고 물끄러미 떠나는 모습을 지켜볼 수밖에 없다. 이들은 어떤 의미에서 샴쌍둥이처럼 닮아있는, 아니 동일한 병을 앓고 있는 현대인의 암울한 자아를 상징한다는 점에서 주목을 요한다.

> 그토록 찾아 헤매던 먼 것이, 내 가슴 안에서 이렇게 조용히 흐느끼고 있었다. 나는 말할 수 없이 사무친 생각이 들어, 한껏 두 팔을 벌리고, 그녀의 떨고 있는 몸을 힘주어 그러안았다. 그때, 가슴속에서 무엇이 쑤욱 빠져나가는 듯한 차디찬 느낌이 엄습해들었다.
> '나'라는 하나의 공간을 남겨두고.
> 히뜩 정신을 차리고 보니 조금 전까지만 해도 내 가슴에 있던 그녀가 어느 결에 문밖으로 소리없이 사라지고 있었다.
> ―〈소는 여관으로 돌아온다 가끔〉

여자는 남자와 일종의 자기 확인으로 보이는 섹스를 통해 흔적을 남긴다. 윤대녕 소설에서 여자와의 섹스는 극소수의 예를 제외하고는, 만남을 상징하거나 이별을 예고하는 요식적인 절차를 가리킬 뿐, 근원적인 합일과 이해에 다다르지는 못한다. 윤대녕이 '메마른'이라는 수식어를 '섹스'앞에 상투적으로 갖다 붙이는 이유도 여기에 있다. 이는 퇴폐적이라 비판받지 않을 수 없는 요소인데, 주목해야 할 점은 이러한 퇴폐가 윤대녕의 허식에서 나온 것이 아니라, 현대를 살아가는 사람들의 내면에 잠재해 있는 진실을 이끌어 냈다는 데에 있다. 퇴폐적 의식은 안주를 만들어 낼 수 없다. 따라서 남자는 자신이 '하나의 공간'으로 남겨진다는 생각을 지우지 못한다. 이 공간은 '그토록 찾아 헤매던 먼 것'이 머물다가는 일시적 장소일 뿐이다. 이러한 머무름을 통해, 메마른 삶으로부터 한 발 도피할 수 있을지는 모르겠으나, 남자가 돌아가야 할 일상을 전혀 변화시킬 힘이 되지 못하기 때문에, 자기 위안 이상일 수 없다. 다시 말해서 떠나는 여자들은 초토화된 남자의 내면 풍경을 보여주는 은유일 뿐이다. 이는 윤대녕이 소설의 초입부터 일관되게 강조해 온 일상의 황폐함에 대한, 그의 말로 바꾸면, '삶의 사막에서, 존재의 외곽에서'(〈은어낚시통신〉) 느껴온 비애와 다르지 않다. 현대를 살아가는 의식적/내면적 거점이, 진정한 이해를 결여한 불모지에 지나지 않는다는 자기 비하의 산물이다.

물론 여자들의 떠남이, 상실감을 통해, 잊고 있던 존재의 한 쪽 측면을 부각시킨다는 의의를 완전히 무시할 수 있는 것은 아니다. 하지만 현실의 절망적인 모습을 절망 그 자체로 채색하고 있는 점은 비판받아 마땅한 부분이다. 여기서 윤대녕 소설이 나아가야 할 하나의 가능성으로 '돌아온 여자'의 이미지를 재고할 필요가 있는 것이다. 〈옛날 영화를 보러갔다〉의 최선주는 윤대녕 소설에서 찾아보기 힘든 다음과 같은 질문을 던진다. 이는 윤대녕이 윤대녕 자신에게, 윤대녕이 자신을 포함한 현대인에게, 그리고 우리가 우리 자신에게 반드시 물어야 할 질문이다. '저를 사랑하고 있는 지 알고 싶어요. 침묵으로 대답하는 것도 좋지만 말이 필요할 때라는 것도 있는 법예요. 바꿔 말하면 그쪽이 저 사랑하고 있다는 거 알아요. 하지만 듣고 싶어요.'

윤대녕의 소설은 대화보다는 독백으로, 침묵으로, 음악으로, 공간에 대한 묘사로 그리고 각종 몽타쥬와 이미지들로 말한다. 존재의 시원이니, 삶의 저편이니, 피안이니, 저승이니, 다른 세상이니 하는 말들은, 궁극적으로 말해야 할 하나의 단어를 회피하기 위한, 전략적 선택에 지나지 않는다. 혹은 그 단어가 지칭하는 세상이 부재하는 안타까움 때문에, 끝내 말하지 못하는 자신의 처지를 감안해서, 어쩔 수 없이 사용되어 온 표현에 지나지 않는다. 이는 자신도 쉽게 듣기 어려운, 그래서 가끔은 비현실의 멍에를 매고 들리는 내면의 울림과도 다르지 않다. 최선주는 울림을, 남형섭에게, 윤대녕에게, 현대인에게 묻고 있는 것이다. 현대의 일상에서, 존재의 표피에서, 황폐화된 삶에서, 과거와 현재가 충돌하고 어긋나는 내면의 한 지점에서, 윤대녕의 방식으로 보면 우연히 만날 수밖에 없는 여자를, 사랑하냐고.

윤대녕은 그의 소설에서 사랑이라는 말을 애써 회피한다. 언제나 '지나가는 자'가 마주치게 되는 삶의 한 풍경으로서, '사랑'을 취급하려 해왔다. 사랑은, 이미 떠났기 때문에 과거형으로 수식할 수밖에 없는 여자에게나 던지는 회고적 감정으로 간주하며, 그것도 아주 드물게 사용된다. 이는 사랑하느냐 사랑하지 않느냐는 문제보다는, 사랑이든 아니든 이렇게 살 수밖에 없다는 작가의 전언임이 틀림없지만, 그 이면에, 아니 그 밑에 도사린 사랑에 대한 열망과 좌절을 읽어내는 것에 무심해서도 안될 것이다. 이것을 인식한 작가는 스스로에게 묻지 않을 수 없었던 것이다. 알고 있었지만, 직접 확인하지 않으면 안 되었던 것이다. 진정으로 자신이 사랑을 원하는 지, 그리고 이 물음이 시대의 암울한 상황에 대한 해결책이 될 수 있는 지, 묻지 않을 수 없었던 것이다.

윤대녕은 어눌하게 대답한다. 주춤거리며 어색한 포즈 속에, 머뭇거리며 서 있는 소설 속의 남자를 흉내 내며, 자신의 대답을, 좌절과 방황 속에서도 끝내 삶의 출구를 찾을 수밖에 없는 이유로 제시한다. "잠깐 사이 나는, 비록 얼마 안 되는 동안이었지만 그녀와 만났던 시간들을 반추하고 있었다. 겨울의 시작과 함께 만나게 된 이 여자. 그리고 지금은 내 곁에 고개를 숙이고 앉아 있는 이 여자. 어제는 남이었던 네가 오늘은 내 옆에 앉아 보잘것없는 고백 한마디를 듣고자 이렇게 떨며 기다리고 있었다. [⋯] 판을 갈아 끼우다 말고 나는 뒤를 돌아보며 그녀에게 사랑한다고 말했다." 우리는 여기서 불안과 동요와 상실과 결락의 공간 안에 갇혀 있던 유폐된 영혼이 지향해야 할 하나의 출구를 발견한다. 이 출구는 내면의 상처를 치유하고, 삶의 안온한 '봄'을 맞이할 수 있는 근원적인 힘으로 그를 인도할 것이다. 사랑이라는 이름으로.

3.

'사랑'의 형상화라는 측면에서 볼 때, 〈천지간〉은 특이한 작품이다. 결론부터 말하면, 여자가 떠남으로써 남자가 결락감에 휩싸인다는 윤대녕 소설의 문법은, 이 작품에서 크게 파격을 이루기 때문이다. 윤대녕의 좋은 작품들이 언뜻 보면 윤대녕적인 것과 일정한 거리가 있다고 할 때, 이 작품은 그러한 예에서도 한 걸음 비껴있다. 이 작품은 윤대녕적인 특징과 문학적 깊이의 공유면적이 대단히 넓다. 여자들이 떠난다는 모티프는 동일하되, 여자들이 떠남으로써 남자들이 겪게 되는 비애는, 훨씬 축소되어 나타나고 있다. 이는 새로운 문학적 가능성을 타진한다는 점에서, 축소라기 보다는 확대라고 해야 옳을 것이다. 황폐한 삶의 공간을 안온한 온기로 덥힐 수 있다는 가능성이, 문학적 으로 보다 확대된 차원을 개척하기에 이른 것이다. 한 여자의 생명을 구하고 새로운 출발을 지켜보는 장면은, 남자의 선택이, 삶을 능동적으 로 변화시키는 힘이 된다는 점에서 관심을 끈다. 비애가 아닌 구원의 힘이 소설의 넉넉한 깊이를 일구어내는 셈이다. 떠남의 두 방식으로 앞 에서 제시한 〈추억의 아주 먼 곳〉과 〈옛날 영화를 보러갔다〉의 변증법 적 융합이라고 말할 수도 있다. 이 점에 대해 상론하기 전에, 다른 작품 에 나타나는 남녀의 대비적 양태에 대해 먼저 알아보도록 하자.

윤대녕 소설에는 예외없이, 여자는 능동적이고 적극적인 성격으로, 남자는 수동적이고 소극적인 모습으로, 묘사되고 있다. 이는 주인공 이 항상 남자이고 여자들과의 만남 혹은 이별의 과정이 소설의 커다 란 틀로 일정하게 설정된다는 관점에서, 거부할 수 없는 운명으로 혹 은 외면할 수 없는 현실로 다가오는, 삶의 강제성에 대한 반영으로 판 단해야 옳을 것이다. 여자들은 파시스트적 가속도에 휩싸인 현대 사 회의 구체적인 실상을 드러내는 역할을 한다. 그래서 남자들은 다가 오는 여자에게 속수무책이고, 떠나는 여자들에 대해 체념하게 되는 것이다. 이는 현대인들에게 능동적인 기회를 제공하지 않는 오늘날의 삶의 방식과 다르지 않다.

살다보면 내 의사와는 상관없이 피할 수 없는 위험이나 곤혹스런 일 에 직면할 때가 있는 법이다. 감각에 의한 판단이긴 하지만 어쨌거나 피할 수 없다는 사실만이 집요하게 파고들어 의식을 옭아매는 때가 있 다. 아무리 도리질을 해도 소용이 없는 것이다. 그런 경우엔 차라리 빨

리 체념하고, 그것이 이미 나에게 속해 있는 것으로 받아들이는 편이
낫다. 버티다보면 치명적인 할큄을 당하게 된다. 말하자면, 내 몸안에
서 울려나오는 것 같은 그녀의 목소리에서 나는 그런 느낌을 받고 있었
던 것이다.

　　—〈카메라 옵스큐라〉

　그녀에게서 전화가 온 것은 그로부터 며칠 후였다. 나비가 인쇄된 책
이 나오는 날이기도 했다. 그녀는 서스름없이 퇴근 후에 광화문 〈봄〉에
서 나를 만나자고 했다. 이런 경우에 직면해 보지 않아 나는 얼마간 대
답을 못하고 송수화기만 붙잡고 있었다. 손에선 축축한 식은땀이 배어
나오고 있었다,

　'나오세요. 뭐 손해볼 것 없잖아요? 유부남인 주제에. 끊어요.'

　차라리 농기가 섞여 있는 그녀의 목소리는 어디까지나 당당하고 간
결했다.

　　—〈그들과 헤어지는 깊은 겨울 밤〉

　그녀는 내 집에 찾아온 이유를 설명하지 않았고 나 또한 그걸 묻지는
않았다. 어째서 마당에 그토록 오래 서 있었는가 하는 것도 묻지 않았
다. 때로 어떤 것은 의미를 캐려 하지 말고 그대로 놓아두어야 한다는
걸 알고 있었다.

　　—〈지나가는 자의 초상〉

여자들은 남자들을 방문하거나 초대한다. 남자들은 방문이나 초대
를 당연한 것으로 간주한다. '때로 어떤 것은 그 의미를 캐려 하지 말
고 그대로 놓아두어야 한다'는 투의 발언은, 만남을 운명의 일부로 간

주하는 태도와 다를 바 없다. 이렇듯 윤대녕 소설에는 남자들의 수동
적 인식이 빈번하게 등장한다. 주인공들은 선택하지도 못하고 거부하
지도 못하는 체념적 수긍을, 마치 시대나 인간 보편의 문제인 것처럼
말한다. 그러나 이는 명백하게 그르다. 행동하지 못하고 실천하지 못
하는, 그래서 궁극적으로 자신의 삶임에도 불구하고 주체가 될 수 없
는 삶의 방식은, 시대나 사회의 책임이 아니라, 개인과 내면의 회피에
서 기인하기 때문이다. 윤대녕이 묘사하는 개인들의 가장 커다란 취
약점이, 바로 실천의 결여인데, 이는 반성의 폭과 사유의 깊이가 부
족한 데에서 연원한다. 여기서의 실천이란, 역사나 이념과 같은 거시
적 실천을 가리키는 것이 아니라, 생활과 일상에서 추구되어야 할 구
체적인 실천을 말한다. 어느 한 쪽에도 경도되지 않는 것을 중용의 미
덕으로, 함부로 선택하지 않고 자신의 영역을 고수하는 것을 신중한
태도로, 남에게 영향을 주기 보다는 간섭하지 않고 강제하지 않는 것
을 관용의 입장으로 착각해서는 곤란하다. 이는 타자나 사회가, 자신
과 맺게 되는, 아니 맺을 수밖에 없는 관계를 전면 부인하는 무지와
다르지 않기 때문에, 결국에는 자아/타자/사회의 공통분모를 무시하
는 시각으로 기울여져, 자신과 욕망에만 초점을 맞추게 되는 개인주
의로 함몰된 가능성이 매우 크다. 〈말발굽 소리를 듣는다〉와 같은 소
설이 그러한 연장선상에 위치한다. 설명할 수 없는 영감의 출현과 본
능적 이끌림을 드러내는 것이 유일한 목적이 되어버린 이 소설은, 개
인화가 극단적으로 발현된 대표적인 경우에 해당된다. 윤대녕의 내면
지향성이 장식적인 화려함만 기억하고, 삶의 표피적인 인식을 넘어서
는 힘을 발견할 수 없게 되면서 도출된 필연적 결과라고 할 것이다. 겉
으로 그럴듯하게 설명되는 '말발굽 소리'라는 것이, 결국은 일상적인

삶의 환멸과 다르지 않다는 깨달음에 도달한다면, 그동안 윤대녕적인 특성을 감수하면서까지 추구해왔던 존재의 시원이나 영원 회귀의 문제가, 비현실적인 의고적 취향을 흉내낸 것에 불과하다는 중대한 모순에 빠지기 때문이다. 이러한 단정은 섣부른 감이 없지 않지만, 윤대녕이 정말로 '윤대녕적'인 것을 유지하기 위해서는 반드시 참고해야 할 부분이 아닐 수 없다.

　이런 소설의 반대편에 〈천지간〉이라는 좋은 작품이 놓여있다는 사실은, 아직은 '윤대녕적인 요소'가 설득력과 깊이를 확보할 여지가 있다는 반증이 된다. 더구나 반성의 폭과 사유의 깊이가, 개인적 시각과 범위라는 소설적 틀 안에서도 어느 정도 조화를 이루고 있다는 가능성을 남기고 있다. 하지만 〈천지간〉은 타자의 문제가 집중적으로 부각된다는 점에서, 〈말발굽 소리를 듣는다〉, 〈신라의 푸른 길〉류와는 분명히 다르다는 점을 명심할 필요가 있다. 타자의 존재가 개인화가 불러온 협소한 시야를 넓혔다는 것은 고무적인 변화가 아닐 수 없다. 또한 타자의 존재가 남녀 관계에서 기인하면서도, 다른 소설들이 보여주는 남녀관계의 도식성을 뛰어넘고 있다는 점에서도 이채롭다고 하지 않을 수 없다. 윤대녕은 이제까지와는 달리 수동적이고 소극적인 남자를, 능동적이고 적극적인, 무엇보다도 삶을 긍정하고 남을 이해할 수 있는 인물로 바꾸어 놓고 있다. 더구나 자기에게 주어진 삶의 궤도를 멍하니 지켜보다가 운명이 물러가면 행/불행의 갈림길에서 갈라서는 것이 아니라, 죽음에 접근한 여자에게 생의 갈망을 북돋우고 죽음의 의미를 묻게하여 '이승'을 선택하도록 유도하는 역할을 함으로써, 여자를 통해 생의 의미를 읽던 수동성에서 다른 이에게 삶의 의미로 읽히는 적극성을 성취하게 된다. '내'가 광주로 문상을 가던 중,

여자를 만나고, 그 여자가 풍기는 죽음의 냄새를 좇아, 바닷가에서 유숙하게 된다는 다소 비현실적인 설정에도 불구하고, 이 소설이 자아와 자아가 발딛고 있는 세계 간의 암묵적인 화해를 이끌어내는 것은, 탁월한 현실 인식 때문이다. 화자의 말대로, 이러한 행적이 '당한다'는 입장에서 이해될 때는 운명적이고 체념적이라고 비난할 수 있겠지만, '선택한다'는 관점으로 전환될 때는 깊이를 확보한 사유의 힘으로 이해할 수 있다. 이는 타인과 타인의 삶에 대한 이해와 포용의 자세이기 때문이다. 또 누군가로부터 받은 이해와 포용에 대한, 나 자신의 응답이라는 깨달음 때문이기도 하다.

　　하필이면 나는 검은 양복을 입고 서 있다가 우연찮게도 죽음을 뒤집어쓰고 있는 여자를 보게 되었단 말이다. 그래도 타인임을 빌미로 애써 외면하고 지나칠 수도 있었겠지. 한데 그녀가 눈에 보이지 않는, 생에 대한 한 가닥 미련의 줄을 길게 늘어뜨리고 있었다면? 뭐 문상을 가던 길이 아니었냐고? 그래, 죽음 앞에 납작 엎드리러 가다 나는 산(生)죽음과 서로 어깨가 부딪친 거야.
　　아주 오래 전에 누군가 내 목숨을 구한 일이 있어.
　　―〈천지간〉

　세상은 보다 따뜻한 온기를 요구한다. 개인과 내면의 탐구만으로 자신의 온기를 유지할 수 있을지는 몰라도, 남의 온기를 얻거나 나의 온기를 전하기는 불가능하다. 사랑은 온기와 같아서 나누려는 자세가 갖추어지지 않으면, 단 한자의 공간도 공유할 수 없다. 반대로 나누려는 자세만 마련되면, 얼마든지 공유할 수 있으며, 이러한 공유가 가져

오는 증폭의 힘을 목격할 수 있다. 윤대녕 소설이 보여주는 개인주의
의 한계는, 남의 생명을 구하고 자신의 의지로 세상과 삶을 변화시키
려는 과정에서 점차 극복된다. 그의 말대로 '타인임을 빌미로 애써 외
면하고 지나칠 수'있는 상황임에도, 생의 긍정과 화해의 세상을 위해,
'미련의 줄'을 놓지 않을 때, 황폐화된 삶의 사막은 조금 더 평화로운
곳으로 변할 것이다. 이러한 깨달음이 남자로 하여금 구원을 베풀 수
있는 주체로 기능하도록 한 것이다. '여자는 자신의 전생을 지우기 위
해 나와의 관계를 원했고 그리하여 아이는 살리되 아이의 아비에게서
는 놓여 날 수 있었다고 중얼거리며 내 팔 안에서 깊이 잠이 들었다'는
진술에서, '메마른 섹스'가 진정한 의미를 동반한 구원과 극복의 힘으
로 전환되는 순간을 목도하게 된다.

4.

화평하고 조화로운 세상에 대한 염원은 〈가족사진첩〉, 〈그를 만나
는 봄날 저녁〉과 같은 윤대녕적이지는 않지만, 틀림없이 좋은 소설에
서 더욱 빛을 발한다.

〈가족사진첩〉에는 세상에 대한 따뜻한 이해를 향해 나아가는 윤대
녕의 소설적 여정이, 결혼의 과정으로 형상화되어 있다. 특히, 지나칠
정도로 과거의 추적에 집중하면서도, 그 실체에 대해서는 애매모호한
답변으로 일관하던 윤대녕이, 스스로의 틀을 깨고 자신의 과거가 지
닌 의미를 설명한다는 점에서, 꽤나 흥미롭지 않을 수 없다.

남들에 비해 비교적 일찍 아버지의 부재를 경험한 나는 또다시 가까운 사람이 내게서 홀연히 사라질지도 모른다는 불안감을 마음 한 켠에 키우고 살았던 게 사실이었다. 이 때문에 누구와 쉽게 가까워지지 못하고 또 그럴 만한 기회가 있어도 망설이다가는 결국 상대를 떠나 보내고 말았던 기억이 잦은 편이다. (…) 여자 혹은 결혼에 있어서도 나는 오랫동안 그렇게 수동적인 자세를 취하고 있었음이다.
　―〈가족사진첩〉

　과거는 누군가의 부재로부터 시작된다. 가까운 이의 부재는 불안감을 조성하기 마련이고, 이러한 불안감이 정신적 상흔으로 남을 경우, 성인이 되어서도 과거는 기피의 대상이 될 뿐, 회상이나 기쁨의 영역이 될 수 없다. 이러한 정신적 경험은 대부분 적대감으로 변질되는데, 윤대녕의 경우에는 이러한 적대감을, 스스로를 유폐시키는 방향으로 인도한다. 그의 소설에 등장하는 인물들은 대인관계에 있어, 정신적 지체부자유자를 연상시키는 이유도 여기에 있다. 유폐감은 일찍부터 시작된 것으로 보인다. 이를 프로이트 식으로 말하면, 무의식의 억압으로 해석할 수 있다. 주인공이 되는 남자들은, 억압이 일어나는 정신적 내부 공간을 독신자 아파트라는 외부 세계에 옮겨 오고 있다. 따라서 이러한 고립된 공간 안에 오랫동안 칩거하는 행위가 빈번하게 나타나는 것은, 내면에의 침잠을 상징적으로 보여준다. 또한 '정신적 동면' 행위를 등장인물이 나누는 대사를 통해, 언뜻언뜻 표출시키기도 하는데, 〈가족사진첩〉에는 '어두운 헛간'으로 묘사되고 있다. 이 어두운 헛간은 윤대녕 소설에서 남자가 파고드는 좁고 밀폐된 공간의 대명사라고 할 수 있다. 가령 여관방(〈카메라 옵스큐라〉, 〈소는 여관으로 돌아온다 가끔〉, 〈불귀〉, 〈피아노와 백합의 사막〉), 자기 집(〈지나가는 자의 초상〉, 〈사막에서〉), 공중에 떠 있는 공간(〈옛날 영화를 보러갔다〉, 〈은어낚시통신〉), 자동차 안(〈그들과 헤어지는 깊은 겨울밤〉) 등이 그 예이다. 그렇다면 밀폐된 공간의 이미지를 대표하는 헛간이 드러내는 의미는 무엇인가.

  1) 말하자면 내 마음 깊은 곳에 어떤 사람이 숨어 있는데 실은 나도 그 사람이 누구인가를 몰라. 물론 앞으로도 그렇겠지. 하지만 그게 아마도 선희일지도 모른다는 생각을 줄곧 했던 거야.

  2) 이를테면 지금 선희가 모르고 있는 과거의 내가 있었단 말이야. 물론 그걸 부인하고 싶은 생각도 없고

  3) 효섭 씨 마음속엔 안개가 싸인 아주 조용한 마을이 숨어 있어요
    ―〈가족사진첩〉

  마음속의 헛간은 '다른 사람이 숨어 있는 곳', '과거의 내가 있'는 곳, 그리고 신비하고 조용한 세계로 그려진다. 그 '마을'은 현재의 자신이 반드시 탐색해야 할 공간이기에, 되돌아보고 의미를 부여하는 공간이 되는 것이다. 그러나 윤대녕의 모든 소설이 그렇듯이, 이 공간은 쉽게 열리지 않는다. 우리는 이 공간 안에 무엇이 있는지 확인하지 못하고, 추상적인 진술로 남겨지는 마무리를 너무 많이 보았기 때문에, 설명도 애매할 수밖에 없다. 그런데 우리는 〈가족사진첩〉에서 이 공간이 갖는 실제적인 의미를 발견한다. 이는 다소 싱거운 결론이 아닐 수 없

기 때문에 간과하고 넘어가곤 하는데, 뚜렷한 어조로 이 지점을 강조하고 있다. 윤대녕은 다음과 같이 말한다. '과거의 실체는 나도 무엇인지 모르겠다, 다만 이 공간을 거쳐 이쪽 세계로 넘어오는 것이 중요하다고 말한다'. 이쪽 세계라 함은, 윤대녕과 우리가 동시에 발딛고 있는 현실임을 부인할 도리가 없기 때문에, 잠정적으로 윤대녕이 말하는 과거란 현실을 올바로 파악하기 위한 우리의 노력이 개입하는 시간으로 정의할 수 있다.

> 사랑도 삶처럼 하나의 신성한 노동이란 걸 알게 되는 날 우리는 비로소 자신들과 화해하게 되겠지. 바로 내 어머니가 그러했듯이. 그리고 나인 나를, 너인 나를 발견하게 되겠지. 그러나 이제는 너무 늦지 않게.
> —〈가족사진첩〉

사랑과 화해가 윤대녕이 말한 궁극적인 메시지였던 셈이다. 사랑과 화해는 보편적인 덕목이기에, 현실에서는 가장 무시당하는 사항이 아닐 수 없다. 윤대녕도 이러한 현실의 모습을 부인하지 않을 도리가 없었기에, 새로운 형식-가령 과거를 탐색하는 과정-속에 용해시켜 은밀히 전달하려고 했던 것이다. 물론 기본적인 사랑과 화해가 선행되어야 한다는 점에서 그의 문학은 고답적이지 않고 강제적이지 않아야 한다는, 이 시대의 논리와 보조를 맞추게 된 셈이다. 문제는 이러한 사랑과 화해의 세계가 아직은 개인적인 측면 혹은 가족사이의 범위 정도로 묶여 있다는 데에 있을 것이다. 위에서 살펴본 〈천지간〉은 분명 확대된 세계로 나아가는 도정을 보여준다는 점에서 주목할 만하며, 〈그를 만나는 깊은 봄날 저녁〉에서는 사회에 대한 일정한 이해를 시도한다는 점에서 높이 평가할 만하다. 하지만 이러한 소설적 시도가, 윤대녕이 창출한 '윤대녕적'인 요소를 손상시키지 않는 한도 안에서, 보다 고양되고 보편화된 문제쪽으로 선회해야 한다는 것은 의심의 여지가 없다. 독자들은 개인화된 일상 안에서, 세계를 바라보는 하나의 시각을 세워주기를 바랄 것이다. 윤대녕이 이러한 경지를 개척하기 위해서는, '메마른 섹스'와 '사라짐'으로 요약하고 있는 여자들의 자리를, 축복과 구원의 힘을 되찾은 아내에게 되돌려 주어야 한다. 아내라는 이름을 그가 사랑했던 여자들에게 되돌려 줄 때, 일회용이 아닌 안정된 사랑이 정착될 수 있을 것이며, 멋 부리기가 아닌 한결 차분해진 메타포로서, 삶의 의미를 담아내는 매개체로서, '여자'가 기능하게 될 것이다. 물론 그 때쯤이면 여자들이 스러지는 자리에, 아내의 소곤소곤한 말소리가 제법 친근한 어조로 들려오고 있을 것이다.

11장 소설과 남성

여성의 시선과 남성의 모습
: 강경애의 〈인간문제〉

1. 서론

　지금까지 강경애 소설에 대한 연구는 크게 네 가지 입장에서 정리
될 수 있다. 우선, 강경애의 생애를 정리하고, 그 연보와 원본을 확정
하며, 작품과 생애 사이의 연관성을 찾는 연구가 그 하나이다. 강경애
연구의 선도자라고 할 수 있는 이상경의 연구가 이에 속한다고 할 수
있다.[1] 최근 연구 중에는 '붓질 복자'의 복원 과정과 가능성을 살핀 한
만수의 연구가 주목되며,[2] 북한 연구자 중에도 자료를 통해 강경애 소
설을 살피려는 연구가 제기되어 있다.[3]

---

1) 이상경, 「강경애의 삶과 문학」, 『여성과 사회』, 한국여성연구소, 1990 ; 이상경, 『강
　경애 – 문학에서의 삶과 계급』, 건국대학교출판부, 1997.
2) 한만수, 「강경애 소설 〈소금〉의 '붓질 복자' 복원과 북한 '복원'본의 비교」, 『강경애,
　시대와 문학』, 랜덤하우스, 2004, 28~46면.
3) 오향숙, 「강경애 작품 창작에 대한 자료적 고찰」, 『강경애, 시대와 문학』, 랜덤하우
　스, 2004, 208~252면.

다음, 강경애 소설에 나타난 '궁핍상'과 '계급투쟁'과 '간도 체험'에
대한 리얼리즘 입장에서의 연구가 있다. 프로 문학의 입장과 방향에
서 강경애를 바라보는 전통적 연구가 있는가 하면,[4] 간도 체험을 중시
하는 연구도 있다.[5] 최근에는 연변 조선족 학자뿐만 아니라 북한 학자
들도 이 분야에 대한 새로운 연구를 내놓고 있다.[6]

그 다음, 강경애의 시와 수필에 대한 연구가 있다.[7] 지금까지는 소
설이 아닌 부분에 대한 연구는 활발하다고는 할 수 없지만, 이 분야에
대한 새로운 연구 실적이 누적된다면 강경애 소설을 바라보는 입장도
크게 변화할 것이다.

마지막으로 여성주의 입장에서 강경애의 소설을 주목한 경우이다.[8]

---

4) 송백헌, 「강경애의 〈인간문제〉 연구」, 『여성문제 연구』(13집), 효성여대 여성문제
   연구소, 1984 ; 하정일, 「강경애 문학의 탈식민성과 프로 문학」, 『강경애, 시대와 문
   학』, 랜덤하우스, 2004, 11~27면 ; 서정자, 「체험의 소설화, 강경애의 글쓰기 방식」,
   『여성문학 연구』(13호), 한국여성문학회, 2005.
5) 김양선, 「강경애 – 간도 체험과 지식인 여성의 자기 반성」, 『역사비평』(1996년 여
   름), 역사비평사 ; 최학송, 「'만주' 체험과 강경애 문학」, 『민족문학사 연구』, 민족문
   학사학회, 2007.
6) 장춘식, 「간도체험과 강경애의 소설」, 『여성문학 연구』, 여성문학회, 2004 ; 한중모,
   「해방 전 프로레타리아 문학과 강경애 소설」, 『강경애, 시대와 문학』, 랜덤하우스,
   2004, 147~184면.
7) 김일수, 「시와 수필을 통해 본 강경애」, 『강경애, 시대와 문학』, 랜덤하우스, 2004,
   281~295면.
8) 송지현, 「강경애 소설에 나타난 여성의식 연구」, 『한국언어문학』(28집), 한국언어
   문학회, 1990 ; 서정자, 「페미니스트 성장소설과 자기발견의 체험」, 『한국여성학』(7
   집), 한국여성학회, 1991 ; 강이수, 「식민치하 여성문제와 강경애의 인간문제」, 『역
   사비평』(1993년 가을), 역사비평사 ; 송명희, 「문학적 양성성을 추구한 여성교양
   소설」, 『문학과 성의 이데올로기』, 새미, 1994, 337~362면 ; 송명희, 「강경애의 〈인
   간문제〉에 대한 여성비평적 연구」, 『섹슈얼리티, 젠더, 페미니즘』, 푸른사상, 2000,
   260~289면 ; 서영인, 「강경애 문학의 여성성」, 『강경애, 시대와 문학』, 랜덤하우스,
   2004, 96~115면 ; 김정웅, 「강경애 소설작품에서 녀성 형상」, 『강경애, 시대와 문

강경애가 식민지 시대 최고의 여성 작가로 평가되고 있고 그녀의 소설에 여성 주인공이 자주 등장하며 그 인물이 처한 상황이 문제적임을 감안할 때, 이러한 연구는 내적/외적 타당성을 인정받고 있다. 여러 여성작가들의 작품을 논의하는 연구에서도 강경애는 중요한 위상을 점유하고 있다.[9]

그러나 지금까지의 연구에서 여성 캐릭터를 중심으로 살피는 시각은 그 의의에도 불구하고 상당한 약점을 노정해왔다. 그것은 여성만의 입장을 살피는데 주력했기 때문이다. 이 글은 〈인간문제〉를 분석 대상으로 삼아, 강경애 소설에 나타나는 남성상을 정립하고자 한다. 남성상의 정립은 여성상과의 비교를 통해 이루어져야 하므로, 여성주의 시각에 입각했던 기존의 연구를 보완하는 역할을 할 것이다.

2. 남성들의 삼각구도

〈인간문제〉는 선비의 수난과 각성 그리고 입사와 죽음의 과정을 그리고 있다. 선비의 일생을 간단하게 축약하면, 하층계급 출신인 선비가 사회적 수난을 겪고 의식을 갖춘 노동자로 변신하여 자신의 사회적, 계급적, 성적 정체성을 각성하는 과정을 그린 소설이라 할 수 있겠다. 여기서 남성은 선비에게 가해지는 '사회적 압력'을 주도하는 역할

학』, 랜덤하우스, 2004, 184~207면.
9) 채훈, 「한국여류소설에 있어서의 빈궁의 문제」, 『아세아여성연구』(23집), 숙명여대 아세아여성연구소, 1984 ; 서정자, 『일제강점기 한국여류소설 연구』, 숙명여대 박사논문, 1988 ; 정영자, 『한국여성문학연구』, 동아대 박사논문, 1988 ; 김미현, 『한국 근대 여성소설의 페미니스트 시학』, 이화여대 박사논문, 1996.

을 한다.

남성은 크게 네 부류로 나눌 수 있다. 용연 마을의 지주 정덕호, 이웃 가난한 집 아들 '첫째', 덕호의 딸 옥점이 사모하는 신철, 그리고 그 밖의 인물들이다. 그 밖의 인물들에는 용연 마을의 남자 주민들, 신철의 인텔리 친구(일포와 기호), 인천 지역에서 일하는 노무자(인천부두)들, 그리고 선비가 입사하는 공장(방적 공작) 감독 등이 포함된다. 이들의 비중은 덕호, 신철, 첫째에 비하여 그다지 높지 않다. 따라서 본고에서 주로 분석 대상으로 삼은 인물은 덕호, 신철, 첫째이고, 필요에 따라 그 밖의 부류에서 일부 남자들을 부분적으로 언급하고자 한다.

2.1. 수탈형 남성상

〈인간문제〉의 전반부는 용연 지역을 주요 공간적 배경으로 삼고 있는데, 이 마을에서 주인공 선비를 괴롭히는 대표적인 인물이 덕호이다. 〈인간문제〉는 용연 마을에 대한 묘사로 시작되는데, 그 중에서 "저기 우뚝 솟은 저 양기왓집이 바로 이 앞벌 농장 주인인 덕호 집"이라며 가장 먼저 덕호가 소개된다. 뒤를 이어 '원소(怨沼)'에 얽힌 전설을 들려주는데, 그 전설에는 '장자 첨지'라는 악덕 인물이 등장하고 있다.

장자 첨지는 흉년에도 마을 사람들에게 인정을 베풀지 않고, 배고픈 양민들을 관아의 힘을 빌려 착취한 악덕 지주였다. 원소는 장자 첨지의 행동에 슬퍼하며 마을 사람들이 흘린 눈물이 모여 만들어졌다는 전설을 간직하고 있다. 이 원소 이야기는 그 앞에 배치된 덕호에 대한 간접적인 인상 제시이다.

장자 첨지는 오늘날의 덕호이다. 그의 악행은 가난한 농민들에 대

한 수탈과 깊이 관련된다. 그의 악행을 크게 두 가지로 나눈다면, 하나
는 가난한 사람들에 대한 착취와 수탈과 관련되는 것이고 다른 하나
는 힘없는 여자들을 성적으로 희롱한 것이다. 전자가 민수의 죽음이
나 장리쌀 폭리 혹은 타작마당 소요 사건이 속한다면, 후자는 신천댁
과 간난이와 선비의 망가진 인생이 속한다. 특히 선비는 민수의 죽음
과 연관 짓는다면 전자의 피해를 입은 경우이고, 성적 착취를 당한 것
은 후자의 피해를 입은 경우로 볼 수 있다.

2.2. 소외형 남성상

〈인간문제〉를 논의한 많은 논문들에서 신철은 주요한 관찰 대상이
다. 특히 신철이 노동 현장에 뛰어들어 노동자들을 가르치고 노동 운
동을 펼치다가 당국에 체포되어 변절하는 과정은 주목되고 있다. 그
과정에서 대개 연구자들은 신철이 지식인의 한계를 드러낸 인물이라
고 평가하고 있다.[10] 이러한 평가는 대체적으로 옳다. 하지만 지식인
의 한계를 드러낸 것이 노동 현장 이후의 일은 아니다. 따라서 그를 변
절자로 여기는 것은 올바른 관점이 아니다. 그는 처음부터 무리에 속
하지 못하는 인물이었다.

신철은 철저히 노동자 집단에서 소외된 인물이었다. 그는 무리에서
원하는 활동을 하지 못했을 뿐만 아니라, 그러한 자신의 처지를 운명
적으로 받아들이며 고립감을 타개할 엄두조차 못 내고 있다. 따라서

---

10) 김양선, 「강경애-간도 체험과 지식인 여성의 자기반성」, 『역사비평』(1996년 여
    름), 역사비평사.

첫째에게 노동자 의식을 불어넣고 노동자 조직 활동에 관여했다고 해서, 신철이 노동운동에 투신했거나 전념했다고는 볼 수 없다. 신철은 우발적으로 가출을 했고 설익은 신념에 따라, 스스로도 그다지 원하지 않는 상황에 발 딛어 놓은 인물에 불과하다.

2.3. 각성형 남성상

신철이 첫째에게 노동자 의식을 고취하면서 두 사람은 급속도로 가까워진다. 처음 첫째는 신철의 가르침을 통해 자신의 처지를 이해하고, 그 상황을 극복할 수 있는 가능성을 타진한다. 첫째는 노동조직의 접선책을 만나게 되고, 그들로부터 일정한 임무를 부여받게 된다.

첫째가 노동운동에 대해 눈을 뜨게 되는 과정은 급속도로 진행된다. 하지만 소설은 이 과정을 친절하게 그리고 있지는 않다. 첫째가 신철과 만나 '자유노동자 조직'을 이야기하는 대목은, 소설에서 선비와 간난의 이야기에 가려 그 실체가 공개되지 않는다. 대신 사후 서술로 첫째의 회상이 이어지고, 그 안에서 자연스럽게 자유노동자 조직에 대한 토론을 벌였다는 정보가 주어진다.

그 다음에도 첫째가 신철에게 노동 교육을 받는 대목은 상세하게 서술되지 않는다. 대신 신철의 눈으로, 달라진 첫째에 대한 서술이 이어질 따름이다.

신철이가 처음 첫째를 만났을 때는 다만 순직한 노동자로밖에 그의 눈에 비치지 않던 그가…… 보다도 순직함이 도수를 지나 어찌 보면 바보 비슷하게 보이던 그가, 불과 몇 달이 지나지 못한 지금에 보면 아주

딴 사람을 대한 듯이 되었다. 그리고 이런 때에 마주보면 신철이는 어
떤 위압까지 느껴진다.[11]

첫째는 선비와 함께 이 작품의 주인공으로 거론될 만큼 비중 있는
인물인데, 의외로 노동운동가로의 각성 과정은 분명하게 그려져 있
지 않다. 이것은 첫째가 자신의 처지와 현실을 제대로 파악하지 못하
던 상태에서, 노동과 자본의 논리를 이해하고 노동자가 현실에서 해
야 할 방안을 찾는 각성된 의식을 갖춘 노동자로 탈바꿈하는 과정은
명료하게 서술되지 않았다는 뜻이다. 이것은 강경애가 사용한 서술의
전략 때문이라고 일단 간주된다. 읽는 이로 하여금 거부감이나 인위
성을 느끼지 않도록 각성의 계기를 서술할 뿐 각성의 절차를 일일이
기술하지 않았는데, 이것은 소설의 긴장도를 유지하고자 함이었다.

그럼에도 불구하고 일자무식의 첫째가 허랑방탕한 기질까지 바로
잡으면서 노동계로 투신하는 과정이 지나치게 소략하여 그 당위성과
개연성에 쉽게 공감하기 어려운 측면도 부인하기 힘들다. 이것은 선
비의 경우도 마찬가지인데, 이 약점으로 인해 〈인간문제〉는 고답적이
지 않은 소설이 될 수 있었을지언정, 노동자의 현실을 정확하게 그려
내지 못했다는 비판을 피할 도리가 없어졌다.

덕호, 신철, 첫째가 모두 선비와 관련된다는 점은 주목된다. 이들은
선비에게 관심을 가지고 있으며, 직접적이든 간접적이든 선비를 중심
으로 삼각관계 내지는 삼각구도를 형성한다. 따라서 이 세 남자가 서
로 대립하는 장면 혹은 연관되는 장면은 주목되지 않을 수 없다. 강경

---

11) 강경애/김사량, 『인간문제/낙조』, 동아출판사, 1995, 261면.

애는 이 세 남자의 이동과 만남 그리고 대립과 결합의 의미를 장면을 통해 드러내면서, 중심인물 선비를 둘러싼 구도로 활용하고 있다. 〈인간문제〉의 미학적 특질과 작가의 전언을 분석하기 위해서는 세 명의 남자가 형성하는 관계와 구도 그리고 형식을 살펴 볼 필요가 있다.[12]

3. 구애 상황에서 남성상의 대립

민수가 죽고 어머니마저 중병에 걸리자, 선비에게 관심을 가지고 있던 덕호와 첫째가 일제히 구애에 나선다.

그 때에 싸리문이 열리는 소리가 나므로, 선비는 얼른 문 편으로 바라보았다. 방문이 열리며 덕호가 들어온다. 선비는 놀라 일어났다

"아직도 아픈가, 그거 안 되었군."

덕호는 문 안에 선 채 선비 어머니를 바라보며 걱정을 한다. 선비 어머니는 덕호임을 알자, 일어나려고 애를 쓴다. 선비는 곁으로 가서 부축을 하였다.

"어서 눕지, 어서 눠…… 무엇 좀 먹었니?"

선비를 바라보았다. 선비는 머리를 조금 드는 체하다가 도로 숙였다.

---

12) 한 논자는 "선비가 작품의 주인공이지만 한 번도 진정한 주체로 여성 서사를 완성하지 못한다"고 단정하고 있는데, 이것은 선비의 역할만 살펴보려 했기 때문이다. 실제로 〈인간문제〉의 주인공이 선비라고 해서 선비의 성적 정체성만 문제되는 것이 아니다. 〈인간문제〉의 핵심은 선비라는 수동적·여성적 주체가, 사회적·계층적·성적 차별에 시달리는 이야기가 되어야 하며, 특히 이러한 차별을 주동하는 인물이 남성이라는 점에서 기존의 여성서사의 관점을 맹목적으로 대입해서는 안 된다(서영인, 앞의 책, 104면).

"아무것도 못 잡수이어요."

"허, 거 정 안 되었구나. 우리 집에 꿀이 있니라. 그것을 좀 갖다가 물
에 타서 먹게 하여라. 아무것이나 좀 먹어야지, 되겠니."

덕호는 담배를 피워 물며 앉으려는 눈치를 보이더니,

"원 저게 뭐란 말인구, 저 등을 쓰구야 답답해서 어찌 산단 말이냐."

덕호는 지갑을 내어 오 원짜리 지화 한 장 꺼내어서 선비 앞으로 던
져 주었다. 선비는 움칠 놀랐다.[13]

덕호가 선비 어머니를 문병 온 상황이다. 덕호는 선비 어머니의 상
태를 보고 동정어린 표정을 짓고 있으며, 꿀과 돈으로 선심을 쓰고 있
다. 특히 주목되는 것은 선비에게 5원을 주는 행위이다. 표면적으로는
등을 바꾸는 비용이지만, 결과적으로 5원은 선비를 유혹하는 비용이
된다. 선비가 덕호에게 훗날 10원을 받는 상황이 발생하는데, 그 때 선
비는 이 때 5원을 받은 것을 상기하면서 묘한 혼란에 빠지게 된다. 나
중에 선비는 덕호의 5원이 계산된 것이었으며 자신을 유혹하기 위한
미끼였음을 깨닫게 되는 셈이다.

덕호 다음에 병문안을 온 이는 첫째이다. 첫째의 등장은 덕호의 등
장과는 달리 선비 모녀에게 긴장감을 불러일으킨다.

마침내 싸리문이 찌걱하고 열리는 소리가 난다.

"거 누구요?"

선비는 부엌 문턱에 서서 내다보았다. 그때 선비는 깜짝 놀라 뒤로
물러섰다. 그리고 질겁을 하여 방으로 뛰어들었다. 어머니도 놀랐는지

---

13) 강경애/김사량, 앞의 책, 42면.

돌아보며,

"왜 그러냐, 응?"

선비는 어머니 곁으로 가서 문 편을 바라보며,

"어떤 사나이가 싸리문을 열고 들어와."

(중략)

그들은 뜻하지 않은 첫째임에 더한층 놀랐다. 그리고 속으로는 저 부랑자놈이 누구를 또 어쩌려고 이 새벽에 왔는가 하니 가슴이 후닥닥 뛰었다.

"응, 자네가 어째서 이 새벽에 왔는가?"

"아저머니가 아프시다기 저 소태나무 뿌리가 약이라기에 가져왔수."[14]

첫째의 출현은 선비 모녀를 놀라게 했다. 첫째는 품행이 나빠 마을 사람들이 경원 대상이었으며, 첫째의 어머니는 매음 때문에 마을 사람들의 손가락질을 받고 있었다. 게다가 선비는 어릴 때 첫째에게 싱아를 빼앗긴 나쁜 기억도 가지고 있다. 시간도 새벽녘이어서, 방문자의 의도를 가늠하기 어려운 시점이었다.

첫째가 병문안을 왔다는 대답에 선비 모녀의 두려움은 어느 정도 해소되었지만, 첫째에 대한 의문마저 풀린 것은 아니다. 선비 모녀는 일정한 거리를 두고 첫째의 의도와 행동을 지켜보고 있다. 이것은 일단 첫째에 대한 거부이자 반발 심리이다.

하지만 훗날 선비는 첫째를 생각할 때마다 이 날을 떠올린다. 첫째가 선비에게 얼마나 큰 관심을 보였는가를 확인하는 일화이다. 첫째

---

14) 위의 책, 46면.

는 밤새 소태나무를 캐서 부리나케 선비에게 가져다 준 것이다. 사랑하는 여자를 위해 할 수 있는 일을 한 것으로, 소태나무 뿌리는 첫째의 마음이 들어간 선물이었다.

여기서 덕호가 준 5원과 첫째의 소태나무 뿌리를 비교해 보자. 표면적으로는 덕호의 5원이 더욱 환영받는 선물이었지만, 결과적으로는 첫째의 소태나무 뿌리를 선택했어야 한다는 당위성이 생겨나게 된다. 강경애는 텍스트 상에 그 차이를 실감하기 어려울 정도로 두 사건을 인접시켜, 두 개의 선물과 두 남성을 나란히 배치했다. 덕호의 방문이 계략에 의거한 것임에 반하여, 첫째의 방문이 진심이었음을 비교하여, 두 남성상의 차이를 부각시킨 셈이다. 두 사람 모두 선비에게 관심이 있었지만, 그 숨은 의미와 의도는 서로 달랐음을 강조했다고 할 수 있다.

4. '선비'를 향한 눈빛

신철은 몽금포 해수욕장에 가던 길에 옥점을 만나 동행하게 된다. 옥점은 신철에게 관심을 보이며, 자신의 고향집으로 초대해 부모님들께 소개한다. 이 대목에서 신철은 선비와 만나게 된다.

> 양복쟁이도 빙긋이 웃었다. 그리고 이 집에서 옥점이를 어떻게 귀여
> 위하는 것을 잠시간이라도 알 수가 있다.
> "선비야, 점심 해라."
> 어머니의 말에 옥점이는 벌떡 일어나며,
> "정말 선비가 우리집에 와 있수, 어디?"

　　뛰어나가는 옥점이는 건넌방 문 앞에서 선비와 꼭 만났다.

　　"선비야 잘 있었니?"

　　선비는 옥점의 손을 쥐려다 물큰 스치는 향내에 멈칫하였다.

　　그러자 두 볼이 화끈 다는 것을 느꼈다.

　　"애이, 선비 너 고왔구나, 어쩌면 저렇게……."

　　옥점이는 무의식간에 흘금 뒤를 돌아보았다. 안방의 세 사람의 눈이 이리로 쏠린 것을 보았을 때 이때껏 느껴 보지 못한 질투 비슷한 감정이 그의 눈가를 사르르 스쳐가는 것을 느꼈다.[15)]

　　고향집에 온 옥점이 부모에게 신철('양복쟁이')을 소개한다. 그 와중에 옥점은 선비가 자신의 집에 살고 있음을 알게 되고, 반가운 마음에 선비를 만나려고 뛰어나간다. 하지만 막상 선비를 보는 순간, 옥점의 반가운 마음은 퇴색된다. 그것은 선비의 아름다운 용모 때문이다. 흥미로운 것은 '안방의 세 사람의 눈이 이리로 쏠린 것'을 알아차린다는 점이다. 다시 말해서 안방에 있던 덕호, 덕호의 부인, 그리고 양복쟁이인 신철이, 선비를 주목하게 된다. 그리고 옥점이 반가운 마음이었다가, 선비를 만나면서 멈칫 하는 것마저 알아차리게 된다.

　　그렇다면 옥점은 왜 선비에게 쏠리는 세 사람의 눈을 의식하게 된 것인가. 일단 신철 앞에 놀랄 정도로 아름다운 선비가 서 있는 것에 일말의 불안함을 느꼈기 때문이다. 또 선비에게 향하는 신철의 심상치 않은 눈초리를 감지했기 때문일 수도 있다. 실제로 이 작품에서 신철은 선비를 처음 보는 순간부터 선비에게 매혹당해, 집으로 돌아가야 하는 일정을 차일피일 늦추게 된다. 따라서 세 사람의 눈 중에서 신철

---

15) 위의 책, 51~52면.

의 눈빛은 선망의 눈빛일 수 있다.

덕호의 눈빛도 문제 삼을 수 있다. 덕호의 경우, 선비를 이미 여러 번 보았기 때문에, 처음 보는 순간 느끼게 되는 설렘은 아닐 것이다. 하지만 새삼 선비의 용모에 매혹되었을 가능성이 농후하다. 딸에 비해서도 훨씬 아름다운 선비는 덕호의 욕망을 부채질 했을 것이다.

덕호 부인의 눈빛은 신철과 남편의 눈빛에 대한 불안감을 담고 있다. 선비에게 남편이 쏟는 관심을 눈치 챘을 뿐만 아니라, 딸이 마음에 들어 하는 신철이 선비에게 품은 속마음을 간파했다면, 상당한 불안함을 지우기 힘들었을 것이다. 이처럼 세 사람의 눈빛을 거꾸로 옥점이 확인했다면, 위의 상황에서 질투 비슷한 감정이 드러날 수밖에 없을 것이다.

위의 상황은 이후 복선 구실을 한다. 신철은 선비에게 향하는 관심을 억제하기 힘들고, 이러한 신철의 마음을 옥점은 어렴풋하게나마 눈치 채게 된다. 덕호 역시 딸처럼 대하겠다는 약속을 망각하고 선비를 강제로 탐하고, 결국에는 덕호의 아내가 이를 알아차리게 된다. 실제로 이 작품에서 옥점이 신철의 마음을 알게 되는 것이나, 덕호와 선비의 관계를 덕호의 아내가 알아내는 것은 결정적인 증거에 의거하지 않는다. 이들은 직감적으로 선비를 둘러싼 남자들의 내심을 읽어낸다.

강경애는 특별한 사건을 통해 두 남자의 행각이나 내심을 드러내기보다는 여자들의 직감과 사소한 계기를 앞세우는 서술 전략을 구사했다. 그렇다면 인용된 상황에서 나타난 복잡한 시선 구도는 중심인물들의 복잡하게 얽힌 욕망의 풍경을 보여주기 위함이었다고 할 수 있다.

5. 덕호와 첫째의 대결

덕호는 마을의 지주이고, 첫째는 가난한 마을 사람들 중에서도 더욱 가난한 소작농이었다. 첫째는 덕호의 토지 없이는 생존할 수 없는 처지임에도, 덕호의 뜻에 반하는 행위를 선동한다.

며칠 후에 풍헌이 보이지 않으므로 누구에게 물으니 그는 벌써 어디론지 가버리고 말았다는 것이다. 그때에 그는 아무것도 가진 것 없이 아내와 어린 것들을 데리고 바가지 몇 짝을 달고 떠났다고 하였다.

여기까지 생각한 첫째는 구루마 구르는 소리에 정신이 버쩍 들었다. 그리고 아버지 겸 동무이던 풍헌을 내쫓는 덕호가 또다시 개똥이를 내쫓고 자기를 내쫓으려는 것임을 절실히 느꼈다. 그때,

"여부슈, 내가 빚을 안 물겠답니까?"

개똥이 음성이 무거운 공간을 헤쳤다. 무엇보다도 일년 농사지은 것이라고…… 그의 초가집 문전에나마 놓았다가 이렇게 빼앗기었으면 한결 맘이 나을 것 같았다. 그리고 벼 시세도 지금은 한 섬에 오 원이라 하나 좀더 있으면 육 원을 할지 팔 원을 할지 모르는데 이렇게 빼앗기기에는 너무나 억울하였던 것이다.

첫째는 개똥이 말을 듣자 무의식 간에 욱 하고 달아갔다. 그리고 유서방을 단숨에 밀쳐 넘어쳤다.

"뭐야 이게? 야들아! 다 오나라."

남의 일이나 자기 일 못지않게 분하였던 그들도 욱 쓸어 나갔다. 그리고 덕호를 찾았으나 그는 벌써 어디로 빠져 달아났는지 찾을 수가 없었다.[16)]

---

16) 위의 책, 116면.

타작마당에서 덕호는 각종 명목으로 개똥이네 소출을 수거한다. 이를 보던 첫째는 덕호에게 쌀을 빼앗기고 마을을 떠나야 했던 풍헌 영감이 생각난다. 풍헌 영감 역시 각종 명목으로 옭아매는 덕호의 손길을 피하지 못했다. 풍헌 영감에 대한 생각은 곧 위기감으로 발전했고, 개똥이의 항변과 뒤섞이면서 소요로 번져나갔다.

첫째는 소요의 주역이었다. 그는 타작마당에 도열했던 주민들의 분노를 표출시키는 역할을 했다. 그러나 주민들의 단체행동은 얼마가지 않아 실패하고 만다. 출동한 순사들에게 연행되어 주재소로 끌려갔기 때문이다. 덕호는 비록 타작마당에서 성난 군중의 힘에 밀렸지만, 곧 법과 경찰력을 동원해서 마을 주민들을 더욱 압박하기에 이르렀다. 특히 첫째의 토지를 몰수하여 첫째로 하여금 마을을 떠날 수밖에 없게 만들었다.

이 대목은 대단히 상징적이다. 첫째는 이후 인천의 노동 현장에서 의식화 교육을 받고 노동 운동가로 변신하게 된다. 그것은 이 타작마당에서의 봉기를 사회적으로 실천하는 행위라고 할 수 있다. 타작마당에서 부족했던 이론적 무장과 철저한 준비를 갖추고 보다 대규모의 시위를 주도하려는 노력으로 볼 수 있다. 따라서 타작마당에서 덕호와 첫째의 대립은 곧 자본가와 노동자의 대립을 축소시킨 상황이라고 할 수 있다.

6. 첫째와 신철의 입장 전도

도시로 옮겨 간 후 첫째는 신철의 도움으로, 자신이 처한 입장과 처지를 이해하는 노동자로 새롭게 태어난다. 하지만 신철의 시혜적 태도는 검거 이후 자취를 감추게 된다. 왜냐하면 지식인의 자기 한계를 드러냈기 때문이다.

> 오늘 아버지의 애원을 듣던 그때, 그리고 아버지의 파리해진 얼굴을 바라보는 그 순간에 자신의 그 비장한 결심이란 얼마나 약한 것이었던 가? 신철이는 한숨을 후 쉬었다. 그때 이 형무소에 같이 들어온 밤송이 동무며 그 밖에 여러 동지의 얼굴들이 번갈아 떠오른다. 특히 인천에 있는 첫째의 얼굴이 무섭게 확대되어 가지고 그의 앞에 어른거려 보인다. 신철이는 그 얼굴을 피하려고 눈을 번쩍 떴다. 어젯밤만 해도 첫째의 얼굴을 머리에 그려 보며 그리워하였는데, 이 순간에는 어쩐지 첫째의 그 얼굴이 무섭게 보였던 것이다.(중략)그가 개미를 들여다보면 볼수록, 자신이 이 개미와 같이 헛수고를 하는 듯 싶었다. 개미야말로 모르고서나 이 감방에를 찾아 들어온 것이지. 아무 먹을 것이 없는 이 쓸쓸한 감방에 들어올 까닭이 없었다. 오늘 이 개미는 먹을 것도 얻지 못하고 자기에게 붙잡혀서 고달플 것밖에 없었다. 마찬가지로 이 몸은 아무 소득도 없는 고생을 이때까지 해오다가, 또다시 여기까지 들어온 것 같을 뿐 아니라, 앞으로 몇 십 년을 지나고 다행히 여기도 저기도 섞이지 못하고, 결국은 일포나 기호 같은 그런 고리타분한 전락된 인텔리밖에 될 것이 없을 것 같았다.[17]

신철은 수감된 후, 자신의 상황과 처지에 대해 여러 모로 생각한다. 특히 아버지와 면회한 후, 전향 의지를 굳히게 된다. 그때 신철에게 타

---

17) 위의 책, 291~293면.

자로 부각되는 이가 첫째이다. 신철은 첫째의 우직한 실천력을 도저
히 따라갈 수 없음을 알고 있었다. 따라서 신철에게 첫째는 부담스러
운 존재로 상정된다.

인용된 단락은 신철의 복잡한 심회를 보여주고 있다. 신철과 첫째
는 같은 편에서 활동한 동지였지만, 점차 다른 길을 걷게 된다. 이러한
차이는 신철의 변절과 첫째의 신념을 비교·강화시키는 기능을 한다.
따라서 첫째는 '각성된 자'가 되고, 신철은 '각성된 자'의 대오에서 탈
락한다.

인용된 후반부는 영어된 자신을 바라보는 신철의 시선이 담겨 있
다. 신철은 바닥의 개미를 보고 있다. 개미에 대한 연상은 곧 개미의
처지와 자신의 처지를 비교하고 싶은 욕구를 불러일으킨다. 개미와
자신은 미약한 존재라는 점에서 동일하다. 당국에 체포된 신철의 신
세는 언제 어떻게 될지 예측할 수 없는 개미의 처지처럼 위태하다.

개미와 신철의 공통점이 더 있다면 좁은 공간에 갇혀 있다는 점이
다. 신철은 신체를 영어당한 입장이며, 개미 역시 좁은 공간에 갇혀 자
유롭지 못한 입장이다. 또한 누군가가 내려다보는 입장에서 위해를
가하고 있다는 점도 동일하다. 그 누군가는 힘을 가진 자이다. 신철에
게 힘을 행사하는 자는 당국의 권력자들이고, 개미에게 힘을 행사하
는 자는 신철이다.

신철은 자신이 그 힘을 가진 자에게 굴복할 수밖에 없다는 심정적
이유들을 스스로 만들고 있다. 그중 하나가 자신이 여태까지 한 일이
아무 소득이 없다고 단정 하는 것이다. 신철은 실제로 첫째와 같은 노
동자를 의식화했다는 가시적인 소득을 거둔 바 있다. 무엇보다 자신
이 노동자로 일하면서 노동의 신성함과 가치를 깨우친 바도 있다.

하지만 신철은 그러한 성과를 일거에 부정하고 그때까지 자신이 한 운동을 전면 무의미한 것으로 치부한다. 이것은 궁극적으로는 전향을 위한 구실을 만들기 위함이다. 이 밖에 미래의 자신을 걱정하는 것이나 다른 인텔리들(기호나 일포)과 비교하는 것은 모두 책임회피를 위한 구실에 불과하다.

신철의 입장에서, 첫째는 실천력에서 신철이 본받기 어려운 인물이고, 기호나 일포는 그 한심한 자세 때문에 본받을 수 없는 인물이다. 따라서 위의 상념을 통해 신철이 원하는 미래상을 구현하고 있다고 보아야 할 것이다. 그것은 첫째처럼 이름 없는 노동자로 살면서 고생하고 투쟁하는 것도 아니고, 그렇다고 기호나 일포처럼 매일을 무전취식으로 살아가는 한심한 인생도 아니다. 결국 신철은 전향을 선택하고 부잣집 아가씨를 맞이하여 부유하고 무난한 인생을 선택한다. 전후 맥락으로 보았을 때, 그 아가씨는 옥점일 확률이 매우 높다고 해야 할 것이다.

7. '덕호'와 '신철'과 '첫째'의 남성상

〈인간문제〉의 전반부는 용연마을을 중심으로 하고, 후반부는 인천을 주요 배경으로 한다. 용연마을은 지주와 소작농의 갈등이 존재하는 농촌이고, 인천은 공업지역으로 탈바꿈하고 있는 도시이다. 이 작품의 주인공 선비는 처음에는 농촌에서 살다가, 후반부에 접어들면서 공장 노동자가 되어 인천으로 이주한다. 소설은 이러한 선비의 이동을 따라 공간적 배경을 변화시키며, 두 지역에서 선비에게 가해지는 사회적 압력과 이 압력에 참혹하게 붕괴되는 선비의 삶을 그리고 있다.

선비를 중심으로 이 소설을 살펴보았을 때, 선비는 자본주의 사회에서 경제적 자립을 얻기 위해 여자가 유상노동에 종사해야 하는 입장이 놓인 여성이 된다.[18] 따라서 선비에게 가해지는 수난은 여성의 자립을 방해하는 장애에 해당한다. 이러한 장애에 포함시킬 수 있는 것이 이 소설에 등장하는 남성들이다.

여성이 경제적으로 자립하기 위해서는 주변 환경이 뒷받침되어야 한다. 성장 기간을 책임질 수 있는 가정환경, 사회적 진입을 위한 교육환경 그리고 여성의 자립 문제를 의식하는 사회환경 등이 그러한 환경에 포함된다. 여성이 유상노동에 종사하기 위해서는 기능적 훈련뿐만 아니라, 심리적 준비도 필요하다.[19]

그러한 측면에서 선비는 어떠한 환경도 제대로 보장받지 못했으며, 심리적 준비도 미흡한 상태로 사회에 진입했다. 그것은 일차적으로 가정의 붕괴와 관련이 깊다. 가정의 붕괴는 아버지인 민수의 죽음으로 촉발되었는데, 민수의 죽음에 직접적인 책임이 있는 덕호는 원인제공자라고 할 수 있다. 덕호가 민수를 죽음으로 몰아넣는 바람에, 선비는 제대로 된 가정에서 교육받지 못했고 결과적으로는 선비 어머니의 죽음을 재촉한 결과를 낳았다. 그리고 선비는 제대로 된 판단을 내리지 못하고 덕호에게 의존해야 하는 여건에 처하고 말았다.

뿐만 아니라 덕호는 선비의 정조를 훼손하고 그에 걸맞은 보상도 행하지 않음으로써, 선비가 전혀 준비가 되지 못한 상태에서 사회에

---

18) 다께무라 가즈꼬, 이기우 역, 『페미니즘』, 한국문화사, 2003, 134면.
19) 위의 책, 134~135면.

진입하도록 종용하고 말았다. 선비는 심리적 준비 없이 공장 여공으로 변신했고, 이것은 공장 감독관이라는 또 다른 폭력에 직면하도록 만들었다.

> (감독은) 이번에는 선비의 머리를 툭툭 쳤다. 선비는 옆에 동무가 잠든 줄을 알면 대단히 무서울 것이나, 그러나 잠들지 않은 것을 뻔히 아는 고로 한결 무섭기가 덜하였다. 그러나 그만큼 감독이 그의 얼굴을 쓸어보고 머리를 툭툭 치는 것을 옆에 동무가 알 것이 부끄럽고 안타까웠다. 그리고 맘대로 하면 일떠나며 감독의 상통을 후려치고 싶었다. 그러나 역시 맘뿐이지 손가락 하나 까딱 하는 수가 없었다. 그때 그는 덕호에게 그의 처녀를 유린 받던 장면을 다시금 회상하며 부르르 떨었다. 한참이나 우두커니 섰던 감독은 이불을 끌어당겨서 푹 씌워 주었다.[20]

위의 장면은 공장 기숙사에 들어간 선비가 감독에게 희롱당하는 대목이다. 감독관은 여공들의 생활을 감독한다는 핑계로 여공의 기숙사를 무단 침입하여 자는 선비의 얼굴을 쓰다듬는다. 선비는 덕호에게 정조를 훼손당하던 기억을 떠올리며 수치심과 무서움에 떨고 있다. 이러한 기억의 연상은 공장 감독관이 결국 또 다른 수탈자로 등장한 것이며, 덕호라는 이전의 수탈자와 동일한 위계를 지닌 인물임을 알려준다. 공간적 배경과 연관시킨다면, 용연의 덕호가 지주 수탈자였고 공장의 감독은 도시 수탈자의 형상을 갖추고 있다고 할 수 있다.

하지만 위의 장면에서 달라진 점도 있다. 일단 선비는 감독에게 제대로 된 항변조차 못하지만, 자신이 당하는 일이 부당함을 인식하고

---

20) 강경애/김사량, 앞의 책, 1995, 268면.

있다는 점이다. 농촌을 벗어나서 도시의 삶을 시작하면서, 사회가 가하는 폭력성에 대해 직감적으로 이해하게 된 것으로 보인다. 이것은 사회의 불합리한 체계에 적응 내지는 반항할 수 있는 심리적 준비가 약간은 이루어진 상태라고 진단할 수 있겠다.

다시 남성상과 관련지어, 덕호와 그의 연장선상에 있는 감독을 살펴보자. 이들은 선비가 처한 상황을 악용하는 악인형 인물들이다. 구조적인 관점으로 보면, 제대로 교육받지 못한 여성을 제도의 힘으로 억누르며 기존의 남성 중심적인 제도를 구조화하는 구조, 즉 하비투스(habitus)[21]를 인물로 형상화한 것이다.

브르디외에 따르면 하비투스는 "집단의 모든 특성 및 그 특성과 다른 집단의 특성에 관한 판단을 낳는 생성 원리"라고 하였다. 집단의 구성원은 집단이 강요하는 관습적 행동에 의미를 부여하는 지각을 성취하게 된다.[22] 이 작품에서 하비투스는, 남성 즉 덕호나 감독관과 같은 인물들이 유지하려고 하는 남성적 질서와 관습의 체계이다. 그 체계로 인해 선비 같은 연약한 여성을 피해자가 되고 희생자가 될 수밖에 없다. 선비의 인식 변화는 이러한 피해와 희생의 결과 어쩔 수 없이 얻게 된 산물이라고 할 수 있다. 결국 덕호나 감독관은 구조화된 제도나 관습 심지어는 폭력 등을 사회적 약자들이 받아들이게 억압하는

---

21) 하비투스란, 이미 형성되어 자리 매김 된 구조들이 새로이 구조를 형성하면서 만들어지는 배열들이다. 새롭게 형성되고 있는 구조(원칙)들은 관습과 재현들을 창출하고 구성한다. 그러나 관습과 재현들은 객관적으로 결과에 순응하게 된다. 결코 규칙에 복종하는 결과를 낳지 않고도 객관적으로 '규칙적'이고 '규율적'인 배열들, 즉 아비투스는 집합적으로 짜이게 된다(제레미 M. 호손. 정정호 역, 『현대문학 이론 용어사전』, 동인, 2003, 319면)
22) 루이 핀토, 김용숙 · 김은희 역, 『부르디외 사회학이론』, 동문선, 2003, 47~53면.

사회적 기재를 상징한다고 할 수 있다.

신철과 첫째는 표면적으로는 이러한 하비투스에 대항하는 반항 세력 혹은 저항 세력이라고 할 수 있다. 그들은 한 쪽은 이론적인 접근으로, 다른 한 쪽은 경험적인 접근으로 사회 내에 구조화된 폭력의 실체를 인식하고 있다. 그리고 그러한 폭력에 대항할 수 있는 체제 개혁을 꿈꾸게 된다. 첫째를 가르친다는 점에서 신철은 이러한 하비투스를 더욱 강하게 그리고 선구적으로 비판한 사람으로 볼 수 있다.

하지만 이면적인 측면에서, 두 사람은 다르다. 일단 두 사람은 출신 성분이 다르다. 신철은 지식인으로, 출세와 부귀를 손아귀에 넣을 기회를 보장받은 사람이다. 반면 첫째는 선비와 마찬가지로 가정환경과 교육환경과 사회환경을 제대로 보장받지 못한 경우이다.

부르디외는 하비투스를 언급하면서 페미니즘 상황에도 적용될 수 있고, 계급질서에도 적용될 수 있다고 밝힌 바 있다. 여성으로 하여금 남성의 질서 속에 편입되는 것을 당연하게 여기도록 하는 하비투스는, 지식인과 노동자라는 계급질서에서도 동일한 기능을 한다. 지식인과 계급질서는 "노동자들에게 압력이나 착취를 당연하고 자연스러운 조건이라고 오인하게 만들"[23]고 자신들의 상황에 대한 저항이나 반역의 빌미를 빼앗아간다. 지식인과 체제옹호자들은 노동자들에 대한 지배권을 당연한 것으로 여기고 있으며, 이를 하층 민중에게 전파하고 수용시키는 데에 전력을 다한다고 할 수 있다.

〈인간문제〉에서 일차적으로 이러한 역할을 하는 이가 덕호나 감독관이나, 지식인들도 이러한 한계에서 벗어나지 못하고 있다는 것이

---

23) 다께무라 가즈꼬, 앞의 책, 138면.

〈인간문제〉의 작가적 전언이다. 신철은 일정 부분 하비투스의 위험성을 경고하는 역할을 수행하고자 했지만, 결국에는 계급적 한계를 드러내고 말았다. 기존의 사회체제에 대한 그의 개선 의지는 제도화된 폭력과 체제의 회유 속에서 오래 버티지 못하고 무너진다. 이것은 사회체제의 강력한 구속력을 상징한다. 이미 지식인으로서 사회를 내다보는 눈을 갖게 된 신철에게 사회체제가 가하는 '상징적 폭력'을 극복하기는 쉽지 않다. 왜냐하면 사회체제는 그 속으로 들어가려는 사람에게도 구속력을 발휘하지만, 거기서 빠져나오려는 사람들에게도 지각이나 신체에 적지 않은 '상징적 폭력'을 가하기 때문이다.

신철과 첫째는 사회체제에 대한 저항 자세로 인해 결국 차이를 보이는 인물이다. 신철은 기존 사회체제의 위력과 부당함을 잘 알고 있고 이를 붕괴시키겠다는 의지를 지녔던 인물인 반면, 첫째는 구조화된 사회체제의 메커니즘에 대해 명확하게 인식하지 못했던 인물이다. 그는 자신에게 가해지는 집단의 폭력에 대한 일말의 의문을 품은 적이 있다. 그리고 자신에게 위해를 가하는 집단을 보호하는 '법'에 대해서도 의문을 던진 바 있다.

> 덕호로 말하면 이 면의 어른인 면장이라는 지위를 가지고 있는데도 불구하고 부치던 밭을 그에게 떼이지 않았는가? 응! 나는 그때 그 구루마를 깨친 것이 법이 걸리었기 때문이라지. 법 법…… 오는 군수 영감의 말씀한 것도 역시 내가 행하지 않으면 법에 걸리게 될 터이지. 그러나 오늘에 부칠 밭이 없는 거름은 만들어 두면 뭘 하나? 그 법……[24]

---

24) 강경애/김사량, 앞의 책, 126면.

　법은 덕호와 신철의 편일 수는 있지만, 하층민이자 노동자인 첫째에게는 제약과 금기와 두려움의 대상이다. 첫째의 입장에서 이 소설을 보면, 첫째는 그토록 궁금해 하던 법의 실체를 깨달아 가는 과정을 그리고 있다. 그 깨달음은 첫째가 속한 계급구조에 대한 이해를 뜻한다. 따라서 법과 체제의 관점에서 볼 때, 덕호와 신철은 같은 입장이 되고, 첫째는 이에 대립하는 입장이 된다.

　덕호와 신철이 작품 속에서 처음 만날 때부터, 그들은 서로에 대해 우호적이다. 옥점을 따라 온 신철은 덕호에게 동질감을 불어넣었으며, 신철의 배경을 알게 되면서 그 동질감은 더욱 가속화되었다. 둘 사이에는 선비에 대한 욕망이라는 갈등 요소가 있었지만, 작품은 이것을 정면으로 다루지 않는다. 선비에 대한 신철의 욕망은 관념상에 그치고, 덕호의 행위는 신철에게 보고되지 않는다. 따라서 두 사람은 대립과 갈등의 관계로 나서지 못한다.

　반면 덕호와 첫째는 공사 양면으로 부딪친다. 선비에 대한 구애를 두고 두 사람은 서로 다른 방식을 선택했고, 타작마당에서 두 사람이 입장은 정면충돌했다. 그 결과는 첫째의 패배이다. 선비는 덕호의 첩이 되었고, 타작마당에서 첫째의 봉기는 곧 진압되었다. 이로 인해 덕호는 자신들이 다스리는 마을 사람들에 대한 지배권을 더욱 강하게 가지게 되었고, 첫째는 집단에서 외면당한 채 마을을 떠나야 하는 처지로 전락한다.

　하지만 이면적인 의미에서 첫째는 패배하지 않았다. 그는 궁극적으로 선비의 마음을 얻었다. 선비는 덕호에게 핍박을 받은 이후, 첫째의 소중함을 알게 되었다. 사실 선비와 첫째의 만남을 매개할 사건들은 지나치게 소략하여 선비가 첫째를 마음의 상대로 지목할 수준이 되는

가는 논란의 여지가 있지만, 선비가 어려울 때 떠올리는 인물은 첫째이다.

또한 첫째는 마을에서 반강제적으로 추방당한 이후, 계급질서와 노동자 의식에 대해 눈뜨기 시작한다. 각성 자체를 승리라고 간주할 수는 없겠지만, 덕호에게 일방적으로 패배해서 물러났던 과거의 입장에 비하면 놀라운 변혁이라고 할 수 있다. 더구나 이 소설의 결미는 첫째의 의식개혁과 실천운동이 가중될 것이라는 깊은 암시를 전하고 있다.

결론적으로 덕호는 지배층과 구조화된 폭력을 상징하는 남성이다. 반면 첫째는 이러한 덕호에게 패배하는 인물로, 피지배층에 속하면서 구조화된 폭력에 희생당하는 남성이다. 그렇다면 신철은 표면적으로는 두 입장 차를 이해하며 중간자의 입장과 새로운 대안을 제시하려는 남성이다. 세 명의 남성 구도 아래에는 덕호의 연장선상에 있는 감독이나, 지식인이되 신철과 다른 입장을 개진하는 일포나 기호 같은 룸펜들도 상정할 수 있지만, 궁극적으로 덕호/신철/첫째의 구도를 변화시키는 것은 아니다. 그렇다면 이러한 남성들은 강경애가 생각하는 세상의 구도, 그리고 구조화된 사회 체제를 바라보는 각기 다른 계층의 입장을 대표하는 이들이라고 할 수 있다.

12장 소설과 욕망

욕망과 그의 시대
: 르네 지라르의 욕망 이론을 중심으로

1. 하나이면서 동시에 여섯인 '우리'

　〈샤갈의 마을에 내리는 눈〉을 읽는 사람들은, 작품의 결미에서 흥미로운 사실과 마주치게 된다. 흥미로운 사실이란, 독자가 뒤따르던 화자의 목소리를 어느 한 순간에 잃어버리게 되는 기묘한 체험을 가리킨다. 이러한 체험은 읽는 이에게 당혹감을 불러일으키기에 충분하다. 지금까지 화자의 목소리로 믿고 뒤따르던 '나'의 목소리가 실은 '그'의 목소리였으며, '우리'라고 믿었던 집단이 실제로는 '그들'의 모임이었음을 인정하지 않을 도리가 없기 때문이다.

　당혹감은 단순히 '나'가 '그'로, '우리'가 '그들'로 바뀌었다는 흥미로운 사실에서 그치지 않는다. 당혹감은 '그'가 또한 '나'이며, '그들'이 또한 '우리'라는 기묘한 역설과 모순으로 심화된다. 기묘한 역설과 모순의 '우리'라는 대명사는, 3인칭과 1인칭의 엇갈린 중첩을 유도해낸다. 이러한 중첩은 세계를 인지하는 자아와 자아가 바라보는 세계 사이의 상관관계에 대한 의식적인 표현이며, 나아가서는 지난 연대(年代)와 새로운 연대(年代)의 접점에서 만들어지는 이질적인 의미의 겹침에 대한 상징적인 표현이다.

이 소설에서 표면적 화자는, 이야기의 중심인물인 여섯 친구 중에 하나이다. 여섯 명이었던 한 무리의 집단이 연속적인 이탈을 겪으면서 차례로 다섯과 셋 그리고 마지막에는 둘로 남게 되는 과정을 소상히 지켜볼 수 있었던, 집단 내부의 인물임이 틀림없다. 그리고 이 집단을 끝까지 '우리'로 지칭하고 있는 점으로 미루어보아, '나'로 등장하고 있다는 사실 또한 의심의 여지가 없어 보인다. 여섯 인물들의 술자리를 뒤따르며 여섯에서 둘로 줄어드는 한 무리의 인물들을 끝까지 '우리'라고 묘사하고 있는 인물이 '나'가 아니라면, 논리적으로 그 집단은 '그들'로 지칭되어야 마땅하기 때문이다. 더 좁혀 말한다면, 마지막까지 남은 두 사람 가운데 하나여야 한다.

하지만, 두 사람의 '우리'는 '나'가 포함되지 않은 '우리'로 밝혀진다. 다시 말해서, '나'의 자리는 낱낱의 '하나', 즉 '그'의 자리였던 것이다.

> 그리고 오래지 않아 여자가 어깨를 두드리는 소리, 머리를 떨군 채 의식을 잃어가는 둘 중의 하나를 조심스럽게 깨우는 소리가 꿈속에서 인 것 처럼 아득하게 들려오기 시작했다. 몽중에 그러는 것처럼, 그때 <u>우리 중 하나가</u> 탁자 밑으로 손을 뻗어 <u>나머지 하나의 손을</u> 필사적으로 거머쥐었다.[1](밑줄:필자)

---

1) 박상우, 〈샤갈의 마을에 내리는 눈〉,『샤갈의 마을에 내리는 눈』, 세계사, 1992. 33면

　액면적인 화자는 '나'가 아닌 '그'이다. 이 작품의 '우리'는 '나'와 '그'로 이루어지지 않고, '우리 중의 하나'와 '나머지 하나'로 이루어진다. '나'가 포함되지 않은 역설의 '우리'가 탄생한 것이고, '그'로 이루어진 '그들'을 '우리'라고 부르는 모순을 저지른 셈이다.

　'나'와 '그'의 관계를 동반하지 않은 '우리'라는 표현은, 단순한 대명사 이상의 의미를 겨냥하고 있다. 논리적인 모순을 감수하면서까지 '우리'라는 표현을 고집하고 있는 태도에서 엿볼 수 있듯이, 이는 동시대의 문제를 진단하려는 의도를 뚜렷이 드러낸다. 동시대의 문제라 함은 두 연대(年代)의 접점에서 두 개의 삶의 방식이 빚어내는 충돌과 마찰 그리고 혼란을 말한다.

　따라서 모순과 역설로 느껴지는 '그'로 이루어진 '우리'라는 표현은, 작품 해석의 실마리가 될 수 있다. 이는 〈샤갈의 마을에 내리는 눈〉이 보여주려는 두 연대의 상충된 삶의 방식에 대해 조명하고 있기 때문이다. 여기서의 삶의 조명 방식이란, 구체적으로 작품 속에 녹아있는 삶의 단면을 통해 80년대와 90년대를 동시에 바라보고 있는, 모든 동시대인의 대비적 시각을 가리킨다. 통칭해서 우리라고 부를 수 있는 대다수의 사람들은 80년대적 삶에서 90년대적 삶으로 이행되는 과도기에서, 조각난 '우리'를 경험하게 된다.

　　이런 날 페기 리의 노래를 들으면 좋을 텐데……. 출입문 바깥 쪽의 탐스런 눈송이를 내다보던 우리 중의 하나가 혼잣말처럼 낮게 중얼거렸다. 굵고 탐스런 눈송이가 녹아, 그의 눈빛을 빈틈없이 촉촉히 적시고 있는 것 같았다. 쟈니 기타? 부유스름한 허공을 올려다보며 담배연기를 피워 올리던 다른 하나가 물었다. 퇴폐적이야. 페기 리를 생각하

고 있던 친구가 고개를 끄덕이자 묵묵히 앉아 있던 다른 하나가 입을
열었다. 그러자 또다른 하나가 양미간을 잔뜩 찌푸리며 끼어들었다. 그
럴 수도 있는 거지. 항상 그렇게 단정적이어야 할 필요가 어딨어? 그만
둬. 맨 구석자리에 앉아 있던 하나가 듣기 싫다는 듯이 머리를 가로저
으며 자세를 고쳐앉았다. 그리고 나서 그는 신경질적인 동작으로 담배
를 피워물었다. 그러자 그 맞은편에 앉아 있던 다른 하나가 안경을 밀
어올리며 놀란 눈으로 그를 건너다보았다. 무엇인가, 얘기가 간신히 맥
락을 되찾아 갈 듯하다가 또다시 미궁 속으로 빠져드는 것 같았다.[2](밑
줄 : 필자)

　작품에 등장하는 '우리'는 모두 여섯 사람이다. 그러나 현재의 그들
은 낱낱의 개인으로 쪼개어져 있을 뿐, '우리'라는 집단의식을 가능케
할 어떠한 공통분모도 가지고 있지 못하다. 이는 전체에서 부분을 바
라보는 시각만이 표현된 '우리 중의 하나', '다른 하나', '또 다른 하나',
그리고 '무슨 무슨의 하나' 등의 듣기 거북한 호칭에서 단적으로 드러
난다. 그들은 주체와 객체의 관계로 표현되지 못하고, 막연한 대상과
거리로만 인지되고 전체와 부분의 관계로만 지칭된다.
　그들은 자신들의 이야기도 '남의 이야기'처럼 하며, 서로에게 뿐만
아니라 자신에 대해서도 모호한 '타자의 시각'만을 간신히 유지하고
있을 따름이다. 타자의 시각은 자아와 세계의 관계를 올바로 설정하
지 못하고 피상적이고 혼란한 상태로 삶을 바라보는 시각을 의미한
다. 또한 이것은 근본적으로 기존의 가치를 부인한다는 점에서 허무
의 시각이다. 이는 세계관의 혼란과 다르지 않다. 그들은 세계와 자신

---

2) 박상우, 같은 책, 10면

사이에 그리고 자신과 남 사이에, 진정한 이해의 다리를 놓지 못하고
있다. 감정적으로도 파편화된 개인만으로 존재할 뿐, 단절의 심연을
넘을 수 있는 공감의 장을 마련하지 못한다. 그들의 화제는 뿜어낸 담
배연기처럼 '부유스름한 허공'을 떠돌고 있고, 온통 '간신히 맥락을 되
찾아 갈 듯하다가 또다시 미궁 속으로 빠져드는' 갈피없는 이야기 뿐
이다. 이해도 공감도 없이 자신만의 시간과 공간 속에 묻혀있을 뿐, 그
들의 모인 자리는 공유의 시간과 공간이 되지 못한다.

　그렇다면 그들이 여기에 모인 이유는 무엇인가? 그들은 '우리'라는
한 겹의 테두리를 벗어나 각자의 '하나'가 되었는데도, 이 자리에 모여
'우리'라는 거북스러운 호칭을 쓰고 있는 까닭은 무엇인가? 이는 아무
래도 '우리'라는 호칭이 가진 의미를 모아 보았을 때에 가능한 일일 것
이다.

　　셋도 '우리'가 아닌가.(21면)

　　비록 둘이지만 우리는 아직도 '우리'로 잔존하고 있다는 것을 ……
　(33면)

　　우리는 이제 '우리'라는 그 무형의 집단의식 자체를 부담스러워하는
　아주 이상스러운 존재들이 되어 있었다.(24면)[3]

　'우리'라는 대명사는 '무형의 집단의식'을 가리킨다. 여섯 사람이 공
통된 관심사를 가지고 있던 시절에, 그들을 묶어주던 무난한 범칭이

---

3) 박상우, 같은 책

었다. 집단의식으로 그들의 공간이 모두의 공간이 되고 그들의 시간이 하나의 시간일 때, 그곳에 속해 있던 그들 모두를 한꺼번에 가리키던 단어였다.

하지만 현재의 그들에게는 전혀 어울리지 않는 단어가 되었다. 그들을 '우리'로 묶어주던 집단의식이 상실되었기 때문이다. '셋도 우리'일 수 있다거나, '둘이지만 우리는 아직도 '우리'로 잔존'한다는 논리는, 이러한 상실감이 불러온 반발과 거부의 논리와 한치도 어긋나지 않는다. 실제로 그렇지 못한 자신들에 대한 헛된 다짐이나 자기 위안 같은 것이다. 그들이 작품 전체에서 끊임없이 되뇌고 마지막까지 포기하지 못하는 '우리'란 이렇듯, 연대의식(連帶意識)이 사라진 자리를 메우려는 의식적 발언이다.

2. 80년대와 90년대 사이에서

'그들'을 묶어주던 '우리'라는 대명사는 80년대적 연대의식의 소산이며, 정치에 대한 관심사가 극도로 부각되던 시대의 유산이라고 잠정적으로 말할 수 있다. 따라서 이는 지난 시대의 관습적 인식인 셈이다.

그렇다고 그들이 지나치게 '우리'를 강조하는 것을, 지난 80년대적 삶으로 복귀하려는 움직임으로 읽어낸다거나, 그러한 복귀의 움직임이 불가능하기 때문에 그들이 어쩔 수 없이 80년대로부터 멀어지고 있는 현실을 안타까워한다고 해석해서는 곤란하다. '그들'의 모임과 '우리'의 강조는 연대감을 회복하려는 움직임이 아니다. 그들의 움직임은 현실의 변화를 이미 인정하고 받아들이는 데에서 나오는 요식적인 몸짓에 불과하다. 이런 그들의 몸짓에서 반항과 거부의 느낌을 완전히 지울 수 없다고 하더라도, 적극적이거나 절대적인 신념을 찾아볼 수 없다. 이는 그들의 몸짓이 지난 시대와의 결별을 위한 의도를 짙게 내포하고 있고, 새로운 시대를 맞이하는 사전 포석으로서 의미를 지닌다는 사실에서 확인된다. 그러므로 그들의 미약한 몸짓은 오히려 연대의식이 상실된 현실을 받아들이고 새로운 삶을 모색하기 위한 통과의례 정도로 보아야 옳을 것이다.

이처럼 80년대적 삶과 '우리'라는 연대의식의 붕괴사이의 상관관계를 읽어냄으로써, 그들이 '새로운 연대의 벽두'에 한 자리에 모인 이유를 확인할 수 있다. 그들은 90년대의 삶을 시작하면서 80년대의 잔재를 청산할 필요가 있었던 것이다. 이 작품의 시간적 배경은 이러한 맥락에서 의미심장하다 하지 않을 수 없다. 그들이 일탈을 시작하는 '새로운 연대의 벽두'란, 두 시대의 삶의 방식이 교차하고 있는, 변화된 인식을 반영하는 시간이다. 이러한 교차의 시기는 필연적으로 혼란을 동반한다. 따라서 이 시간은 과도기적 성격을 지니지 않을 수 없다.

물론 표면상으로 그들은 지난 80년대의 삶이 지닌 관성에서 완전히 자유롭지 못하다. 이러한 삶의 관성은, 지난 시대의 모임에 더 이상 의미를 둘 수 없다고 느끼면서도 쉽게 이탈하지 못하는 모습에서 잘 나타난다. 그들은 함께 모여 있는 자리에서 허무와 권태를 느끼면서도 독자적 이탈을 섣불리 감행하지 못한다.

그러나 어느 누구도 '시간이 늦었으니까'라는 얘기는 입 밖으로 꺼내지 않았다. 생맥주집 출입구 부근에서 한 발짝도 더 내딛지 못한 채, 우리는 한동안 넋나간 사람들처럼 바깥쪽을 내다보며 서 있었다. 아무도

어디로 갈까 하고 묻지 않았고, 어느 누구도 어디로 가자고 먼저 제의
하지 않았다. 그렇다고 이제 그만 헤어져서 집으로 가자는 얘기를 꺼내
는 사람도 없었다. 그저 의식의 흐름이 순간적으로 멎어버린 사람들처
럼, 그렇게 몽롱한 표정으로 서 있기만 했을 뿐이었다.[4]

그들은 확실히 지난 시대를 규정하던 삶의 방식에서 쉽게 풀려나
지 못한다. 지난 시대의 삶은 새로운 시대로 나아가는 사람들의 발걸
음을 붙잡고 있다. 이러한 삶의 방식은 소설 안에서 머뭇거림으로 나
타난다. 술자리에서 '아무런 뜻도 없는 눈길로 서로의 얼굴만 쳐다보'
면서도 막상 헤어지자는 말을 못하거나, 술집을 나왔으면서도 출입구
언저리를 서성이며 갈 곳 몰라 하는 모습은, 새로운 삶의 방식에 적응
하지 못하는, 아니 적응했다하더라도 공표하고 확신하지 못하는 주변
인의 머뭇거림을 닮아 있다. 머뭇거림은 새로운 시대의 삶의 방식이
지난 시대의 삶의 방식을 대체하는 과정에서 발생한다. 이는 삶의 중
심이 집단에서 개인으로 대체되면서 일어나는 변화이다. 따라서 '그
들'이 해체시키고 있는 '우리'라는 가면은 지난 시대의 집단의식의 잔
재에 다름 아닌 것이다.

그들이 이렇게 낱낱의 개인으로 쪼개어져 파편화된 것은, 그리 오
래전이 아니다. 그들은 누구보다도 열심히 '지난 연대'를 살았다. 80
년대를 지난 연대로 느끼는 것에서도 단적으로 드러나듯이, 90년대는
그들에게 '새로운 연대'이다. 그들에게 90년대는 새로운 삶의 방식으
로 다가온다. 새로운 삶의 방식이란, 구체적으로 꼬집어 말하기는 힘

---

4) 박상우, 같은 책, 15면

들지만, 80년대의 삶의 방식과는 많은 격차를 보이고 있다는 점에서 대비적이다.

90년대의 삶의 방식에서 무엇보다도 먼저 거론되어야할 것은, 정치에 대한 환멸이다. '정치의 '정'자도 꺼내지 마'라는 누군가의 선언처럼, 그들은 정치적인 관심사를 버린 인물이 되어 있었다. 국회의원인 '치치올리나'의 이야기를 "'정치인이 아닌 포르노 여배우로서'라는 단서를 분명하게 제시하고 난 다음"에 꺼낼 정도로, 그들은 의식적으로 정치에 대한 거부감을 보인다. 하지만, 그들의 이러한 배타적 태도가 완벽하게 90년대의 삶을 정의할 수는 없다. 그들은 정치가 빠진 자리를 '밑도 끝도 없는 잡담'으로 채울 수 있었지만, 그것은 '그런 것 말고 달리 더는 아무 것도 통용될 것 같지 않기' 때문이다.

그들은 정치에 대한 환멸을 통해 이 세계를 살아가는 방식에 대한 회의를 동시에 느끼게 된다. 한 시대를 지탱하던 거대담론이 사라지고 미시적인 삶의 일상만을 이야기하지 않으면 안 된다는 깨달음은, 자신들의 삶을 지탱하던 의미와 진정성에 대한 회의를 동반하지 않을 수 없었다. 정치에 대한 거부는 그 자체로 충족된 삶의 방식이 아니라, 90년대적 삶의 방식을 겉으로 드러내는 하나의 지표에 불과하다. 그러므로 90년대적 삶의 방식이란, 정치라는 거대하고 맹목적인 시선에 가려져 있던 개인의 미소한 가치와 세세한 일상에 대한 관심을 일깨우는 행위이다.

개인으로서의 '하나'와 전체로서의 '우리' 사이에서, '그들'은 한결같이 방황하고 있다. 여기서 주목해야 할 점은 그들의 방황이 '우리'에서 '하나'로 진행되는 과정에서 발생했다는 점이다. 따라서 그들의 방황은 80년대의 삶에서 90년대의 삶으로의 변화를 예고하는 과도기적 현상으로 해석되어야 할 것이다. 이는 80년대의 거대담론이 90년대의 미시담론 앞에 굴복하기 시작했음을 보여주는 징조이다.

3. 집단의 붕괴와 일탈의 징후

그들의 모임과 일탈은 '새로운 연대의 벽두'에 나타난 일이지만, 갑작스럽거나 예상치 못한 일은 아니다. 이미 그들은 80년대적 의미의 연대의식이 사라져가고 있음을 느끼고 있었고, 다른 사람들이 느끼고 있음 또한 알고 있었다. 화자의 계속되는 회상을 통해 겹쳐오는 지난 모임의 기억은, 이를 정확하게 증언한다.

작품 속의 실제 시간은 '새로운 연대의 벽두'에 있었던 술자리에서 사람들이 지쳐가던 무렵인 10시 근방부터이다. 이 시간은 그들의 일탈이 시작되는 계기가 되는 것은 틀림없지만, 그렇다고 그들의 일탈이 이 시간만의 우발적 결과라고 간주되어서는 곤란하다. 그들의 일탈이 시작된 모임이, 지난 연대의 관례로부터 연원하고 있으며 앞선 두 차례 모임의 연장선상에 있다는 사실을 통해, 그들의 변화과정이 일회적 사건이 아니라, 시대의 흐름을 반영한 결과임을 알아차리는 것은 어렵지 않다. 따라서 이 작품이 보여주고 있는 일탈은 개인적인 차원의 문제를 다루고 있는 것이 아니다. 두 연대의 접점에서 일어나는 삶의 변화를 예리하게 포착해낸 상징적인 사건이자, 전체적인 변화를 드러내는 암시적 일탈인 셈이다.

결론적으로, 그들의 일탈은 개인적인 문제라기보다는, 변화하는 시대의 거대한 흐름이 가져온 필연적 결과로 받아들여져야 한다. 그들

의 만남을 알기 쉽게 살펴보기 위해서 차례로 나열해보면 다음과 같
다.

ⅰ) 앞으로 내 앞에서 정치의 '정'자도 꺼내지 마. 그런 얘기를 꺼내
는 새끼는 …… 그런 새끼는 그냥 두지 않겠어. 지난 연대가 막을 내리
기 서너 달쯤 전의 어느 날 밤이었다. 그날도 우리는 오늘처럼 모여앉
아 술을 마시고 있었다. 회사를 끝내고 늘 모이는 종로 뒷골목의 생맥
주집에 모여앉아, 우리들의 만남이 늘 그래왔다시피, 그날도 역시 정치
적인 관심사를 대화의 소재로 삼고 있었다.5) (밑줄 : 인용자)

ⅱ) 그 연대가 막을 내리던 마지막 날 우리는 다시 만났다. 예기치 못
한 불상사가 있던 그날 밤 이후 근 서너 달 만의 만남이었으니 참으로
오랜만의 만남이 아닐 수 없었다. 망년이 아니라 망년대(忘年代)를 빙
자한 만남이었지만, 그날 우리가 확인한 것은 다만 한가지, 우리가 대
화의 소재를 상실하고, 그 상실감 때문에 서로에 대해 깊은 단절감을
느끼고 있다는 것뿐이었다. 그날 우리는 의도적으로 정치 얘기를 회피
했다. 망무두서(茫無頭緖)한 가운데, 그리하여 그날 우리들의 만남은
밑도 끝도 없는 잡담으로만 일관되었다.6) (밑줄 : 인용자)

ⅲ) 새로운 연대의 벽두, 그리고 21년 만의 폭설을 빙자해서 만나자
는 전화를 맨 처음 걸어온 사람이 우리 중 누구였던가. 돌아보고 후회
할 때는 언제나 후회해도 소용이 없는 때였다. 그리고 이제 더 이상은
아무것도 새로워질게 없는 시간. 낮은 조도의 갓등 밑에서, 우리 모두

---

5) 박상우, 같은 책, 12면
6) 박상우, 같은 책, 18~19면

의 의식은 그 갓등의 조도만큼이나 희미하게, 아주 희미하게 가무러져 가고 있을 뿐이었다.[7] (밑줄 : 인용자)

ⅰ), ⅱ), ⅲ)은 차례로 인접한 세 시간대이다. 세 시간대에서 각각 이루어진 세 모임 또한 인접한 시간이 갖는 상황의 논리와 밀접한 관계가 있다. ⅰ)은 ⅱ)의 원인이 되고 ⅰ)과 ⅱ)는 ⅲ)의 원인이 된다. 이렇듯 ⅰ), ⅱ), ⅲ)의 세 모임은 상징적이기까지 한 두 연대의 분기점에 걸쳐, 길어야 육 개월을 넘지 않는 시차를 두고, 인과관계를 형성하며 일어났다.

ⅰ)에서 ⅱ)로의 두드러진 변화는 정치에 대한 거부감을 꼽을 수 있다. 이는 첫 번째 모임에서 일어난 감정적 충돌과 정치 배제 선언에서 원인을 찾을 수도 있지만, 이 충돌과 선언의 원인을 사회적 변화의 흐름과 연관 지어 다시 상정해야한다는 사실을 고려한다면, 우발적인 불상사로 보는 견해는 아무래도 단견일 수밖에 없다. 이는 80년대의 삶의 방식이 90년대의 삶의 방식과 맞부딪치는 지점에서 발생한 사건으로 대사회적인 맥락에서 원인을 찾아야할 것이다.

80년대가 90년대와 대별되는 삶의 방식이란, 정치에 대한 관심과 연대의식으로 압축될 수 있다. 80년대는 정치라는 대사회적인 관심사가 삶의 방식을 결정하고 뒷받침하는 거대담론의 시기였다. 하지만 정치에 대한 환멸은, 이러한 거대하고 강제적인 관심사가 삶의 결을 완전히 지배하거나 규정할 수 없다는 깨달음에서 싹트기 시작한다. 정치에의 몰입이 삶의 실제적인 측면에 대한 이해를 가능하게 하기는

---

7) 박상우, 같은 책, 9면

커녕, 삶의 본질을 가로막고 거짓된 환상에 빠져들게 한다는 깨달음이, 그들을 정치라는 미망으로부터 벗어나게 한다. 이제 '정치적인 관심사로 만날 때마다 침튀기고 핏대 올렸'던 친구들은 '반편이 같은 인간'으로 취급받고, '고스톱과 포커, 볼만한 포르노와 폭력물, 그리고 구천일심(九淺一深)의 테크닉과 미아리 텍사스'의 '밑도 끝도 없는 잡담'이 횡행하게 된다.

 이러한 관심사의 변화가 연대의식의 필요성마저 제거해나가고 있다. ii)에서 iii)으로의 변화는 바로 이러한 역대 의식의 붕괴를 가리킨다. 그들은 만남에서 더 이상의 의미를 발견하지 못한다. '21년 만의 폭설을 빙자'해야만 겨우 만날 수 있고, 이러한 만남조차도 지속되지 못할거라는 불길한 징조로 가득하다. '상실감' 때문이라거나, '단절감' 때문이라는, 이유도 달지 않는다. 급기야는 '이제 더 이상 아무 것도 새로워질게 없'다는 단정적인 판단을 내리며, 모임에 참석한 것을 후회하기까지 한다. 이제 그들에게 남은 것은 일탈뿐이다.

 젠장, 어디 가서 한잔 더 하자구! 짜증스럽다는 듯이 우리 중의 하나가 갑작스럽게 언성을 높혔다. 그러자 그의 제안에 나머지가 동의하고 자시고 할 겨를도 없이, 그때 우리 중의 하나가 결연한 목소리로 잘라 말했다. 난 안 돼. 안 돼? 우리 중의 하나가 놀라 표정으로 물었다. 자신의 의사를 분명하게 밝히고 모임에서 과감하게 이탈하려 한다는 게 사뭇 충격적으로 받아들여진 모양이었다. (…중략…) 그러고 나서 그는 곧바로 지하전철역 계단을 내려가기 시작했다. 순간적으로 깊은 충격을 받은 듯 나머지 모두가 예리한 눈빛으로 그의 뒷모습을 지켜 보았고, 이윽고 그의 뒷모습이 사라져버린 뒤에는 갑작스럽게 망연자실한

표정이 되어 서로를 쳐다보았다.[8]

　한 사람의 일탈은 걷잡을 수 없는 연속적인 일탈을 불러오며, 한집단을 내부로부터 붕괴시킨다. 모든 구성원들은 그들을 그나마 묶고 있던 지난 시대의 삶의 관성에서 마음껏 풀려나 각자의 욕망에 충실하기 시작한다. 그들의 일탈은 막을 수 있는 성질의 것이 아니다. 왜냐하면 그들의 일탈의 원인이 개인적인 차원에 있지 않기 때문이다. 그들의 행위는 변화하는 사회의식을 따르고 있다. 집단의 붕괴는 개인적인 삶으로의 일탈을 가능하게 하고, 이러한 일탈의 징후는 미시적 욕망의 시대가 도래했음을 보여준다.

　　나도 갈래. 그 때 우리 중의 하나가 다시 한 걸음 뒤로 물러나며 분명한 어조로 이탈을 선언했다. 아무도 그 이유를 묻지 않았고, 그것이 부담스러웠는지 그는 다시 입을 열었다. 집에 가서 포르노를 보는 게 낫겠어. 그러면서 그는 길 위쪽으로 조금씩 뒷걸음질을 치기 시작했다. 그 위쪽에 택시를 잡으려는 사람들 몇몇이 몰려 있었다. 그에게 향했던 시선을 돌려 다시 길 건너편을 향하자 그쪽에 서 있던 친구가 기다렸다는 듯이 손을 흔들어 보였다. 가겠다는 신호였다.[9]

　하지만 이러한 일탈은 시작도 마무리도 될 수 없다. 이러한 일탈은 지난 연대가 막을 내리기 서너달쯤 전의 한 친구의 발언에서 암시된 바와 같이, 이미 시작되고 있었다. 또한 이러한 일탈이 한 집단의 단순

---

8) 박상우, 같은 책, 16~17면
9) 박상우, 같은 책, 21면

한 해체에서 멈추지도 않는다. 일탈은 조그마한 집단을 넘어 전사회
적인 파장을 형성할 것이며, 궁극적으로는 90년대를 살아가는 모든
사람의 삶에 영향을 끼치지 않고는 그치지 않을 것이다. 지난 시대의
연대감을 통해 서로가 서로에게서 확인했던 공통의 관심사가 80년대
적 삶의 중심에 올려졌다면, 90년대의 삶은 일탈을 통해 태동하기 시
작한다.

거대담론은 상대방의 욕망을 복사해서 이루어졌고, 미시담론은 복
사된 욕망의 해체를 통해 이루어졌다. 따라서 80년대는 복사된 욕망
의 시대로, 90년대는 해체된 욕망의 시대라고 거칠게 말할 수 있다.

4. 욕망의 형태와 전이

80년대의 담론의 중심은 정치였다. 정치란, 개인적인 영역을 떠난
집단적인 영역의 문제이기에, 욕망과는 관계없는 것으로 생각되기 일
쑤이다. 그래서, 흔히 80년대는 이념의 시대로, 90년대는 욕망의 시대
로 구분된다.

이러한 구분이 갖는 의의와는 별개로, 80년대의 정치담론이 거대하
고 보편적인 성격을 지니고 있었다고 해서, 반드시 개인의 욕망과는
층위가 다른 문제로 간주되어야 하느냐에 대한 의문은 반드시 필요하
다. 거대한 담론일수록, 위장된 욕망의 은밀한 표출일 가능성이 높기
때문이다. 그렇다면, 80년대의 정치에 대한 담론이 불러일으킨, 연대
의식의 집합성이 어떻게 개인의 문제와 관련이 있는지 알아보도록 하
겠다.

이 곳에 언제까지 이렇게 서 있겠다는 거야? 그러고 나서 그는 담배를 입에 문 채 퍼부어대는 눈발 속으로 자신이 먼저 발을 내디뎠다. 그러고는 그것이 독자적인 결과라는 걸 분명히 하려는 듯 뒤도 돌아보지 않고 골목을 빠져나가기 시작했다. 그러자 나머지도 어쩔 수 없다는 표정으로 그를 따라 걸음을 옮겨놓기 시작했다. (… 중략 …) 국도를 향해 아주 천천히 우리는 걸음을 옮겨 놓았다. 서로의 보폭을 전혀 의식하지 않은 채, 하나는 앞서 가고, 둘은 그 뒤를 따라가고, 나머지 셋은 앞선 자들이 가는 길을 그저 따라가는 듯 한 형국이었다.[10)]

그들이 아직 80년대의 삶으로부터 완전히 일탈하기 전 장면이다. 그들은 한 사람을 선두로 하나의 대열을 이루며 집단의 일치된 묵계를 따르고 있다. 그들이 원하든 원하지 않든 간에 전체의 대열을 따르는 것은 80년대적 삶의 방식이다. 모두가 기꺼이 거대담론을 수용한다고 믿고 있지만, 누군가의 선도적 역할이 없었다면 불가능하다하지 않을 수 없다. 알게 모르게 대다수의 사람들은 다른 사람의 의지와 노력을 복사한다. 즉 그 사람을 닮으려 한다. 이러한 묵계를 르네 지라르의 이론을 빌려 말한다면, 욕망의 형식을 따르는 행위이다.

모방에 대한 욕망은 예외 없이 다른 사람이 되려는 욕망이다. 이 경우 단지 한 가지의 형이상학적 욕망이 있을 뿐이나, 이 기본적 욕망을 예증화하는 특수한 욕망들은 무한한 다양성을 지니고 있다. 직접적인 관찰에 의하면, 한 소설의 주인공의 욕망에는 그 어떤 일관성도 없음을 우리는 파악할 수 있다. 또한 그 욕망의 강도조차도 일정치 않다. 이

---

10) 박상우, 같은 책, 15면

러한 욕망의 다양성은 대상이 소요하는 '형이상학적 힘'의 정도에 따라 좌우되는 것이며, 또한 이러한 힘은 대상과 주계자의 거리에 따라 좌우되는 것이다.[11]

'앞서 가는 하나'가 르네 지라르가 말한 욕망의 중계자이다. 욕망의 대상은 중계자를 통해 주체에게 인지되고, 중계자로 인해 거리감을 갖게 된다. 중계자는 욕망의 대상을 매개하게 하는 동시에 욕망의 실현을 가로막음으로써, 주체와 대상의 거리를 조절하는 인물이다. 이런 중계자가 여섯 중에 있었으리라는 예상은 '앞서 걷는 하나'를 통해 조심스럽게 제기되는 것이다.

'앞서 걷는 하나'가 누구인지 모른다는 점에서, 이러한 설정은 추상적이고 모호한 듯 하다. 그러나 누구라도 '앞서 걷는 하나'가 될 수 있다는 점에서, 이러한 설정은 매우 구체적이고 확실한 의미가 된다. 복사된 욕망은 앞서 걷는 자를 따르며, 자발적이라고 믿는 것에서 감춰진다. 하지만, 앞서 걷는 자 또한 누군가의 욕망을 따르고 있다는 점에서 모든 사람들로부터 유리된 독자적인 욕망을 갖추었다고 말하지는 못한다. 그들 모두는 시대가 드러내는 욕망의 한 갈래만을 나누어 가지고 있을 뿐이다.

끝까지 '우리' 속에 화자의 정체가 드러나지 않았듯이, '우리' 속의 중계자 또한 드러나지 않는다. 이는 서로가 서로에게 화자의 역할을 할 수 있듯이, 어느 누구라도 모두의 욕망을 매개할 수 있는 중계자가 될 수 있다는 전언을 함축하고 있다. 결론적으로, 모든 자발적인 욕

11) 르네 지라르, 김윤식 역, 『소설의 이론』, 삼영사, 1991. 97면

망-여기서는 독자적인 행위-은 모방된 욕망이다.

이러한 의미에서 80년대의 연대의식은 복사된 욕망의 결과이다. 서로가 서로를 공통의 관심사로 묶어줄 수 있었던 것도, 서로가 서로의 욕망을 복사한 결과이다. 복사된 욕망은 개인적인 차원을 넘어 일반적인 차원으로 확대되었기에, 욕망이라기보다는 또다른 무엇으로 상정되고 인지되지 않을 수 없었을 뿐이다.

하지만, 90년대의 이탈은 이러한 복사된 욕망의 붕괴되면서, 80년대의 공감대가 복사된 감정의 묵계 아래에서 형성되었던, 욕망의 변신이었음을 분명하게 한다. 욕망은 인간의 기본적인 속성인 만큼, 유무의 문제로 대별되지 않는다. 단지, 형태의 전이를 통해 교묘하게 변화될 뿐이다.

90년대는 이러한 욕망의 변신을 눈치 채는 데에서 시작된다. 여섯의 일치된 욕망은 응집된 환상이었음을 깨달아간다. "응집된 환상이 역사를 만들고, 그 환상이 깨어진 뒤에 인간들은 자아를 찾아 뿔뿔이 흩어져 간다고 말한 사람이 우리 중에 누구였던가"[12]라는 반문은 숨겨진 욕망의 실체를 깨닫고 자기의 과거를 돌아보는 자의 보편적인 반성과 전혀 다르지 않다.

5. 90년대 사회의 도래와 욕망의 시대

그들이 '실망'하고 택한 삶의 새로운 방식이, 바로 90년대의 삶이다.

---

12) 박상우, 같은 책, 24면

　(형이상학적) 실망은 모든 형이상학적 욕망이 부조리하다는 것을 증명해주는 것이 아니라 그를 깨어남의 상태로 인도한 바로 그 특수한 욕망이 부조리하다는 것을 증명해주는 것이다. 주인공은 그가 실수를 범했다는 것을 인정하게 된다. 그가 추구했던 대상은 그가 부여했었던 '창의력'을 지니고 있지 않았던 것이다. 그리하여 이러한 힘을 그는 다른 곳에서 찾게 되는데, 즉 제 2의 대상에, 새로운 욕망의 힘을 부여하게 된다. 주인공은 이 욕망에서 저 욕망으로, 마치 개울을 건널 때 미끄러운 이 돌에서 저 돌로 건너뛰듯이, 연속적인 체험을 거쳐나가는 것이다. [13)

　'실망'은 욕망에 대한 무지에서 깨달음을 겪고 난 후의 감정이기에, 결론적으로 드러난 욕망을 감추려 하지 않는 속성이 있다. 그래서 이러한 실망과 저항으로 이어지는 연대의식의 일탈은 지탄의 대상이 되기도 한다. 그러나 삶이란 욕망의 연속이며, 정치 또한 욕망의 원리에서 조금도 빗겨 서있지 않은 것이라는 결론을 얻은 이에게는 더 이상 자신을 숨길 이유가 없는 것이다.

　욕망은 80년대와 90년대를 통해 다른 형태로 나타나지만, 궁극적으로는 다르지 않다. 80년대가 일치되고 거대한 욕망에 치중했던 시기라면, 90년대는 흩어지고 미세한 욕망에 주목한 시기이다. 연대의식이 복사된 욕망의 피상적 결과이듯이, 개인적 일탈은 해체된 욕망의 구체적 결과이다. 욕망이 욕망임을 숨기고 교묘한 이름으로 받아들여진 시대가 '우리'의 시대였다면, 욕망이 욕망임을 드러내며 떳떳하게 불린 시대가 '하나'의 시대이다.

---

13) 르네 지라르, 김윤식 역, 『소설의 이론』, 삼영사, 1991. 103~104면

지라르는 '형이상학적 실망'이 '모든 형이상학적 욕망이 부조리하다는 것을 증명해주는 것이 아니라'고 했다. 즉, 실망은 '그 특수한 욕망이 부조리하다는 것을 증명해주는 것'이다. 그러므로 80년대의 거대 담론에 대한 실망은 90년대의 미시 담론으로 전이될 수밖에 없었다. 모든 것이 그렇듯 문학도 옮겨가고 변화해야 했던 것이다.

302

원/고/출/처

김남석, 「풍자시에 담아낸 저항의식」, 『문학과 창작』(2000년 1월), 문
　　학아카데미.

김남석, 「예술창작의 자유는 어디까지 허용되는가」, 『문학과 창작』
　　(2000년 1월), 문학아카데미.

김남석, 「신세대 문학의 변별성과 세대교체 징후」, 『문학과 창작』(2000
　　년 1월), 문학아카데미.

김남석, 「그대의 세상 – '진정한 페미니즘'에 답할 수 있는 자리」, 『시와
　　문화』(2019년 봄호).

김남석, 「네 개의 질문, 혹은 네 겹의 사유 – 김영하 論」, 『제주작가』
　　(2001년 상반기).

김남석, 「최인훈 희곡에 나타난 '희생제의' 연구」, 『한국학연구』(15
　　집), 고려대학교한국학연구소, 2001년 11월 30일(하반기),
　　177~217면 ; 『오태석 연극의 미학적 지평』, 연극과인간, 2003
　　년 5월 20일.

김남석, 「에로티즘, 그 금기와 위반의 미학」, 맹문재·김남석 공편, 『페
　　미니즘과 에로티즘 문학』, 월인, 2002.

김남석, 「여자들이 스러지는 자리 – 윤대녕 論」, 『문예중앙』(1999년
　　봄) ; 『마음의 생태학』, 학술정보원, 2005년 9월 10일.

김남석, 「강경애 소설의 남성상 연구」, 『한국문학이론과 비평』(38집),
　　한국문학이론과비평학회, 2008년 3월 30일, 103~127면.

참/고/문/헌

「문학공간 : 1992년 여름」, 『문학과 사회』(1992년 여름호), 문학과 지성사.

『한국문학필화작품집』, 황토, 1989, 7~8면.

G. 루카치, 반성완 역, 『소설의 이론』, 심설당, 1985. 175면

G.B. 테니슨, 『연극원론』, 현대미학사, 1996, 120면.

H. 마르쿠제, 김인환 역, 『에로스와 문명』, 나남, 1989, 24면.

M. 삐까르, 박갑성 역, 「아기, 노인 그리고 침묵」, 『침묵의 세계』, 성바오로출판사, 1980, 116~117면.

강경애/김사량, 『인간문제/낙조』, 동아출판사, 1995, 261면.

강이수, 「식민치하 여성문제와 강경애의 인간문제」, 『역사비평』(1993년 가을), 역사비평사.

구모룡, 「새로운 연대의 문학과 새로움의 징후들」, 『문학정신』(1991년 11월). 열음사, 47면.

권봄 노래, 채유리 그림, 〈그대의 세상〉.

권오만, 「최인훈 희곡의 특질」, 『국제어문』(1집), 국제대학교, 1979.

김미현, 『한국 근대 여성소설의 페미니스트 시학』, 이화여대 박사학위논문, 1996.

김성희, 「한국적 비극의 특성과 보편성 연구」, 『연극의 사회학, 희곡의 해석학』, 문예마당, 1995, 411~464면.

김승옥 각색, 「안개」, 『한국시나리오선집』(4), 집문당, 1990, 206~219면.

김양선, 「강경애 - 간도 체험과 지식인 여성의 자기 반성」, 『역사비평』

(1996년 여름), 역사비평사.

김영희,『최인훈 희곡의 극적 언어 연구』, 부산대 석사논문, 1990.

김욱동,『광장을 읽는 일곱 가지 방법』, 문학과 지성사, 1996, 76~290면.

김유미,『한국 현대 희곡의 제의구조 연구』, 고려대 박사논문, 1999, 69~90면.

김일수,「시와 수필을 통해 본 강경애」,『강경애, 시대와 문학』, 랜덤하우스, 2004, 281~295면.

김재홍,「반역의 정신과 인간해방의 사상」,『작가세계』(1989년 가을호), 111면.

김정웅,「강경애 소설작품에서 녀성 형상」,『강경애, 시대와 문학』, 랜덤하우스, 2004, 184~207면.

김종회,「문학적 연대기-관념과 문학, 그 곤고한 지적 편력」,『작가세계』(1990년 봄호), 세계사, 37~39면.

김철,「신세대 소설의 3반(反)과 3무(無)」,『실천문학』93년 여름, 실천문학사.

김태현(공소장),「북괴의 적화전략에 동조말라」,『남정현대표작품선』, 한겨레, 1987.

김태현,「문학의 위기란 무엇인가」,『실천문학』(1993년 여름), 실천문학사.

김현,「사랑의 재확인-『광장』의 개작에 대하여,『광장/구운몽』, 문학과 지성사, 1989, 287면.

김현,『폭력의 구조/시칠리아의 암소』, 문학과 지성사, 1992, 66~67면.

남미정,『한국 현대 성장소설 연구』, 숙명여대 박사학위논문, 1991

다께무라 가즈꼬, 이기우 역,『페미니즘』, 한국문화사, 2003, 134면.

루이 핀토, 김용숙 · 김은희 역, 『부르디외 사회학이론』, 동문선, 2003, 47~53면.

르네 지라르, 김윤식 역, 『소설의 이론』, 삼영사, 1991. 97~104면

르네 지라르, 김진석 역, 『희생양』, 민음사, 1998, 44~184면.

르네 지라르, 김진석 · 박무호 역, 『폭력과 성스러움』, 민음사, 1993, 61~135면.

박상우, 〈샤갈의 마을에 내리는 눈〉, 『샤갈의 마을에 내리는 눈』, 세계사, 1992

서연호, 「최인훈 희곡론」, 『민족문화연구』(28호), 고려대 민족문화연구소, 1995.

서영인, 「강경애 문학의 여성성」, 『강경애, 시대와 문학』, 랜덤하우스, 2004, 96~115면.

서정자, 「체험의 소설화, 강경애의 글쓰기 방식」, 『여성문학 연구』(13호), 한국여성문학회, 2005.

서정자, 「페미니스트 성장소설과 자기발견의 체험」, 『한국여성학』(7집), 한국여성학회, 1991.

서정자, 『일제강점기 한국여류소설 연구』, 숙명여대 박사논문, 1988.

서준섭, 「문학의 세대적 변별성과 비평의 과제」, 『문학과 사회』(1992년 여름), 문학과 지성사, 660~661면.

송명희, 「강경애의 〈인간문제〉에 대한 여성비평적 연구」, 『섹슈얼리티, 젠더, 페미니즘』, 푸른사상, 2000, 260~289면.

송명희, 「문학적 양성성을 추구한 여성교양소설」, 『문학과 성의 이데올로기』, 새미, 1994, 337~362면.

송백헌, 「강경애의 〈인간문제〉 연구」, 『여성문제 연구』(13집), 효성여

대 여성문제연구소, 1984.

송전, 「원초 심성의 탐구」, 『외국문학』(15호), 열음사, 1988년 여름, 63~67면.

송정숙, 「입사의식의 문학적 변용에 대하여-이문열의 〈그해 겨울〉을 중심으로」, 『어문교육논집』(7집), 부산대, 1986.

송지현, 「강경애 소설에 나타난 여성의식 연구」, 『한국언어문학』(28집), 한국언어문학회, 1990.

심정섭, 「전설의 문학적 기능-아기장수전설을 중심으로」, 『문학과 지성』(27권 2호), 문학과 지성사.

안수길(변론), 「문단의 하늘을 푸르게 하라」, 『남정현대표작품선』, 한겨레, 1987.

엘리아스 카네티, 강두식 역, 『군중과 권력』, 학원사, 1982, 50~56면.

오향숙, 「강경애 작품 창작에 대한 자료적 고찰」, 『강경애, 시대와 문학』, 랜덤하우스, 2004, 51~293면.

왕빈, 『신화학입문』, 금란 출판사, 1980. 143면

이광호, 「'신세대'문학이란 무엇인가」, 『상상』 (1993년 창간호), 살림.

이동하, 「입사소설의 한 모습-황순원의 〈닭 祭〉」, 『물음과 믿음 사이』, 민음사, 1989.

이상경, 「강경애의 삶과 문학」, 『여성과 사회』, 한국여성연구소, 1990.

이상경, 『강경애 - 문학에서의 삶과 계급』, 건국대학교출판부, 1997.

이상우, 「전통으로서의 비극과 경험으로서의 비극」, 『안암어문논집』(32집), 고려대학교, 1993, 422~429면.

이상우, 「최인훈 희곡에 나타난 '문'의 의미」, 『한국극예술연구』(4집), 태학사, 1994.

이상일, 「극시인의 탄생」, 『옛날 옛적에 훠어이 훠이』, 문학과 지성사, 1979.

이영일, 『한국영화전사』, 소도, 2004, 249면.

이재선, 「문학 속의 아이들, 誘惑女, 隱者像」, 『한국문학주제론』, 서강
　　　대 출판부, 1989.

이지훈, 「'꿈과 생시' 최인훈의 〈둥둥樂浪둥〉」, 『연극학 연구』(3), 1992,
　　　162~163면.

이항녕 변론, 「언론의 자유를 과시한 것」, 『남정현대표작품선』, 한겨레,
　　　1987.

장수자, 「Initiation Story 연구-황순원 단편소설을 중심으로」, 『국어국
　　　문학』(16집), 부산대, 1979.

장춘식, 「간도체험과 강경애의 소설」, 『여성문학 연구』, 여성문학회,
　　　2004.

정영자, 『한국여성문학연구』, 동아대 박사논문, 1988.

제레미 M. 호손. 정정호 역, 『현대문학이론 용어사전』, 동인, 2003, 319면.

조셉 켐벨 · 빌 모이아스, 이윤기 역, 『신화의 힘』, 고려원, 1992, 237면.

좌담, 「새로운 세대의 문학적 지평」, 『비평의 시대』1집, 문학과 지성사,
　　　1991, 177면.

채훈, 「한국여류소설에 있어서의 빈궁의 문제」, 『아세아여성연구』(23
　　　집), 숙명여대 아세아여성연구소, 1984.

천정환, 「바람난 교수 아내 '자유부인'이 4 19혁명을 불렀다?」, 『한겨
　　　레』, 2015년 6월 11일.

최인훈, 「열반의 배-온달2」, 『현대문학』, 1969년 11월.

최인훈, 『문학과 이데올로기』, 문학과 지성사, 1994.

최인훈, 『화두』(1), 민음사, 1994.

최인훈, 〈광장〉, 『새벽』, 1960년 11월, 90~270면.

최인훈, 〈옛날 옛적에 훠어이 훠이〉, 『세계의 문학』(창간호), 민음사, 1976, 310면.

최학송, 「'만주' 체험과 강경애 문학」, 『민족문학사 연구』, 민족문학사 학회, 2007.

프레이져, 장병길 역, 「고대 그리이스의 인간 속죄양」, 『황금가지』(Ⅱ), 삼성출판사, 1990, 267~272면.

프레이져, 장병길 역, 『황금가지』(Ⅰ), 삼성출판사, 1990, 351~372면.

프로이트, 「편집증 환자 슈레버 – 자서전적 기록에 의한 정신분석」, 『늑대인간』, 열린책들, 1996.

프로이트, 김종엽 역, 『토템과 타부』, 문예마당, 1995.

프로이트, 이용호 역, 『예술론』, 백조, 1973. 293면

프로이트, 이윤기 역, 『종교의 기원』, 열린책들, 1997.

하정일, 「강경애 문학의 탈식민성과 프로 문학」, 『강경애, 시대와 문학』, 랜덤하우스, 2004, 11~27면.

한만수, 「강경애 소설 〈소금〉의 '붓질 복자' 복원과 북한 '복원'본의 비교」, 『강경애, 시대와 문학』, 랜덤하우스, 2004, 28~46면.

한승헌, 「남정현의 필화, '분지'사건」, 『남정현대표작품선』, 한겨레, 1987, 376~385면.

한승헌, 「慎志를 곡해한 焚紙의 위험」, 『남정현대표작품선』, 한겨레, 1987.

한중모, 「해방 전 프로레타리아 문학과 강경애 소설」, 『강경애, 시대와 문학』, 랜덤하우스, 2004, 147~184면.

황순원, 『일월』, 문학과 지성사, 1983.

저자 ┃ 김남석(金南奭)

1973년 서울에서 출생하여 1992년 고려대학교 국어국문학과에 입학하였고 이후 동대학원 국어국문학과에서 수학하였다. 1999년 중앙일보 신춘문예에 문학평론 「여자들이 스러지는 자리—윤대녕 론」이 당선되어 문학평론가가 되었고, 2007년 동아일보 신춘문예에 「경박한 관객들—홍상수 영화를 대하는 관객의 시선들」이 당선되어 영화평론가가 되었으며, 대학원 시절부터 틈틈이 써 오던 연극평론을 지금도 이어서 쓰면서 연극평론가로 활동하고 있다. 지금 부산에서 살고 있으며, 2006년부터 국립부경대학교 국어국문학과에 재직하고 있다. 학생들에게 주로 영화와 연극의 기본과 이론에 대해 가르쳐왔는데, 최근 소설을 가르쳐야 할 일이 생겼다. 이 책은 이러한 나의 난처함을 다소나마 완화시키는 데에 도움을 줄 것이며, 나로 하여금 잊고 있었던 세계를 다시 돌아보는 데에 일조할 것이다. 그동안 문학 관련 저술로 『비평의 교향악』, 『마음의 생태학』, 『어려운 시들』을 발간한 바 있다.

소설의 정원

초 판   인 쇄 ┃ 2019년 3월 31일
초 판   발 행 ┃ 2019년 3월 31일

지 은 이 김남석

책 임 편 집 윤수경

발 행 처 도서출판 지식과교양
등 록 번 호 제2010-19호
주   소 서울시 도봉구 삼양로142길 7-6(쌍문동) 백상 102호
전   화 (02) 900-4520 (대표) / 편집부 (02) 996-0041
팩   스 (02) 996-0043
전 자 우 편 kncbook@hanmail.net

ISBN 978-89-6764-141-2 93810   정가 20,000원